AS CASADAS DE
PROSPECT PARK WEST

Amy Sohn

AS CASADAS DE
PROSPECT
PARK WEST

TRADUÇÃO
Angela Pessôa

Rocco

Título original
PROSPECT PARK WEST

Este livro é uma obra de ficção. Nomes, personagens, lugares e incidentes são produtos da imaginação do autor ou foram usados de forma fictícia. Embora apareçam várias pessoas conhecidas neste livro, as referências a elas, diálogos, condutas e a interação delas com outros personagens são totalmente situações criadas pela autora.

Copyright © 2009 *by* Amy Sohn
Todos os direitos reservados, incluindo o de reprodução.

Copyright da edição brasileira © 2011 *by* Editora Rocco Ltda.
Publicada mediante acordo com o editor original, Simon & Schuster, Inc.

Direitos para a língua portuguesa reservados
com exclusividade para o Brasil à
EDITORA ROCCO LTDA.
Av. Presidente Wilson, 231 – 8º andar
20030-021 – Rio de Janeiro – RJ
Tel.: (21) 3525-2000 – Fax: (21) 3525-2001
rocco@rocco.com.br
www.rocco.com.br

Printed in Brazil/Impresso no Brasil

PREPARAÇÃO DE ORIGINAIS – Ligia Diniz

EDITORAÇÃO – Fatima Agra

CIP-Brasil. Catalogação na fonte.
Sindicato Nacional dos Editores de Livros, RJ.

S665c   Sohn, Amy, 1973-
   As casadas de Prospect Park West / Amy Sohn; tradução de Angela Pessôa. – Rio de Janeiro: Rocco, 2011.

   Tradução de: Prospect Park West: a novel
   ISBN 978-85-325-2633-5

   1. Ficção norte-americana. I. Pessôa, Angela II. Título.

10-6705   CDD - 813
                                     CDU - 821.111(73)-3

AGRADECIMENTOS

A autora gostaria de agradecer às seguintes pessoas e instituições: Charles Miller, Ernesto Mestre Reed, Will Blythe, Daniel Greenberg, Marysue Rucci, David Rosenthal, Sophie Epstein, Monika Verma, Ross Miller, Jessica Rose, Greg Siegel, Tara Rullo, Cindy Whiteside, ao Brooklyn Writes Space e à Brooklyn Public Library.

Criei você para que me encontrasse.

— *Anne Sexton*

AMORZINHO

Rebecca Rose sentia por Park Slope o mesmo que sentia por sua filha de um ano e meio, Abbie: um amor incondicional básico, mesclado por frequentes explosões de raiva incontrolável. Naquela tarde de segunda-feira em particular, a raiva estava vencendo. Eram duas e meia e Abbie estava tirando um cochilo. Rebecca já havia lavado os pratos do almoço, dobrado a roupa limpa que estava na secadora havia uma semana e passado uma hora reformulando um artigo que estava escrevendo para a *Cosmopolitan*, chamado "Segredos de beleza que você não quer que seu homem conheça". O último item de sua agenda era se sentar no sofá da sala, colocar o DVD *O inquilino*, de Roman Polanski, e se masturbar com a cena de Polanski molestando Isabelle Adjani em um escuro cinema parisiense.

Enquanto se recostava na almofada e avançava até a cena, assustou-se ao ver um homem diante de sua janela. Não era nenhum *voyeur* musculoso e elegante, mas um limpador de fachada paquistanês chamado Rakhman, que gostava de cantar louvores a Alá enquanto revestia as paredes com massa corrida. Ele estava trabalhando no prédio. As persianas de baixo estavam fechadas, mas Rebecca havia se esquecido de fechar as de cima, o que significava que Rakhman podia enxergar em cheio o interior do apartamento.

O condomínio de quatro unidades em arenito pardo de Rebecca e seu marido Theo era integralmente habitado por casais *yuppie* com filhos, inclusive o Apartamento Quatro: um negro gay que morava com o filho adolescente e o namorado. Como Rebecca e Theo haviam comprado o imóvel dois anos antes, a administração do condomínio autorizara pintura interna, carpete novo, substituição do boiler e reforma da fachada. As reformas eram benéficas para o valor da propriedade de Rebecca, mas prejudicavam sua libertinagem, pois significavam um desfile incessante de operários diante da janela. Era uma das consequências nefastas de ser burguês: a vida assumia um caráter de aprimoramento tão constante, que se tornava quase impossível viver.

A própria vizinhança era testemunho disso. Só no quarteirão de Rebecca, na rua Carroll, entre a Oitava Avenida e a Prospect Park West, meia dúzia de prédios haviam sofrido reforma de fachada no ano anterior. Rebecca mal conseguia empurrar Abbie pela Sétima Avenida até o Connecticut Muffin para tomar um café expresso sem se preparar para o fragor das britadeiras. Na Quarta Avenida, uma poeirenta faixa de borracheiros, postos de gasolina e vidraceiros, novos prédios modernistas, oferecendo *lofts* de um milhão de dólares, surgiam a cada dia.

Ver Rakhman deixou Rebecca constrangida demais para se satisfazer na sala de estar, mesmo com todas as venezianas fechadas. Se quisesse gozar antes de Abbie acordar, teria de fazer isso em sua cama, local mais apropriado, nos últimos tempos, à excreção de cocô de bebê que de fluidos corporais mais atraentes. Enquanto Rakhman cantarolava sonoramente em árabe sobre virgens de olhos negros (uma expressão que fazia Rebecca imaginar mulheres que haviam sido esmurradas no rosto), ela deu uma escapulida rápida pelo corredor até seu quarto, andando na ponta dos pés para não acordar Abbie no quarto de bebê ao lado.

Por um instante, Rebecca pensou na possibilidade de usar Rakhman como estímulo para a masturbação; com pouco mais de trinta anos, ele não era feio, possuía um corpo magro e saudável e pele morena brilhante. Embora não houvesse se casado com um judeu, não conseguia se imaginar fazendo amor com um árabe. Assustador demais, ousado demais.

Rebecca trancou a porta do quarto, fechou as cortinas e ligou o ar-condicionado. Eles estavam apenas na primeira semana de julho, mas fazia trinta e nove graus lá fora, graças ao aquecimento global. Rebecca deitou-se sob a colcha vermelha de 1.500 fios de algodão da Calvin Klein, inclinou-se sobre a beirada da cama e puxou uma caixa de sapatos Chanel. Na sala, com o estímulo adicional do DVD, não usava nada além do dedo indicador e um pouco de lubrificante, mas, no quarto assexuado e atulhado de brinquedos, ia precisar de uma ajuda especial.

No interior da caixa, com vários outros brinquedos, estava o vibrador Mini Pearl rosa-claro em formato de ovo. Rebecca o comprara na sex shop Toys in Babeland, no Lower East Side, antes que inaugurassem uma Babeland em Park Slope, bem ao lado da Pintchik, que vendia artigos de metal.

O "ovo" era menor que um ovo de verdade, do tamanho aproximado de uma rolha de vinho gigante, e unia-se ao compartimento de pilhas por um fino fio branco. Na casa dos vinte, Rebecca o usara com muitos de seus amantes, neles e em si mesma. "Amante" era um rótulo que os homens provavelmente não mereciam. A maioria de seus relacionamentos anteriores ao casamento havia durado apenas alguns meses ou meia dúzia de encontros, o que quer que ocorresse primeiro, prolongando-se apenas até que a empolgação de sexo recente esmorecesse ou ela encontrasse um cara que a interessasse mais. Ao contrário de algumas de suas amigas, que consideravam as aventuras de uma noite desumanizadoras, Rebecca as adorava. Arrumava os homens – comediantes, bateristas, atores ou roteiristas – em bares no Lower East Side ou no East Village, normalmente com uma amiga como copiloto, excitando-se com a caçada.

Embora o sexo em si raras vezes fosse espetacular, Rebecca adorava preparar o terreno: as provocações, os olhares, as mãos dadas, o percurso de táxi e o primeiro beijo, que ela considerava puro, independentemente do quanto estivessem ambos bêbados. Não julgava vulgar ou de mau gosto o sexo casual. Ele era perfeito; em tais ocasiões, podia escrever sua autobiografia da forma que quisesse (confiante, inteligente, sarcástica, requisitada), e então dizer adeus antes que o cara a conhecesse bem o bastante para perceber em que medida tudo aquilo era ficção.

Rebecca não era feia, mas, mesmo quando adolescente, tinha consciência de que seu corpo vendia mais que seu rosto. Possuía cabelos encaracolados ao estilo Andie MacDowell e profundos olhos castanhos, porém exibia uma expressão zangada, contraída, independentemente do humor em que se encontrasse. Certa vez, em uma festa na Barnard, ouvira por acaso duas mulheres cochichando a seu respeito, e uma delas comentara que Rebecca possuía "um corpo incrível, mas o *rosto*...".

Rebecca se sentiu humilhada, mas, poucos minutos depois, percebeu que a garota havia verbalizado o que sempre soubera. Seu rosto nunca a prejudicara aos olhos dos homens, que se interessavam muito mais por seu corpo. Eles quase admitiam isso, dizendo coisas como "Você tem seios do tamanho perfeito" e "Você é tão gostosa", o que era diferente de "Você é tão linda". Por estar ciente de que sua melhor característica era sua silhueta, ela se orgulhava bastante de seu corpo e se sentia à vontade na cama de um jeito como nem sempre se sentia fora dela.

Em seu quarto, Rebecca fitou o Mini Pearl como um velho amigo, lembrando as vezes em que ela e Theo o haviam usado juntos para apimentar o sexo ou dar risadas. Antes de Abbie, eles faziam amor algumas vezes por semana. Quando suas amigas casadas queixavam-se de ter menos sexo casadas do que quando solteiras, ela ria, com ar compreensivo, mas secretamente se compadecia, certa de que aquilo jamais aconteceria com ela. *Você não deve gostar de sexo*, pensava. Ou: *Você não sabia que teu marido não gostava de sexo antes de se casar com ele?* Mesmo no final da gravidez, sua disposição não diminuíra, e ela havia se surpreendido ao descobrir que a de Theo tampouco. Eles haviam chegado a brincar sobre a terapia que o bebê certamente faria quando desvendasse a lembrança do pênis batendo em sua cabeça.

Mas então chegou Abbie, um furacão, e tudo mudou. Na consulta da sexta semana após o parto, a parteira, uma matriarca bigoduda chamada Leeza, examinou Rebecca e anunciou:

— Você pode fazer sexo quando quiser.

Perguntou o que Rebecca estava pretendendo usar para controle de natalidade e Rebecca, que não necessitava de contraceptivos havia mais de um ano, deu de ombros e respondeu:

— Camisinhas, acho.

Naquela noite, ela levou para casa uma garrafa de chardonnay East End gelado, colocou Abbie para dormir e estendeu a Theo um pacote de camisinhas de pele de carneiro. A dor durante o sexo surpreendeu-a, uma vez que Abbie havia nascido de cesariana pelo obstetra de plantão depois de duas horas de esforço inútil. Mas Rebecca não se deixou desanimar. Concluiu que, para que o sexo melhorasse, seriam necessários tempo e mais vinho.

Algumas semanas mais tarde, sem tentativas por parte de Theo, ela tocou-o carinhosamente na cama. Ele afastou a mão dela e a encarou com uma expressão que ela nunca vira: pavor.

– Nós não precisamos ter pressa – disse ele, e foi isso. Nos meses seguintes, embora ocasionalmente a beijasse ou massageasse, Theo não tomou uma única iniciativa no que dizia respeito a sexo.

Fazia um ano e quatro meses desde que eles haviam feito amor, um intervalo de tempo tão incrível e penosamente longo, que Rebecca não gostava de pensar no assunto. À medida que a seca prosseguia, ela ficava cada vez mais magoada para tentar qualquer movimento, e os dois tornaram-se indiferentes um com o outro, como companheiros de quarto hostis.

Rebecca pensara em separação, mas a possibilidade a deixara perturbada e ansiosa. Embora se considerasse uma feminista, cujas necessidades eram tão importantes quanto as de seu marido, ela também era fruto de uma família nuclear judia e via o divórcio como uma vergonha, uma *shanda*. Sabia que aquele era um jeito de pensar ultrapassado, mas não o conseguia evitar.

Se houvesse se preparado para a rejeição de Theo, dizia muitas vezes a si mesma, talvez fosse capaz de lidar com ela. Mas, das muitas preocupações que tivera Rebecca quanto a virar mãe, celibato involuntário prolongado não fora uma delas. Porque era doloroso isso de um homem rejeitar a própria mulher, uma mulher atraente com a anatomia intacta ainda por cima. Será que ele não a conhecia? Será que honestamente pensava que poderia afastá-la por tantos meses sem consequências?

Outras mães novatas que ela conhecia queixavam-se da libido infantil dos maridos, preocupando-se, culpadas, com o *próprio* desinteresse:

– Gary queria fazer antes de os pontos da episiotomia terem cicatrizado.

Ou:

– Depois do meu check-up pós-parto, menti e disse ao Dave que o médico tinha proibido por mais seis semanas.

Rebecca não ouvira uma vez sequer uma mãe insinuar, mesmo que dissimuladamente, que estava na carência. Não havia nenhum capítulo em *O que esperar quando você está esperando* intitulado "A libido do papai: morta ou apenas adormecida?".

Algumas das mães que se queixavam de ser assediadas eram gordas e desleixadas, e Rebecca ouvia seus lamentos espantada com o fato de os homens as acharem sexualmente atraentes. Com 1,70m e naturalmente magra, ela havia perdido todo o peso da gravidez pouco depois de ter Abbie.

Antes M, seus seios haviam aumentado para um G pequeno e ela não possuía nenhuma estria na barriga, ao contrário das mães do Baby and Me Swim que via no vestiário do Eastern Athletic, com longas marcas arroxeadas no abdome. Até mesmo a cicatriz de sua cesariana ficara abaixo da linha dos pelos pubianos.

Rebecca sempre gostara mais de sexo do que Theo, mas ele nunca a havia rejeitado. E ela gostava de que assim fosse, gostava de tomar a iniciativa com a certeza de deixá-lo ereto apenas poucos segundos depois.

Ela e Theo haviam se conhecido na festa de aniversário de uma amiga em comum em dezembro de 2003. Ela acabara de completar trinta e um anos e, embora não se sentisse ansiosa em relação ao casamento como algumas de suas amigas, achava que havia dormido com todos os gatinhos artísticos e inteligentes ao sul da rua 14 e começava a se perguntar de que forma ia conhecer alguém novo.

Ela estava de pé ao lado da mesa de aperitivos – repleta de garrafas de água tônica, bebidas alcoólicas e refrigerantes – no apartamento da amiga, quando Theo surgiu ao seu lado e brincou dizendo que ninguém ainda havia aberto o Mountain Dew. O comentário soou pouco natural, e ela percebeu que ele estava flertando, tentando parecer espirituoso, por tê-la notado. Aquilo soou sedutor aos ouvidos de Rebecca, após sua longa série de romances passageiros e supostos namorados. Theo queria cortejá-la, e ela não conseguia se lembrar da última vez em que um homem a havia cortejado.

O relacionamento ficou muito sério muito rápido, com ele se mudando para o apartamento dela em Park Slope, na Quinta Avenida, em abril, após se conhecerem. Theo era arquiteto e possuía a maturidade e autossuficiência que faltavam aos caras atuais. Ao contrário dos rapazes judeus mimados, que levavam roupa para lavar quando iam para a casa dos pais, Theo era um protestante anglo-saxão branco, solitário e independente, criado por mãe solteira, e aprendera a cuidar de si mesmo desde cedo. No primeiro encontro oficial deles após a festa de aniversário, ele a convidou para ir até seu apartamento no Lower East Side e preparou quatro pizzas individuais, seu próprio tártaro de atum e torta de morango com ruibarbo quadriculada.

Com cabelos escuros e bem-vestido, ele parecia Clark Kent. Ao contrário dos bateristas e comediantes, Theo possuía um emprego de verdade, embora ganhasse pouquíssimo dinheiro como sócio júnior quando se conheceram. Era cosmopolita e bastante viajado, tendo vivido em Madri e trabalhado para Rafael Moneo depois da pós-graduação em Harvard. Seu apertado apartamento de um quarto estava repleto de peças originais de mobiliário modernista, como uma mesa lateral Carlo Mollino e algumas cadeiras Eames incombináveis que havia comprado no mercado de pulgas de El Rastro. Rebecca, que crescera em uma casa de pedra em um subúrbio da Filadélfia cuja decoração não mudara desde o início dos anos 70, admirava o senso estético de Theo e, mais importante, o fato de Theo tê-lo cultivado por conta própria.

Depois que ele a pediu em casamento na Lever House, a construção favorita dele, e fez o anel de noivado da avó deslizar no dedo dela, ela sentiu apenas uma alegre expectativa pelo que estava por vir. Rebecca tivera seus anos loucos e estava preparada para tornar-se parte de um casal. Adorou todas as coisas de casal que fez com Theo. Eles iam a museus e mostras em galerias de arte, liam Malamud em voz alta na cama um para o outro e frequentavam restaurantes étnicos no Queens. Tinha a certeza de que, mesmo após terem filhos, sua necessidade mútua – a dele de cuidar de alguém e a dela de ser admirada – seria o elemento que os conservaria juntos. Theo seria um bom pai. Era claramente o melhor dos cozinheiros, mas também sabia usar um martelo e esfregar o chão. Era evidente que saberia o que fazer com um bebê. Ela poderia amamentar e deixar o restante com ele. Mas Rebecca nunca previu que ele poderia gostar tanto do bebê, que deixaria de se interessar pela mulher.

Agora, depois de todos aqueles meses de rejeição, ela alternava entre preocupar-se com o fato de ele a achar feia e enfurecer-se por ele considerar aceitável o próprio comportamento. Sabendo o quão importante fora o sexo para ela antes da maternidade, teria ele de alguma forma racionalizado que ela não se interessava mais? Ou teria previsto que aquilo iria acontecer quando declarou, em um jantar três anos antes, que ela poderia traí-lo?

Fora no apartamento de Lisa e Kevin Solmsen em Carroll Gardens que Theo dera carta-branca para sua boceta. Ela e Theo estavam casados havia um ano e estavam, acreditava ela, verdadeiramente felizes, enlouquecidos por diferentes motivos, mas envoltos em uma névoa de mútuo amor novo. Ela era editora sênior na *Elle*, e ele trabalhava na Black & Marden Arquitetura, em Tribeca. Os demais convidados eram, sobretudo, gente da indústria editorial e artistas, casais, alguns com filhos. Estavam todos comendo pato exageradamente cozido e embriagando-se com merlot chileno quando, de alguma forma, veio à baila o casamento dos Clinton, o que naturalmente levou a uma discussão sobre a definição de adultério.

Rebecca estava se divertindo com a conversa inteligente quando Theo, em geral tímido, largou seu copo e anunciou:

– Eu não me importaria se Rebecca me traísse com outro homem. Desde que ela não se apaixonasse. Quero dizer, contanto que não haja sentimentos envolvidos, não me incomodo se algum empresário de St. Louis chupar a boceta dela.

Os outros casais caíram em um silêncio aturdido. Rebecca arqueou uma das sobrancelhas, levantou-se e disse:

– Me deem licença que vou reservar um voo – e todos desataram a rir.

A despeito da reação improvisada, Rebecca ficara chocada. Por que ele estaria dizendo aquilo em público? Quando um homem ama uma mulher, pensar nela com outro homem não provocaria um ataque de fúria selvagem? Para que tipo de homem (que não fosse incapacitado) estaria tudo bem que sua mulher o enganasse? Ela não saberia dizer se ele havia dito aquilo por bravata ("Isso é um blefe; minha mulher nunca me trairia, porque me ama demais") ou honestidade, e por fim se decidiu pela primeira opção, atribuindo sua declaração ao vinho tinto e à hora tardia.

Mas, nos últimos tempos, ela andara pensando um bocado a respeito de St. Louis, a cidade metafórica. Era como se Theo soubesse que algum dia não seria capaz de fazer frente às necessidades dela e, à guisa de conversa de bêbado em festa, houvesse preventivamente sugerido uma saída.

Para ter um caso, ela precisava encontrar alguém com quem tê-lo, e, no desleixado bairro de Park Slope, aquilo parecia impossível, tão castrados eram os homens. Rebecca nem mesmo se sentia atraída pela maioria dos pais de Park Slope, mas insistia neles por serem os únicos homens com quem interagia regularmente, visto que era autônoma e trabalhava em casa. Na esperança de despertar interesse nos parquinhos, Rebecca vestia-se para o sexo. Enquanto outras mães vestiam bermudas de brim, camisetas P.S. 321 do Colégio William Penn e tênis, Rebecca escolhia minissaias Marc Jacobs, blusas sem gola da Splendid com sofisticados sutiãs que realçavam o decote e botas Miu Miu vem-me-comer de quatrocentos dólares. Na semana anterior, quando Sonam, a babá tibetana de meio expediente, estava com Abbie, Rebecca caminhara até uma butique em Nolita para comprar um macacãozinho dourado.

Mas nem mesmo seu macacão despertou interesse. De pé ao lado de um pai de costeletas nos balanços do parquinho Lincoln-Berkeley, ela arqueou as costas e esperou que ele a comesse com os olhos. Ele se deixou envolver na conversa, mas então soltou a expressão "minha mulher" nas primeiras frases, como se ela já não soubesse que ele estava domesticado pelo simples fato de morar em Park Slope, uma Stepford urbana apinhada de jovens famílias brancas. Mais cedo naquele verão, um pai louro bonitinho, com camiseta do Obama, iniciara um flerte, mas, após alguns minutos, mencionou alguma coisa a respeito de seu parceiro, Rick.

Filhos dos divórcios infelizes dos anos 70, aqueles formadores de lares monogâmicos de trinta e poucos anos possuíam padrões de conduta da década de 50 – um artigo de jornal rotulara-os de vitorianos modernos. Se existia sexo na vida doméstica, era impossível perceber pela maneira como os pais se relacionavam um com o outro. Os pais de dois filhos eram os mais deprimentes, os corpos desgastados, os olhares de resignação e arrependimento. Eles permutavam as crianças, mal se reconhecendo, seus rostos se iluminando apenas quando um bebê batia palmas ou sorria. Pareciam operários na mesma linha de montagem, vigiando o relógio e pensando: *Só faltam mais dezoito anos*.

Rebecca desejava ter atingido a maturidade na era dos sedativos, das festas das chaves e cadeados e do movimento de liberação das mulheres, quando havia sexo por toda parte e a traição era uma realidade admitida. Na época, quem tivesse um casamento assexuado possuía ao menos uma saída. Aquela nova série da TV, *Swingtown*, estava tentando explorar a nostalgia dos anos 70, mas Rebecca ficara entediada após alguns episódios, ao perceber que o programa era censurado demais para ser excitante.

Sempre que Rebecca pensava em seu amante, imaginava-o como um homem grisalho na casa dos 40, que carregava o dinheiro preso com um clipe e fumava sem se desculpar. Talvez por ter assistido ao filme *Sexo, mentiras e videotape* quando estava atingindo a maturidade sexual, sempre visualizando Peter Gallagher. Mas, até encontrar Peter Gallagher, Rebecca tinha de lançar mão de se satisfazer toda tarde durante o cochilo de Abbie, assistindo a filmes tradicionais dos anos 70: o paraplégico John Voight caindo de boca em Jane Fonda em *Amargo regresso* (o mais excitante retrato da impotência no cinema americano), Donald Sutherland e Fonda em *Klute – O passado condena*, George Segal violentando Susan Anspach em *Amantes em Veneza*. Nesses filmes, ela encontrara o arquétipo que estava procurando, um homem que agarrava sem pedir.

No quarto, ela se livrou dos jeans e da fina calcinha tipo *boyshorts* Cosabella azul cobalto, posicionou o Mini Pearl contra o corpo e acionou o interruptor no compartimento de pilhas. Nada aconteceu.

Desligou o interruptor e tornou a ligar. Nada ainda.

As pilhas haviam descarregado.

Então ela se lembrou do móbile de Abbie. Era um Sinfonia em Movimento preto e branco da marca Tiny Love [Amorzinho] que seus pais haviam levado para Abbie como presente de nascimento na primeira visita. No móbile, era possível selecionar Mozart, Bach ou Beethoven, e, quando o pai de Rebecca o colocou sobre o berço, ela brincou:

– Como é que pode não ter nada de Mahler?

Todos os dias, para a soneca de Abbie, Rebecca a colocava no berço e ligava o móbile, o que a aquietava até dormir. Se Abbie se agitasse, Rebecca ligava o móbile. Hipnotizada pela *Quinta Sinfonia* de Beethoven, Abbie tornava a apagar.

Abbie provavelmente estava no sono REM àquela altura, portanto Rebecca estava certa de que poderia se esgueirar até o interior do quarto e pegar as pilhas sem acordá-la. Ela deslizou até o móbile, removeu as pilhas, virou-se e resvalou para fora.

Fechou firmemente a porta de seu quarto. Com as pilhas no lugar, o sutiã de armação de metal aberto e levantado, a mão esquerda no mamilo direito, a mão direita no ovo, a calcinha e o jeans em uma pilha desordenada no chão, ela começou os trabalhos. Ela era Isabelle Adjani e havia chamado Polanski para o filme por sentir-se estranhamente atraída por ele, apesar de sua aparência de rato. Na escura umidade do cinema classe B, sentiu-se tão atraída por ele, talvez intuindo sua futura pedofilia, que enfiou a mão entre as pernas. Ele ficou duro imediatamente, olhou para os dois lados e envolveu-a com o braço, baixando a mão até o seio e apertando-o. Em vez de sentir repulsa, a IsaBecca vadia estendeu os braços para ele e beijou-lhe negligentemente a boca, sem se importar com os velhos sujos ao seu redor.

Rebecca aumentou a potência do vibrador para o nível dois. Apertou o mamilo com mais força, imaginando a mão macia e imaculada de diretor de Roman Polanski. Quando seus músculos se contraíam e ela começou a suar, certa de que iria gozar em poucos segundos, ouviu o nítido choramingar de sua filha.

Rebecca entrou em negação. Aquilo não era um despertar completo, mas uma ligeira agitação, uma mudança de posição, e Abbie se acalmaria até tornar a dormir em um ou dois segundos.

Um choro mais alto e mais urgente. Rebecca aumentou a vibração para o nível três, pensando em Roman Polanski. Pôs o travesseiro sobre a cabeça, desistindo de estimular o mamilo. Mas continuava a ouvir os lamentos da filha através da espuma. Parecia um choro de cocô.

Droga. Ela se livrou do travesseiro e entrou no quarto da filha. Assim que entrou, sentiu o cheiro. Pegou Abbie e levou-a em silêncio até o trocador. Quanto menos agitação causasse, maiores as chances de ela voltar a dormir. Rebecca trocou Abbie rapidamente, lançando a fralda usada na lixeira.

– Shhhh – disse ela e colocou o bebê de volta no berço. – Volte a dormir. Shhhhhh.

Abbie ergueu os olhos para encará-la com ar indignado e gritou a plenos pulmões. O móbile estava suspenso acima de seu rosto, mudo. Rebecca precisava fazer uma escolha de Sofia: seu próprio orgasmo ou o sono da filha. Um pequeno amor ou o Amorzinho.

Ela sabia o que o dr. Marc Weissbluth, autor de um livro sobre os hábitos de sono saudáveis para bebês, diria: bebês com cochilos inconsistentes ou muito curtos tinham maior probabilidade de desenvolver distúrbio de déficit de atenção, dificuldades de aprendizado e insônia na idade adulta.

Ainda assim, foi com grande relutância e considerável irritação pelas muitas maneiras como a maternidade havia arruinado sua vida, que Rebecca arrastou-se até seu quarto, removeu as pilhas AA do vibrador e recolocou-as no móbile de Abbie. Abbie tornou a pegar no sono em poucos minutos, mas Rebecca não conseguiu reunir forças para apelar mais uma vez para *O inquilino*. Deitou-se na cama, os braços cruzados sobre o peito, lançando um olhar furioso para o inútil falo rosa a seu lado. Minutos depois, o interfone tocou. ✿

COSTA DOURADA

Karen Bryan Shapiro não se considerava neurótica, e sim sintonizada com as necessidades da maternidade urbana. Não achava estranho conservar um pequeno frasco de gel antibacteriano sem perfume da Purell na bolsa e usá-lo várias vezes por dia nas mãos do filho, Darby, cujo nome havia sido escolhido anos antes de o ator Patrick Dempsey tê-lo escolhido para o filho *dele*.

Ela não achava estranho fazer com que Darby usasse joelheiras One Step Up no parquinho da rua Três para não ralar os joelhos quando corresse, embora o asfalto se achasse coberto de esteiras de borracha preta que praticamente impossibilitavam os joelhos ralados; que houvesse um tapete antiderrapante de quase um metro de largura no fundo da banheira para que Darby não escorregasse e caísse durante o banho; ou que ela o houvesse inscrito em sete, isso mesmo, *sete* pré-escolas do Brooklyn quando Darby completara quinze meses, incluindo a Grace Church, a Montessori de Brooklyn Heights e o Centro Educacional da Primeira Infância do Templo Garfield, para certificar-se de que entraria em uma. (Ele havia entrado no Templo, mas apenas porque ela havia gasto quase 1.800 dólares para ingressar na congregação. Os colegas de turma de Darby eram uma combinação de filhos judeus dos membros e crianças gói cujas mães referiam-se à escola eufemisticamente como Escola Garfield.)

Karen não achava particularmente estranho nem mesmo que Darby, que tinha quatro anos, ainda insistisse para que ela colocasse nele uma fralda quando precisava fazer o número dois, após o qual ele retirava a fralda, limpava-se e tornava a vestir a cueca. Karen acreditava que, por mais humilhante que fosse para ela ter de colocar fralda em seu filho de quatro anos nos parquinhos, a humilhação não era nada comparada ao que sentiria se produzisse um distúrbio intestinal crônico em uma criança que havia sido pressionada demais a educar-se e retivesse os movimentos em protesto.

Embora não acreditasse em pressionar o filho no sentido de fazer coisas para as quais não estava preparado, acreditava em pressionar o mundo para tornar as coisas melhores para seu filho. Este era um mundo cão, e Karen sentia que, se as pessoas não fizessem o possível para oferecer aos filhos uma vantagem, eles estariam destinados a uma vida de mediocridade.

Por isso, Karen não achava esquisito apertar a campainha de um completo estranho às quinze para as três da tarde de um dia de semana, por ter ouvido que havia um apartamento à venda no prédio. Karen informara-se sobre o apartamento por meio de um pai na Escola Garfield, que tomara conhecimento do fato através do treinador do cachorro da *doula* de sua mulher. O pai, Neal Harris, havia dito que os proprietários estariam vendendo o imóvel por conta própria em um *open house* naquele domingo e, embora fossem colocar um anúncio nas listas de imóveis on-line do *New York Times* na quinta-feira, Karen queria dar uma espiada antes.

Segundo Neal, o apartamento era um três quartos, pequeno, de 88m², com lareiras decorativas e cozinha aberta, mas seu atrativo principal era localizar-se na zona escolar P.S. 321. Karen e seu marido, Matty, vinham procurando apartamentos nos últimos dois anos, comparecendo a *open houses* com Darby quase todos os finais de semana, na esperança de encontrar um lugar decente. Mas já haviam perdido para ofertas maiores vários apartamentos que haviam adorado e, mesmo com a correção imobiliária que tivera início na primavera, Karen estava começando a temer que eles nunca dariam lances altos o bastante para conseguir alguma coisa.

Eles moravam em um apartamento alugado na rua 14 entre a Sexta e Sétima avenidas, o que significava que o apartamento deles ficava na zona escolar P.S. 107. E, embora a 107 estivesse melhorando devido a sessões de leitura para captação de recursos altamente bem-sucedidas com Paul Auster e Jhumpa Lahiri, a 321 ainda possuía a melhor pontuação nos testes.

Karen havia lido na revista *New York* que apartamentos na zona 321 custavam em média 100 mil dólares a mais do que apartamentos de mesmo tamanho na 107, o que considerava um preço pequeno a pagar se isso significasse que seu filho iria para uma escola 62% branca, em vez de apenas 43%. É verdade que a 321 só ia até a quinta série, e a escola secundária local, a M.S. 51, na Quinta Avenida, era um campo de treinamento para selvagens, mas havia planos para uma escola secundária independente no distrito, que certamente estaria pronta e funcionando quando Darby tivesse 12 anos.

O preço inicial do apartamento da rua Carroll era de 675 mil dólares e Karen achava que, se ela e Matty oferecessem 700 mil de antemão, antes do *open house*, os vendedores talvez não sentissem a necessidade de organizá-lo. Seria um desafio arcar com as prestações mensais, mas, se o apartamento parecia caro agora, em poucos anos eles perceberiam que o haviam adquirido por quase nada. Além do mais, se ela simplesmente conseguisse conversar com os proprietários, eles veriam que ela era Gente Boa, gentil e digna de aprovação do comitê, com um filho bem-comportado, sem animais de estimação e renda familiar de 286 mil por ano.

O apartamento não apenas ficava em uma rua com nome, o que significava a área mais setentrional e mais cara de Park Slope, mas em um quarteirão do parque. Ainda melhor, ficava à curta distância a pé da Cooperativa de Prospect Park, da qual Karen já era sócia. Ela levava mais de vinte minutos para chegar à Cooperativa desde South Slope, o que tornava as compras uma considerável aporrinhação, sem mencionar ter de fazer os turnos mensais de trabalho dela e de Matty. (Todos os membros adultos da família tinham de realizar turnos, mas, por Matty trabalhar tanto, ela realizava ambos. Ela trabalhava na equipe da creche para poder levar Darby; as muitas estratégias da cooperativa em prol da família eram um dos motivos pelos quais Karen se associara.) North Slope também era mais perto da filial central da Biblioteca Pública do Brooklyn e do Clube Montauk, para onde Karen já se arrastava duas vezes por semana para suas reuniões dos Vigilantes do Peso, e ela estava convencida de que a mudança seria um investimento não apenas em sua saúde mas em seu bem-estar.

Karen tinha 32 anos, mas parecia muitos anos mais velha devido aos nove quilos que não conseguira perder depois do parto. Com 1,64m de altura, possuía a pele de irlandesa morena como a da mãe, e seus cabelos pretos eram curtos, no "corte maternal" que havia passado a usar quando Darby era bebê e não parava de brincar com as madeixas. Ela tentava se esforçar quanto à aparência – carregando uma *bowling bag* da Brooklyn Industries à guisa de bolsa e usando base todos os dias – mas, após quatro anos de maternidade caseira, havia aprendido a se vestir de forma funcional para os parquinhos, com blusas largas, jeans e sapatos para caminhadas em preto e branco da MBT, que havia comprado em uma academia de pilates na rua Union.

MBT significava Masai Barefoot Technology ou Tecnologia Masai dos Pés Descalços, e os sapatos, com imensas solas inclinadas, forçavam a pessoa a levantar os pés ao andar, reproduzindo as passadas largas do povo masai da África Oriental, que não tinha nenhuma celulite. Karen percebera uma melhora insignificante na própria celulite em seus seis meses de uso dos sapatos, mas ainda não havia perdido as esperanças.

Uma voz feminina rouca soou ao interfone:

– Quem é?

– Hum, eu estou aqui por causa do *open house* – respondeu Karen, tentando parecer o mais despreocupada e não psicótica possível.

– Que *open house*? – perguntou a voz, irritada.

– Hum, o que vai haver no domingo? – Karen começara a transformar todas as suas locuções em interrogativas pouco após o nascimento de Darby, tendo adquirido o hábito com as outras mães domésticas da vizinhança, que o haviam adquirido no colégio interno. – É um três quartos? À venda? Pelos proprietários?

– É o Apartamento Dois – disse sucintamente a mulher. – Aqui é o Apartamento Três. – Um bebê choramingou alto ao fundo. – O que há de errado com você? – Karen não sabia ao certo se a mulher estava se dirigindo ao bebê ou a ela.

Sem ter certeza de que a outra continuava na escuta, Karen declarou:

– Na verdade, eu já tentei ligar para o Apartamento Dois? Mas ninguém atendeu? E eu só fiquei me perguntando se você se importaria de me mostrar o seu apartamento em vez disso, para que eu pudesse ter uma ideia da disposição. Prometo que não sou nenhuma assassina do machado. – Ela soltou uma risadinha nervosa. – Estou aqui com meu filho. Darby.

Karen não ouviu nada por um instante e, quando tornou a apertar a campainha do Apartamento Três, não houve resposta. Um segundo mais tarde, ouviu um ruído vindo de cima, onde um árabe assustador trabalhava na fachada. Uma cabeça projetou-se em uma janela. A mulher parecia furiosa.

– Ah, você aí! – chamou Karen em tom esperançoso. – Viu? Aqui está ele. Darby. – Ela apontou para o carrinho de bebê Maclaren, parado ao pé da escada. Embora a maioria dos amigos de Darby já não usasse carrinhos, Karen sempre o fazia porque a caminhada de South Slope a North Slope era bastante longa e ela não conseguia lidar com o arrastar de pés do filho quando precisava chegar a algum lugar. – Meu nome é Karen. Karen Bryan. – Karen sempre omitia seu nome de casada quando achava que isso ajudaria.

– Bem, Karen Bryan, estou feliz por ter dado uma boa olhada em você – disse a mulher.

– Por quê? – perguntou Karen, nervosa.

– Para que eu possa mostrar você a Tina e Steve quando você vier ao *open house* e dizer a eles para não aceitar sua oferta porque vou me certificar pessoalmente de que o conselho nunca dê sua aprovação. – A janela foi fechada com força. Do andaime, o árabe encarava Karen com ar inexpressivo.

Ela afastou-se das escadas, tremendo de humilhação. Não comentaria com Matty aquele imprevisto. Ele era durão, como todos os advogados, e ela sabia que ele lhe daria uma bronca se ela contasse que já havia estragado tudo.

Karen e Matty haviam se conhecido na Bates, quando Karen estava no segundo ano da faculdade; ele cursava a Bowdoin e fora visitar um amigo. Durante o almoço, eles conversaram e, depois disso, permaneceram em contato. Ela gostava da companhia dele e o achava divertido, mas não o considerava matéria-prima marital até poucos anos depois de formada, quando estava trabalhando como assistente social em uma escola primária no Bronx e morando com três companheiras de quarto em Curry Hill.

Matty, que havia se formado na Cardozo, trabalhava em fusões e aquisições na proeminente e conservadora Simpson & Holloway e a visitava com frequência a fim de levá-la para jantar. Ela apreciava sua companhia, mas nunca pensara nele de forma romântica. Ele era alto, porém desajeitado, com sobrancelhas cerradas e possuía o irritante hábito de mordiscar as cutículas. Ela jantava com ele e os dois conversavam amistosamente, então se despediam diante do prédio dela e ele aceitava isso, como se tampouco se interessasse por ela.

Uma noite, enquanto estavam sentados em um restaurante paquistanês não muito distante do apartamento dela, Karen olhou-o por sobre a mesa enquanto ele contava uma história engraçada a respeito de um colega de trabalho e percebeu que Matty Shapiro estava apaixonado por ela.

Fora difícil para ela aceitar que algum rapaz pudesse estar apaixonado por ela; estava acostumada a ser a acompanhante solidária de meninas mais bonitas que ela. Quando saía com suas amigas da Bates, os caras não davam em cima dela. Karen permanecia no bar e ouvia à medida que as outras garotas ficavam cada vez mais bêbadas e pediam conselhos sobre os idiotas cujos atrativos, além dos físicos, nunca eram claros para Karen. Seu histórico sexual pré-matrimonial resumia-se a uma malfadada aventura de uma noite na Brooklyn Tech High School e alguns encontros nas festas da Bates – todos com rapazes indianos ou asiáticos que não falavam com ela depois.

Ainda que a princípio tenha sido difícil imaginar fazer sexo com Matty, ela percebeu, naquele fatídico jantar, que ele a adorava e nunca a trairia nem abandonaria. Mais importante: ela sabia que ele logo estaria ganhando o suficiente para sustentar uma família com uma única renda. Karen havia concluído seu mestrado em assistência social dois anos antes, mas achava seu trabalho na escola deprimente: os pais ausentes ou mortos, as mães viciadas, a violência e até mesmo a linguagem das crianças, que faria um prostituta corar. Um menino de oito anos que parecia ter 14 era apelidado de Esfregão pelas outras crianças, por sua tendência de assoar o nariz na mão e limpá-la nos colegas de classe quando estes não estavam olhando.

Karen estava cansada da viagem até o trabalho no trem 6, cansada de viver em um apartamento de dois quartos com três colegas. Caso se casasse com Matty Shapiro, algum dia comprariam um apartamento em um prédio de arenito em Park Slope. Mandariam os filhos para colégios particulares e acampamentos de verão e cuidariam para que fossem admitidos em boas universidades, para que tivessem uma vida feliz e produtiva.

Um ano depois do jantar paquistanês, ela e Matty estavam casados e, um ano depois disso, mudaram-se do apartamento dele em East Midtown para South Slope e ela engravidou de Darby. Mas o apartamento era apertado, Darby estava ficando maior e Karen achava que era hora de passarem de locatários a proprietários.

Karen soltou os freios no carrinho de Darby. Havia planejado fazer compras na Cooperativa de Prospect Park depois de ver o apartamento – oferecera-se para comprar salgadinhos e patês para uma reunião do grupo local

Audácia de Park Slope, que estava tentando eleger Barack Obama presidente –, mas decidiu que as compras podiam esperar. Queria fazer uma coisa puramente egoísta. Karen girou o Maclaren na direção de Prospect Park West.

Prospect Park West era a rua mais luxuosa e magnífica do bairro, conhecida na década de 1880 como Costa Dourada, fato do qual Karen tomara conhecimento por comparecer às *open houses* de seus imóveis mais caros ou dos imóveis mais caros que não exigiam pré-qualificação para admissão.

Embora houvesse muitas construções horríveis do pós-guerra, dispersas ao longo da rua de vinte quarteirões, havia mansões vitorianas de tirar o fôlego com escadas circulares centrais e detalhes originais.

Toda vez que passeava a pé pela Costa Dourada, Karen olhava para o interior das construções e imaginava-se morando nelas, pensando em como seria dormir em um quarto com vista para o Prospect Park. Para certas pessoas, o dinheiro não comprava felicidade, mas Karen as considerava idiotas.

O consumo era discreto em Park Slope, ao contrário do Upper East Side. As mulheres com maridos ricos nunca os chamavam de gestores de fundos livres ou banqueiros de investimento. Declaravam simplesmente: "Ele trabalha no setor financeiro." Os ricos em Park Slope tentavam esconder o fato. Mas havia pistas, e essas pistas incomodavam Karen: as mães que mencionavam que seus filhos frequentavam a Saint Ann's; as bolsas Mulberry de dois mil dólares que algumas mulheres levavam para o parquinho; os adesivos da praia de Southampton nas caminhonetes Subaru estacionadas nas ruas.

Quando alcançou a esquina da Prospect Park West com a Carroll, Karen atravessou para o lado do parque, caminhou dois quarteirões rumo ao sul até Garfield Place e sentou-se em um banco verde, de frente para uma fileira de mansões. O ar estava pesado e úmido, e os transeuntes exibiam olhares inexpressivos de cansaço, parecendo ansiosos para penetrar no conforto de apartamentos com ar-condicionado. Os bebês reclinavam-se nos carrinhos, o rosto corado, enquanto babás caribenhas enxugavam-nos com lenços. Um menino negro com uma bandana na cabeça passou ao lado de Karen e Karen agarrou a bolsa com força. Era preciso ter cuidado perto do parque.

Na semana anterior, ela lera no *Brooklyn Paper* a respeito de um estupro perto dos campos de beisebol. A vítima estava dentro do carro com o namorado à uma e meia da manhã na Prospect Park Southwest quando o estuprador surgiu na janela. O namorado saiu para confrontá-lo, os dois se separaram, e o agressor alcançou a mulher e a estuprou. Havia um retrato falado da polícia no jornal – ele tinha pele de tom intermediário, 1,97m, era magro, vinte e poucos anos –, Karen estava atenta ao sujeito desde então. Estacionou o carrinho de Darby ao seu lado.

– Eu não quero fazer o Recreio da Mamãe! – protestou ele.

– Só um pouquinho – disse ela. – Então nós vamos fazer compras na Cooperativa, e você pode subir até a creche para se divertir com os brinquedos.

– Isso é chato!

– Coma uns biscoitos – disse ela, estendendo-lhe o pacote. O Recreio da Mamãe era uma das poucas ocasiões em que ela alimentava Darby para apaziguá-lo; no geral, não acreditava em distrair crianças com comida.

Darby comeu alguns biscoitos, ainda de cara feia. Ela colocou a bolsa ao seu lado no banco e retirou um par de Ray-Ban falsificado, um iPod verde e um pacote pela metade de biscoitos recheados sabor chocolate. Pôs os óculos de sol, colocou os fones do iPod no ouvido e apertou *play*, emocionando-se com os primeiros acordes de *Stronger Than Pride*, de Sade, um álbum que ouvira pela primeira vez aos catorze anos em uma festa num porão em Fort Greene, onde todo mundo estava pegando alguém, exceto ela.

Em seguida, plantou seus sapatos MBT na calçada, retirou um biscoito do pacote da bolsa e pôs-se a roê-lo, deliciando-se com a doçura crocante e ausência de gordura trans. Ela o mastigou e engoliu rápido, então pegou outro, pacificada pelos sons melodiosos de Sade e piscando, para além do tráfego, na direção da imensa mansão da atriz duas vezes vencedora do Oscar, Melora Leigh.

Melora havia ganho seu primeiro Oscar (Melhor Atriz Coadjuvante) em 1977 aos nove anos de idade, por interpretar o papel de filha de Al Pacino no filme *The Main Line*, um filme obscuro, porém brilhante, de Paul Schrader, sobre um viciado em heroína da Filadélfia. Antes disso, Melora havia vivido uma infância comum no West Village, como filha única de mãe professora e pai fotógrafo. E então, um dia – segundo Karen sabia com base em incontáveis entrevistas nas quais Melora relatou a história –, a diretora de elenco Mary Jo Slater a avistara na fila do Joe's Pizza e a levara para fazer um teste para o filme de Pacino.

No fim das contas, Melora tinha talento e ela rapidamente se tornou uma das mais conhecidas atrizes mirins de fins da década de 70, juntamente como Cynthia Nixon e Kristy McNichol. Melora trabalhava sem parar, aparecendo na sessão da tarde, em filmes sérios, inúmeras peças da Broadway e em um comercial famoso dos cookies Duncan Hines.

Mas, no final dos anos 80, ela começou a ter dificuldades para convencer o público a aceitá-la em papéis adultos. Cursou a Columbia por um ano, mas desistiu da universidade. Estrelou uma sequência de péssimas comédias românticas e algumas séries de TV de curta duração, incapaz de encontrar seu nicho. Em 2002, aos 34 anos, quando era apenas uma mancha na tela do radar da nação, Melora obteve o papel principal no filme biográfico de Paul Thomas Anderson, *Poses*, vagamente baseado na história de vida da diretora de cinema experimental Maya Deren.

Graças às orientações do guru da atuação Harold Guskin (a quem Melora concedeu seu reconhecimento em várias entrevistas), Melora teve uma daquelas atuações firmes e comoventes que se veem muito raramente. O filme decolou, chegando a faturar cem milhões na bilheteria. A Academia, que adorava histórias de recuperação, concedeu-lhe um segundo Oscar.

O marido de Melora, havia três anos, era o ator australiano ruivo não muito conhecido, porém incrivelmente atraente, Stuart Ashby, que havia sido escalado por seu tipo físico em *Poses* como primeiro marido de Melora, um tcheco judeu chamado Sasha. Karen e todos que já haviam passado os olhos por um exemplar da *U.S. Weekly* conheciam a história de como os dois haviam se conhecido e se apaixonado no *set*. Melora estava sozinha quando o conheceu e acabara de adotar por conta própria um bebê vietnamita chamado Orion, mas Stuart estava praticamente casado com sua namorada, a atriz australiana de 1,82m Natalie Sullivan, conhecida por seus papéis em filmes de época aclamados pela crítica e seu físico de atriz pornô.

Entretanto, a atração por Melora foi demais para suportar, e ele rapidamente descartou Natalie para ficar com Melora. Em pouco tempo, eles estavam comparecendo a pré-estreias de filmes e escapulindo do restaurante Per Se, recusando-se a falar com a imprensa, ao passo que Paul Thomas Anderson declarava aos entrevistadores:

— Eu não reivindico crédito nenhum. Tudo o que posso dizer é que Melora e Stuart são pessoas especiais.

Eles fizeram sua primeira aparição pública no MTV Video Music Awards de 2004 e, depois de ter se mudado para o *loft* dela na rua Spring, Stuart adotou Orion legalmente. Eles mudaram o sobrenome do menino de Leigh para Leigh-Ashby, e os dois se casaram em uma cerimônia discreta na Fundação Angel Orensanz na rua Norfolk.

Melora era magra e melancólica e, segundo o Internet Movie Database, tinha 1,78m de altura, o que Karen sabia estar correto por suas várias esbarradas com ela na vizinhança. Melora possuía longos cabelos sempre brilhantes, ao estilo Carolyn Bessette. Como outras celebridades de Park Slope (Steve Buscemi, John Turturro e a estrela de *Law & Order: Criminal Intent*, Kathryn Erbe), Melora não fazia nenhuma tentativa de se disfarçar quando circulava pelo bairro. Karen entendia: ninguém precisava se avacalhar caso morasse no Brooklyn. Era só vestir o boné de beisebol e os óculos escuros característicos no instante em que montasse acampamento no outro lado do East River. De quando em quando, a *U.S. Weekly* publicava fotos de Emily Mortimer e Alessandro Nivola em Cobble Hill ou Adrian Grenier em Clinton Hill, mas o crédito da foto era sempre o mesmo, Phil Parnell, como se apenas um fotógrafo fosse aplicado o bastante para cruzar as águas.

A carreira de Melora desmoronara desde que ela se mudara para o Brooklyn. Embora alguns culpassem suas escolhas de papéis, Karen sentia que ela estava apenas se reajustando. Depois de *Poses*, Melora havia protagonizado: *Creeping*, um filme de terror que foi um fracasso de bilheteria; um drama da Lionsgate que enfocava o verdadeiro relacionamento de Jane Austen com as irmãs e recebera sólidas críticas, mas passara basicamente despercebido; o melodrama *You Just Call Out My Name*; um *thriller* de ficção científica baseado na série em quadrinhos *Usurpia*, em que ela interpretava uma combatente do crime mutante chamada Princesa Xaviera, e uma peça de Neil LaBute, bem acolhida pela crítica. Ainda que alguns críticos já houvessem escrito o obituário profissional de Melora, Karen estava convencida de que era apenas uma questão de tempo até que ela encontrasse outro roteiro com apelo tão forte quanto o de *Poses*. Assim que isso acontecesse, Melora faria seu segundo retorno.

Karen a avistara um punhado de vezes na vizinhança desde que Melora comprara sua mansão de seis quartos no número 362 da Prospect Park

West, na esquina de Garfield Place, em março de 2006. (Karen sabia, com base no PropertyShark.com, não apenas quanto Melora havia pago – 4,7 milhões de dólares – mas também que comprara o imóvel em nome da Main Line Trust, embora ela e Stuart estivessem casados por ocasião da compra). Karen a avistara vendo vitrines na badalada Quinta Avenida de Slope, saltando de um carro diante da mansão com malas Bergdorf e o que parecia ser um herpes labial e experimentando um top na boutique Loom da Sétima Avenida, murmurando em seu celular: "Não fique deprimido."

Mas, dos avistamentos de Melora Leigh, o preferido absoluto de Karen, que ela narrava vezes sem conta às mães no parquinho e divulgara no site Gawker Stalker sob o pseudônimo "bklynmama", havia ocorrido no Centro de Ioga de Park Slope havia um ano e meio. Era uma manhã de sábado, e Karen tinha decidido que era hora de fazer alguma coisa em relação a seu corpo em forma de pêra, então avisou a Matty:

– Você vai ficar com Darby. Vou fazer um pouco de exercício.

Atemorizada ante a perspectiva de qualquer atividade que a fizesse suar, Karen decidiu fazer uma aula básica de Viniasa.

A caminho da porta, parou para checar seus e-mails e entreteve-se lendo as postagens do quadro local de avisos dos Pais de Park Slope a respeito da adequação dos escorregas do parquinho para as crianças. Consequentemente, chegou à aula dez minutos atrasada e teve de esperar do lado de fora até o fim do cântico inicial. Havia um único lugar vago em um canto no fundo. Enquanto desenrolava seu tapete alugado, Karen surpreendeu-se ao ver Melora Leigh sentada ao seu lado na posição de lótus.

Melora estava vestindo calça de ioga marrom pespontada e camisa branca sem sutiã. (Sempre tivera seios pequenos, e Karen adorava o fato de que, ao contrário das principais atrizes de Hollywood, ela houvesse optado por não colocar implantes.) De perto, estava ainda mais linda do que na cena final de *Poses*, na qual havia tomado uma dose excessiva de comprimidos para dormir no banheiro. Possuía uma pele translúcida, seu cabelo estava puxado em um coque alto com alguns fios soltos nas têmporas, e Karen a achou ainda mais alta do que o suposto 1,78m.

Karen, que imaginara que a aula básica seria fácil, ficou surpresa ao pegar-se suando como um cavalo enquanto lançava olhares furtivos para

Melora durante as Posições do Guerreiro e tentava perceber se ela havia feito lipoaspiração na coxa. Aos quarenta minutos de aula, enquanto os iogues faziam manobras para executar a Cobra, Melora peidou. Alto.

As outras mulheres perto dela viraram-se para olhar, supondo que houvesse sido Karen. Irritada com a acusação, Karen assumiu uma expressão de negação, e então Melora disse baixinho:

– Vocês me desculpem. Essas posições da Cobra realmente me deixam desnorteada. – E as mulheres riram e olharam para ela com adoração. Melora não só era bonita, talentosa e rica como não negava a autoria de seus peidos.

Karen lembrava-se desses encontros, quando soltou ela mesma um peido aroma chocolate com zero gordura trans. Sentava-se naquele banco algumas horas por semana, rezando para ver Melora de relance em uma das janelas do andar superior, secando o cabelo ou ajustando a potência do que Karen tinha certeza de que era ar-condicionado central.

Abaixo de Sade, Karen ouviu um lamento urgente. Exasperada, arrancou os fones de ouvido.

– O que foi?

– Eu terminei – respondeu Darby, estendendo o pacote vazio de biscoitos, como se ela fosse uma lata de lixo humana. – Eu quero ir para casa.

– Só mais um pouquinho.

– Mas você sempre diz isso, e sempre fica muito mais.

– Darby, é um.

– Mas, mãe!

– É dois. – Ela havia aprendido esse truque em um livro chamado *A mágica do 1-2-3* e descobriu que funcionava surpreendentemente bem. Os pais estabeleciam castigos correspondentes à idade (para Darby, era ficar sem sobremesa), e, quando a criança começava a desobedecer, os pais começavam a contar. Se ela continuasse a desobedecer e a contagem chegasse ao três, ela era punida.

Darby não disse mais nada, e Karen recolocou os fones de ouvido, observando a janela do terceiro andar. Estava começando a achar que aquela ginástica toda era infrutífera. Era verão. Os ricos não permaneciam na cidade no verão. A Hampton Jitney havia até mesmo inaugurado um itinerário no Brooklyn que passava pela Prospect Park West. Karen havia visto o ônibus passar algumas vezes e invejava os ricos por trás das janelas de vidro fumê, que ela imaginava lendo o *New York Observer* e bebendo espumante de café gelado.

Melora, Stuart, Orion e toda sua equipe de empregados estavam provavelmente no chalé do casal em Bridgehampton, indo a festas de Robert Wilson em Watermills e recebendo Jessica Seinfeld para beber margaritas. As únicas pessoas que permaneciam na cidade durante uma onda de calor eram aquelas que eram obrigadas. Karen e Matty haviam tirado uma semana de folga em abril para visitar os pais dele em Miami durante o feriado da Páscoa judaica na Escola Garfield e iam tirar a segunda semana de férias dele entre o Natal e o Ano-Novo. Mas agora Karen arrependia-se de não ter reservado uma semana para o verão.

Uma luz se acendeu na janela. Havia uma cortina transparente, mas, através dela, Karen percebeu os contornos de uma mulher alta fazendo um garotinho girar em círculos, como um avião. Eles estavam na cidade! Embora tudo o que conseguisse enxergar fosse a silhueta, ela sabia, devido aos cabelos flutuantes, que era Melora. Os corpos pareciam exultantes e relaxados e emanavam uma alegria que a própria Karen não conseguia se lembrar de alguma vez ter sentido, mesmo quando era pequena, crescendo com a irmã em Midwood, Brooklyn, em uma casa coberta de telhas, de dois andares, com uma garagem e um quintal.

Ser rico era isso. Todas as coisas importantes já estavam resolvidas, então era possível apreciar as pequenas coisas, como brincar com os filhos. Em vez de passar o tempo todo pensando em tornar a vida melhor, era possível estar presente no momento – uma coisa que Karen vinha tentando fazer desde que lera *Everyday Blessings: The Inner Work of Mindful Parenting*, de Jon e Myla Kabat-Zinn.

Karen sentiu vontade de atravessar a rua correndo e bater à porta até que Melora a deixasse entrar e também a fizesse girar. Um instante depois, as silhuetas recuaram, mas Karen continuou a olhar fixamente para as cortinas por longo tempo, ainda enxergando os contornos de mãe e filho.

ORIENTAÇÃO

Enquanto Orion estava no quarto de jogos do terceiro andar com a babá, Anika, Melora ia rumo à orientação na Cooperativa de Prospect Park. Decidira associar-se por sugestão de Lynn, sua agente publicitária. Desde que se mudara para Slope, passara muitas vezes pelo espichado prédio na Sétima Avenida, com sua curiosa placa estilo anos 70, sua profusão de refeições orgânicas e leitores de Michael Pollan, e o local a havia divertido de forma distante, uma estranha instituição da vizinhança na qual ela esperava nunca ter de entrar.

Mas, em abril, Melora recebeu pelo correio a edição da *Vanity Fair* sobre a questão verde, com Madonna na capa, o corpo estendido contra um globo de gesso, e percebeu que teria de embarcar na questão ambiental. Ela sempre fora politicamente engajada: nos anos 90, Tim e Susan a haviam envolvido no Projeto Inocência, muito antes de se tornar um modismo, ela comprou um Prius para sua casa em Silver Lake. E não foi sem consciência do valor das relações públicas que mais tarde se empenhou em uma atitude de reciclagem mais extrema e geradora de manchetes – a adoção.

Mas, mesmo com uma babá residente, fazer o papel de mãe de Orion vinha sendo tão difícil que Melora não tinha planos de bancar a Angelina e assumir uma prole de doze, o que significava que teria de descobrir outra forma de ser visivelmente progressista. Poucas semanas antes, ela encontrara-se com Lynn para discutir a iminente pré-estreia de *The Dueling Donnellys*, uma comédia romântica de Gary Winick sobre uma irmã superprotetora que obrigava a noiva (Kate Hudson) do irmão (Vince Vaughn) a passar por uma série de provas violentas. Ela e Lynn conversavam sobre as entrevistas VIP dela, e Melora havia dito:

– Acho que fazer alguma coisa pelo meio ambiente melhoraria a minha popularidade.

– Por que você não participa daquela cooperativa de alimentos no seu bairro? – Lynn retrucou de imediato. – Minha cunhada faz parte. Ela adora. Diz que os hortifrútis são melhores do que em Fairway. – Com 1,49m, judia e sessenta anos de idade, Lynn trabalhava em relações públicas desde os anos 70 e suas ideias eram sempre pouco convencionais.

– *Cooperativa de alimentos*? – havia dito Melora. – Ugh. Não tem turnos de trabalho?

– Tem, tipo três horas por mês. Você consegue pensar em alguma outra celebridade que cumpra um turno de trabalho mensal obrigatório? Hoje em dia, é tudo uma questão de estar de acordo com a plebe. Não foi por isso que você despediu Lisanne? – Poucas semanas antes, após Stuart tê-la convencido de que precisavam simplificar a vida, Melora havia despedido Lisanne, sua assistente pessoal, de 26 anos, incrivelmente competente e formada em semiótica pela Brown.

– Você vai ter plataforma publicitária garantida – continuou Lynn. – O lugar tem nove mil sócios, dos quais qualquer um pode ligar para uma coluna de fofocas e informar a santa que você é por cumprir o seu próprio horário de trabalho. E pode ser uma informaçãozinha importante a soltar quando você estiver sentada com Adam Epstein no Gemma.

O diretor de cinema independente Adam Epstein surgira no mapa de Hollywood em 2004, depois de escrever e dirigir *The Undescended*, uma narrativa obscura e taciturna sobre a puberdade no Upper West Side, indicada a três Óscares. Aluno de escola particular criado em Nova York, não raro mencionado juntamente com Darren Aronofsky e Noah Baumbach, Adam havia feito dois outros filmes: *Eva and Andie* (2006), um *Amigas para sempre* independente, estrelando Sandra Bullock frente a frente com a mulher de Epstein, Jessica Chafee, e *Mumbai Express*, um *thriller* com George Clooney (2007). Depois de passar todo esse tempo na Índia, Adam Epstein tornara-se um humanitário comprometido e um ambientalista obstinado. Dirigira recentemente dois anúncios gratuitos para o Conselho de Defesa dos Recursos Naturais, filmados em preto e branco como os filmes de Truffaut, e, agora, sempre que dava entrevistas, mencionava o aquecimento global.

Melora estava sendo cogitada para o papel principal em seu novo filme, *Yellow Rosie*, sobre uma psicótica *borderline* viciada em Valium, mulher de um explorador de petróleo do Texas, interpretado por Viggo Mortensen. A produção do filme estava programada para começar em agosto na Bulgária, que faria as vezes de Texas. Adam havia escalado Nicole Kidman, mas Kidman simplesmente desistira, alegando esgotamento. Adam havia contatado Vanessa Andreadakis, agente de Melora, dizendo que, em troca, desejava escalar Melora. Disse a Vanessa que era um grande fã do trabalho de Melora, e Vanessa já havia definido o salário (um milhão de dólares mais custos) com o produtor, Scott Rudin. Era negócio fechado, exceto pelo contrato, que seria expedido depois da reunião. Adam havia dito que não se tratava de um teste, mas uma oportunidade mútua para que ele e Melora se certificassem de estar criativamente sincronizados.

Melora era terrível em reuniões, tímida e fechada, e muitas vezes recebia a informação de que sua indicação havia sido cancelada. Ela teria preferido fazer um teste cinematográfico. Um joão-ninguém tímido era digno de pena, mas famosos tímidos eram desprezados. Ela estivera cercada de adultos desde pequena, antes mesmo de ter aprendido a conviver com seus amigos e, como consequência, sentia-se constrangida com outras pessoas. Ela havia se esforçado ao máximo com seu psicólogo especialista em técnicas comportamentais para lidar com sua ansiedade social, mas, mesmo assim, estava nervosa com a reunião e não faria mal a ninguém se ela e Adam contassem com um tópico seguro de discussão.

Lynn havia dito que, se a conversa morresse, Melora sempre poderia mudar de assunto e mencionar a cooperativa, a sustentabilidade e os muitos benefícios de fazer compras localmente. De modo que Melora decidiu se associar e pediu a Lynn que deixasse o assunto escapar no comunicado à imprensa que ela estava despachando sobre o show de Melora no outono no Sierra Clube para arrecadação de fundos.

A sala de reuniões no terceiro andar da Cooperativa era encardida, iluminada por lâmpadas fluorescentes e exibia uma mistura repulsiva e desestimulante de casais modernos, esposas hassídicas e lésbicas masculinizadas, todos sentados em cadeiras metálicas pretas de espaldar duro. Lembrou a Melora uma reunião do A.A. (Ela havia sido amiga de Bill W. de 1993 a

1994, até concluir que estava bebendo apenas para superar seu rompimento com Fisher Stevens.)

A líder da orientação, uma loira de ossos largos que vestia uma blusa larga de malha canelada, estava dizendo alguma coisa a respeito da economia de quarenta por cento no preço ao consumidor quando Melora entrou. Todos se viraram para a porta. Ela havia tentado moderar para parecer simples – estava usando bermuda jeans da Levi's e camiseta da Sociedade de Preservação da Fauna Silvestre – mas não deixara por menos na escolha da bolsa, uma carteira Majorelle da Yves Saint-Laurent Majorelle de couro preto acetinado de 1.495 dólares.

Stuart ergueu a mão ao fundo para chamá-la. Shivan, a *chef* lésbica formada pelo Instituto de Culinária Francesa que eles haviam surrupiado de Robin Williams, estava sentada ao lado dele.

Quando se acomodou em seu assento, Melora alarmou-se ao avistar Maggie Gyllenhaal na primeira fileira embalando a filha, Ramona, no colo. Gyllenhaal e o namorado, Peter Sarsgaard, haviam comprado um apartamento em um prédio de arenito pardo em Sterling Place seis meses depois de Melora haver fechado negócio com a mansão e haviam recebido muito mais atenção da imprensa pela compra do que Melora – em parte, por Gyllenhaal estar grávida na ocasião e, em parte, por sua popularidade haver disparado após sua declaração de que os Estados Unidos eram responsáveis pelo 11 de setembro. Melora detestou ver aquela favelada, que pagara apenas 1,75 milhão de dólares por sua casa em North Slope, associando-se igualmente à Cooperativa.

Mas havia outra razão para Melora sentir-se infeliz ao ver Maggie Gyllenhaal. Stuart havia escrito seu primeiro roteiro, que se passava no Brooklyn, e queria Gyllenhaal para interpretar o papel feminino principal, uma policial de Prospect Heights. Melora gostaria de interpretar o papel, mas Stuart continuava insistindo que ela não era suficientemente "desgastada", embora fosse quase dez anos mais velha que Gyllenhaal.

– O que é que *ela* está fazendo aqui? – Melora sussurrou para Stuart.

– Eu esbarrei com Peter no parquinho da rua Três e disse a ele que nós estávamos entrando – respondeu ele com seu sotaque australiano.

– Você não fez isso – sibilou ela.

Nos últimos tempos, ele parecia ignorar por completo as necessidades dela. Melora não havia dito especificamente que estava se associando pela publicidade, mas esperava que ele entendesse que a propaganda era um benefício secundário. Em relações públicas, o jogo era chegar lá primeiro.

A líder de orientação, que usava um crachá de identificação onde estava escrito "Nicki", continuava a ter problemas com o projetor acima de sua cabeça e fazia piadas a respeito da "inteligência de mãe" que desenvolvera depois de dar à luz seu segundo filho catorze meses após o primeiro. Seu rosto era bastante atraente, mas ela exibia um olhar abatido que fez Melora se perguntar por que aquelas mulheres não podiam esperar alguns anos entre as crianças. Aquele era um bairro em que mulheres seculares aspiravam a um estilo de vida hassídico.

Após duas horas e meia dolorosamente longas de orientação, Nicki conduziu-os à secretaria de adesão na sala contígua, onde Melora teve de recrutar uma equipe de trabalho e posar para a foto da carteira de identificação. A fotógrafa era uma muçulmana com véu na cabeça que não se surpreendeu quando a viu. Talvez Melora houvesse superestimado a importância publicitária dos sócios da Cooperativa; na Al Qaeda e na Weather Underground, boa parte deles não teria a menor ideia de quem era ela.

Melora decidiu trabalhar na equipe de compras, o que significava que iria operar uma das leitoras de códigos de barras e ser reconhecida pelo maior número de pessoas possível. O objetivo dela era fazer um turno, torcer para obter algumas menções e fazer com que Shivan cumprisse todos os demais. Esperava que Stuart também escolhesse o setor de compras, mas ele anunciou:

– Quero ficar no Manejo dos Alimentos. É mais contemplativo. Vou ficar embalando passas ou coisa do gênero.

Nicki conduziu o grupo para uma visita ao andar inferior, anunciando que podiam comprar o que quisessem com a identificação provisória. O corredor dos hortifrútis estava apinhado de compradores, estressados e acalorados devido à umidade lá fora. Um sujeito com um carregador de bebê pegou dois tipos de pêssego de compartimentos diferentes e os colocou na mesma sacola, e uma velha em uma cadeira de rodas gritou:

– O preço não é o mesmo!

– Eu sei que não! – rugiu ele em resposta. Todos pareciam ter muito tempo nas mãos e Melora havia passado a vida tentando ser alguém com tempo de menos.

Stuart correu até ela, segurando um comprido talo verde.

– É babosa! – anunciou. – É ótimo para termos em casa no caso de Orion ralar o joelho ou coisa do gênero. – Ele avistou uma prateleira com brotos de repolho chinês e agarrou um punhado. – Vou pedir a Shivan para cozinhar no vapor hoje à noite. O dr. Bob disse que o broto de repolho chinês mantém o *dosha pitta* sob controle.

Na primavera, ele havia ido para o Raj, um spa aiurvédico em Iowa, e voltara com aquele papo de *doshas* e de moderar seu fogo. Já havia eliminado o café e os açúcares processados e tornara-se um pregador extremado da coisa toda. Quando ele soltou os brotos de repolho em sua cesta de compras com um sorriso satisfeito, ela sentiu uma ânsia repentina de esmagar o punhado de repolhos na cara dele.

Ultimamente eles não vinham se relacionando bem e, por mais que Melora culpasse o Raj, sentia em parte que o verdadeiro culpado era o Zoloft. Melora vinha tomando os comprimidos desde que Orion havia se transformado, aparentemente da noite para o dia, de bebezinho angelical em uma criança que vivia aos gritos, chorona, hiperativa e de nariz escorrendo.

Quando adotou Orion, Melora queria desesperadamente ter um filho, embora não sentisse o menor desejo de dar à luz de forma natural. Os tabloides a exibiram visitando bancos de esperma, mas haviam se equivocado. Melora sentia pavor da ideia de ter seu corpo transformado pela gravidez, e um duplo pavor ante o pensamento de expulsar um ser vivo de seu corpo através de seu órgão mais precioso. Mas desejava ser mãe, desejava ter alguém que a amasse incondicionalmente e para todo o sempre. Com o passar dos anos, tinha tido uma série de relacionamentos problemáticos – Fisher, Robert Downey Jr., Sean Penn, John Cusack e, pouco antes de Stuart, Ryan Gosling – e queria alguém na vida que nunca a abandonasse.

Ela conheceu Orion visitando a cidade de Ho Chi Minh, trabalhando pela Unicef (da qual era porta-voz desde os 14 anos) e se apaixonou à primeira vista. O primeiro ano de maternidade havia sido uma delícia, em parte, devido às babás 24 horas por dia, e, em parte, por Orion ser um bebê muito alegre. Mas, aos dois anos e meio, ele se tornou tão difícil que ela começou a questionar o bom-senso de tê-lo adotado. Depois de uma briga terrível, quando ele acordou no meio da noite e exigiu que ela lhe desse sorvete de chocolate, ela o agarrou com força pelos braços e gritou:

– Seu merdinha!

Na manhã seguinte, ela marcou uma sessão de emergência com seu psiquiatra, um budista com cara de coruja do Upper East Side chamado Michael Levine.

– Eu quero um remédio – disse Melora.

– Que tipo de remédio você tem em mente? – perguntou ele, como se estivesse prescrevendo um antigripal ou um antiácido, e não drogas que alteravam a química cerebral.

– Alguma coisa que me acalme. Não posso ficar chamando meu filho de merdinha. Me dê alguma coisa que transforme Orion numa criança mais fácil de amar.

– Todos nós queremos que nossos filhos sejam mais fáceis de amar – disse ele. Michael Levine tinha uma filha adolescente e, por vezes, se queixava dela nas sessões, o que deixava Melora horrorizada com o que considerava uma atitude muito inconveniente.

– Com o que eu deveria começar? – perguntou ela. – Zoloft?

Ele se recostou em sua cadeira Aeron e sentou-se na posição de lótus.

– Provavelmente. As mulheres gostam dele, e os efeitos colaterais são mínimos.

Ela despachou a receita naquele mesmo dia. Dois anos depois, continuava a usar o medicamento, tendo gradualmente passado de 25 a 150 miligramas por dia. Melora desejava ser a melhor em tudo o que tentava, inclusive a maternidade, e achava que, se os comprimidos a acalmavam e a tornavam uma mãe mais normal, era bobagem não os tomar. Além disso, seria só durante os anos pré-escolares. Assim que Orion tivesse seis ou sete anos, ela largaria.

Devido aos comprimidos, Melora nunca mais chamara Orion de merdinha, mas também se tornara incapaz de ter orgasmos. Após descobrir o efeito colateral, ela trocara temporariamente para o Wellbutrin, em seguida para o Effexor, mas o Wellbutrin dava dor de cabeça e o Effexor engordava, então, por fim, voltou ao Zoloft.

Desde então, na cama com Stuart, ela vinha fingindo. Tinha absoluta certeza de que ele não desconfiava – ela era especialista em fingir, tendo fingido durante anos com Sean Penn –, mas a simulação a tornava ansiosa, e a ansiedade a deixava carente. Por estar guardando um segredo, temia que ele descobrisse e a considerasse menos mulher.

Ultimamente ela não confiava em Stuart, não se sentia segura perto dele. Ou o repreendia por pequenas desfeitas ou perguntava constantemente se ele a amava. Desde que estrelara em *Rolfers*, a bem-sucedida ficção científica de Doug Liman sobre viagens interdimensionais no tempo, Stuart vinha sendo altamente requisitado para filmes de ação. Passava muito tempo longe, filmando em Baton Rouge ou na Bulgária, e suas ausências a faziam se sentir só e vulnerável.

Ao ver Stuart acariciar e então sacudir e cheirar um melão persa, ela não soube ao certo o que havia de errado com ela, que não conseguia demonstrar aquele nível de entusiasmo por nada. Essa era outra desvantagem do Zoloft. Ajudava a relaxar, mas a euforia também era menor. Até mesmo fazer compras a estimulava menos que antes. No começo de seu casamento, ela ia à avenida Madison e enchia as sacolas de produtos Sonia Rykiel e Chloé, encantada com seus achados. Agora fazia compras e, quando estas eram entregues, já não a interessavam mais.

Stuart estava sempre lhe dizendo que deveria ser grata por ter dinheiro, uma carreira e uma família que a amava. Era o lado australiano pobre dele – ele sentia-se afortunado pela própria carreira, por ter crescido como surfista punk-rock em South Sydney –, mas ela não se identificava com aquilo.

Apesar da fama, Stuart era autêntico. Melora o invejava por isso. Ele se sentia à vontade em quase qualquer situação, ao passo que ela tendia a se esconder no canto da sala. As pessoas grudavam em Stuart, mas queriam fugir dela, o que a constrangia. Era impossível ser um casal forte se apenas um dos dois tinha força.

Em muitas noites, eles saíam separados porque, para ela, era insuportável ter de conversar com pessoas que não conhecia. Quando saíam juntos, brigavam com frequência e ele a acusava de estragar a noite. Se estivessem realmente com azar, um *paparazzo* bateria uma foto e, no dia seguinte, os tabloides diriam que os dois estavam prestes a se separar.

Quando se conheceram em *Poses*, Melora era centrada e ambiciosa. Durante os três meses de filmagem no West Village e em Astoria, ela, Stuart e os rapazes da equipe jogavam pôquer e contavam piadas sujas; fora assim que os dois haviam começado a namorar logo no início.

Mas ultimamente ela nunca ria. Resistia ao sexo, assim como às frequentes propostas dele de sexo oral, pois se sentia muito deprimida por ter de fingir. O único ato sexual que apreciava com ele era a brincadeira com as bolinhas tailandesas; na submissão, encontrava a emoção que o sexo havia, de resto, perdido.

A essa altura, eles estavam na fila do caixa expresso, tendo se despedido de Shivan, que queria continuar a fazer compras. De repente, Maggie Gyllenhaal caminhou na direção deles, empurrando Ramona em um Maclaren.

– Stuart! – disse ela, abraçando-o. – Muito obrigada por nos chamar para vir para este lugar. – Stuart e Maggie haviam trabalhado juntos em uma produção independente da Sundance sobre enfermeiras em um pronto-socorro no centro pobre da cidade e haviam mantido contato. Será que os dois haviam transado em *Sirenes*? Seria essa a forma de Maggie esfregar o caso na cara de Melora?

– Você conhece Melora? – Stuart perguntou a Maggie.

A mulher assentiu com um aceno de cabeça.

– Nós nos conhecemos no baile do Metropolitan no ano passado – disse Melora.

– Isso mesmo – disse Maggie. – Que ótimo ver você novamente. – E então arregalou os olhos, inclinou a cabeça no que Melora não saberia dizer se era consideração genuína ou fabricada e declarou: – Acho que, naquela noite, eu não disse o quanto gosto do seu trabalho.

Havia alguma segunda intenção no cumprimento, como se Maggie estivesse ciente de haver substituído Melora como uma das jovens de Hollywood e estivesse fazendo um comentário a respeito do quão velha Melora havia se tornado. Melora queria esbofetear aquela magrela sofisticada, que só era famosa por ter mostrado os peitos em *Secretária*, e dizer a ela para não ser tão convencida, pois, em poucos anos, também ela seria considerada ultrapassada.

– Quando você vai me mandar o seu roteiro? – perguntou Maggie. Portanto, Stuart já a havia informado sobre o papel.

Ele olhou de relance para Melora.

– Hum, assim que eu fizer a próxima leitura.

– Mal posso esperar. Você já leu? – perguntou ela, dirigindo-se a Melora.

– Ah, você vai adorar – respondeu Melora.

– Então, o que achou daqui? – Stuart perguntou a Maggie, com ar radiante.

– Fantástico – disse Maggie. – Vou preparar um bacalhau preto veracruzano para Peter hoje à noite e consegui todos os ingredientes aqui, a não ser o peixe. Se vocês ainda não tiverem escolhido seus turnos, fiquem nas Compras, nas quartas à uma da tarde, na Semana A. Então vamos todos passar um tempo juntos!

Com isso, ela se afastou corredor abaixo. A garganta de Melora se apertou e, quando ela respirou fundo, teve a sensação de estar no topo de uma montanha. Claustrofóbica a vida inteira e não uma enganadora como Paris Hilton, Melora tinha dificuldade até para permanecer no interior de um *trailer* no *set* de filmagem por mais de quinze minutos. Agora precisava lidar com aquela gente, aquela maldita gente. Sentiu-se nauseada, sem saber quanto do mal-estar era causado por Maggie Gyllenhaal e quanto se devia ao estranho cheiro de suor e noz moscada.

– Próximo! – gritou a caixa, uma linda asiática com uma camiseta que lhe revelava os mamilos de lápis-borracha. Stuart a encarou. Era tudo de que Melora precisava. Stuart adorava garotas asiáticas e cravava os olhos nelas abertamente na rua e nas festas.

– Bem, olá, Stu Ashby – disse a garota com sotaque australiano. Ela não só era asiática, como asiática *australiana*. *Ótimo. Agora nós vamos ficar aqui para sempre.*

Ele e a mulher prosseguiram, encenando todo aquele troço da geografia australiana. De cara feia, Melora virou-se, esbarrando por acidente em um pai de aspecto estressado, que empurrava um carrinho de bebê Bugaboo laranja. Ela queria dar o fora daquele lugar e ir para longe de todos aqueles fracassados.

O local parecia apertado e extremamente quente, apesar do ar-condicionado movido a energia eólica. Melora queria sentir raiva de Stuart, mas a culpa era dela mesma. Em consequência de seu próprio desejo de obter publicidade para seu ambientalismo, aproximara Stuart de piranhas de vinte e poucos anos com os ossos do quadril à mostra. E de Maggie Gyllenhaal.

Foi enquanto estava pensando na expressão "piranhas de vinte e poucos anos" que reparou no negro à sua frente. Ele movia-se com rapidez e cheirava a urina e exibia uma barba incipiente. Tratava-se claramente de um sem-teto. Como um sem-teto viera a se associar a uma cooperativa alimentícia?

Embora não carregasse mantimentos, ele estava se dirigindo à saída, onde tropeçou em um branco alto que manuseava seu iPhone. Melora viu o sem-teto puxar a carteira do bolso do jeans do sujeito. Ele sequer fez isso às escondidas. O ato foi ostensivo e vagaroso, tão vagaroso, que ela estava certa de que o iPhone perceberia no mesmo instante. Mas o iPhone continuava a dedilhar enquanto o sem-teto passava pela funcionária da saída, um tipo parecido com Susan Sontag que o encarou com desconfiança, mas nada disse.

Melora mal conseguia acreditar na inabilidade do sujeito. Ele agira abertamente, e, ainda assim, ela parecia ter sido a única a perceber.

Ela recuou à época em que tinha catorze anos e roubou uma barra de chocolate de uma loja de doces na avenida Amsterdam, para desafiar Trini Alvarado, sua colega de turma na Professional Children's School. Recordou a emoção que sentiu ao tocar a barra de chocolate e escondê-la no bolso, vendo então se conseguia sair da loja sem ser pega. O lojista estava desatento, e Melora conseguiu sair fácil, então se pôs a correr pela calçada, eufórica, o vento colhendo seus cabelos, Trini correndo atrás dela, aos berros. Elas se sentaram nos degraus do Lincoln Center e dividiram o doce. Ela nunca saboreara nada tão gostoso. Depois disso, ela roubou lojas esporadicamente durante meses, até que um dia um lojista a pegou, ameaçou chamar a polícia e a assustou tanto que ela nunca mais voltou a roubar.

Melora seguiu Stuart rumo à saída. Havia uma longa fila no caixa ao lado deles para pagar em dinheiro e, enquanto se deslocava, ela viu Papai Bogaboo inclinar-se sobre o carrinho para confortar seu bebê. Uma bolsa Skip Hop aberta e abarrotada de fraldas pendia transversalmente da gigantesca alça do carrinho, contendo canecas para bebê, um boneco Elmo e uma carteira masculina.

Antes que estivesse plenamente consciente do que fazia, Melora inclinou-se para frente, tossindo, puxou a carteira de dentro da bolsa de fraldas e a enfiou ligeiro em sua Marjorelle.

Olhou rápido ao redor. Stuart acariciava o rosto com a folha de babosa e os outros fregueses estavam tão estressados com as longas filas, que ninguém prestou a menor atenção nela. Sua respiração ficou mais fácil e os batimentos cardíacos desaceleraram. Ela sentiu-se calma e segura, como se estivesse assistindo a um filme de terror escondida e a salvo no interior de um cinema escuro.

Quando Papai Bogaboo chegou ao caixa, enfiou a mão na bolsa e, em seguida, apalpou os bolsos, desconcertado. Tentou a bolsa novamente, removendo todo o seu conteúdo antes de balançar a cabeça, mais perplexo que assustado, e informou à caixa:

— Acho que alguém pegou minha carteira.

Houve um tumulto repentino e urgente perto dele, enquanto os outros fregueses checavam seus bolsos e sacolas para se certificar de que suas carteiras continuavam no lugar. O sujeito do iPhone gritou:

— A minha também sumiu! — Melora lançou um rápido olhar na direção de Sontag, esperando que ela dissesse alguma coisa sobre o sem-teto. Em vez disso, olhou de relance para a porta com ar culpado.

— O que está acontecendo? — murmurou Stuart.

— Não sei — respondeu Melora, e, então, usando os dons que haviam lhe rendido dois prêmios da Academia, dons que vinha aprimorando desde que era criança, assumiu uma expressão de interesse amedrontado.

Alguém gritou alto e logo Papai Bogaboo estava no chão em cima de um rastafári alto de ombros largos, enquanto dois homens de meia-idade, que pareciam judeus, tentavam puxá-lo.

— Que merda que você tá fazendo, cara? — berrou o rastafári na direção do pai. — Seu idiota! — O Bebê Bogaboo estava gritando a essa altura, e vários outros bebês nos carrinhos vizinhos começaram a se manifestar em solidariedade, como cães uivando para a lua.

— Me larguem! — gritou o pai. — Esse cara roubou minha carteira — ele disse a Sontag. — Eu sei que foi ele! E a *dele* também! — E apontou para o iPhone, cujo rosto estava desolado de pânico.

— É melhor tu tomar cuidado com o que tá dizendo aqui! — gritou o rastafári.

— Alguém devia revistar esse sujeito — disse Papai Bogaboo, mais baixo dessa vez.

— Isso não está certo — disse Sontag. — Não se pode sair revistando as pessoas sem provas. — E começou a discursar sobre liberdade individual.

Melora teve a sensação de sequer estar tomando Zoloft. Sentia-se renovada e purificada, como Stuart dissera estar se sentindo ao voltar do spa aiurvédico. Teve a impressão de que, se olhasse em um espelho, o branco de seus olhos estaria claro.

Ela apertou a mão de Stuart e ele devolveu o aperto. Pela primeira vez desde que pusera os pés na Cooperativa de Prospect Park, sentia-se satisfeita por ter se associado. E pensar que fora tudo obra de um ladrão sem-teto. Aquele tipo de coisa nunca teria acontecido no Gourmet Garage, no SoHo. Não havia sem-teto no SoHo.

SALÃO DAS TETAS

Lizzie O'Donnell reparou na confusão na porta da Cooperativa ao passar. Uma branca discutia alguma coisa com um negro. Altercações como aquela deixavam Lizzie aliviada por não ser sócia, embora ela e o marido, Jay, talvez se beneficiassem com a economia.

Ela havia pensado na possibilidade de se associar quando estava grávida do filho, Mance, devido à generosa política de licença maternidade (um ano para cada bebê), mas desistira ao se dar conta do tormento que seria arrastar as compras por todo o caminho até seu apartamento em Park Place em um prédio sem elevador. Sua sogra, Mona, era sócia havia trinta anos, desde a época em que o marido ainda era vivo, mas Lizzie havia se filiado à FreshDirect. Embora alguns dos entregadores a deixassem nervosa com seus olhos evasivos e o que pareciam ser tatuagens de prisões, no geral, ela achava que valia a pena não precisar subir três lances de escada carregando compras.

Lizzie e Jay, na realidade, moravam bem longe de Prospect Park, no lado norte da avenida Flatbush, em Prospect Heights. Prospect Heights era um bairro quase completamente negro a partir dos anos 60, mas, nos anos 90, começou a ser remodelado. A avenida Vanderbilt, a rua comercial da área, agora ostentava restaurantes chiques, butiques de vestuário feminino e uma sofisticada padaria. Ainda assim, os valores dos imóveis em Prospect Heights eram inferiores aos de Slope, tão inferiores, que Jay e Lizzie brincavam, dizendo que a comunidade era pobre demais para Slope.

Jay, que era negro, havia crescido na avenida St. Marks, a poucos quarteirões de distância, e adorava Prospect Heights. Mona ainda morava ali. Jay gostava de tê-la por perto e estava sempre pedindo a Lizzie para deixá-la cuidar de Mance, mas, depois de um ano e meio, Lizzie não a deixara fazer isso nem uma única vez. Não que não confiasse em Mona, que havia feito um ótimo trabalho criando Jay e sua irmã, Sabrina, sozinha; Lizzie não se sentia à vontade com ela. Por causa disso, relutava em entregar o filho.

Quando Mona vinha de visita, Lizzie sempre tinha a sensação de que ela a estava julgando – por continuar a amamentar depois de um ano e meio, por esperar tanto para introduzir alimentos sólidos, por deixar o bebê dormir na cama deles às vezes. Jay sempre havia dito que era assim que ela era – formal, uma professora aposentada –, mas Lizzie tinha a impressão de que Mona não gostava dela por ser branca.

O prédio de tijolos sem elevador de Lizzie e Jay localizava-se entre a Vanderbilt e a Underhill, na área proposta pelo construtor Bruce Ratner para o estádio dos Nets, o que significava que o imóvel talvez fosse demolido para a construção do estádio. Lizzie e Jay, que era músico *funk*, haviam estudado comprar em Kensington, mas optaram por continuar em Prospect Heights porque o senhorio cobrava apenas 1.350 dólares pelo apartamento de 65m² de um quarto mais escritório.

Passava um pouco das seis e Lizzie ia se encontrar com a amiga Rebecca e a filha dela, Abbie, no Tea Lounge, o imenso café da rua Union, perto da Cooperativa. Ao entrar, ela parou para ler os folhetos de propaganda no enorme quadro de avisos ao lado da porta. Avistou o folheto de um grupo para arrecadação de fundos em apoio a Obama – A Audácia de Park Slope – e Lizzie sorriu em consequência do nome quando avistou, ao lado dele, um esboço da polícia retratando um negro de rosto largo com olhos estrábicos e fundos. No alto da imagem, lia-se: PROCURADO POR ESTUPRO. Segundo os registros, tinha vinte e poucos anos, 1,90m, pele de tom intermediário e fora visto pela última vez usando casaco preto com capuz. Lizzie detestava, nos cartazes de pessoas procuradas, que os homens sempre parecessem tão negros, com feições africanas exageradas. Era como se, ao recordar os crimes, os brancos que forneciam as descrições exagerassem a negritude por medo.

Ela se dirigiu ao fundo do recinto e entrou na fila para comprar um café. O Tea Lounge era um salão de 465m² ocupado com mobiliário de ótima qualidade. Era frequentado por autônomos sofisticados, estudantes de pós-graduação, mães na amamentação e uma coleção de babás de raças distintas, que mal toleravam umas às outras. Todas as quartas-feiras pela manhã, Lizzie levava Mance ao Tea Lounge para a sessão de músicas infantis liderada por Roy, um sósia de Jeff Tweedy de cavanhaque, que as mães haviam apelidado de Hot Roy.

Enquanto esperava por Rebecca, Lizzie avistou meia dúzia de mães e seus bebês reunidos em uma mesa próxima. Uma corpulenta mulher com voz irritante entretinha as outras mães. Trazia o filho amarrado ao peito em um porta-bebê Ergo, virado para ela, e ele tentava, sem êxito, suspender a cabeça para olhar para trás.

– Quando trouxeram a epidural – disse a mulher –, fiquei tão feliz que dei um beijo na boca do anestesista! – As mulheres tremeram, histéricas. Lizzie sempre conseguia identificar a Mãe Engraçada em um grupo de mães novatas: era a mais espalhafatosa e normalmente uma das menos atraentes, e, na realidade, não precisava ser espirituosa segundo qualquer tipo de padrão objetivo. Só precisava contar piadas leves, centradas nos bebês e irritantemente agradáveis em tom sarcástico, mas nunca triste, e de repente ela se transformava em Will Ferrell.

Lizzie muitas vezes se sentia diferente das outras mães, em parte, por seu bebê ser negro e, em parte, por ela ser jovem. A maioria das mães domésticas (MD) de Park Slope era no mínimo dez anos mais velha que Lizzie, que tinha 30, e, por muitas delas terem batalhado para ter filhos, eram neuróticas e excessivamente atentas, de um jeito que a assustava.

Lizzie, com 1,72m e naturalmente magra, usava roupas de ótima qualidade. Por culpa da franja negra curta sobre a testa, muitas vezes lhe diziam que se parecia com Bettie Page. Embora estivesse longe de viver preocupada com a moda, ela achava que aparência importava e havia se tornado especialmente atenta a isso após ler um livro chamado *The Post-Pregnancy Handbook*, que dizia que as mães podiam melhorar o humor simplesmente tentando melhorar a aparência. Desde então, ela cuidava em passar batom e rímel todos os dias e investia centenas de dólares em sensuais sutiãs para amamentação alemães da Boing Boing, uma loja de produtos maternos na Sexta Avenida.

Lizzie não se considerava deprimida, mas, após um ano e meio, estava achando a maternidade menos satisfatória do que esperava. O processo era totalmente enclausurante e, ainda assim, ela nunca estava sozinha. A exaustão, o trabalho constante! Ela nunca mais tocara guitarra ou respondera a seus e-mails, ou mesmo se deitara no sofá fitando o vazio. Mesmo quando Mance estava dormindo, ela estava sempre ajeitando as coisas.

O fato de Mance ser um bebê desafiante, temperamental e difícil, que não se tornara nem um pouco mais fácil com o passar do tempo, não ajudava. Vesti-lo a cada manhã parecia a cena de luta entre Alan Arkin e Audrey Hepburn em *Um clarão nas trevas*, deixando-a exausta antes mesmo de o dia começar. Ela desejava saber se se sentiria menos afastada dele se ele fosse branco, mas, quando tinha pensamentos como esse, tentava arrancá-los da cabeça, culpada demais para lhes dar algum crédito.

Quando descobriu que estava grávida, ela ficara exultante. Seus pais haviam se separado quando Lizzie tinha sete anos e, apesar de achar que a mãe fizera um bom trabalho dadas as circunstâncias, ela estava sempre tão preocupada em sustentar as crianças que não havia sido a mais atenciosa das mães para Lizzie e a irmã, Katie. Lizzie queria fazer um serviço melhor.

E, embora soubesse que seu bebê enfrentaria desafios adicionais por ser multirracial, sentira-se entusiasmada. Lizzie ficara eufórica ao imaginar o olhar no rosto das pessoas quando ela empurrasse seu filho negro rua abaixo. Queria dar uma sacudida em todos aqueles moradores acomodados de Slope.

Nos primeiros meses de gravidez, Lizzie estava certa de que teria uma filha. As pessoas lhe diziam que estava esperando menina porque ganhara peso no traseiro e sua barriga estava baixa, e, como desejava menina, Lizzie acreditou nelas. Adorava a ideia de criar uma menina corajosa, linda e multirracial, com cabelos encaracolados que ela prenderia em pequenos rabos-de-cavalo. Queria sentir-se igual à filha no que tangia ao sexo, ou quiçá a raça.

Mas, no ultrassom da vigésima semana (ao qual comparecera sozinha porque Jay estava viajando com a banda), o técnico exclamou "Você vai ter um menino!", e Lizzie debulhou-se em lágrimas.

Quando telefonou para contar, certificou-se de parecer calma, mas se sentiu secretamente consternada com a resposta dele:

— Eu sempre soube que seria pai de um menino.

Que diabos quer dizer isso?, ela havia se perguntado. Estaria ele afirmando que meninos eram melhores? Estaria afirmando que só homens fracos tinham meninas?

Nos meses seguintes, ela tentou compenetrar-se na ideia de que iria ter um menino, mas não conseguia visualizá-lo da maneira como via a filha, nem mesmo quando o técnico de ultrassom entregou a ela e a Jay imagens impressas para levar para casa. Na época, na primavera de 2006, Barack Obama era senador e ainda não havia anunciado sua candidatura à presidência; Lizzie possuía apenas uma vaga ideia de quem ele era. Lizzie não conhecia homens multirraciais, exceto pelo gay em sua turma em Hampshire, com *dreadlocks* que iam até a cintura, portanto não dispunha de modelos para seu filho ainda por nascer.

O nascimento em si havia sido um sucesso: rápido e natural, com apenas seis horas de trabalho de parto no Centro Natal do Brooklyn, ajudado pela aromaterapia e por contrapressão e massagem. Mance exibia uma cor tão clara quando saiu que mal parecia ser de raça diferente, mas, quando pegou o peito pela primeira vez, ela o encarou como se ele fosse um estranho, o que, de fato, era. Um menino em seu peito. Era como dar um beijo de língua em alguém que se havia acabado de conhecer em um bar. Parecia sexual, e o jeito guloso com que ele bebia a pegou desprevenida no início.

Eles o haviam batizado em homenagem a Mance Lipscomb, um velho cantor de blues texano redescoberto nos anos 60, mas até então a única pessoa que entendera a referência fora Hot Roy, das sessões de música infantil. Mance Lipscomb era filho de um ex-escravo, e Mance era a forma abreviada de "emancipação". Lizzie gostava de chamar atenção para o fato quando as pessoas questionavam a origem do nome, para fazê-las pensar a respeito da escravidão enquanto absorviam o significado de uma mãe branca com um filho negro.

Quando sua licença-maternidade terminou, Lizzie planejava voltar ao emprego como agente publicitária adjunta na Knopf, mas, três meses depois, com Mance ainda mamando sempre que queria, ela percebeu que não estava pronta. De qualquer forma, ganhava apenas trinta e dois mil dólares por ano, e uma babá em tempo integral custaria pelo menos vinte e cinco mil – o que queria dizer que, pagos os impostos, ficaria sem nada.

Mance fora uma criança cheia de cólicas e, ainda que a aborrecesse, Lizzie achava que o temperamento do menino só pioraria na companhia de uma babá. Além do mais, ponderara Lizzie, os primeiros meses eram os piores; todos diziam isso. Mas, depois de todo aquele tempo, ela continuava a se sentir tão prostrada quanto no início. Não sabia ao certo se deveria voltar a trabalhar ou ter outro bebê, e encarava cada uma dessas possibilidades com um tipo diferente de apreensão.

Teria ajudado se pudesse conversar com Jay sobre quaisquer daqueles sentimentos, mas ultimamente ele raras vezes estava por perto. Eles haviam se conhecido na Pete's Candy Store em Williamsburg. Ele era o número de abertura da banda de um amigo; quando ela entrou, ele estava no palco, tocando violão slide e cantando um blues que incluía o verso "você quer uma promessa, você parece a chuva", e ela pegou-se imaginando que ele o havia escrito para ela. Jay tinha pele negra escura, cabelo praticamente raspado e vestia uma camisa larga de algodão com jeans escuros e justos. Ela viu-se atraída por sua voz forte e profunda, que contrastava com o corpo delgado.

Depois do show, alguém os apresentou, e, quando apertaram-se as mãos, os olhos de Jay pareceram demorar-se nela. Jay era exótico, embora ela soubesse que não fosse politicamente correto vê-lo daquela maneira, mas, ainda assim, ele revelou-se semelhante o bastante para que ela sentisse uma ligação com ele.

Apesar da diferença racial, eles tinham muito em comum. Ela havia cursado Hampshire, ele, Oberlin, ambos com bolsas de estudo. Ambos tinham mães solteiras e haviam crescido sem muito dinheiro. Eram criativos, porém realistas, ambos tentando encontrar maneiras de transformar seus talentos em empregos estáveis.

Naquela noite, eles conversaram sobre o estilo musical dele, que Jay afirmou ter alterado após tentar carreira escrevendo *singles* de R&B. Ele se saiu bem, mas aquilo não o satisfazia, e então, certo dia, um amigo pôs para tocar um álbum de Muddy Waters e foi como se alguém houvesse acionado um interruptor. Quando ouviu a canção "Two Trains", percebeu que queria cantar daquele jeito. Agora sua música era um misto de blues, funk e folk.

Ela se empolgou tanto com o idealismo e os antebraços firmes dele naquela noite que ficou bêbada de uísque e acabou dormindo com Jay no apartamento dele em Park Place. Um ano mais tarde, eles se casaram em uma cerimônia simples na casa de infância dela em Woodstock.

Atualmente era difícil recordar aquela primeira noite perfeita. Como ele nunca estava em casa, para todos os efeitos, Lizzie era mãe solteira. Ele viajava com a banda, One Thin Dime, tocando em locais de médio porte em cidades universitárias brancas e possuía um grupo de fãs cult de garotos de grêmio que fumavam maconha durante os shows e dançavam como se executassem a jiga irlandesa. Os concertos eram concorridos e os discos vendiam bem, mas todo o dinheiro era revertido para o pagamento de cachês, espaços de ensaio e produção dos álbuns. De modo que, embora a banda fosse bem reconhecida, ela e Jay sempre pareciam ter apenas o suficiente para viver. Ela e Mance possuíam um plano de saúde catastrófico, mas não Jay, que alegava não ter necessidade daquilo. Lizzie passava o tempo inteiro preocupada que alguma coisa terrível lhe acontecesse e eles fossem à falência, como as famílias naqueles anúncios assustadores do serviço público que estavam sempre sendo exibidos na CNN.

Quando Jay estava em casa, sentava-se ao computador no minúsculo escritório junto à sala, trabalhando em sua mala direta, ligando para casas de show ou praticando. Havia dito a ela que, quando estivesse no escritório, não deveria ser incomodado, a menos que fosse uma emergência. Então ela se sentava a poucos metros da porta, confortando o bebê aos prantos enquanto Jay recusava-se a sair. Quando lhe disse que aquilo não era justo, ele disse que não achava justo ser o único a ganhar dinheiro.

Rebecca entrou no Tea Lounge, empurrando Abbie no carrinho, e ergueu uma das mãos na direção de Lizzie.

– Esse tempo não está nojento? – perguntou Rebecca, dando um beijo molhado no rosto de Lizzie.

– Ah, está terrível – respondeu Lizzie. – Odeio ficar enfiada na cidade durante o verão.

Rebecca era sempre natural, era uma das coisas de que Lizzie gostava nela. Parecia tão descansada, era sarcástica e divertida. Elas haviam se conhecido em junho no parquinho da rua Três. Lizzie conduzia Mance pela ponte sacolejante quando avistou Rebecca, vestindo uma camiseta justa da Petit Bateau, ajudando a filha a deslizar em uma barra. Quando Rebecca surpreendeu Lizzie olhando para ela, disse:

– Eu não devia estar ajudando. Quando tem uma menina, você só precisa fazer uma coisa. *Manter a garota longe da barra.*

Lizzie rira, e então Rebecca admitira que se tratava de uma piada de Chris Rock. Elas conversaram alguns minutos, apresentando-se e às crianças, que elas descobriram ter apenas semanas de diferença.

Alguns dias depois, Lizzie esbarrou em Rebecca novamente. Dessa vez, elas trocaram números de telefone e agora se encontravam uma ou duas vezes por semana.

— Meu Deus, como elas são velhas — disse Rebecca, apontando para as mães dispostas em círculo ao redor de uma mesinha de centro. — Nada é mais assustador que ver uma mãe vovó amamentando no Teat Lounge [Salão das Tetas]. — Lizzie soltou uma risadinha. Rebecca sempre chamava o Tea Lounge de Teat Lounge, mas Lizzie ria toda as vezes. — Tudo bem, entendo que elas sejam velhas, mas não entendo por que se recusam a fazer um esforço em relação à aparência.

— Elas passaram a vida se esforçando — disse Lizzie — e agora têm a criança, então não precisam mais se esforçar.

— Não é assim em Tribeca — disse Rebecca. — Uma vez levei Abbie ao parquinho do Washington Market e vi uma mulher atraente empurrando a filha no balanço. Acaba que era Christy Turlington. Me senti tão mal pelas mães normais em Tribeca... Elas devem ter uma autoestima muito baixa.

— Em Park Slope, *nós somos* Christy Turlington — disse Lizzie. Um dos motivos pelos quais gostava de estar com Rebecca era o fato de causarem sensação. Lizzie vestia-se como Parker Posey em *Baladas em NY*, a colegial ultrapassada, doida e chique, enquanto Rebecca se vestia como uma assistente de galeria de arte, fazendo bico como prostituta. As roupas das duas, justapostas às duas crianças incrivelmente cativantes diante delas, atraíam os olhares das outras mães. Lizzie adorava provocar os moradores desleixados e chatos de Park Slope e sabia que Rebecca também gostava.

— Juro por Deus que só vi uma mãe comível desde que moro aqui — disse Rebecca.

— Melora Leigh? — perguntou Lizzie.

— Além de Melora Leigh. Ela é alta e magra, e tem cabelos louros longos e muito claros, que ela trança e prende na cabeça, e sempre está vestida em estilo clássico, tipo anos 70. Ela parece a Heidi. E é casada com um sujeito bronzeado, judeu, eu acho, com cabelos encaracolados de Adônis e corpo de surfista.

— Eu acho que já vi os dois! — disse Lizzie. — Têm dois meninos?

— Isso. Eles vão muito à rua Três. Não faço a menor ideia de por que escolheram morar aqui. Parecem exilados de Santa Monica ou coisa do gênero. Chamo os dois de os Gostosos.

As duas mulheres pagaram o café e se sentaram em um sofá num canto. Rebecca contemplou as mães novatas, que riam alto de alguma coisa.

— Eu já te contei sobre o grupo de mães de primeira viagem da Boing Boing ao qual fui? — Lizzie balançou a cabeça. — Abbie tinha duas semanas, e eu descobri que elas estavam se reunindo perto das mesas de piquenique no parque. Eu tinha me enfeitado toda para ficar bonita e empurrei Abbie por todo o caminho até o alto da encosta. Disse: "Eu sou Rebecca e essa é Abbie" e, juro por Deus, uma das mães olhou direto para mim e não disse uma palavra.

— Nãooooo!

— Ela sequer se apresentou.

— Você devia ter ido embora.

— Foi o que eu fiz vinte minutos depois. Toda aquela baboseira sobre quantos gramas de leite o bebê precisa e se pode ou não dormir de bruços era deprimente demais. Parecia *Informes ao consumidor: A comédia*.

Lizzie tirou Mance do carrinho e o colocou no peito, tendo o cuidado de cobri-lo com sua camisa. Não raro recebia olhares ao amamentá-lo, talvez porque em Park Slope a visão de um bebê negro mamando em mãe branca fosse surpreendente demais.

— Por que você está amamentando há tanto tempo? — perguntou Rebecca.

— Eu gosto, e dizem que enquanto a mãe e o bebê estiverem gostando...

Rebecca lançou a Lizzie um olhar cético. Lizzie não gostou do ar desdenhoso de Rebecca. Em muitos países, as mulheres amamentavam até as crianças terem três ou quatro anos. Lizzie havia reparado em um duplo padrão estranho no bairro: se você fosse uma mãe rígida, tinha permissão para julgar as outras mães pelo fato de ser uma pobre coitada e estar em inferioridade numérica. Mas, se fosse mais voltada para o vínculo emocional, você não podia fazer isso. Não podia menosprezar mães que optavam por não amamentar ou disciplinavam o sono dos filhos porque, nesse caso, você se transformava em um estereótipo: uma hippie, uma mãe natureba de Park Slope.

— Por quanto tempo você amamentou? — perguntou Lizzie.

— Só seis meses. Então ela pegou um resfriado, perdeu o interesse e eu parei. Vou dizer do que sinto falta em relação à época da amamentação. Bebês que mamam no peito não sofrem de prisão de ventre. Abbie ficou tão presa depois do desmame que eu tive que usar supositório infantil. Quem quer que tenha inventado essa maravilha devia receber um Nobel. – Lizzie sorriu. – E, então, o Jay já voltou da turnê?

Elas queixavam-se com frequência dos maridos ausentes.

– Volta sábado à noite – respondeu Lizzie. – Eu tenho a sensação de que ele está fora há meses. – Ela reparou nos shorts de Rebecca, de tafetá preto amassado. – Isso é lindo.

– Marc Jacobs – disse Rebecca. – Comprei numa butique da avenida Atlantic. Custaram duzentos dólares. Não posso bancar isso, mas eu tinha tido um dia longo com Abbie, então pegamos o ônibus e fomos até lá. Quando viu a conta do cartão de crédito, Theo surtou, mas eu disse: "Quando você toma conta de um bebê três dias por semana, pode sair para comprar shorts de duzentos dólares."

– Muito bem! – exclamou Lizzie. Se Jay fosse tão bem-sucedido quanto Theo, Lizzie provavelmente também se mimaria. Quem ficava o dia inteiro com um bebê precisava se gratificar. Era por isso que havia sempre uma fila de mães com bebês novos demais para tomar sorvete na porta da Häagen-Dazs.

Lizzie achava Rebecca tão reconfortante que não raro ficava nervosa quando estavam juntas, temendo dizer alguma coisa estúpida e estragar tudo. Desejava convidá-la para jantar e apresentá-la a Jay, para que ele visse que ela conhecia gente legal, mesmo que se tratasse de uma mãe.

Abbie ficou inquieta e Rebecca perguntou se Lizzie não gostaria de voltar com ela ao apartamento para que ela alimentasse a filha. Lizzie assentiu com um movimento de cabeça, pega de surpresa. Elas nunca haviam estado no apartamento uma da outra. Isso era comum em Slope – as mães se conheciam por meses sem se convidar para ir a casa umas das outras, em vez disso, encontravam-se nos parquinhos, aliviadas por não precisar arrumar o apartamento. O fato de Rebecca a estar convidando significava que eram amigas de verdade.

O prédio de Rebecca era claramente um condomínio – Lizzie percebeu pelo interior bem conservado e pelas etiquetas de correio idênticas. A sala de estar exibia um mobiliário moderno de ótima qualidade, tudo primorosamente arrumado. Era monocromática e original, e, na parede, havia algumas pinturas abstratas, uma delas com listras que lembravam neon.

Comparada a outras salas de estar que Lizzie vira em Park Slope, era praticamente um *showroom*; a maioria das outras famílias com crianças pequenas possuía sofás surrados de segunda mão e feios obstáculos ao redor do ambiente para proteger as crianças.

Elas se sentaram na sala de jantar, e Rebecca se ofereceu para alimentar os dois bebês. Preparou macarrão ao molho de queijo e brócolis. Lizzie segurou Mance no colo e o alimentou, enquanto Rebecca dava comida a Abbie na cadeirinha de bebê. Lizzie ficou satisfeita ao ver Mance comer mais que de costume e teve a impressão de que aquilo se devia ao fato de ele estar comendo com outra criança. As crianças eram encantadoras lado a lado, Abbie com seus olhos grandes e cabelos louros, Mance com sua pele morena e seu afro curto.

– Eu mesma estou ficando com fome – disse Rebecca. – Você quer jantar aqui? – Lizzie olhou de relance para o relógio. Eram quase sete horas. Ela mal podia acreditar. Naquela manhã, quando estava amamentando Mance, com os olhos turvos e quase dormindo, tivera a sensação de que o jantar estava a milhões de horas de distância e agora estava quase chegando. Por isso, era necessário ter outras mães como amigas, para fazer o dia passar mais rápido.

– Ah, eu não quero incomodar.

– Está tudo bem – disse Rebecca. – De qualquer forma, Theo só chega depois das dez, e eu não gosto de comer sozinha. Vou preparar alguma coisa simples para nós. – Ela entrou na cozinha e abriu uma torneira de água. Surgiu com uma garrafa de vinho branco e dois copos.

– Eu não sei – disse Lizzie. – Normalmente amamento Mance antes de dormir e...

– Perfeito. Beber antes de amamentar é infalível para fazer um bebê dormir a noite inteira. – Rebecca encheu ambos os copos. Lizzie sabia que não deveria beber, mas sentiu-se nervosa e excitada ante a possibilidade de fazer algo que não deveria. Ultimamente Jay ficava com toda a diversão – nas turnês ou saindo com os amigos. Por que ela não podia fazer alguma coisa proibida?

Elas brindaram.

– À primeira mãe normal que conheci no bairro – disse Rebecca.

– Idem – disse Lizzie e tomou um pequeno gole.

– Você tem de desmamar esse menino – disse Rebecca.
– Por quê?
– Para o seu próprio bem. Isso é escravidão voluntária. Na França, a mulher que amamenta mais que três meses é considerada hippie. Existe um estigma contra a amamentação. Elas querem seus corpos e sua independência de volta.

Aquilo soou hostil, mas Lizzie optou por não responder. Não desejava envolver-se em uma discussão sobre a política da amamentação. À medida que sorvia a bebida, o álcool aquecia seus pulmões. Tudo que comera no almoço fora um iogurte, de modo que o vinho estava subindo direto à cabeça. Seu rosto ficou vermelho e ela teve a doce sensação de formigamento que indicava que, mesmo que nada estivesse bem, tudo ficaria bem.

– Meu Deus, isso é bom – disse. – O que é?
– *Terre di Tufi*. É basicamente vernaccia, mas também tem um pouco de chardonnay. Você é uma apreciadora de vinhos?
– Na verdade, não. Eu sempre quis fazer um curso sobre vinhos, mas nunca tive tempo.
– Eu não me familiarizava com vinhos até ter Abbie. O parto transforma as mulheres em alcoólatras.

As crianças haviam terminado de comer, e Rebecca as colocou no chão diante de um vídeo de Baby Einstein, ao qual elas se puseram a assistir, petrificadas. Lizzie não permitia que Mance assistisse a vídeos, mas percebeu o apelo: eles deixavam as crianças em estado de choque.

Mance parecia ter ficado mais calmo desde que começara a passar algum tempo com Abbie. Eles eram novos demais para interagir, mas Lizzie percebia que o filho se dava conta de que possuía uma amiga e gostava de estar perto de alguém da mesma idade, em lugar de passar o tempo inteiro grudado com a mãe. Em Park Slope, todas as mães domésticas pareciam considerar o constante contato mãe-filho melhor para a criança, mas Lizzie achava que as crianças precisavam estar próximas dos amigos.

As mulheres transferiram-se para o sofá. Lizzie bebericou seu vinho e pôs-se a imaginar Jay preparando-se para o show em Charlotte. Perguntou a seus botões se *ele* já teria começado a beber para se preparar para a noite. Sua bebida favorita era Wild Turkey porque lera que era o que Mance Lipscomb costumava beber. Será que ele já havia tomado um copo por conta da casa, ou dois? Quando bebia, será que lembrava que era pai? Será que se preocupava por beber demais? Talvez a diferença entre mães e pais fosse que mães nunca podiam colocar a maternidade em suspenso, mas os pais, sim.

Rebecca tornou a encher generosamente o copo de Lizzie. Nunca ocorrera a Lizzie que combinar uma atividade prazerosa, beber, com uma fatigante, fazer o papel de mãe, ficasse divertido.

Enquanto bebia, Lizzie viu-se desabafando. Falou a Rebecca sobre seu constante estado de exaustão. Contou o quanto ficava furiosa por Jay ser tão egoísta em casa e viajar mais do que precisava, e o quão frustrante era ficar sozinha com Mance o tempo todo. Mencionou Mona, que parecia estar sempre a julgando.

– Por que ela julga você? – perguntou Rebecca.

– Você sabe, pela maternidade afetuosa. Ela era bastante severa com Jay, provavelmente por ser viúva e ter sido obrigada a isso. Dá para entender. Minha mãe também ficou rígida depois que meu pai partiu, mas Mona não tem senso de humor. Ela me ridicularizou por comprar um travesseiro para amamentação quando Mance nasceu, mesmo que eu só estivesse tentando aliviar as costas.

– Você já tentou pedir a ela para não se intrometer?

– Eu não posso fazer isso. Ela é minha sogra.

– E daí?

– Jay é muito leal a ela. Ele quer que todos nós sejamos uma família feliz.

– Só que ele não quer estar presente.

– Exatamente.

– Por que você teve tanta pressa em ter Mance? Você não disse que tem vinte e nove?

– Trinta.

– Você parece mais nova. Podia ter adiado o purgatório.

Lizzie sabia que tinha a chance de contar a Rebecca a história de como havia conhecido Jay e decidiu aproveitá-la. Não tinha medo.

– Eu nunca acreditei no relógio biológico – declarou Lizzie em tom cuidadoso –, mas, quando estava com vinte e sete, fui dominada pelo desejo incontrolável de ter um bebê.

— Eu nunca senti isso. Para mim foi mais tipo: "Que diabos, vou fazer isso uma hora, então posso muito bem fazer agora."

— Para mim, foi uma coisa mais importante. — Lizzie respirou fundo. — Quando conheci Jay, eu estava vivendo com uma mulher.

Rebecca ergueu as sobrancelhas com o tipo de interesse que Lizzie raras vezes enxergava no rosto das mães de primeira viagem, pois grande parte dos assuntos sobre os quais conversavam era chata e inútil. Lizzie percebia o interesse de Rebecca porque Rebecca estava igualmente consciente da raridade que era duas mães conversarem sobre questões polêmicas — mas Lizzie desejava lhe contar.

Durante seu segundo ano em Hampshire, havia se apaixonado por uma mulher em sua turma de Sexo e Gênero que nutria fortes sentimentos em relação ao olhar masculino em *Um corpo que cai*. Seu nome era Sarah Boschen, e ela era uma bela e importante ativista lésbica no campus. Apesar do fato de ser filha de *hippies*, Lizzie nunca se relacionara com mulheres e achou Sarah surpreendente e brilhante. Sarah era um ano mais velha e, depois que se formou, conseguiu um emprego administrativo na Aliança LGBT no campus, para que pudessem continuar a viver juntas. Quando Lizzie se formou, elas se mudaram para um apartamento de um quarto em Bushwick, Sarah passou a trabalhar no Lesbian Herstory Archives em Park Slope e Lizzie conseguiu um emprego como agente publicitária adjunta na Knopf.

— Então o que aconteceu? O sexo lésbico morreu e você percebeu que sentia falta de pica? — perguntou Rebecca.

— O problema não foi esse. Nós tínhamos um monte de amigos gays no Slope tendo filhos e uma noite, depois que fomos a um chá de bebê, Sarah disse que se sentia incomodada com todas aquelas lésbicas ficando grávidas, porque nunca quis filhos. E eu me dei conta de que queria. Tivemos uma discussão daquelas. Sarah disse que mães lésbicas eram instrumentos da hegemonia patriarcal. Eu disse que era uma questão de escolha pessoal. Nós começamos a brigar muito, e então, uma noite, fui até a Pete's Candy Store para ouvir uma banda e por acaso Jay era o número de abertura.

— E?

— Eu saí do apartamento poucos dias depois.

O vinho girava na cabeça de Lizzie, e ela sentiu-se tonta e livre. Os olhos de Rebecca percorreram o corpo de Lizzie, e ela declarou:

– Eu não enquadraria você como lésbica.

– Você quer dizer ex-lésbica – disse Lizzie.

– Ex-lésbica! – disse Rebecca, dando uma risadinha nervosa.

– Sarah ficava repetindo que não teria sido tão ruim se eu tivesse partido por causa de outra mulher, mas, da última vez em que tive notícias dela, eu soube que ela também estava vivendo com um homem.

– Era de se esperar. As mais militantes são sempre as mais hétero.

– Eu nunca fui militante.

– O que você está querendo dizer é que nunca cortou o cabelo reco e engordou vinte quilos?

– Sarah também não. Ela também tinha cabelos compridos. Só não queria ter filhos. Você já ficou com mulher?

– Uma garota me atacou numa festa da Barnard. Nós nos beijamos um pouco e, por mim, estava tudo bem, mas ela nunca mais falou comigo. Apesar de ter sido ela quem me beijou.

– Você gostou?

– Não, a sensação foi basicamente estranha. Eu nunca pensei muito nisso depois. Acho que se fosse bi na Barnard eu podia ter experimentado. As mulheres podem experimentar sem repercussões, os homens, não. "Construa um milhão de pontes e você é um construtor de pontes, chupe uma pica e você é gay."

Lizzie mal conseguia se lembrar da última vez em que ouvira uma mulher dizer a palavra "pica". Não conseguia acreditar que estivesse tendo aquela noite incrível e tudo por causa de Mance. Agora que sabia o quanto era difícil criar uma criança, havia momentos em que sentia falta de Sarah e se perguntava se cometera um erro. Mas, sentada ali bebendo vinho com uma mulher que conhecia apenas através da maternidade, sentiu-se feliz. Encontrara alguém inteligente, engraçada e temperamental, e tudo havia acontecido por causa de seu filho.

– Então, Jay se importa que você tenha sido gay? – perguntou Rebecca.

– No começo, se importava. A mãe dele é do tipo religiosa. Mas ele frequentou a Oberlin, e metade do campus era gay.

– Aposto que ele se preocupa em não estar à altura. Certo? Como um homem pode ser melhor no sexo que uma mulher?

— Ah, acho que ele não se preocupa com isso. Ele tem muita confiança na própria masculinidade.

— Vocês dois transam muito? — O rosto de Rebecca era sincero. Se Lizzie não estivesse tonta, talvez houvesse ficado tímida, mas tinha a sensação de que Rebecca a estava desafiando a ser tão arrojada quanto ela.

— Quantas vezes é muito? — perguntou Lizzie.

— Bem, com que frequência vocês transam?

— Acho que umas quatro vezes por semana. Quando ele passa todo esse tempo aqui.

— *Quatro vezes por semana?* — Os olhos de Rebecca se arregalaram. — Você tem certeza de que é bissexual?

Lizzie viu-se na estranha posição de sentir vergonha pelo que considerava uma vida sexual saudável.

— Eu não sou bi. Não mais.

Por que as pessoas precisavam dar nome a tudo? Se tivesse de rotular sua sexualidade como faziam todos em Hampshire, diria que era uma heterossexual-assumida-ex-lésbica-que-ocasionalmente-ainda-pensava-em-mulheres. Interessava-se pelo corpo e pelo rosto das mulheres e, mesmo agora, como membro de carteirinha da burguesia reprodutora, observava-as com um nível de interesse que nunca sentira pelos homens. Esperava que a maternidade a fizesse esquecer as mulheres, como se procriar com um homem fosse torná-la hétero para todo o sempre, mas isso não havia ocorrido. Amamentar a deixava excitada, um dos motivos pelos quais se recusava a parar. Tinha a sensação de estar o tempo todo em exposição, com os seios à mostra diante de estranhos, e pegar uma garota bonita sozinha encarando seus seios e então desviando os olhos a excitava. Ela possuía toda uma sexualidade íntima que nada tinha a ver com Jay e, embora o sexo com ele fosse bom, parecia distante dos cenários que ela imaginava enquanto estavam transando, que normalmente envolviam um misto de mulheres, homens e lobos.

— Você acha muito quatro vezes por semana? — ela perguntou a Rebecca.

— Pensei que fosse a média. Com que frequência você transa?

Trovejou lá fora, e Mance soltou um grito assustado. O céu havia ficado nublado enquanto elas estavam sentadas ali, mas Lizzie não havia percebido. Ela o afastou da frente da televisão e pôs-se a balançá-lo para cima e para baixo, mas ele chorou mais ainda. Ele se assustava com muita facilidade. Ainda de pé, Lizzie o colocou no peito, mas aquilo não o acalmou como de costume. Uma onda de culpa a atingiu. Tinha estado tão ocupada bebendo que havia ignorado Mance, e agora ele precisava dela.

– Esqueci completamente do macarrão – disse Rebecca, correndo em direção à cozinha.

– Não se preocupe com isso – disse Lizzie. – De qualquer forma, nós temos que ir para casa.

– Mesmo? – perguntou Rebecca, olhando para a janela. – O tempo lá fora está parecendo bem feio.

– Eu vou ficar bem.

– Bem, me deixe pelo menos te emprestar um guarda-chuva – disse Rebecca, pegando um no armário. Quando o entregou a Lizzie na porta, disse: – Me diverti um bocado com você.

– Eu também – respondeu Lizzie.

– Nós devíamos ficar bêbadas toda noite.

Lizzie segurou a maçaneta, aninhando Mance nos braços. Rebecca a abraçou com força e esfregou-lhe as costas. As mãos dela eram firmes e vigorosas. Recordaram a Lizzie da vez em que o professor no Centro de Ioga de Park Slope lhe fizera uma massagem durante o relaxamento, só que aquilo acontecera apenas uma vez, e, desde então, ela se perguntava o que havia de errado com ela para que os professores de ioga nunca a escolhessem para a massagem.

– Vá para casa com cuidado, ok? – Lizzie fez que sim com a cabeça. Rebecca beijou Mance na bochecha e então se inclinou e beijou Lizzie nos lábios. O beijo começou indeciso – molhado, ainda que de boca fechada –, mas nenhuma das duas recuou, e logo se transformou em um beijo de língua.

Lizzie sentiu o corpo inteiro tremer. Rebecca beijava bem, era confiante, e sua boca estava doce do vinho.

A maternidade era sensual, mas o relacionamento era parasitário demais. Não raro, Lizzie tinha a sensação de que seu corpo, suas mãos, seus braços, seus seios existiam todos para Mance, que estavam ali para satisfazer as necessidades dele. O toque de Rebecca destinava-se a ela. Mas assustou-se ante o sentimento de ser desejada daquela forma por alguém de quem gostava e que respeitava. Lizzie afastou-se e disparou porta afora.

Lá fora, chovia a cântaros. Lizzie abriu o guarda-chuva, mas era difícil empurrar o carrinho apenas com uma das mãos, e ela pôs-se a caminhar encurvada, encharcando seu lado esquerdo. As ruas estavam desertas e o céu, escuro. Ela não gostava de ficar sozinha na rua, mesmo ao cair da noite, mesmo em Park Slope. Desceu a rua Carroll, passando pela Oitava Avenida rumo à Sétima porque ali haveria mais trânsito, mais lojas e ela achava que lá se sentiria mais segura. Dobrou à direita em direção à avenida Flatbush e cruzou Park Place rumando para casa.

Enquanto caminhava, ela pensou no beijo. Achava que Rebecca havia feito aquilo para manipulá-la, como uma espécie de teste ou desafio, por saber que Lizzie já havia estado com mulheres e querer ver se tinha competência para seduzi-la.

Ao atravessar para o lado mais distante da Vanderbilt, ela viu um negro alto apoiado em um portão de ferro, a meio caminho entre Lizzie e seu apartamento. Ele parecia jovem e vestia um moletom escuro com capuz. Virou-se na direção dela.

O pulso de Lizzie acelerou. Ao passear a pé com Mance em Prospect Heights, ela cruzava com muitos negros, até mesmo negros vestindo moletom com capuz. Mas, dessa vez, o retrato falado da polícia no Tea Lounge lampejou diante dela. Em geral, quando passava por um negro em uma rua vazia, em vez de instintivamente atravessar a rua, tentava avaliar o nível de ameaça a distância. Ele parecia estar procurando confusão ou estar a caminho de algum lugar? Ele levava mochila? Como usava as calças? Como mãe de um filho negro, percebia que era importante não estigmatizar os negros. Imaginava Mance crescido, descendo a rua e mulheres brancas atravessando para o outro lado.

O sujeito deixou Lizzie perturbada. Estava na rua, no meio de um temporal, sem guarda-chuva, o que não fazia o menor sentido. A pele parecia ser de tom mediano, como advertia o pôster, e embora não conseguisse distinguir suas feições, havia o casaco com capuz. Lizzie continuava pensando no terrível desenho da polícia.

O sujeito estava olhando diretamente para ela. Ela parou, examinando a possibilidade de passar correndo por ele até a porta de seu prédio, então decidiu que era melhor ter cuidado. Havia um estuprador à solta. Não podia perder tempo.

Lizzie girou e voltou correndo à Vanderbilt, onde dobrou a esquina e entrou às pressas na mercearia onde sempre comprava leite e suco. Havia um grande letreiro na porta que exibia a palavra ARENA, atravessada por uma linha diagonal. Ela pensou em ligar para Mona e perguntar se podia fazer uma visita, mas nunca ficara sozinha com ela quando Jay não estava. E, se Lizzie se alterasse e mencionasse o sujeito em seu quarteirão, Mona a consideraria racista, uma branca paranoica incapaz de criar um filho negro forte.

Lizzie queria ligar para Rebecca, mas sentia-se envergonhada demais. Não queria confessar que se sentia insegura em seu próprio bairro. Aquilo iria apenas enfatizar a diferença financeira entre elas.

O proprietário da mercearia, José, percebeu o olhar assustado no rosto de Lizzie e perguntou o que havia de errado.

– Um sujeito no meu quarteirão – respondeu ela. – Tem um sujeito lá.

José despachou Norberto, seu corpulento cunhado de meia-idade, atrás dele, e Norberto voltou dizendo que não havia ninguém lá. Norberto ofereceu-se para levar Lizzie até o prédio. Ela disse que queria esperar mais alguns minutos, e José lhe ofereceu uma xícara de chá, mas ela recusou. Por mais grata que estivesse pela ajuda, também se sentia envergonhada por haver contado. Agora, toda vez que entrasse ali para comprar alguma coisa, ele iria se lembrar daquilo.

Ela pensou em Jay, em seu show em Charlotte, e ficou furiosa com ele por não estar presente, por ser a causa de estar sempre sozinha com Mance. Quem ele pensava que era, para abandoná-la semana após semana com Mance ainda tão pequeno e dependente? Era como se sua música lhe conferisse uma espécie de liberdade especial proibida aos outros pais. O marido de Rebecca, Theo, trabalhava muitas horas, mas, pela aparência do apartamento, devia estar fazendo um bom dinheiro. Jay lucrava não mais de 60 mil por ano depois de pagar a banda, apenas o suficiente para sustentar a família, e ainda assim não pensava na possibilidade de arranjar um emprego de verdade por fora.

Ao sair com Norberto, esquadrinhou nervosa o quarteirão, convencida de que o homem estava escondido em algum lugar. Mas ele havia evaporado.

– Você está vendo o sujeito? – perguntou Norberto.

– Não, ele desapareceu.

Norberto esperou que ela entrasse. Assim que cruzou a porta principal, Lizzie fechou-a, trancando também a fechadura de cima, e apoiou o corpo contra a porta, a cabeça nas mãos. Pelo canto do olho, viu Mance ainda no carrinho, atrás do protetor de chuva, e, por um instante, ele lhe pareceu estranho, como se fosse o filho de outra pessoa.

FALHA NA EVOLUÇÃO

—Tchau, querida – Rebecca disse a Abbie, recuando rumo ao portão do parquinho da rua Três. Era uma tórrida quinta-feira de julho, três dias depois da malograda masturbação de Rebecca, e ela estava ansiosa para ter um descanso da filha. Sonam, a babá de Rebecca, miúda e deferente, com o sofrimento de toda uma vida escrito na testa, tomava conta de Abbie às terças e quintas enquanto Rebecca trabalhava em artigos *freelance*, via vitrines ou cumpria seu turno na Cooperativa de Prospect Park, como naquele dia. Abbie adorava Sonam, mas estava passando por uma fase de medo da separação e estava gritando de agonia "Mamãe!", com lágrimas escorrendo pelas bochechas rosadas.

As mães esnobes viraram-se para encarar, lançando a Rebecca olhares explícitos de acusação. Rebecca concluiu que estavam sendo desagradáveis devido a sua indumentária, o macacão de lamê dourado, tão fora de contexto em um parquinho de Park Slope quanto um par de sapatos de salto alto Jimmy Choo.

"Jesus Cristo", Rebecca sentiu vontade de dizer. "Todos eles choram assim quando as mães saem. É manipulação. Não quer dizer nada."

– A mamãe vai voltar logo – disse Sonam.

– Eu também estaria chorando se minha mãe me deixasse – declarou Cathleen Meth, uma MD cansada, ruiva, de cabelos encaracolados. (Rebecca preferia chamar as mães domésticas de MDs.) Rebecca a havia conhecido em uma aula pré-natal no Park Slope Yoga.

Cathleen, que tinha 1,55m, era pesada e usava camiseta larga com jeans de cós alto todo santo dia, independentemente do clima, estava ajudando o filho muito louro, Jones, a escalar o trepa-trepa para bebês. Ao lado dela, estava Jane Simonson, mãe de três filhos, alta e arrogante, com quem Rebecca encontrara-se algumas vezes. Jane estava amamentando a mais nova, Emily, em um canguru, enquanto ficava de olho em August, de dois anos, que descia de bruços o pequeno escorrega.

Cathleen e Jane formavam uma mistura estranha – Cathleen, desarrumada e capacho, e Jane em forma, devido ao pilates, e arrumada. Para Rebecca, a atração era nítida: Cathleen achava que Jane lhe infundia status, e Jane sentia-se feliz por ter uma seguidora, por mais desleixada que fosse. A maternidade era o ensino médio dos desempregados.

– Estou indo para o meu turno na Cooperativa – Rebecca explicou a Cathleen, como se aquele motivo para separar-se da filha fosse moralmente superior a, digamos, ganhar dinheiro.

– Por que você não trabalha na Creche para poder levar Abbie? – perguntou Cathleen. – É o que eu faço. Jones adora ir para lá. – Rebecca gostaria de lhe dizer que qualquer mulher que escolhesse passar mais tempo com o filho que o necessário era louca ou masoquista. Mas, como de costume, mordeu a língua.

Rebecca não conseguia imaginar-se cuidando de criança 24 horas por dia, sete dias por semana. Toda vez que olhava para o rosto das MDs, sentia-se justificada em sua escolha de trabalhar. Eram elas que deveriam estar mais satisfeitas com a maternidade – por terem abandonado os empregos para se dedicar a ela –, mas sempre pareciam estressadas e infelizes. Quando cuidavam dos filhos, exibiam uma expressão de atenção triste, como se estivessem realizando uma cirurgia cardíaca ou desativando bombas. As mães que trabalhavam, que chegavam correndo ao parquinho às cinco e meia ou seis da tarde, eram as únicas que pareciam se divertir com os filhos – talvez por terem um descanso.

Sonam conduziu Abbie até a caixa de areia, um buraco de lama repleto de bactérias ao qual as mães se referiam como caixa de "areia", traçando aspas desdenhosas no ar com os dedos.

– Eu não colocaria a menina ali – disse Cathleen, mais para Rebecca que para Sonam. – Gatos de rua entram ali durante a noite.

— August pegou dermatofitose na areia — advertiu Jane.

Quem era aquela gente? Rebecca nunca se sentira afastada das outras mulheres até ser mãe. Na *Elle,* havia decididamente algumas mulheres-robô, mas mesmo elas eram inteligentes, ambiciosas ou tão elegantes que Rebecca não podia deixar de admirar a maneira como se arrumavam. Suas amigas fora do trabalho pertenciam ao meio literário, eram fumantes bipolares safadas que gostavam de rock independente e Proust. Usavam sacolas Labyrinth, viajavam no trem F e suas vozes destilavam ironia e angústia.

Mas Rebecca não havia conhecido ninguém assim em Park Slope. As MDs eram mulheres de banqueiros ou de administradores de fundos *hedge*. Organizavam chás de bebê, usavam anéis de diamante e adotavam os sobrenomes dos maridos. E as mães que trabalhavam raramente estavam por perto.

Por vezes, Rebecca conhecia uma mãe que aparentava ser diferente – era competente, autônoma ou mordaz –, mas a mulher inevitavelmente se revelava louca. Uma divertida professora de jardim de infância, Jeannie, convidou Rebecca e Abbie para irem a seu apartamento em Garfield Place em um domingo à tarde, e ela e Rebecca conversaram amistosamente até a filha de Jeannie, Ella, fazer cocô na fralda. Quando Jeannie tentou trocar Ella, a menina deu um ataque, chutando e gritando em cima da mesa. Jeannie tornou a colocá-la no chão, deu de ombros, e disse:

— Às vezes, ela não gosta de ser trocada. — Durante a meia hora seguinte, Ella passeou alegremente sobre a própria merda até que o cheiro ficou tão insuportável que Rebecca deu uma desculpa e saiu.

Houve a mãe professora de poesia, Joanna, que Rebecca conhecera no Teat Lounge quando Abbie era bebê. Joanna era bonita, tranquila e tinha um menino alegre e grande, Colin. Elas começaram a conversar, e logo Joanna havia contado a Rebecca todo tipo de coisas excitantes: era uma bipolar medicada com Paxil, que havia parado de tomar durante a gravidez, mas ao qual retornara na trigésima sétima semana após ter um colapso; não ia ter outro filho porque não conseguia ficar sem o medicamento; havia roubado o marido da primeira mulher dele. Rebecca achava a negatividade e as experiências repletas de drama de Joanna tão revigorantes que lhe disse para ler *A Life's Work*, um obscuro livro inglês sobre maternidade, que Rebecca havia devorado.

Passou-se uma semana, e então outra, sem que Joanna telefonasse; por fim, Rebecca tentou entrar em contato com ela.

– Não posso acreditar que você tenha me recomendado aquele livro – disse Joanna.

– Pensei que você fosse gostar da honestidade.

– Aquela mulher odeia o filho. Eu não odeio Colin.

– Eu não disse que você odiava.

– Ela parece acreditar que é a primeira pessoa no mundo a ser mãe.

Aquilo incomodou Rebecca.

– Sabe, as pessoas sempre dizem isso quando as mulheres escrevem livros: "Ela acha que é a primeira no mundo a..." fazer o que quer que seja, mas nunca dizem isso a respeito dos homens. É como se as mulheres não tivessem o direito de descrever experiências universais, ainda que os homens estejam fazendo isso há milhares de anos: guerra, sofrimento, suicídio. E acontece que acho que Rachel Cusk diz algumas coisas que mulher nenhuma teve coragem suficiente de dizer.

Rebecca percebeu, pela longa pausa que se seguiu, que entrara demais no departamento da Barnard. Especializara-se em Inglês e Estudos Femininos e, por vezes, se tornava militante.

– Eu simplesmente tenho a impressão de que somos muito diferentes, você e eu – declarou Joanna. – Nós não temos absolutamente as mesmas ideias a respeito das coisas. – Rebecca presumira que, por lecionar poesia, Joanna estaria interessada em livros e ideias, mas percebeu que Joanna só queria alguém com quem conversar durante o café. Depois disso, elas nunca mais tornaram a conversar, trocando olhares embaraçosos quando se cruzavam, empurrando carrinhos, na Sétima Avenida.

Era impossível fazer amizade com as mães de Park Slope. Quando não eram gorduchas assexuadas, eram mães naturebas que amamentavam os filhos até os sete anos. Assim que se abria com uma delas, a pessoa via-se sugada para dentro de sua psicose.

Até o momento, a única mãe oficialmente amiga de Rebecca era Lizzie O'Donnell. Lizzie era agradável e boa ouvinte e, ao contrário das outras MDs, era esperta. Quem teria adivinhado que era uma chupadora de boceta? Aquilo intrigou Rebecca, principalmente por distinguir Lizzie das outras mães. Embora a maioria das mães de Park Slope se vestisse como lésbica, não ocorrera a Rebecca que algumas delas pudessem de fato *ser* lésbicas.

Rebecca esperava não ter estragado tudo ao beijar Lizzie. Estava meio bêbada, lembrava bem disso, e Lizzie havia contado que costumava ficar com mulheres, o que obviamente era uma cantada, portanto Rebecca decidiu divertir-se um pouco. Não pensara muito a respeito antes de fazer aquilo.

Ela havia gostado. Fazia muito tempo que ela e Theo sequer se beijavam. Quando se tocavam, ao passar um pelo outro no corredor, quase se sobressaltavam.

Mas Lizzie agira de forma tão estranha – afastando-se e saindo porta afora –, que Rebecca tinha certeza de que ela havia ficado ofendida, reação que lhe pareceu um pouco exagerada. Ela era tão séria, seus olhos tão intensos... Rebecca não se surpreenderia se descobrisse que alguém tinha uma ordem de proteção judicial contra ela.

Não ligou para Lizzie mais tarde naquela noite, por não saber se deveria se desculpar ou fingir que nada havia acontecido. Esperava que Lizzie fosse telefonar. Seria uma má sorte se Rebecca perdesse a única amiga semidecente que havia feito – tudo por ter ficado bêbada e sugado um rostinho. Ela, de fato, precisava de uma boa trepada um dia desses ou faria alguma coisa *realmente* estúpida.

Rebecca acenou na direção de Abbie, tentando ignorar seus gemidos queixosos, e deslizou para fora pelo portão da extremidade sul do parquinho. Fechou o portão atrás de si, mas este balançou e se abriu um pouco. Uma mulher com um recém-nascido atado ao peito lançou a Rebecca um olhar perverso e apressou-se a fechar o portão, embora seu bebê ainda não andasse.

Rebecca caminhou sem pressa até a Prospect Park West, sentido seu humor melhorar à medida que se afastava. Seus ombros pareciam mais leves e seus braços pendiam frouxos ao lado do corpo, pois não estava lutando para empurrar um carrinho com um bebê de onze quilos dentro.

Quando era solteira, detestava ficar sozinha, achava constrangedor e patético. Era deprimente ficar sentada em seu apartamento no prédio sem elevador na Quinta Avenida; o excitante era ir a um bar com uma amiga e ver se conseguia uma transa. Quando estava na casa dos 20, era isso que havia feito na maioria das noites no meio da semana – e, nas noites ruins, ficava em casa sentindo-se inquieta e solitária.

Mas ultimamente considerava a solidão um alento. Quando Theo estava em casa, ela procurava desculpas para executar tarefas, saindo porta afora para devolver um vídeo ou levar o lixo para fora, pelo simples prazer de ter alguns minutos de silêncio.

Rebecca seguiu para o norte na Prospect Park West, rumo à rua Dois, então desceu a ladeira em direção à Sétima Avenida e à Cooperativa. Quando estava a meio caminho da Oitava, um portão se abriu e um homem surgiu. Ele comeu-a com os olhos em seu macacão e então empalideceu de vergonha ao reconhecê-la.

– Rebecca.

Era David Keller. David, um comediante bem-sucedido, havia sido seu namorado durante um ano e meio a partir de dezembro de 2001. Desde que haviam terminado, tempo durante o qual ela havia conhecido e se casado com Theo, dado à luz Abbie e virado frila, David havia se tornado internacionalmente famoso, fato que não lhe custara pouco sofrimento.

David possuía 1,97m, era judeu e exibia um nariz grande e pontiagudo que as mulheres não consideravam pontiagudo porque a maioria delas era muito baixa para ter uma visão completa. Como resultado, ele parecia ser mais atraente do que de fato era. Tinha cabelos castanhos escuros brilhantes que usava em um corte estilo anos 40 sob um chapéu de abas estreitas que comprara da empresa austríaca Mühlbauer.

Eles haviam se conhecido em uma festa de Natal na rua Pitt. Rebecca estava na *Elle* e ele trabalhava como garçom enquanto fazia comédia alternativa no centro da cidade. Eles haviam passado a festa provocando-se na gélida saída de emergência, e então ele a beijou sob o luar e ela ficou encantada. Isso ocorreu pouco depois do 11 de setembro, quando as festas de Natal eram uma tentativa e ninguém sabia se era correto comemorar coisa alguma. Acaba que David também morava na Quinta Avenida, então eles racharam um táxi na volta e beberam no O'Connor's, depois foram para o apartamento dela e deram uns amassos.

Uma noite, na festa de um jornalista amigo de Rebecca em um *loft*, David contou a história da vez em que vomitara em Salman Rushdie em um restaurante chinês. Havia vários jornalistas e autores na festa e, quando ele terminou, um círculo de meia dúzia de pessoas caiu na gargalhada.

A caminho de casa, Rebecca sugeriu a ele que se apresentasse ao vivo na rua Allen, onde ela conhecia o mestre de cerimônias. Ele repetiu a história do vômito em Rushdie, fazendo a casa de cem lugares vir abaixo. Não demorou muito para que estivesse fazendo shows regulares em casas de espetáculo e bares no centro da cidade. Seu número era um misto de humor de cara limpa e narração de histórias e, em geral, abrangia algum tipo de humilhação flagrante. Depois de cada show, uma multidão de garotas de vinte e poucos anos bonitinhas aproximava-se para lhe dizer o quanto era bacana, os olhos arregalados de admiração. Sua modéstia estilo Woody Allen, aliada ao fato de ser muito mais atraente que Woody Allen, transformavam-no em um objeto de desejo.

Rebecca considerava suas histórias de decepção amorosa, viagens de carro e medo de contaminação suficientemente engraçadas – mas, após ouvi-las repetidas vezes, ficou entediada. Tinha consciência de que parte de seu ressentimento era proveniente do ciúme, mas isso nada fez no sentido de reprimi-lo. Rebecca tinha um romance não publicado que considerava bastante bom, *Willow Grove* – uma cômica narrativa sobre a chegada da adolescência, baseada em suas experiências de colegial na Filadélfia suburbana –, mas, quando conheceu David, o livro já havia sido rejeitado por nove editores. E, àquela altura, estava em uma caixa debaixo da cama.

Poucos meses depois que David havia começado a se apresentar, um importante editor de livros foi a um de seus shows. O sujeito disse a David para pôr no papel algumas de suas histórias, e foi o que ele fez. Conseguiu um agente, apresentou um contrato e houve uma feroz guerra de lances por suas memórias. Por fim, ele vendeu *Are You My Mommy?* por 250 mil dólares, e então a produtora de Jack Black comprou os direitos por outros 300 mil.

David comprou um amplo *loft* na rua Union com o dinheiro, mas não convidou Rebecca para morar com ele, alegando que não desejava apressar as coisas. Quando eles saíam no bairro, ele era reconhecido por seguidores fervorosos, com quem conversava longamente enquanto ela esperava. Então tornava a levá-la para seu apartamento e trepava com ela com entusiasmo adicional.

Quando David conseguiu um contrato de exclusividade de um milhão de dólares por uma série experimental tragicômica de meia hora de duração na CBS acerca da vida dele, os dois comemoraram com um jantar romântico em seu restaurante favorito, al di là. Enquanto tomavam sorvete com café expresso, ele terminou com ela, alegando que os dois estavam "tomando rumos diferentes".

Depois do contrato, David vendeu o *loft* da rua Union por 900 mil dólares e comprou uma imensa casa em arenito pardo na rua Um. Foi uma transação considerável, noticiada no Brownstoner e no Gothamist. O preço solicitado foi 3,6 milhões e, segundo os registros da Corcoran, o imóvel possuía 604m^2, com vitrais nas janelas e uma estufa. O jardim era tão profundo que se estendia até a rua Dois.

Em suas andanças com Abbie, Rebecca muitas vezes passava pelo jardim nos fundos e lançava olhares cobiçosos para o jardim projetado por um paisagista. Vira-o algumas vezes sentado à mesa no pátio, recepcionando os amigos, uma estranha mistura de gente como Mos Def, David Cross, Darren Aronofsky, Rachel Weisz e Liv Tyler. Ela passava apressada, não querendo parecer uma admiradora obsessiva.

Havia esbarrado em David na rua meia dúzia de vezes desde que Abbie nascera e, embora sempre conversassem sobre assuntos gerais, ela odiava a ideia de David ser solteiro e morar sozinho em uma casa de arenito pardo de 3,6 milhões de dólares, sem sequer precisar do espaço. Aquilo a deprimia. Tinha consciência de que, pelos padrões de muitas mulheres, também ela seria considerada um sucesso – um belo marido, um lindo bebê, uma carreira frila flexível, um apartamento de dois quartos em um condomínio situado em um ótimo distrito escolar –, mas, para Rebecca, tais indicadores eram inexpressivos. No prontuário do nascimento de Abbie, o médico havia escrito que sua cesariana devera-se à "ausência de evolução" e, perto de David, ela sempre sentia ausência de evolução.

– Oi, David – disse ela.

– Como vai? – perguntou David. – Onde está Abbie?

– Com a babá – respondeu Rebecca.

– Você tem fotos dela? – perguntou ele. Rebecca mostrou algumas fotos em seu celular. – Ela é tão grande e tão linda! Uau!

Seu interesse pareceu sincero, tão sincero, que ela surpreendeu-se por não se sentir mais benevolente. Abbie era linda, com longos cabelos louros e imensos olhos castanhos de corça. Rebecca via mulheres no parquinho atormentadas por seus meninos com cara de macaco. Por que não se sentia mais orgulhosa de sua linda menina? Seria pelo fato de Theo elogiar tanto Abbie que Rebecca ficava com ciúmes? Ou por ele elogiá-la tanto que Rebecca nunca tinha chance de observar Abbie por si mesma, perceber o quanto ela era linda? Rebecca não raro tinha a sensação de que, se pudesse simplesmente confiar a maternidade a uma mulher que a apreciasse, todos ficariam mais felizes.

– Então, como está indo tudo? – perguntou David.

Ela contou que estava fazendo frilas, que Abbie estava realmente linda e que Theo estava trabalhando no projeto de um novo condomínio em West Village. Ela estava ciente de estar tentando fazer sua vida parecer rica e gratificante, até mesmo excitante.

Sem que ela lhe perguntasse o que estava fazendo, ele anunciou:

– Acabei de descobrir que Al Maysles vai filmar um documentário sobre mim.

– Pensei que ele estivesse morto – disse ela.

Rebecca avistou movimento no jardim; em seguida, o portão se abriu e uma alta morena pôs-se ao lado dele. Rebecca levou um instante para registrar o rosto, mas, ao fazê-lo, teve a sensação de haver engolido uma bola de massa.

– Rebecca, esta é Cassie – disse redundantemente David.

Cassie Trainor era uma deslumbrante cantora e compositora prodígio natural do Alasca, de cabelos negros, 1,82m, 25 anos e cujo primeiro álbum, *Stick Your Finger Down My Throat*, havia ganho um disco de platina. Desde então, tivera um segundo álbum com vendas medíocres, *Addictive Personality*, seguido de outro disco de platina por *Codey*. Recentemente, obtivera atenção por protagonizar um picante comercial da Marc Jacobs fotografada por Juergen Teller, no qual se agachava vestindo calcinha e sutiã transparentes, soprando dentro de um saco de papel.

Rebecca havia lido no Gawker que David e Cassie foram vistos juntos em uma estreia da Broadway, mas achara a notícia tão irritante que a desconsiderara como pura invenção. Agora não havia como contestar a verdade. Seu ex-namorado estava saindo com uma celebridade internacionalmente famosa, e Rebecca era uma mãe de Park Slope que não conseguia fazer com que o marido a comesse.

– Ei – cumprimentou Rebecca, estendendo a mão.

– Rebecca tem uma garotinha linda – disse David. – Abbie. Ela foi batizada em homenagem a Abbie Hoffman.

– Que nome incrível – disse Cassie, com voz insignificante.

– Mostre as fotos a Cassie.

– Ela é tão linda! – disse Cassie enquanto olhava para o telefone. Ela parecia genuinamente impressionada, desejosa de um bebê.

– Obrigada – disse Rebecca, perguntando-se quem ficaria por cima durante o sexo, se Cassie era submissa, como Rebecca havia sido, ou mais dominante, girando por sobre o rosto de David enquanto lançava insultos antissemitas. A melhor coisa do relacionamento de Rebecca com David fora o sexo, era o único momento em que o narcisismo dele era atraente.

– Eu preciso ir – disse Rebecca, pegando de volta o telefone. – Estou atrasada para meu turno na Cooperativa.

– Você é sócia? – perguntou Cassie. – Nós estamos pensando em entrar. – Então eles moravam juntos. Aquilo estava ficando cada vez pior. – Como são os hortifrútis?

– Nunca amadurecem.

– Ei, Rebecca – chamou David enquanto Rebecca se afastava. – Cassie vai fazer um show na Southpaw na próxima quarta, à noite. Ela vai ser entrevistada por Philip Gourevitch, um arrecadador de recursos para *Paris Review*. Vou fazer uma reserva para você e um acompanhante. Você devia ir.

– Você com certeza devia ir – disse Cassie.

Rebecca sorriu e assentiu com um movimento de cabeça, mas não iria de jeito nenhum. O problema do mundo eram pessoas como Philip Gourevitch entrevistarem pessoas como Cassie Trainor.

– A maternidade combina com você! – gritou David à medida que ela se afastava descendo a rua e sentindo-se ridícula em seu macacão. Rebecca não sabia ao certo o que a indignava mais: o fato de David estar trepando com uma celebridade ou o fato de ele haver se tornado uma delas.

A sala de manipulação de alimentos no subsolo da Cooperativa estava tranquila, como sempre. O único som era o ruído metálico da WNYC [New York Public Radio], proveniente de um radinho de pilha. A sala era clara e silenciosa – era impossível ouvir o tumulto do andar de compras acima. Rebecca cumprimentou o líder da equipe, Terry, um gay com barba de urso, e Helen e Carla, as duas bibliotecárias menopáusicas de seu turno.

– Vejam o que o vento trouxe – disse Terry. – Você veio do Studio 54?

– Está quente lá fora – disse Rebecca. – Me deixe em paz.

Lá estava o time de desajustados de sempre, todos usando bandana e avental, conforme o estipulado pelo código de saúde. Rebecca reparou em um homem alto, de costas, lendo atentamente um aviso sobre lavagem de mãos. Quando ele se virou para encarar o grupo, Rebecca enrubesceu.

Ele era tão bonito na vida real quanto nos filmes. Havia reparado nele pela primeira vez no *thriller* de Sonderbergh em que ele fazia o papel de melhor amigo de Matt Damon, o agente da CIA. Ela se questionara o que ele estava fazendo em um papel secundário, sendo tão mais sexy do que Matt. Então ele havia estrelado em *Poses* com a futura mulher. Depois disso, houvera uma série de filmes de ação, inclusive um *thriller* inteligente coestrelando Clive Owen, chamado *End of the Day*, pelo qual recebera uma nomeação ao Oscar.

Ela sabia que ele morava na Prospect Park West com Melora Leigh e, como todos os residentes de Slope, conhecia a mansão, mas até então nunca o vira. O último lugar do mundo em que esperava topar com Stuart Ashby era a Cooperativa Alimentícia de Prospect Park – nada menos que o fundo do poço. Por que alguém que morava em uma mansão precisava fazer compras em uma Cooperativa?

Ela havia visto Melora no parquinho da rua Três uma vez, lendo um roteiro enquanto uma babá loira empurrava Orion no balanço. Rebecca não entendia por que uma mãe sairia com o filho e a babá ao mesmo tempo, mas calculou que, para uma celebridade, era o melhor de ambos os mundos: ela era vista com o filho, sem, na verdade, precisar cuidar dele.

Stuart encarou o macacão de Rebecca com agradável surpresa, então permitiu que seus olhos se detivessem, como se não se importasse que ela percebesse que ele a estava inspecionando.

— Nós temos uma pessoa nova na equipe – disse Terry. – Stuart. – Ele pronunciou o nome de Stuart em tom zombeteiro e jovial. – Eu esperava que você se encarregasse do treinamento dele, Rebecca. – Era sempre possível contar com um gay para ser um facilitador.

Stuart sorriu constrangido.

— Eu aprendo muito rápido. – Helen cutucou Carla, que também corou.

— Rebecca vai te ensinar a embalar nozes – disse Terry.

— Isso vai deixar a gente doido, não vai? – perguntou Stuart. Helen soltou uma risadinha alta, mas ninguém mais a acompanhou.

— Continue a bancar o engraçadinho e nós vamos te expulsar do turno – disse Rebecca.

— Tudo bem. Eu sou preguiçoso por natureza.

Havia nele algo de antiquado. Era como se a beleza lhe concedesse a garantia de não parecer um idiota, embora suas brincadeiras fossem péssimas.

— Tenho alguns avisos antes de começar – disse Terry. – A Força-Tarefa das Questões das Minorias está procurando novos membros. Eles vão se reunir nesta terça-feira, caso algum de vocês queira comparecer. Não sei se vocês leem o *Coop Courier*, mas ultimamente tem havido muitas queixas de preconceito racial na Cooperativa. Outro dia, houve um incidente envolvendo o roubo de duas carteiras e, aparentemente, o acusado foi um sócio afro-americano. – Aquilo era típico. As pessoas estavam sempre indignadas com uma coisa ou outra na Cooperativa. – O objetivo do comitê da Força-Tarefa das Questões da Minoria é eliminar o preconceito na Cooperativa e advogar em nome dos que acham que têm sofrido discriminação enquanto fazem compras ou trabalham.

— Eu sofro discriminação sempre que preciso esperar meia hora para comprar alimentos – disse Rebecca.

— Então, talvez, você deva se filiar – disse Terry.

— *Você* devia ir – Rebecca disse a Stuart. – Você pertence a um grupo oprimido.

— Qual deles?

— O das celebridades. Nenhuma das suas necessidades é suprida aqui. Você não tem assistentes pessoais nem garrafas de água nem a revista *Variety*.

— É, mas eles têm um excelente suprimento de irrigadores nasais – disse Stuart. Ele parecia estar a azarando, mas fazia tanto tempo que ninguém a azarava que ela teve a sensação de ter perdido o seu radar para brincadeiras.

Terry e os outros membros da equipe dirigiram-se a outras partes do subsolo para trabalhar em outros projetos. Rebecca colocou uma bandana amarela e mostrou a Stuart a caixa de grãos sortidos. A penugem ruiva no dorso das mãos dele fizeram-na imaginar o tom de seus pelos pubianos. Havia certa vulgaridade nos ruivos. Eles eram ostensivos, sexuais, de um jeito como caras de cabelo castanho não eram. A pessoa encontrava um ruivo e pensava em pica.

– Você começa com nozes tostadas com tamari e eu cuido das castanhas sortidas – disse ela.

– Você podia dizer "castanhas sortidas" de novo? – Não era aquilo o que Rebecca esperava de uma celebridade casada. Elas não deveriam ser contidas e distantes, de modo a não dar a impressão de estar disponíveis? Ou ele tinha problemas no casamento, como afirmavam os tabloides, ou estava mexendo com a cabeça dela.

– Você veste isso – ela lhe estendeu um par de luvas de celofane – e então pega um punhado de nozes com a colher e coloca ali dentro. – Ela apontou para uma pilha de sacos plásticos transparentes. – Cada punhado deve ter aproximadamente cento e cinquenta gramas. Você pesa nas primeiras vezes para pegar o jeito. Dê um nó em cada saco, assim, depois de torcer o plástico. E então, quando tivermos terminado, colocamos as etiquetas.

– Sim, senhora – disse ele.

Rebecca manteve-se perpendicular a ele diante da grossa mesa de madeira, a balança entre os dois. Stuart enfiou a colher na caixa.

– Técnica excelente – disse ela.

– Você vai me provocar nas próximas duas horas?

– Duas horas e trinta e sete minutos.

Rebecca mal conseguia acreditar que estava sozinha em um recinto recebendo total atenção de uma celebridade. Ele não podia estar flertando. Provavelmente agia assim com todo mundo. Os famosos desejavam que todos gostassem deles, até mesmo os zé-ninguém.

– Esse saco está meio grande – disse ela, olhando fixamente para a balança. – Tem quase meio quilo. Pelo jeito, você tem uma noção distorcida de tamanho.

– Talvez eu simplesmente goste muito de castanhas.

– Eu também gosto de castanhas. Especialmente as salgadas. Lembra o sal do suor, sabe? Tipo logo depois de malhar, mas antes de tomar banho.

Ele parou a meio caminho de enterrar a colher na caixa e balançou a cabeça.

– Quem é você? – perguntou.

– Rebecca Rose.

– Você tem certeza de que mora aqui no bairro, Rebecca Rose?

Talvez ela houvesse ido longe demais. Era isso o que acontecia quando alguém passava um ano e meio sem transar. Ficava com a boca suja. Mas qual era o propósito de fingir ser normal quando estava sozinha em um espaço pequeno com um ator indicado ao Oscar? Em Park Slope, nunca se sabia qual seria a próxima vez em que alguma coisa excitante aconteceria.

Rebecca sentiu o impulso repentino de bater uma foto sua e de Stuart Ashby com seu celular e enviá-la a David Keller, pegando a mesa e as caixas de nozes, claro. Que importância tinha se David Keller estava morando com Cassie Trainor quando ela estava a sessenta centímetros de Stuart Ashby?

Rebecca colocou um saco de castanhas sortidas entre eles. A sala estava fria, e ela ficou satisfeita por não estar usando quase nada, ciente da rigidez de seus mamilos.

– Então é verdade que você não está na escritura? – perguntou ela.

– O que você sabe sobre a minha escritura? – perguntou ele, a testa franzida.

– Este é o Brooklyn dos prédios de arenito. Nós levamos os imóveis muito a sério aqui. Ouvi dizer que ela comprou a mansão em nome dela. Isso foi parte do acordo pré-nupcial?

– O que você é... uma maldita jornalista?

– Sou. Jornalista autônoma de revistas femininas. Principalmente sobre estilo de vida, mas pago uns boquetes para ganhar uma grana extra. Trabalho para a *Allure* e a *Women's Health*. – Rebecca queria que ele a dobrasse na cintura, como uma Barbie, e arrancasse seu macacão. – Você sabe o que é estranho nas entrevistas com celebridades?

– O quê?

– Mais ou menos na terça parte da entrevista, a celebridade sempre solta alguma piada sobre sua infância triste. Você sabe, foi abandonada pelo pai ou a mãe que morreu quando ela era pequena. Então lança algum lugar-comum idiota tipo "As pessoas sempre me abandonaram". E a gente percebe que aquilo foi dito pelo psiquiatra dela. Ela tenta passar a revelação como uma coisa original, mas a maioria das celebridades é tão insípida que são incapazes de refletir sobre si mesmas sem repetir as observações de algum psiquiatra das estrelas de Beverly Hills.

– Burbank. Os psiquiatras dos artistas geralmente ficam em Burbank.

– Que seja.

– Para sua informação, meus pais estão casados há quarenta e cinco anos.

– É verdade, é verdade. E você foi descoberto em um filme de Jocelyn Moorhouse, certo?

– Você está me detonando. Esse foi o Russell.

Ela sabia e fizera o comentário apenas para brincar com ele.

– Eu adorei *A prova*. Ele tinha uns 25 anos quando fez o filme. Sobre o cara cego. Eu o vi no Walter Reade, em um festival de cinema australiano.

– Eles exibiram *Terror a bordo*?

– Ah, meu Deus – disse Rebecca, empolgando-se. – Foi o melhor suspense já produzido.

Stuart torceu um saco plástico e o depositou sobre a mesa.

– Isso foi antes de Noyce ir para Hollywood e fazer todos os Tom Clancys. *Terror a bordo* é uma cartilha para todos os que fazem suspense, se bem que seria melhor se fosse dezoito minutos mais curto. Adoro o jeito como ele coloca a câmera no topo de uma haste.

– É, mas, depois de ver *A faca na água*, a gente percebe o quanto ele deve a Polanski.

– Roman Polanski é um de meus diretores de cinema favoritos – disse Stuart. Ele a estava encarando com um olhar que ela não via em homem nenhum fazia tempo: um vivo interesse. Stuart parecia sentir-se atraído por Rebecca pelo fato de eles terem coisas em comum. Fazia muito tempo que ela não conversava assim com Theo. Eles mal tinham energia para assistir a algum filme e, quando o faziam tarde da noite, depois se levantavam e revezavam no banheiro, cansados demais para conversar a respeito do que haviam visto. Os casais apaixonados não conseguiam parar de conversar um com o outro, mas, em apenas alguns anos, os dois esgotavam o que tinham a dizer.

– Eu estava vendo *O inquilino* outro dia – disse Rebecca. – Se você quer saber a verdade, eu tenho uma queda pelo jovem Polanski.

— Mas ele parece um roedor.

— Eu nunca me senti atraída por homens de beleza convencional.

Stuart lançou a cabeça para trás como se ela o houvesse ofendido. Talvez houvesse concluído que Rebecca não o considerava atraente, o que não era o caso – ou talvez houvesse deduzido que ela julgava sua beleza convencional e, portanto, não estivesse interessada. Rebecca queria se corrigir, gritar que ele era incrível, que poderia tê-la bem ali, naquela sala, se quisesse.

— É engraçado você ter mencionado *O inquilino* – disse ele –, porque, na verdade, estou escrevendo um texto inspirado nele.

— Um roteiro?

Ele fez que sim com um movimento de cabeça. Por que ele não havia dito "roteiro" logo de cara?

— A história se passa aqui no bairro – esclareceu ele.

— Como se chama? *Vizinhança evasiva*?

— Não, mas essa é boa. *Atlantic Yards*. É uma espécie de suspense sobre a remodelação do bairro e terrorismo.

— No que a remodelação é excitante?

— Bem – disse ele –, no final das contas, é mais sobre o confronto entre diferentes tipos de pessoas. Tem uma célula terrorista coordenada a partir de uma loja de *muffins*, um prefeito corrupto que desvia dinheiro para os terroristas e uma policial desgastada da 78ª DP que descobre o esquema e acaba salvando o dia. E eu estou tentando dar um jeito de encaixar o estupro nos campos de beisebol.

Rebecca estava impressionada – o roteiro parecia confuso e pretensioso, mas com *Crash* tendo vencido o Oscar de melhor filme, Stuart talvez estivesse no caminho certo. Stuart declarou que ele mesmo iria dirigir e estrelar o filme e que já contava com um financiamento de 5 milhões de dólares de um herdeiro do açúcar cubano que conhecera no Beatrice Inn. Iria começar a filmar na primavera *in loco* no Brooklyn se tudo desse certo.

— Acho que o texto está bastante bom – disse ele. – Tenho escrito na biblioteca e sinto que o ambiente realmente ajuda.

— Você escreve na biblioteca? – surpreendeu-se Rebecca. Considerava muito hollywoodiano o fato de ele escrever em uma biblioteca pública, de agir como se fizesse parte das massas.

– É, na Grand Army Plaza. No segundo piso. Há muitos sem-teto, mas tento deixar os cheiros impregnarem as falas. – Ele sorriu, como se aquilo fosse uma piada. Tudo que dizia parecia uma paródia do discurso de celebridades. Ela não saberia dizer se ele fazia aquilo de propósito. Ou era esperto o bastante para saber quão estúpida era a maioria dos atores, ou era tão estúpido quanto o restante. – De qualquer maneira, estou realmente interessado em fazer alguma coisa a respeito da paranoia apocalíptica pós-11 de setembro, sabe? Sempre que passo por aquelas lojas libanesas na avenida Atlantic, fico me perguntando o que está acontecendo lá dentro e então me sinto culpado por ficar curioso. Acho que o que estou tentando fazer é fotografar o mal-estar coletivo dos nova-iorquinos modernos. Camuflado em um *thriller* recheado de ação.

– Eu gostei. Bem parecido com *Os viciados* – disse ela.

– Como você sabe tanta coisa sobre cinema?

– Sou viciada. Quase me candidatei à pós em cinema na Columbia, mas cheguei à conclusão de que provavelmente não entraria. Tenho me atualizado no cinema dos anos 70 durante as sonecas da minha filha. – Rebecca não sabia ao certo se deveria mencionar Abbie, mas imaginou que seria uma estupidez mentir. Era mulher, tinha trinta e cinco anos, era sócia da Cooperativa e usava aliança. Havia 95% de chances de que fosse mãe.

– Como sua filha se chama?

– Abbie. Com "ie", não "y". Nós batizamos a menina em homenagem a Abbie Hoffman. Ele era...

– Eu sei quem era Abbie Hoffman.

– Mesmo? Impressionante, porque a maioria das celebridades não tem a menor noção de história.

– Eu vi um documentário sobre os Oito de Chicago no Sundance. – Ela não conseguia recordar a última vez em que ela e Theo haviam se provocado assim. Ela sentia tanta falta das brincadeiras quanto sentia de sexo. – Então, quantos anos ela tem?

– Um e meio. Felizmente ela já passou da fase de bolha alienígena. Angelina Jolie recebeu toda aquela artilharia por chamar Shiloh de bolha, mas é verdade. Eles não conseguem fazer nada no começo.

– Ah, eu não me incomodava com a fase de bolha alienígena – disse Stuart. – Eu adoro bebês. Eles corporificam o espírito de Buda.

Rebecca desatou a rir, sem saber se ele estava brincando.
– Você é budista?
– Antes eu meditava todos os dias, mas agora isso está mais para uma coisa que tento incluir na minha vida.
– Então você é como um alcoólatra que não vai a reuniões.
– Essa é boa. Vou usar essa.
– Acho ridícula toda essa coisa do Richard Gere – disse Rebecca. – Como a cabala. Budismo é outra oportunidade passageira para gente que não tem vida interior.
– Você acha que eu não tenho vida interior?
– Bem, você provavelmente tem mais que um astro de Hollywood normal porque é australiano e seus antepassados eram criminosos.

Ele olhou-a com ar carrancudo. Ela desejava provocá-lo, mas não passar por uma cadela enfurecida. Antes de ter sua filha, ela saberia diferenciar, mas agora era impossível. Quando passava tanto tempo sozinha, a pessoa acabava perdendo o barômetro social. A maternidade ocasionava automaticamente síndrome de Asperger.

Rebecca estava ofegante e sentia-se pegajosa apesar do frio da sala. Tivera sua chance e a estragara. Stuart trocaria seu turno e ela nunca mais o veria. Sairia da vida dela tão rápido quanto havia entrado. Ela sentiria uma falta terrível dele se não tornasse a vê-lo, se nunca mais conversasse assim, mesmo que fosse só isso o que acontecesse. Ela desejava saber que, na próxima vez que comparecesse, veria a penugem avermelhada naquelas mãos. Mas agora não haveria uma próxima vez.

– Você já ouviu a história dos dois monges zen? – perguntou ele.
– Eh-ah – disse ela. – Momento *Charlie Rose*. Aumente o zoom.
– Eu contei um *koan* diferente no *Charlie*. Dois monges estão percorrendo uma trilha no meio do nada e encontram uma caravana que transportava uma mulher rica e suas malas. Ela não é muito gentil com eles. Os monges e a caravana chegam a um rio barrento, e os criados descobrem que não conseguem cruzar o rio com a mulher e suas posses. O monge mais velho se oferece para carregar a mulher nas costas para que os criados carreguem as coisas dela.

"Mas, quando eles atravessam, a mulher não agradece. Ela é grosseira e empurra o monge para voltar à caravana. Os dois monges seguem caminho e, pouco depois, o monge mais jovem diz: 'Não consigo acreditar naquela velha! Você foi tão gentil ao atravessar o rio com ela nas costas, e ela sequer agradeceu! Ela foi muito grosseira!' O mestre vira para seu discípulo e diz: 'Eu coloquei a mulher no chão três quilômetros atrás. Por que você ainda a está carregando?'"

Stuart piscou para Rebecca e ela viu cordialidade em seus olhos límpidos.
– O que você está carregando? – perguntou ele.

Stuart sustentou o olhar de Rebecca, tranquilo e resoluto. Era como se a conhecesse sem conhecê-la, como se enxergasse através da arrogância dela. Durante todos aqueles meses, ela vinha tentando encontrar uma maneira de transcender a dor, de entender o desprezo de Theo para poder perdoá-lo, mas não conseguira. Havia se casado com ele porque ele poderia cuidar dela, e agora ele não fazia mais isso. Seu marido havia se tornado um enigma, e ela não sabia se devia se separar dele ou aceitar que seria sempre assim.

Ela devolveu o olhar de Stuart e sentiu vontade de chorar, mas, caso começasse, temia não parar e desabar sobre o chão gelado, obrigando Stuart a convocar ajuda médica. Queria que ele a segurasse nos braços e a beijasse no topo da cabeça. Percebeu que por isso havia beijado Lizzie: fazia tempo demais que não sentia o toque de um adulto. O toque era como água ou alimento; as pessoas necessitavam dele, ou murchavam até desaparecer.

– Eu estou carregando castanhas – disse ela, com voz entrecortada. – Um monte de castanhas sortidas.

Ele depositou outro saco plástico na bancada e, ao estender a mão para pegá-lo, suas mãos se roçaram. Foi como um choque elétrico. Eles não se moveram, as laterais de suas mãos se tocando, cada um deles olhando diretamente, para frente, mas não um para o outro. O toque foi tão intenso que ela ficou molhada. Quando alguém desejava outra pessoa, até mesmo o menor dos contatos era excitante.

Ela se lembrou de ter se sentido assim na festa em que havia conhecido Theo, diante da mesa de coquetéis. Ele lhe fazia perguntas e, a cada uma, tocava-a de leve no braço, um lembrete cadenciado de seu entusiasmo, e ela apreciara tanto a atenção que cada toque era como um choque.

Ela sentiu a pulsação de Stuart em sua mão e pensou no sangue muito caro dele. Ele era um homem de sangue tão quente, tão vital, que as pessoas davam dinheiro para vê-lo respirar.

Eles ouviram um chiado, e, pelo interfone, uma freguesa perguntou onde poderia encontrar uma caixa de água Vintage com gás. Stuart afastou a mão e mergulhou a colher na caixa.

OPEN HOUSE

O *open house* da rua Carroll no domingo foi o evento agressivo de costume, com potenciais compradores encarando-se com olhos apertados ao passar pelo estreito corredor. Segundo o folheto informativo que haviam recebido à porta, o apartamento possuía não uma, mas duas lareiras, uma na sala de estar e outra na suíte. Karen sempre desejara dar um jantar com uma lareira acesa e vislumbrou-se fazendo aquilo ali, embora o folheto informasse que as lareiras eram decorativas, o que queria dizer que o fogo seria a gás.

Seis dias depois de haver tocado a campainha da mulher horrível, o entusiasmo de Karen pelo Apartamento Dois não diminuíra. Tudo nele era perfeito. Ela visualizou seu nome em uma daquelas etiquetas com endereço de remetente do Conselho de Defesa dos Recursos Naturais: "Karen Bryan Shapiro, rua Carroll, 899, Apartamento Dois." Apartamento Dois soava imponente e elegante. Em suas atuais etiquetas de remetente, lia-se "8F", o F para apartamento de fundos, o F que vociferava CLASSE MÉDIA, pois queria dizer que todos sabiam que você morava em um apartamento alugado com vários inquilinos por andar.

Apartamento Dois (e ela já havia decidido que escreveria o Dois por extenso) significava um condomínio, um prédio pequeno, uma compra. Significava sucesso. Claro, ainda representava um degrau abaixo dos endereços mais cobiçados, um endereço como o de Melora Leigh, que não incluía número de apartamento, mas aquilo era apenas um primeiro passo.

Em poucos anos, depois que Matty se tornasse sócio, eles iriam para uma casa, mesmo que tivesse de ser em Gowanus.

Desde que não acabassem comprando em Midwood, ela ficaria feliz. Seus pais ainda moravam na casa em que Karen crescera e, embora dessem a entender que lhe dariam o imóvel algum dia, ela não suportava a ideia de morar no mesmo local em que havia começado. Aquilo significava não ter chegado a lugar nenhum na vida.

Se Karen morasse naquele apartamento, poderia se sentar no banco diante da mansão de Melora quando quisesse. Se morasse em North Slope, estaria sujeita a encontrar-se com Melora. Talvez se tornassem até mesmo amigas de bairro, do tipo que a gente não conhece pelo nome, mas cumprimenta com um sorriso quando passa por ela.

Karen tinha de comprar aquele lugar. Simplesmente tinha de fazer isso. Era verão, baixa temporada no setor imobiliário, e havia doze nomes na lista de assinaturas, um número pequeno comparado aos *open houses* frenéticos da primavera.

Karen esperava que a mesquinha do Apartamento Três não pusesse tudo a perder. Ela não tivera a intenção de ser tão agressiva ao tocar outra campainha. Estava apenas tentando obter uma vantagem. Se eles tivessem a sorte de conseguir o apartamento, Karen esperava que a mulher não influenciasse o comitê contra ela. Quem sabe ela sequer lembrasse o nome dela? Praticamente, a cada duas mães em Park Slope, uma se chamava Karen.

Segurando a mão de Darby, ela seguiu Matty pelo corredor até o segundo quarto, passando pelo banheiro, onde uma mulher estava dando descarga no vaso. Uma novata imobiliária. Só idiotas davam descarga no vaso em *open houses*.

O segundo quarto possuía uma cama beliche à esquerda, encostada à parede de tijolos. A parede oposta estava atulhada, de ponta a ponta, com brinquedos, cômodas e duas escrivaninhas com nomes pintados à mão: Kylie e Jonah. A julgar por seus pertences, as crianças pareciam estar em idade escolar, e Karen não conseguia entender como haviam ficado tão confinados por tanto tempo.

Matty estava olhando pela janela para o jardim abaixo.

— O jardim não é compartilhado — declarou, apontando para o folheto informativo. — É exclusivo do Apartamento Um.

— Eu sei — disse ela —, mas o terraço é compartilhado. Talvez a gente possa dar festas lá em cima.

— Você sobe de escada. Não dá para levar comida para cima por uma escada.

— Eu quero ir ao parquinho! — gritou Darby.

A suíte era grande para Park Slope, provavelmente com uns 30m², um armário de tamanho decente e estantes do chão ao teto. Os ladrilhos na lareira precisavam de algum conserto, mas o console, original, estava em bom estado. Ela podia imaginar as fotos de Darby, de seus pais e seus avós dispostas em porta-retratos prateados da Restoration Hardware. O armário era feio, com prateleiras brancas de aglomerado, mas talvez Karen pedisse à California Closets que o aprofundassem para transformá-lo em um *closet*.

— É grande, não é? — ela perguntou a Matty. — E tem vista para as árvores.

— E para o jardim do Apartamento Um.

— Ah, sem essa, o único jeito de conseguir um jardim exclusivo é você comprar um apartamento no andar térreo, e todo mundo sabe que tem a questão do ruído.

Ele voltou a percorrer o corredor em direção à sala de estar. O terceiro quarto era contíguo à sala, havia sido pintado de amarelo-claro, e havia um berço junto à parede mais distante. *Três* filhos! Não era de admirar que eles estivessem se mudando para Northampton.

Os proprietários, Steve e Tina, estavam de pé, ansiosos, junto à bancada da cozinha, onde exibiam uma travessa de maçãs verdes, claramente uma dica aprendida com algum amigo corretor. Depois de anos comparecendo a *open houses*, Karen havia visto montes de *cookies* de chocolate e maçãs verdes, colocados ali para fazer com que os prováveis compradores pensassem em generosidade.

Steve possuía ombros largos e dentes brancos, e Tina era uma bonita loura sem maquiagem. Eles tinham a idade de Karen, mas era óbvio que possuíam mais dinheiro. Mais importante, haviam sido espertos o bastante para comprar na primavera de 2004, pouco antes do auge do mercado imobiliário. Karen pesquisara no Acris, o sistema automatizado de informações cadastrais municipais. Eles haviam pago 475 mil dólares. E, apenas quatro anos mais tarde, estavam pedindo 675 mil.

Mas o preço era uma barganha – um três quartos em um quarteirão do parque por pouco menos de 700 mil. Aquilo era uma barganha mesmo para um *dois* quartos. Três quartos eram escassos na vizinhança, e os poucos que havia no mercado situavam-se em prédios maiores, anteriores à guerra.

Karen conseguia enxergar sua família ali. Quanto mais pensava no assunto, mais certeza tinha: se eles morassem naquele apartamento, ela conseguiria ter um segundo filho.

Pelo fato de Matty e Karen haverem concebido Darby na primeira tentativa, ela nunca previra que teria problemas em gerar um irmão para o filho. Ela e Matty haviam decidido tentar novamente quando Darby estava com dois anos e meio. Karen havia lido em *Your Three-Year-Old: Friend or Enemy* que, aos três anos, a maioria das crianças já havia adquirido uma boa noção do eu, e ela achava que três e meio seria a idade ideal para introduzir um irmão.

Mas, à medida que os meses se passavam com testes negativos, Karen começou a se preocupar. Odiava o fato de que sua irmã mais nova, Colleen, pediatra em Scarsdale, casada com um banqueiro de investimentos, já tivesse três filhos, Patrick, Logan e Kieran, enquanto Karen possuía apenas um. Odiava que Colleen estivesse na dianteira na corrida pelos bebês. Havia uma ordem para as coisas – a filha mais velha casava primeiro e tinha filhos primeiro. Não era para acontecer daquele jeito.

As pessoas no bairro, outros pais, estavam começando a perguntar se ela teria outro filho, e ela balançava a cabeça com ar confiante, angustiada com a verdade. Pessoas que nunca haviam enfrentado problemas de fertilidade eram completamente despreocupadas em relação a bebês. Não imaginavam que as coisas poderiam ser mais difíceis para outras pessoas.

Quando Karen e Matty vinham tentando havia um ano sem sorte, ela foi consultar sua obstetra, dra. Lucibella, no centro médico da Universidade de Nova York, pois tinha lido que a infertilidade definia-se por um ano de tentativas sem gravidez. Pelo que Karen constatou, a dra. Lucibella havia se especializado em questões de infertilidade, realizou alguns testes e lhe receitou Clomid para estimular a ovulação. Mas as pílulas a deixavam nauseada e mal-humorada e, após três ciclos, ela optou por parar e apelar para métodos naturais.

Ao navegar em um site sobre infertilidade, ela tomara conhecimento de um livro chamado *Taking Charge of Your Fertility*, escrito por Toni Weschler, que ensinava a mulher a usar a temperatura basal e outros sinais de fertilidade para maximizar suas chances de engravidar. Karen havia começado a mapear seus ciclos, mas até então não tivera sorte.

Ainda que, segundo o ultrassom que a dra. Lucibella prescreveu, o útero de Karen estivesse em boas condições, ela não acreditava nos resultados. Estava convencida de que seu útero havia sido prejudicado depois do que aconteceu na festa dos alunos do curso secundário na Brooklyn Tech quando Karen contava 16 anos. Karen estava sozinha, encostada à parede, quando Jean Pierre-Louis, um corpulento trompetista haitiano que frequentava sua turma de química, surgiu ao seu lado.

– Você quer ir para algum lugar? – ele perguntou bruscamente, e Karen, surpresa e curiosa, deu de ombros e disse sim. Eles esgueiraram-se para uma sala de química e deram uns amassos no chão. O negócio esquentou rápido, então ela sentiu alguma coisa dentro dela e abriu a boca para começar a falar, mas quando olhou para o rosto dele, percebeu que ele já havia terminado.

– Sinto muito – disse ele.

– Está tudo bem – disse ela.

No mês seguinte, a menstruação não veio. Quando Karen contou à mãe, Eileen, uma mulherzinha enérgica a quem era impossível desconcertar, Eileen marcou uma consulta para Karen com sua própria ginecologista e obstetra em Lenox Hill. O restabelecimento da intervenção foi horrível – Karen sentiu-se fraca e dolorida por vários dias. Quando estava deitada na cama naquela noite, seu pai entrou para recolher o prato de sopa dela e declarou:

– Todo mundo erra. – Karen desatara a chorar, com vergonha da própria estupidez.

Com o passar dos meses, a situação melhorou. Por saber que ter um bebê aos dezesseis anos não era a coisa mais inteligente a fazer, ela nunca se sentiu realmente culpada e, por fim, a lembrança se desvaneceu, até ela quase ser capaz de fingir que aquilo nunca havia acontecido. Quando preenchia formulários com perguntas sobre gestações anteriores, escrevia "uma" e, quando os ginecologistas perguntavam a respeito, contava a história e eles nunca faziam mais perguntas.

Na realidade, fazia anos que Karen não pensava em Jean Pierre-Louis, até que a dra. Lucibella mencionou infertilidade secundária e Karen concluiu que alguma coisa terrível acontecera a seu útero durante o procedimento que realizara havia tantos anos. Quando Karen pensava no assunto, aquilo fazia sentido. As pessoas não podiam sair retirando fetos e esperar que não houvesse repercussões. Darby havia sido um bebê milagroso, um presente de Deus, um lance de sorte. De alguma forma, ele quisera tanto nascer que havia se implantado nela apesar do ambiente hostil. Mas na vida só se tem sorte uma vez.

Karen queria ser mãe de dois. E não queria adotar. Era impossível saber o que se obtinha com tais crianças – os pais conturbados, genes ruins. Havia um menino adotado na Escola Garfield, produto de um estupro no México, segundo lhe contara a mãe do garoto, e, ainda que Karen houvesse enaltecido a mãe adotiva, sabia que ficaria apavorada se fizesse o mesmo. (Aquilo não se comparava à situação de Melora Leigh. Quando a pessoa era muito rica, não importava o quanto seus filhos fossem problemáticos porque a pessoa podia gastar centenas de milhares de dólares na futura saúde mental das crianças. Até mesmo o filho de um estuprador acabaria bem se seus pais fossem celebridades.)

Mas, na sala de estar do número 899 da rua Carroll, Karen sentiu-se confiante de que não precisaria pensar na possibilidade de adoção porque ficaria grávida. Todos os seus problemas de fertilidade resumiam-se a estresse. O apartamento de Karen e Matty era pequeno demais, de modo que seus óvulos sentiam que estariam ingressando em um mundo que não tinha lugar para eles; consequentemente, nunca eram fecundados. Era claro e muito simples. Caso se mudassem para o 899 da rua Carroll, Karen conseguiria engravidar.

– Acho que devíamos oferecer setecentos agora mesmo – ela disse a Matty.

– Setecentos? Você ficou louca? O mercado é do comprador! Todos os jornais estão dizendo que o mercado está começando a desvalorizar. Eu acho que eles estão pedindo muito.

Como Matty podia ser um advogado tão agressivo e uma pessoa tão fraca quando se tratava do setor imobiliário no Brooklyn? Era ele o chefe da família, mas não raro Karen tinha a sensação de que era ela quem comandava o espetáculo.

– Nesse bairro, o mercado é sempre do vendedor! – disse ela.

Karen viu uma garotinha passar pela porta e reconheceu Tilly Harris, colega de classe de Darby na Escola Garfield. Fora Neal, pai de Tilly, quem comentara com Karen sobre o *open house*. Neal e Arielle, mãe de Tilly, entraram; Neal carregando o irmãozinho de Tilly nos braços. Neal era um dos poucos pais domésticos que Karen conhecia e, pelo fato de ele não trabalhar, Karen não entendia como o casal conseguia arcar com o carrinho Bugaboo laranja, no qual o bebê estava sempre sendo empurrado por ele. Arielle era designer gráfica, e Karen calculava que seu negócio tinha de ser extremamente bem-sucedido para que o dinheiro esticasse a ponto de bancar um Bugaboo.

– Obrigada por nos contar sobre esse lugar – Karen disse a Neal quando eles se aproximaram para cumprimentá-los.

– Vocês gostaram? – perguntou Neal, olhando ao redor, como se estivesse impressionado.

Para não o entusiasmar demais, Karen respondeu apenas:

– É legal.

– Então, vocês são proprietários? – perguntou Arielle.

– Inquilinos.

– Nós também. Mas, com o bebê, nosso apartamento está muito apertado. Nós decidimos que, como os preços estão caindo, era uma boa hora para comprar. – Karen apresentou-os a Matty. Ela estava sempre apresentando Matty, pois ele era ocupado demais para comparecer aos *Shabbats* infantis, embora o judeu fosse ele, não ela.

– Eles dividem o quarto? – Karen perguntou a Arielle.

– Não, Tilly tem seu próprio quarto, mas, nessa semana, ficaram os dois na nossa cama porque o ar-condicionado do quarto deles pifou.

– E com esse tempo! Isso é terrível.

– Nem me diga. Com ar-condicionado quebrado, nosso carro na oficina e a carteira de Neal tendo sido roubada, esse está sendo um verão dos infernos.

– Sua carteira foi roubada? – perguntou Matty.

– Foi. Na Cooperativa. Dá para acreditar? – Neal contou a terrível história do que havia acontecido. – Ainda acho que foi aquele rastafári, mas eles não revistaram o sujeito e agora não tenho como provar.

Karen ficou horrorizada. Na próxima vez em que fosse à Cooperativa, teria de prestar atenção extra em sua *bowling bag*.

Depois que Neal e Arielle foram examinar os quartos, ela aproximou-se de Tina e disse baixinho:

– Nós gostaríamos de fazer uma oferta. Nós adoramos o seu apartamento e podemos realmente nos ver morando aqui. – O olhar de Matty dardejava no outro lado do aposento.

– Isso é ótimo – disse Tina friamente.

Karen conduziu-a à janela para que os demais não ouvissem.

– Setecentos – disse.

Tina sequer se sobressaltou. Assentiu com um movimento de cabeça, pegou um BlackBerry e digitou alguma coisa.

– Acho que já expliquei que nós decidimos fazer um leilão aberto – disse Tina – porque acreditamos que seja mais justo para todo mundo. – Aquilo era mentira. O objetivo do leilão aberto era intimidar a todos, para que oferecessem mais do que fariam em um pedido de oferta. – Estamos pedindo a todos que apresentem suas ofertas até às seis da tarde de amanhã, e então vocês vão ter uma chance de aumentar. Dependendo de como as coisas terminem, podemos ou não fazer uma terceira rodada. Desculpe, seu nome é...?

– Nós estamos na folha de ingresso. Bryan. Eu sou Karen Bryan – disse ela, estendendo a mão. Havia desistido do Shapiro. Karen estava lidando com Tina Savant, o tipo de mulher que nunca se veria na situação desagradável de optar por desistir do Shapiro.

Às vezes, Karen tinha a impressão de que a vida resumia-se a chegar lá primeiro. Os vencedores pareciam ser os que haviam se casado, tido filhos e adquirido bens cedo, confiantes em seu potencial de ganhos futuros. Ela e Matty haviam feito duas dessas três coisas – ela havia se casado aos vinte e seis anos e engravidado de Darby aos vinte e oito, o que era praticamente fazer isso com a idade de Jamie Lynn nos dias de hoje –, mas eles haviam dormido no ponto em relação aos imóveis. Na ocasião, Matty ainda estava pagando seu crédito estudantil, e ela não havia economizado quase nada em seu trabalho como assistente social, portanto não lhes ocorrera comprar um imóvel. Agora ela desejava que houvessem sido mais previdentes. Se tivessem comprado antes do *boom*, se de alguma forma houvessem economizado para tornar isso uma realidade, ela seria uma Tina Savant e não uma Karen Shapiro.

– Aquele é meu marido, Matt – acrescentou Karen. Ela acenou para ele a um canto, onde parecia anêmico. – E nosso filho, Darby.

– Darby – disse Tina. – Não é esse o nome do filho de Patrick Dempsey?

– É – Karen apressou-se a responder. – Mas nós pensamos nisso primeiro.

RESPONDA, NÃO REAJA

Melora extraiu a carteira da gaveta da mesinha de cabeceira e girou-a nas mãos. A emoção de roubar fora tão intensa que a arrebatara nos últimos seis dias. Era como se, ao tocar a carteira, ela se ungisse com um unguento mágico que a tornava a um só tempo relaxada e feliz.

Quando voltara da Cooperativa para casa na segunda-feira anterior, Melora se sentara na beirada da cama e examinara a carteira. Era uma sensação estranha ter nas mãos o bem mais íntimo de outra pessoa. Em relação às mulheres, era preciso a bolsa inteira para lhes captar a alma, mas, no caso dos homens, apenas a carteira era necessária. Era uma carteira preta da Coach e, na carteira de motorista, constava o endereço de Neal Harris em Garfield Place, a apenas um quarteirão de Melora. Ele parecia jovem na foto, mais bonito que o pai exausto que Melora vira na Cooperativa. Havia trezentos dólares em dinheiro, que ela não gastara nem planejava fazê-lo. Ao examinar os cartões Visa, o do seguro saúde e a carteirinha do Centro de Ioga de Park Slope, Melora sentira uma pontada de culpa, mas não iria devolver nada daquilo. Tinha certeza disso. Remorso não era o mesmo que estupidez. Em vez disso, ela enfiara a carteira na gaveta, embaixo do exemplar de *Comer, rezar, amar* que Michelle Williams lhe dera, mas que continuava sem ser lido.

Desde a fatídica noite de segunda-feira, Melora examinava a carteira sempre que se sentia ansiosa ou preocupada, e o contato a acalmava imediatamente. Naquele dia, Stuart, Annika e Orion haviam ido ao zoológico de Prospect Park, e ela estava só. Sentiu falta do marido, mas não do filho.

Melora perguntou-se se sua depressão devia-se ao fato de haver suspendido o Zoloft. Na manhã seguinte ao roubo da carteira, ela havia parado de tomar o medicamento. Embora soubesse que o dr. Levine provavelmente não aprovaria, Melora sentira-se pronta e não via por que motivo esperar até a próxima consulta para fazer isso.

A noite anterior havia sido a primeira sem o Ativan, do qual Melora normalmente necessitava para adormecer. Ainda que houvesse permanecido várias horas acordada ao lado de Stuart, ela por fim pegou no sono e percebeu que provavelmente nunca mais precisaria deles também.

Melora ouviu a porta da frente se abrir e um grito de Orion no andar de baixo. Ela fechou a gaveta. Stuart entrou no quarto, suado e exuberante. Desabou sobre a cama ao lado dela.

– Vocês se divertiram? – perguntou Melora.

– Ele adorou. Eles tinham uma régua para medir a distância dos saltos, e ele foi tão longe que parecia um canguruzinho.

Ela absorveu o físico de Stuart. Os dois haviam feito amor naquela manhã e, ainda que ela não houvesse atingido o orgasmo, fora o mais perto a que chegara desde que começara a tomar Zoloft, portanto, quando fingiu, convenceu-se de que o fingimento era apenas parcial e não total.

Naquele instante, Melora desejou-o novamente, sentia fome dele. Aquele era um ganho recente e pouco familiar, decorrente da privação da droga: seu desejo havia decolado. Ela inclinou-se e o beijou delicadamente. Ele correspondeu. Ela ergueu a camisa dele, se movendo em direção ao tronco do marido. Mal conseguia lembrar a última vez que lhe pagara um boquete.

Melora abriu o zíper do short de Stuart e segurou em seu membro. Agachou-se e o envolveu com a boca, gemendo de prazer. Fazia muito tempo que não se comportava como mulher. Queria dar prazer a ele, fazê-lo feliz. Passara vários meses dificultando tudo, agora desejava facilitar. Stuart ficou apenas parcialmente enrijecido; um minuto depois, sentou-se na cama.

– O que foi? – perguntou ela.

– Eu queria muito trabalhar no meu roteiro. Podemos fazer isso mais tarde?

Ele fechou a braguilha. Melora sentou-se ao lado dele na cabeceira, coxa contra coxa. Melora detestava não conseguir o que queria.

Mas, em lugar de permitir que a raiva a dominasse, decidiu retardar seu tempo de reação, técnica na qual vinha trabalhando com o dr. Levine.

– Não se trata de abafar os sentimentos – dizia ele. – É uma questão de diminuir a velocidade com que você os vivencia, para não traduzir seus sentimentos em ações. – Era o mesmo que costumavam dizer no AA: "Responda, não reaja." Fazia anos que ela vinha tentando internalizar aqueles chavões, mas essa era a primeira vez que realmente os entendia. Precipitar as coisas acarretava problemas, e o que o Zoloft fazia era impedir que as pessoas se precipitassem. Agora, sem a droga, ela teria de aprender a fazer isso sozinha.

Melora permitiu-se sentir a pontada da rejeição de Stuart, então tentou imaginar o que o marido estava sentindo. Ele tinha de estar exausto por cuidar do filho a tarde inteira, ainda que Annika houvesse ido com eles. Estava claro que ele queria um tempo para si. Aquilo não significava que não a amasse, os dois apenas tinham necessidades diferentes.

Melora surpreendeu-se com sua compaixão, contudo ela lhe pareceu familiar, como um velho casaco que ainda servia. Algum tempo atrás, ela sabia como colocar outra pessoa em primeiro lugar.

– É claro que podemos – disse ela.

– Eu volto para o jantar – disse ele, erguendo-se. Stuart caminhou em direção à porta do quarto. Ela não entendia por que ele escrevia na biblioteca, mesmo tendo um lindo quarto só para si na mansão. Por esse motivo, haviam permanecido na cidade em lugar de ir para a casa em Bridgehampton. Stuart dizia que Bridgehampton o distraía demais, por todas as obrigações sociais, uma lógica que Melora achava pouco convincente, já que, ultimamente, ele saía na cidade noite sim, noite não.

Quando lera o roteiro no outono anterior, Melora o considerara absurdo, um filme que se passava no *Brooklyn*? Qual era o argumento? Havia reviravoltas demais na trama, e Melora tinha a impressão de que o papel de Lucy fora pouco explorado. Ele mostrara a versão preliminar a Paul Thomas Anderson na esperança de contratá-lo como produtor, mas Paul havia declarado que o roteiro não lhe dizia nada, e Stuart ficara desanimado. Melora sentira-se secretamente aliviada, esperando que Stuart desse o assunto por encerrado.

Mas então, na primavera, ele reescreveu o roteiro, e, quando ela o leu, as reviravoltas fizeram mais sentido. Stuart mostrou o rascunho ao herdeiro do açúcar cubano e conseguiu cinco milhões, e agora a preocupação dela era que ele conseguisse produzi-lo. Esse era em parte o motivo pelo qual andava tão ansiosa nos últimos tempos. O ídolo de Stuart era George Clooney, pois Clooney havia sido nomeado a um Oscar de melhor roteiro e era considerado um autêntico produtor. Melora não desejava que Stuart se tornasse o próximo George Clooney, porque, nesse caso, ele iria querer bocetas no nível de Clooney.

– Eu não sabia que você ia enviar o *Atlantic Yards* para Maggie Gyllenhaal – disse ela.

– Ah, meu Deus – disse ele, virando-se e deixando escapar um profundo suspiro. – Quando é que você vai parar com isso? A personagem é rija demais para você.

– Eu posso aparentar rigidez. Venho aparentando rigidez desde os nove anos.

– Mas eu quero uma coisa sutil. Não quero que o papel principal chame atenção para a interpretação, como Nicole Kidman em *As horas*. Quero que Lucy se confunda com o cenário.

– Maggie Gyllenhaal cresceu em Los Angeles! Ninguém vai levar fé nela como policial de Bensonhurst.

– Então por que você mesma não dirige o filme?

Melora abrandou o tom. Tornara-se agressiva quando o que de fato sentia era mágoa.

– Eu acho que você não quer me dirigir – disse ela.

– Eu ia adorar dirigir você. Você é o sonho de um diretor.

– Então por que você não redige um contrato?

– Eu simplesmente não acho que você seja a pessoa certa para isso.

– Sem essa! Eu vi de que jeito você olhou para Maggie Gyllenhaal na Cooperativa. Admita. Ela está na sua lista das mulheres que você levaria para uma ilha deserta.

– Só tem uma mulher na minha ilha deserta – declarou ele, aproximando-se da cama. Ele a envolveu com os braços e plantou um beijo exagerado sobre seus lábios. – E é a Emily Mortimer.

Depois que ele saiu, Melora permaneceu sentada na cama um instante, tentando decidir o que fazer. Normalmente ela teria ligado a TV do quarto, mas, se ia assistir à TV durante o dia, era preferível estar tomando Zoloft. Pensou em beber um pouco de vinho, mas estava cedo. O que as pessoas normais faziam nas tardes de fim de semana? Ela ouviu um grito de prazer no andar de cima. Claro. Por vezes, Melora esquecia que era mãe.

Encontrou Orion e Annika no quarto de brinquedos construindo um estranho mundo gótico com o Playmobil. Annika reparou de imediato em Melora à porta, mas Orion levou um minuto para se virar.

– Como foi o zoológico? – perguntou ela.
– Nós vimos um babuíno. O traseiro dele era vermelho.
– Aquela era a fêmea – disse Annika.
– Você foi ao carrossel depois?
– Estou muito grande para o carrossel. Os carrosséis são para bebês.

Ele estava crescendo bem diante dos olhos dela. Orion saíra-se muito bem no programa pré-escolar da Berkeley Carroll, embora ela tenha ficado nervosa com a longa jornada escolar. No outono, ele estaria no pré-K, um homenzinho.

Ela queria acreditar que havia lhe proporcionado uma infância normal. A dela havia sido irregular, e ela muitas vezes desejava poder fazer tudo de novo. Antes de começar a representar, ela e seus pais iam para uma casa de campo em Amenia todos os verões. Ela nadava em uma lagoa com a mãe, boiava de costas e contemplava as nuvens. Eles faziam longas caminhadas e fogueiras à noite. Agora, quando fechava os olhos, ela mal conseguia visualizar aquela época anterior à separação de seus pais, anterior a ela ter-se tornado atriz.

Eles divorciaram-se pouco depois de Melora ficar famosa, depois de estarem constantemente discutindo sobre se a filha deveria deixar a profissão (Bob achava que sim, Marcy achava que não). Marcy tornou-se empresária da filha, abandonando por fim o emprego como professora para administrar a carreira de Melora em tempo integral. Comparecia a todos os ensaios com Melora, voava para L.A. com ela para os testes cinematográficos e transformou a despensa do apartamento em escritório. Melora detestava estar tão intimamente ligada à mãe; gostava de atuar, mas não gostava do investimento da mãe em seu sucesso. Quando Melora tinha doze anos, Bob trocou Marcy pela mãe de uma das colegas de turma de Melora, e eles mudaram-se para Santa Fé, onde tiveram mais dois filhos.

Depois disso, ele via Melora apenas uma vez por ano, embora enviasse fotos das filhas. Melora sempre acreditou que seu sucesso profissional houvesse sido o catalisador do divórcio dos pais. No começo, Melora, assim como Bob, culpava Marcy por ter investido demasiadamente na carreira dela. Mas era muito difícil a criança odiar o genitor com quem havia ficado, então, por fim, Bob tornou-se o inimigo. Mesmo que ele não desejasse continuar casado com sua mãe, Melora achava errado que ele abandonasse a filha.

Não raro, ela fantasiava sobre o quanto as coisas teriam sido diferentes se Mary Jo Slater não a houvesse descoberto no Joe's Pizza. Melora adorava suas primeiras lembranças do casulo que era sua casa na rua Charles, da intimidade decorrente do fato de ser filha única. Mas agora tinha de esforçar-se para visualizar Bob e Marcy na mesma moldura. As lembranças posteriores: menstruar pela primeira vez em um filme de Mickey Rourke aos catorze anos, comparecer ao Oscar de 1982 com Michael Jackson como acompanhante; essas resistiam, mas não as iniciais. Ela mal conseguia lembrar seus quatro anos.

Ela fitou Orion, pensando no quanto era magro e comovente quando ela o trouxe do orfanato para casa. A alegria de estar com aquela pessoa que nunca partiria era tão estimulante que a fez superar a exaustão daqueles primeiros meses, embora as enfermeiras também houvessem ajudado.

Atualmente ela e Orion mal se viam, embora ela estivesse em casa a maior parte do tempo. Annika ou Stuart o levavam em seus encontros com amigos e festas de aniversário porque Melora não gostava de mesclar-se com os outros pais. Mas havia vezes em que ele estava por perto, no quarto de brinquedos com Annika, sem mais ninguém, e Melora escondia-se no quarto, sem querer vê-lo.

A intensidade da maternidade não raro era insuportável. Por vezes, ela pensava em mandá-lo para o colégio interno quando estivesse mais velho, para poder ter Stuart só para si, mas preocupava-se com o fato de traumatizá-lo para toda a vida. Não se adotava uma criança para despachá-la para longe.

Ela atribuía sua ambivalência ao Zoloft, embora houvesse começado a tomar o Zoloft devido a sua ambivalência. As drogas que havia tomado para tornar-se uma mãe melhor não a haviam acalmado. Em troca, elas a haviam deixado com medo do filho. Que espécie de mãe sentia medo do próprio filho?

Melora teve uma ideia. Annika provavelmente estava exausta e precisando de um intervalo, e Stuart estava na biblioteca, portanto não podia intervir.

– Você quer ir até a Häagen-Dazs tomar uma casquinha? – ela perguntou a Orion. – Só você e eu? – A Häagen-Dazs ficava a apenas quatro quarteirões de distância, mas ela nunca o levara até lá.

Orion ergueu os olhos na direção dela como se esperasse que ela fosse dizer que estava brincando, então disparou porta afora e escada abaixo.

– Você quer que eu vá com você? – Annika perguntou baixinho, como se Melora, e não Orion, fosse a criança.

– Vai ficar tudo bem – disse ela. Ao descer, parou no quarto e abriu a gaveta da mesinha de cabeceira. Hesitou por um segundo, em seguida fechou a gaveta antes de descer para juntar-se ao filho.

SOFT SWING

Lizzie dormia profundamente quando Jay chegou. Ela olhou de relance para o relógio. Onze e quarenta. Ele havia voltado de sua turnê na noite anterior, mas, em vez de dedicar seu tempo a ela e a Mance, lançara-se porta afora às nove para a apresentação de um amigo em alguma boate do Lower East Side.

Jay sempre fazia muito barulho ao entrar, como se não se preocupasse em acordá-la nem com o fato de que quando Mance estava dormindo – o berço ficava no quarto deles – Lizzie precisava de todo descanso que pudesse obter. Ela o ouviu entrar na cozinha e abrir a geladeira. Quando entrou no quarto, ele acendeu a luminária, abriu uma biografia de Levon Helm e bebeu um gole da garrafa de alguma cerveja artesanal belga. Jay gostava de beber cervejas obscuras, americanas e europeias, e estava sempre comprando na Bierkraft da Quinta Avenida, envolvendo-se em longas conversas com os funcionários. Quando Lizzie zombava dele, ele perguntava: "Qual o problema? Negros não podem beber cerveja artesanal?", e, embora ela risse, enxergava alguma coisa hostil em seus olhos.

– O que você está fazendo? – sussurrou ela com raiva.
– Lendo.
– É meia-noite. Eu estava no sono REM.
– Eu estou ligado. Preciso ler um pouco.
– Então vá para a sala. Você vai acordar Mance.

Ele atirou uma camisa sobre a luminária para escurecê-la, mas não fez a menor diferença. Ela queria chutá-lo para fora da cama e obrigá-lo a dormir no chão. Ela suportava as ausências, até mesmo a forma distraída com que brincava com Mance, mas não aquilo. Aquilo era cruel. Ele estava agindo como se fosse um astro do rock e ela fosse uma tiete. Será que ele não fazia ideia do quanto as coisas eram difíceis? Será que ele não tinha compaixão pelo que ela estava tentando fazer por seu próprio filho?

— Por favor, guarde o livro — pediu ela.

— Daqui a pouco. — Ele tomou um gole da cerveja.

Talvez ela estivesse sendo muito dura com ele. Aquele era seu jeito de relaxar. Jay estava trabalhando em excesso. As viagens eram exaustivas. Ele estava tentando fazer tanta coisa — impulsionar a carreira enquanto sustentava a família — que estava esgotado, e sua exaustão dificultava enxergar o quanto estava sendo idiota.

Também ela precisava relaxar. Nas últimas noites, começara a beber *Terre di Tufi* com o jantar, sozinha, depois da última mamada da noite de Mance. Tinha esperanças de que Jay perguntasse sobre a garrafa na cozinha quando chegou, mas até então ele não havia perguntado. Ele quase não reparava em mais nada.

Na noite em que ela e Jay se conheceram, eles pegaram um táxi de Williamsburg até aquele mesmo apartamento e, depois de fazer amor, ficaram acordados na cama de Jay e conversaram. Eles haviam invertido o processo. Conversaram da forma com que as pessoas costumavam conversar antes de fazer amor, não depois, quando conhecer um ao outro faz parte da sedução. Era como se ambos soubessem, naquela noite, que passariam o restante da vida juntos e não vissem razão para adiar o sexo e, visto que já haviam feito amor, tratariam de conhecer os segredos um do outro.

Enquanto estavam ali deitados de mãos dadas, eles contaram suas histórias. Não conseguiam parar de conversar — sobre a música dele, o emprego dela, a família e a infância de ambos. Eles tentaram descrever suas primeiras lembranças, e, na quietude de estar com ele, ela se lembrou de coisas que não sabia de que se lembrava: da vez em que caiu, patinando no gelo, em uma festa de aniversário; de um aborto que a mãe havia sofrido quando Lizzie era uma garotinha.

Ela contou-lhe sobre o dia em que conheceu Sarah e sobre como havia se apaixonado por ela por causa do jeito como movia lábios quando dizia "o olhar masculino". Ele contou-lhe que, quando criança, participava de guerras de bolas de neve diante do prédio de arenito pardo em que seus pais moravam e qual a sensação de ser atingido no rosto. Ela mencionou a mulher que se sentava ao seu lado no emprego na editora e as tensas conversas telefônicas que tinha com os namorados, e como Lizzie por fim começou a ouvir música em seus fones de ouvido para não receber o mau carma dos relacionamentos. Jay havia dito: "Você está querendo dizer que não estava a fim de 'travar aquela batalha'", e Lizzie riu, pois percebeu que ele era inteligente.

Ele era perspicaz e observador, e ela adorou sua música, mesmo com base nas poucas canções que ouvira naquela noite. Teve a sensação egoísta de que a partir de então a voz dele lhe pertenceria. Quando a pessoa se apaixonava por um artista, obtinha a arte sem custo nenhum.

Naquele instante, com Jay lendo na cama a seu lado, ela não conseguiu demonstrar compreensão por aquele homem ensimesmado e egocêntrico. Precisava lhe dizer que as coisas tinham de mudar.

Lizzie virou de lado e cobriu o rosto com o travesseiro, na esperança de que ele guardasse o livro. Quando estava começando a detestá-lo, ouviu o livro golpear o topo da mesa. Jay puxou-a para si e a fez girar. Ela sentiu o gosto da cerveja em sua boca.

Ele fez amor com ela do seu jeito previsível: um minuto manuseando-lhe os seios, outro minuto sugando-os; três minutos de sexo oral; um boquete com ele por cima seguido de ato contínuo por dez minutos de penetração (Lizzie gozou rápido, apesar de estar zangada com ele; ela não raro se surpreendia ao perceber que seu estado emocional nada tinha a ver com sua capacidade de chegar ao orgasmo); retirada e um charco sobre seu estômago. Enquanto ele estava dentro dela, ela imaginou o marido de Rebecca Rose fazendo amor com Rebecca enquanto esta amamentava Abbie.

Jay limpou o sêmen do ventre dela com uma toalha branca que havia roubado da Academia Crunch na avenida Flatbush. Ele dizia que a academia era cara demais e ele precisava contrabalançar roubando toalhas; ela explicara-lhe que talvez a mensalidade fosse tão cara porque eles não paravam de ter de comprar mais toalhas.

— Você está cheirosa — ele disse baixinho, roçando com o nariz o pescoço de Lizzie.

— É difícil para mim quando você não está aqui — disse ela.

— Eu sei.

— E então quando você está aqui... e volta tão tarde... Você não quer ficar com a gente?

— É claro que quero. Mas também preciso de tempo para mim. Não pode ser só trabalho quando eu estou longe e ser pai quando estou aqui. Eu preciso de um meio-termo.

— Eu também preciso de tempo para mim — disse ela.

— Eu vivo dizendo: você devia pedir a minha mãe para tomar conta de Mance. Ela ia adorar. Você podia ir à manicure ou coisa assim. Ela não entende por que você não pede ajuda. Você devia se dar um descanso.

Ele estava certo. Eles tinham uma babá de graça bem ali, no próprio bairro e, no entanto, Lizzie nunca tirava proveito disso. Mas ela gostaria que Jay também se oferecesse para cuidar do filho, não todas as noites em que estivesse em casa, mas de vez em quando, para que ela pudesse sair. Imaginava que seria divertido ir jantar uma noite dessas com Rebecca, embora elas não se falassem há seis dias e ela não tivesse certeza se tornaria a vê-la.

Na manhã seguinte à noite em que se embebedaram, Lizzie, não querendo se expor, esperou um telefonema. Mas não houve nenhum. Durante a soneca de Mance na quarta-feira, Lizzie decidiu enviar a Rebecca um bilhete de agradecimento pelo encontro. Era o mais delicado a fazer e obrigaria Rebecca a lhe telefonar. Ela não sabia o endereço de Rebecca, então foi com Mance até o prédio (esperando dar de cara com Rebecca nas redondezas) e anotou o número: rua Carroll, 899.

No bonito papel de carta que recebera de presente da mãe, escreveu: "Só queria agradecer por você ter nos recebido. Mance adora Abbie! E o vinho estava ótimo. Mal posso esperar para tornar a vê-la, Lizzie."

Depois que escreveu "Mal posso esperar para tornar a vê-la", ela rasgou o papel, pensou por um segundo e escreveu tudo novamente, terminando com um "Até breve", que soava muito mais reservado.

Mas, quando colocou o bilhete em uma caixa de correio na Flatbush mais tarde naquele dia, ela imediatamente se arrependeu. Rebecca iria achar que ela era louca. Ninguém mais enviava bilhetes e Rebecca sabia muito bem disso. Consideraria aquilo um excesso de formalismo e desespero. Mulher nenhuma iria querer uma amiga desesperada.

A vergonha de Lizzie por ter enviado o bilhete apenas aumentava à medida que os dias passavam. Era domingo, o que significava que Rebecca certamente o havia recebido, e Lizzie ainda não tivera nenhuma notícia.

Ela saiu da cama para ir ao banheiro. Quando voltou poucos minutos mais tarde, Jay estava dormindo, a toalha suja amontoada no chão. Ela deu uma espiada em Mance, que estava se remexendo ligeiramente no berço, mas continuava dormindo, e foi até a janela da sala. Examinou a rua. Vazia.

Lizzie foi até a cozinha, serviu-se de um copo de vinho e levou-o para sua escrivaninha, um móvel minúsculo na sala de estar. Ela abriu o computador e entrou no site Pais de Park Slope. Ela frequentemente navegava no site quando desejava se certificar de que não era a mãe mais infeliz do mundo.

Naquela noite, apenas uma mensagem chamou sua atenção. Começava com o título: "Nas suas horas extras: quer fazer algo divertido?" Como os tópicos do PPS tendiam mais ao gênero "As aflições do sono da criança" ou "Viajando para a Sicília com um recém-nascido", Lizzie ficou curiosa. Continuou a ler:

> Somos um casal local com dois filhos que vão à escola com alguns dos filhos de vocês. Somos instruídos, pais responsáveis e gostamos de *soft swing*. Muitos de vocês nos conhecem e alguns já cruzaram conosco na rua, em frente ao colégio de seus filhos ou em um dos parquinhos. Achamos que este seria o fórum ideal para conhecer pessoas com ideias afins, inteligentes, imperfeitamente atraentes e experientes. Postamos esta mensagem com um endereço de e-mail anônimo na esperança de que vocês façam contato conosco. Mães solteiras também estão convidadas.

O endereço do remetente era paisdeslope@gmail.com.

Lizzie rolou a página para ler as respostas: "Meus pais praticavam *swing* nos anos 70 e, como resultado, passei toda minha vida adulta fazendo terapia." "Este não é o fórum para esse tipo de consulta. Por que vocês não anunciam isso em um chat da AOL em vez de poluir nosso quadro de avisos com seus desejos depravados?" E, como era de se prever: "Estou certamente interessada em praticar o *swing*, mas normalmente é no parquinho com meu filho Jasper."

Ela cobriu a boca para se impedir de rir, com medo de acordar Mance. Então, pegou seu celular na bolsa. Era meia-noite e meia. Não dava para telefonar. Mas, em um de seus encontros havia poucas semanas, Rebecca mencionara que era uma ave noturna. Lizzie calculou que ela talvez estivesse acordada. *Você está acordada?*, digitou ela e enviou o torpedo.

Um minuto depois recebeu a resposta: *Estou.*

Posso ligar?

Claro.

– Me desculpe por te incomodar tão tarde – disse Lizzie quando Rebecca atendeu.

– Tudo bem. Abbie está acordada e nós estamos tentando decidir se vamos para o quarto dela. Eu recebi seu bilhete. Foi carinhoso. Totalmente desnecessário. Quais são as novas?

– Vi uma mensagem hilária no Pais de Park Slope. Um casal disse que estava interessado em *soft swing*.

– No Pais de Park Slope? – disse Rebecca. – Impossível. As pessoas aqui no bairro só transam para engravidar.

– O que é *soft swing*?

– Sem penetração a não ser com o companheiro. Todo o resto menos penetração.

– Como você sabe?

– Fiz uma matéria sobre a nova monogamia para a *Mademoiselle*.

– Mas qual o objetivo se não tem sexo? – perguntou Lizzie.

– Sem essa, você era lésbica. Você está dizendo que uma mulher não pode sentir prazer a não ser trepando?

– Bem, sim. Quando eu era lésbica, sempre trepava. O objetivo do *swing* não é fazer sexo com outra pessoa?

– Aqui é Park Slope. As pessoas são fracas. Quem quer que tenha postado a mensagem provavelmente acha que transar é infidelidade. Como o presidente Clinton.

– Você devia ver as respostas – disse Lizzie. – As pessoas ficaram realmente ofendidas.

– Não faz o menor sentido – disse Rebecca. – Fazer *swing* em Park Slope. É como entrar em uma sorveteria e pedir um copo d'água. – Lizzie ouviu Abbie chorando ao fundo e então uma voz de homem, entrecortada e furiosa. – Preciso ir – disse Rebecca.

Lizzie respirou fundo.

– Você quer fazer alguma coisa essa semana? Com as crianças?

– Claro. Eu ligo para você.

A resposta soou vaga, mas Lizzie tentou não lhe dar muito crédito. Afinal de contas, estavam no meio da noite. Rebecca não podia se dar ao luxo de ter uma conversa demorada.

Lizzie clicou no link "responder mensagem". Seu identificador no gmail era TooPoMama e não exibia seu verdadeiro nome quando ela enviava e-mails. Lizzie pensou por um segundo e então escreveu: "Ei vocês aí. Meu nome é Victoria, sou mãe solteira e estou respondendo a sua mensagem. Eu gostaria de estacionar minhas curvas na sala de estar de vocês." Ela continuou a escrever e pouco depois ouviu Jay ressonar no quarto.

EXTINÇÃO GRADUAL

– Não vá até lá! – disse Rebecca em tom incisivo. Eram quase quinze para uma da manhã. Abbie havia acordado aos gritos, Lizzie havia telefonado e, quando Rebecca desligou, Theo estava na iminência de entrar no quarto de Abbie.

Abbie vinha fazendo isso esporadicamente nas últimas semanas, acordava no meio da noite e então se tornava inconsolável. O móbile, que funcionava como mágica para as sonecas, era inútil à noite. A única coisa que fazia Abbie parar de chorar era Rebecca ou Theo passarem uma hora acariciando suas costas ou levarem a filha para a cama deles – solução que Rebecca abominava, por sentir que aquilo estabelecia um precedente nocivo.

Para tentar lidar com o problema com método, Rebecca havia comprado três livros a respeito do sono: o de Weissbluth; *Bom sono*, de Richard Ferber, e, em benefício de Theo, *Soluções para noites sem choro*, de Elizabeth Pantley. Ela queria tentar uma técnica de Ferber chamada extinção gradual, na qual os pais ignoravam os gritos da criança por períodos cada vez mais longos, mas até então o máximo que Theo conseguira ficar sem pegar Abbie fora cinco minutos.

– Escute a sua filha! – disse ele, sentado na cama ao lado dela. – Como você pode deixar sua filha chorar desse jeito?

– Ela não está chorando. Ela saiu de um ciclo de sono e está prestes a começar outro. Cada vez que entramos lá, ela fica mais excitada.

– Onde você leu isso... em um de seus livros idiotas?

– Pode ser.

– Você lê demais – disse ele. – Você sempre tem um programa. – Ele golpeou a mesinha de cabeceira para enfatizar o que estava dizendo. – *Au!* – Esfregou o cotovelo, sentindo dor. Desde o nascimento de Abbie, Theo vinha padecendo de uma aparentemente infindável série de calamidades físicas, que o faziam gritar e então agarrar com força e esfregar a parte machucada, com dores terríveis. Primeiro, havia sido um dedo do pé quebrado devido a uma grave topada; em seguida, um músculo da panturrilha que se rompeu quando estava jogando basquete e, agora, caso sério de bursite no cotovelo, de causa desconhecida. Por culpa do ressentimento que sentia por ele, Rebecca era incapaz de evocar qualquer compaixão por suas enfermidades. Jamais se considerara muito compreensiva, mas, no início do namoro, ela o mimava quando necessário. Agora, quando Theo uivava de dor, ela nada sentia e o encarava com ar desinteressado, recusando-se a expressar sequer um "Ah, querido, você está bem?".

Seu estoicismo resultava em frequentes sermões por parte de Theo a respeito de sua frieza emocional, que terminavam com as réplicas de Rebecca sobre o bebezão que ele era, cujo desfecho normalmente era ela dormir no sofá. Com o tempo, seu exílio no sofá havia perdido parte do impacto emocional; Theo não implorava mais que ela voltasse. Era difícil chantagear sexualmente uma pessoa sem estar transando com ela.

– Eu só quero que ela durma a noite inteira – disse Rebecca –, para que você e eu possamos dormir a noite inteira. – Ela acreditava que, se eles não ensinassem a filha a dormir sozinha, iriam estragá-la para sempre. O que aconteceria quando Abbie fosse para a faculdade? Não era de admirar que tantos jovens de vinte e poucos anos estivessem tomando antidepressivos. – Ferber diz que todas as crianças conseguem fazer isso depois dos seis meses e Abbie tem um ano e meio.

– Ferber? Não foi ele que disse que você devia deixar o bebê chorar até vomitar? – A *New Yorker* publicara um artigo sobre Ferber havia alguns anos, e todos os filhos fragilizados por um divórcio que o haviam lido juraram nunca deixar seu filho chorando, embora Ferber tenha admitido mais tarde que levava seus filhos para a cama do casal.

Theo era um frágil filho de um divórcio, ainda que não se classificasse assim, e Rebecca sempre suspeitara de que ele se sentira atraído por ela pelo fato de a família de Rebecca ser tão estável e *heimish*. Criado em Westport,

Theo era filho de um banqueiro de investimentos e de uma dona de casa que se separaram quando ele tinha apenas seis anos. Seu pai se mudou para Nova York após o divórcio, e Theo e a mãe mudaram muito de endereço depois disso: oito cidades em dez anos. Embora a mãe dele estivesse morando em San Francisco, a essa altura casada e feliz com um psiquiatra que conhecera em um encontro às escuras, Theo nunca havia esquecido o que se passou. No começo de seu relacionamento com Rebecca, ele havia mencionado os pais brigando aos gritos quando era menino, a vez em que encontrara a mãe soluçando no banheiro após seu pai tê-la atingido com um prato e a terrível noite de nevasca em que eles lhe contaram que estavam se separando. Theo mencionou as babás perversas, as creches baratas com orientadores violentos e os inúmeros pretendentes duvidosos da mãe.

Os pais de Rebecca, professores de escolas públicas, haviam recém-comemorado seus quarenta anos de casamento e, sobretudo após ter tido Abbie, Rebecca considerava o casamento dos dois idilicamente estruturado. Ela e o irmão mais velho, Todd, eram punidos se respondessem com grosseria, a família jantava junta todas as noites e, até onde conseguia recordar, ela e Todd sempre dormiam na própria cama. Seus pais não eram malvados nem rígidos, mas amorosamente firmes. Quando questionara recentemente a mãe a respeito de seus próprios padrões de sono quando criança, a mãe lhe havia dito que, para fazer com que ela dormisse a noite inteira, enviava o pai ao quarto dela com água, uma sugestão do pediatra. Naquela época, os pais pediam conselhos ao pediatra; atualmente quem fizesse isso era acusado de maus tratos infantis. Quando ela contou a história a Theo, ele ficou horrorizado e declarou que por isso Rebecca tivera tantos problemas com homens antes de conhecê-lo.

Com Abbie, Rebecca estava tentando repetir a própria infância, enquanto Theo fazia o possível para não repetir a dele. Por sentir-se tão defensiva em relação à própria infância, Rebecca via-se glorificando sua simplicidade. Seus pais haviam conseguido jantar fora, dar festas, estar presentes para os amigos e criar dois filhos, tudo isso com rendimentos muito mais modestos que os seus e os de Theo. Seus pais pareciam crer que as crianças deviam ser o pano de fundo de uma boa vida, não o objetivo e a totalidade dela.

Theo, por outro lado, via Abbie como sua razão de ser, sentimento que Rebecca vivenciava como um duplo golpe, dada sua devoção a Rebecca antes de Abbie nascer. Agora que ela lhe trouxera Abbie, ele parecia não precisar mais de mulher. Ela havia sido a passagem, o receptáculo (embora seu parto cirúrgico a fizesse se sentir um fracasso até mesmo nisso), e agora era desnecessária.

— Eu nunca deixaria minha filha chorar até vomitar — Rebecca disse a Theo, puxando a coberta até o peito. Ela dormia com lingerie cara todas as noites, mas nos últimos tempos o esforço parecia em vão, uma caricatura da esposa sexy.

— Por quanto tempo você deixaria Abbie chorar então? — perguntou Theo, fechando a cara.

— Não sei, meia hora? — Ele olhou para ela horrorizado. — Mas Weissbluth diz que, na segunda noite, isso cai para tipo dois minutos! — acrescentou ela.

— Shh. Pare de gritar. Você está me assustando.

Seria ela de fato assustadora? Não era permitido às mães algum grau de insanidade no meio da noite? Quando adolescente, ela podia ficar furiosa. Em famílias judias, todos gritavam e então se perdoavam, mas gritar com um branco, protestante, anglo-saxão era um pecado imperdoável.

Theo estava saindo da cama.

— O que você vai fazer? — gritou ela, impotente.

— Vou dar um pouco de leite a Abbie.

— Ela não precisa de leite. O pediatra disse que nós não devemos alimentar nossa filha à noite porque isso só a incentiva a acordar.

— É, bem, o dr. Silver não está aqui agora — gritou ele do quarto de Abbie. Ela ouviu-o retirar Abbie do berço. — Está tudo bem — disse ele em tom meloso. — O papai está aqui.

Independentemente de como Rebecca tentasse interpretar o protecionismo de Theo, aquilo significava que ele amava Abbie; o comportamento se devia a sua infância difícil, iria desaparecer com o tempo. Ela parecia incapaz de vivenciá-lo com outra atitude que não uma raiva enciumada.

— Por favor, não dê comida a ela — gritou, encolerizada. Mas ele já carregava Abbie através do corredor.

Ela sabia que podia segui-lo e continuar gritando com ele, mas não queria gritar na frente de Abbie. Era esse o problema de ter um casamento ruim e um filho pequeno: quando estava simplesmente tentando manter a posição, a pessoa tinha de se preocupar com o fato de que a briga iria prejudicar o filho.

Ela o ouviu ligar a TV na sala. Saiu da cama e pôs-se de pé no corredor. Abbie estava no colo dele, tomando uma mamadeira de leite. Theo olhava fixamente para um comercial da cerveja Coors Light. Um grupo de funcionários de escritório estava dançando ao som da canção "Love Train" enquanto caía neve do teto como se fosse confete.

– Esse comercial sempre me lembra o 11 de setembro – disse Theo. Então ele sabia que ela estava ali. – Está todo mundo suado, e tem papel voando exatamente como quando as torres caíram. Não posso acreditar que passem isso em Nova York. Deviam saber que as pessoas são sensíveis a esse tipo de coisa.

Em um domingo de inverno mais cedo naquele ano, ela e Theo haviam levado Abbie juntos ao parquinho da rua Três, e Rebecca se deu conta de que ela havia esquecido o cobertor de Abbie, aquele com o qual ele gostava de cobri-la quando a colocava no balanço. Theo mandou-a voltar para casa para pegá-lo. Rebecca disse que não estava assim tão frio, o que era verdade, e Theo havia estourado: "Aja como mãe pelo menos uma vez na vida!" Ela gritara em resposta, acusando-o de "aberração superprotetora", e ele declarou: "Eu tenho motivos para isso!"

Ela esperava que ele fizesse alusão ao divórcio dos pais, mas, em lugar disso, Theo explicou que seu comportamento se devia ao fato de haver visto o segundo avião atingir o World Trade Center da cobertura de seu escritório em Tribeca.

– Se o 11 de setembro não tivesse acontecido – ele havia dito –, eu seria um tipo de pai diferente. – Ela ouviu aquilo aturdida, sem saber o que responder. Se o contestasse, pareceria pouco compassiva; se cedesse, jamais faria o que desejava fazer como mãe. Em que planeta o instinto maternal poderia sobrepujar o distúrbio de estresse pós-traumático? Ao que tudo indicava, a Al-Qaeda era a responsável pela decadência de seu casamento.

Rebecca retornou ao quarto e abriu seu computador, pensando que, já que estava acordada, podia muito bem revisar a matéria que estava escrevendo para a *Marie Claire* sobre mulheres realistas que haviam solucionado seu problema crônico de endividamento. As matérias que lhe confiavam pareciam *teasers* da *Oprah*, e ela havia escrito tantas que não raro tinha a sensação de *dejà vu* enquanto as escrevia. A vida de frila acabara sendo menos gratificante do que ela esperava; embora as tarefas chegassem regularmente e ela estivesse ganhando por volta de 60 mil por ano, sentia-se vazia ao escrevê-las. Detestava prestar um "serviço" inexpressivo e irritava-se por ser um chamariz das empresas de cosméticos, cujos anúncios mantinham as revistas em circulação.

Depois de enviar rapidamente a matéria, Rebecca fechou o documento e entrou no site dos Pais de Park Slope. Riu das respostas à mensagem do *swing*, e então abriu seu programa de e-mail. Havia uma mensagem de David com os detalhes do show de Cassie Trainor.

Ela decidiu ir. Talvez pudesse pedir a Theo para tomar conta da filha. Ele estava sempre dizendo que Rebecca deveria sair mais; não que *eles* deveriam sair mais, *ela* sim. Metade das vezes em que conseguia uma babá para que eles pudessem sair para jantar, Theo a fazia cancelar, alegando estar cansado demais. Aquilo a ofendia tanto quanto a rejeição sexual, pois lhe causava a impressão de que ele não desejava estar com ela longe de Abbie. Rebecca não se interessava particularmente pela música de Cassie Trainor, mas fazia muito tempo que não a convidavam para coisa alguma. E, mesmo que a entrevista fosse ruim, ela passaria algumas horas sozinha, sem Abbie nem Theo, para beber vinho e quem sabe até mesmo filar um cigarro.

Theo havia desligado a TV e estava levando Abbie para o quarto. Rebecca ouviu-o consolar a filha, mas, apesar da mamadeira, o choro apenas se tornara mais intenso.

Theo entrou no quarto deles com o bebê aos prantos e colocou-a na cama.

— Ela não vai dormir com a gente — disse Rebecca.

— É o único jeito de fazer ela apagar.

Ele deitou Abbie entre os dois, e ela instintivamente se virou de bruços e começou a deixar-se levar pelo sono. Deitando-se ao lado de Abbie, Theo pôs a mão no ombro de Rebecca. Agora ele estava sendo gentil, agora que o bebê estava entre eles.

Ela se esquivou. Detestava que ele só conseguisse demonstrar algum afeto no triângulo familiar. Caras normais viam as esposas como mulheres, não apenas como mães.

— Não consigo dormir com ela na cama — disse Rebecca.

— Então durma no sofá.

— Mas é *minha cama*.

— Mas *agora você é mãe*.

Ela agarrou o travesseiro e o cobertor e disparou para o sofá. Mesmo que não conseguisse dormir, não voltaria, não daria a ele a satisfação de ter Abbie entre os dois.

Mas, depois de alguns minutos tentando ficar confortável, Rebecca começou a sentir uma coisa pior que raiva: indignação. Theo havia conseguido exatamente o que queria. Tinha a filha aninhada a seu lado, e não a mulher. Por que Rebecca sempre se dobrava às exigências dele? Aquilo era tão ruim quanto as concessões dele a Abbie. As duas únicas opções de Rebecca pareciam ser: dar o braço a torcer à maneira com que Theo agia ou divorciar-se dele, e ela não gostava de nenhuma das duas.

Embora a infância de Rebecca houvesse sido relativamente estável, seu pai possuía um péssimo temperamento. Quando ela era adolescente, eles muitas vezes batiam de frente. Não raro, quando ela estava falando ao telefone com uma amiga à noite, ele decidia que a conversa estava demasiadamente longa e arrancava o fio da parede, bem no meio do papo. O rosto de Rebecca queimava de humilhação, sim, mas também com um sentimento de injustiça. Ela odiava o fato de que, enquanto fosse dependente, vivendo sob o teto daquele homem na maioria das vezes bom, ainda que ligeiramente louco, não havia nada que pudesse fazer em relação ao comportamento dele.

Deitada no sofá tentando se sentir confortável, Rebecca pensou no pai. Uma coisa era vivenciar o sentimento de injustiça como adolescente, quando as opções eram limitadas, outra era vivenciar aquilo como mulher, uma mulher no século XXI. Era pateticamente ultrapassado ela se sentir infeliz no casamento quando podia se divorciar. Parecia leviano abandonar um homem por não fazer amor, mas aquilo era, de fato, razão para o divórcio. A lei judaica dizia isso, assim como o estado de Nova York. Chamava-se abandono construtivo.

Mas, sempre que imaginava a situação, ela parava ao ver-se contando a seus pais. Já que nunca poderia lhes contar a verdade sobre o que havia dado errado, eles não entenderiam. Iriam considerá-la um fracasso, se não como mulher, então como mãe. Apenas uma mãe ruim optava por ficar sozinha.

As repercussões de um divórcio certamente seriam piores que as repercussões de um casamento sem sexo. O que o divórcio acarretaria a Abbie? Como Rebecca conseguiria namorar de novo? Não se imaginava indo aos parquinhos como mãe divorciada. Até agora, as únicas mães solteiras que havia conhecido eram lésbicas que haviam tido seus bebês sozinhas, e todas elas pareciam bastante infelizes. Aquilo não fazia a maternidade solitária parecer nenhuma festa.

E se ela se divorciasse de Theo e ainda assim não conseguisse encontrar ninguém que fizesse amor com ela porque os homens não queriam se envolver com mães de crianças pequenas? Então ficaria sem um tostão, sozinha e provavelmente falida, visto que Theo ficaria tão furioso que iria se certificar de que ela obtivesse um acordo ruim. Rebecca não desejava que Abbie crescesse como filha de um divórcio e se transformasse no mesmo adulto frágil que era Theo. Desejava que ela fosse ajustada e forte.

E então disse a si mesma, pela centésima vez no último ano, que o que estava acontecendo entre ela e Theo era apenas temporário. Que precisava pensar a longo prazo. Abbie não tinha dez anos, sequer tinha dois. As crianças eram notórios inibidores da libido, portanto Rebecca e Theo não eram o primeiro casal a passar por isso. Era cedo demais para começar a se preocupar.

Enterrando o rosto na almofada do sofá, ela pensou em Stuart Ashby, que se demorara tão perto dela na sala de manipulação de alimentos. Nos três dias desde que haviam se conhecido, Rebecca pensara nele o tempo inteiro. Quando saía com Abbie, ficava achando que o havia visto. Na Cooperativa, olhava duas vezes para todos os sujeitos altos e bonitos. Estava tão desesperada por vê-lo que estava se tornando cada vez mais irracional; à medida que os dias transcorriam sem nenhum contato, os sósias de Stuart começavam a se parecer cada vez menos com ele. Certo dia, teve certeza de tê-lo visto na farmácia Neergaard, examinando os desodorantes, mas acaba que era Cathleen Meth, dizendo: "Jones, não mexa nisso!"

Rebecca pensava nele com tanta frequência que, quando se concentrava trabalhando no artigo sobre endividamento e meia hora se passava sem que reconstruísse a lembrança da sala de manipulação de alimentos, se dava conta e se surpreendia com o tanto tempo que havia transcorrido sem nenhuma lembrança de Stuart. Quando acordava a cada manhã, permanecia na cama alguns minutos se lembrando dele e, à noite, quando tinha dificuldade para dormir, repassava cada instante do tempo que haviam passado juntos, e a lembrança a sustentava até que pegasse no sono.

Pensar nele tornara-se um projeto. Era como se ela fosse uma dramaturga elaborando uma nova peça. Ansiava pelas sonecas de Abbie como as amantes ansiavam pelos encontros amorosos, pois significavam que ela disporia de um longo período de tempo para deitar-se e pensar em como ela e Stuart poderiam ficar juntos. Criava diversos enredos e se deliciava ao poder dirigi-los da maneira que quisesse. Eles se esbarravam na rua, e ele a levava para a mansão e transava com ela no jardim japonês. Ele conseguia de alguma forma o telefone dela e a convidava para ir a uma suíte no Carlyle ou no Lowell. Ela saía de seu apartamento e o encontrava nos degraus do vestíbulo. Ele a convidava para ir a um escritório em Manhattan onde trabalhava ocasionalmente, baixava as persianas e a possuía sobre a mesa, como uma cena extraída da série *Mad Men*.

Nesses enredos, ela cometia adultério sem nenhuma de suas complicações reais, como convencer Stuart a transar ou manter o caso escondido de Theo. Stuart a desejava, e eles encontrariam um jeito de ficar juntos como o casal em *Embriagado de amor*.

Rebecca sabia que, qualquer que fosse o próximo passo na vida real, havia pureza nessa primeira fase: o desejo sem ação. A parte mais inadulterada do adultério era pensar em como cometê-lo. Nesse sentido, sentia-se tendo um caso consigo mesma. Sentia-se mais atraída por si mesma quando olhava no espelho e empenhava-se duplamente em seu guarda-roupa, sobretudo a lingerie. Percebeu que até mesmo seu corpo parecia mais saudável, e sua energia estava mais alta que de costume. Depois de conhecer Stuart, estava se sentindo viva, e era assustador sentir-se viva após haver se sentido morta por tanto tempo.

Inquieta, foi até a cozinha e pegou seu estoque de maconha no freezer; embora Theo não soubesse disso, ela possuía uma amável fornecedora, uma hippie branca graduada em Wisconsin chamada Renée, que a visitava em intervalos de poucos meses para reabastecer. Rebecca enrolou um baseado e o fumou na janela antes de voltar ao sofá.

Embora estivesse chapada, sentiu-se ainda mais inquieta, então apelou para seu segundo tratamento contra a insônia. Ao se tocar, tentou encaixar Stuart em suas fantasias de prontidão. Stuart Ashby como Roman Polanski, Stuart Ashby como o médico que descobria que a única maneira de fazer com que Rebecca, morrendo de inanição, sobrevivesse, era alimentá-la com uma dieta constante de seu sêmen em uma sala de exames secreta pelo resto da vida, mas nenhuma das fantasias pareceu funcionar. Pouco depois, ela parou de se tocar. Pôs-se a recordar a mão dele contra a dela e, quando levou o pulso ao rosto, sentiu seu perfume ainda ali.

Lee Nielsen terminara de enviar o novo conteúdo ao site de autor que estava desenvolvendo e, nesse instante, estava ajeitando o apartamento. O lugar estava sempre uma bagunça com os brinquedos de Marcello por toda parte, e, por vezes, Kath deixava a confusão se estabelecer. Ele não a culpava, era difícil ser mãe de um menino de dois anos em tempo integral. Eram nove e meia de uma manhã de quarta-feira, e Kath havia levado Marcello ao Kidville, para a aula de música Pequenos Maestros.

Ele colocou alguns pratos do café da manhã na lava-louça e passou um pano nas bancadas. O lixo estava cheio, então ele decidiu levá-lo para fora. Em seu antigo prédio, o Ansonia Clock Factory em South Slope, havia um compactador de lixo no final do corredor. Lee e Kath haviam vendido seu loft havia poucos meses, prevendo uma queda no valor dos imóveis. A importância, 328 mil dólares, estava em um fundo de depósito de alto rendimento, e agora eles alugavam um dois-quartos em um prédio de arenito pardo em Polhemus Place, uma rua de um único quarteirão em North Slope. Eles não haviam decidido se iriam tornar a comprar alguma coisa ou mesmo se permaneceriam no bairro. Kath tinha alguns amigos que haviam se mudado para Ithaca e que apregoavam a cidade como um "Park Slope fora da cidade". Ao que tudo indicava, a cidade era moderna e agradável, e, uma vez que Lee era autônomo, não havia razão para permanecerem obrigatoriamente na cidade.

Lee fechou o saco de lixo e desceu as escadas. Ao contornar o patamar, um rato passou correndo a sua frente. Lee saltou, assustado e envergonhado que um rato minúsculo houvesse feito seu pulso acelerar. Ele avistara um no apartamento havia poucas semanas, mas esperava que fosse um caso isolado. Agora teria de informar à senhoria, uma italiana obesa que não parecia levar muito a sério as reclamações deles. Ela provavelmente iria pedir que eles mesmos pagassem a desratização.

Do lado de fora, Lee enfiou o lixo no recipiente. Fazia um dia claro e ensolarado e era cedo o bastante para que ainda não estivesse muito úmido. Ao girar na direção do prédio, Lee viu um negro corpulento e com um olho preguiçoso se aproximar e, por um instante, pensou que pudesse ser o ator Forest Whitaker. Mas o sujeito parou diante de Lee, exibiu uma arma brilhante e disse:

— Passe para cá.

À luz do dia. Em um dia de semana. Em um dos quarteirões mais bonitos de Park Slope. Coisas como aquela simplesmente não aconteciam.

Lee olhou em torno procurando ajuda, mas a rua estava vazia, um dos problemas de morar em um quarteirão pequeno. E havia a arma. Claro, provavelmente não estava sequer carregada, mas, se Lee corresse, poderia levar um tiro. Tremendo, Lee enfiou a mão no bolso de trás. Vira claramente o rosto do homem e, enquanto pegava a carteira, tentou memorizar as feições para fornecer uma boa descrição à polícia.

Lee entregou a carteira. O sujeito retirou o dinheiro, cerca de duzentos dólares, manuseou-o e devolveu quatro notas de um dólar, mas ficou com a carteira. Então escondeu a arma e desceu a rua devagar. Lee observou-o se afastar e, quando o homem virou a esquina, pegou o celular e ligou para a polícia.

POMBOS

Karen estava de olho em Darby no trepa-trepa para crianças maiores no parquinho Harmony quando recebeu a chamada.

– Estou telefonando para todo mundo a respeito dos lances – disse Tina Savant. – Desde ontem à noite, estamos em 718 mil.

O coração de Karen afundou. Ela realmente acreditara que estariam perto do topo com 700 mil. Ela podia sentir o apartamento escapando.

Então disse:

– Setecentos e trinta e cinco. – O lugar era claro e bonito, uma joia. Aquilo representava mais de 50 mil acima do preço inicial. Karen sabia que era errado aumentar a oferta sem consultar Matty, mas tinha certeza de que ele lhe diria para bater em retirada.

Tina fez silêncio. Caso não houvesse causado impacto com a primeira oferta, Karen sabia que estava causando agora. Era um sentimento estranho perceber que havia subido tanto que surpreendera o vendedor; assustador, mas estimulante.

E, mesmo que 735 mil parecessem muito, em poucos anos não pareceriam nada. Em poucos anos, um café grande no Connecticut Muffin custaria sete dólares e o *New York Times* custaria doze.

– Essa é uma oferta de peso – disse Tina.

– É a mais alta?

– Ainda não falei com todo mundo...

– Mas é a mais alta até agora?

Tina fez uma pausa e respondeu:

– É. – Em seguida, acrescentou: – Mas é claro que todos vão ter uma chance de aumentar. Ligo para você amanhã no final do dia para informar em que pé estamos.

Karen sentiu-se tão agitada que mal conseguia andar. O apartamento estava ao seu alcance. Dois anos perdendo por pouco a haviam ensinado a jogar de acordo com as regras.

Darby havia abandonado o trepa-trepa e corria em direção à caixa de areia. As escolas públicas haviam parado três semanas antes, e o parquinho estava lotado e frenético. Karen pensara em colocar Darby na colônia de férias da Escola Garfield durante o verão, mas receara que ele sentisse muito a sua falta. O verão era o tempo de que dispunham para criar laços, como quando ele era bebê e os dois ficavam sozinhos 12 horas por dia. Logo ele iria para o jardim de infância em tempo integral, e ela sentiria falta dele; assim, decidiu que era melhor ficar com ele enquanto podia.

Os *sprinklers* estavam funcionando e as crianças corriam ao seu redor, seminuas. Naquele dia, Darby não estava interessado nos *sprinklers*. Karen sentiu-se aliviada. Não suportava ver aqueles meninos e meninas vestindo cuecas de super-herói ou calcinhas da Dora. Os parquinhos no verão eram o paraíso dos pedófilos. Ela lera um artigo no *New York Times* sobre um pedófilo em Los Angeles que perambulava por parquinhos e feiras atrás de garotinhas e então escrevia a respeito em seu blog; ele não podia ser preso porque, na realidade, nunca havia feito nada com nenhuma criança. Aquilo a deixara tão indignada que teve de jogar fora o jornal assim que terminou de ler.

Nos parquinhos, Karen estava sempre atenta a homens desacompanhados. Darby possuía longos cílios femininos, exatamente o olhar que os pedófilos perseguiam e, com as câmeras de celular tão acessíveis, os pais precisavam ter cuidado ou seus filhos poderiam acabar na internet como parte de um grupo de pornografia infantil.

Na semana anterior, no parquinho Harmony, uma garotinha fora sequestrada e, minutos depois, o local ficara infestado de policiais. Karen leu mais tarde, no Pais de Park Slope, que se tratava de uma disputa pela guarda, o que a consolou apenas um pouco.

Enquanto seguia Darby em direção à caixa de areia, ela pensou no quanto preferia o parquinho Harmony ao da rua Três. O filho de sua amiga Jane, August, havia contraído um fungo na caixa de areia do parquinho da rua Três, e desde então Karen não permitia que Darby brincasse ali.

Darby já estava causando problemas, empenhado em um cabo de guerra com outra criança por uma pistola de água. Darby estava gritando:

– Eu quero!

E o menino berrava:

– É minha!

– O que foi que eu disse a você sobre pegar as coisas dos outros? – gritou Karen. O outro menino lhe dera as costas, mas sua babá loira com ar de modelo a encarava. Karen sabia que ela era babá por três motivos: ela estava na casa dos vinte, tinha belos seios e não parecia cansada.

Quando o protegido da babá se virou e Karen viu seu rosto, um formigamento percorreu-lhe a espinha. Todas as mulheres americanas já haviam visto fotos daquele menino, com seus cabelos espetados e a pele cor de caramelo, e todas as mulheres americanas sabiam seu nome, que havia decolado em termos de popularidade nos anos anteriores em resposta a sua fama.

Karen tirou o brinquedo da mão de Darby e o colocou na mão da babá.

– Sinto muito – desculpou-se. – Ele não devia ter pegado isso sem pedir.

– Está tudo bem – disse a mulher, com um leve sotaque.

– Eu sou Karen – disse ela, estendendo a mão. – Bryan.

– Annika. Åkersson. E este é Orion. – A declaração era tão desnecessária quanto se Jack Nicholson houvesse dado as caras em um jogo dos Lakers com JACK escrito em tinta vermelha na testa.

– Orion – disse Karen. – Que nome lindo! – Os cílios de Annika se agitaram um pouco, como se ela soubesse que Karen sabia que Orion era famoso e não compreendesse a simulação. Karen teria de amenizar aquilo.

– Diga oi para Orion, Darby – ordenou.

Mas Darby já estava escapulindo, tendo avistado um solitário caminhão plástico que ninguém estava usando. Karen puxou-o de volta.

– Talvez vocês dois possam resolver as coisas – disse, virando-se para Annika. – Ele pensa que o mundo gira ao redor dele.

– Todos eles pensam assim nessa idade – disse Annika. – Quantos anos ele tem? Quatro?

– É.
– Onde ele estuda?
– Bem, agora ele está em férias de verão, mas ele está na Escola Garfield.
Annika franziu a testa, confusa.
– Onde?
– Em Garfield Place?
– Você quer dizer a sinagoga? – Ela pronunciou "sinagoga" com um pesado sotaque escandinavo. Karen confirmou com um movimento de cabeça. – O que é isso no joelho dele? – perguntou Annika.
– Obrigo Darby a usar joelheiras para não se machucar.
Annika semicerrou os olhos na direção de Karen como se os americanos fossem loucos. Karen pegou um paraquedas de brinquedo em sua *bowling bag*.
– Darbs, por que você não mostra a Orion como isso funciona? – disse ela. Os meninos correram para o meio do parquinho enquanto as duas mulheres os seguiam, caminhando devagar devido ao calor.
– Então, de onde você é? – perguntou Karen.
– Suécia. De um subúrbio de Estocolmo chamado Täby.
– Como conseguiu o emprego de trabalhar para Melora? – Annika pareceu serenar, como se o reconhecimento da fama de Melora por parte de Karen deixasse claro que Karen não estava tentando ludibriá-la.
– Eu trabalhava para os vizinhos de Julianne Moore em West Village. Eles se mudaram para Connecticut e eu queria ficar na cidade, então Julianne me recomendou a Melora.
– Você mora com eles… com Melora e Stuart?
– Moro.
Karen tentou imaginar o quarto de Annika, se ela possuía um andar inteiro com sua própria cozinha. Karen conversou sobre assuntos gerais com Annika, que lhe contou que imigrara para os Estados Unidos para treinar na academia de boxe Gleason's, em Dumbo, depois de ver *Menina de ouro* e inspirar-se na personagem de Hilary Swank.
– Incrível – disse Karen.
– Mas não frequento mais a academia – disse Annika. – Comecei a namorar meu treinador, e nós terminamos. Ele é um campeão mundial da República Dominicana. Vivia dizendo que ia largar a mulher, mas ela ficou grávida e ele mudou de ideia. Agora frequento a Kingsway, na cidade. Mas eu gostava mais da Gleason's.

As mulheres sempre revelavam assuntos pessoais nos parquinhos. Ninguém estava indo a lugar nenhum, então elas se sentavam, desembuchavam, punham-se a olhar para o relógio e saíam correndo em direções opostas.

– É uma pena que você tenha que sofrer por ele ter terminado – disse Karen.

– A culpa é minha. Para começar, eu não devia ter me envolvido com um cara casado – disse Annika –, mas Martin e eu estávamos apaixonados. Nunca amei ninguém como Martin. Orion, dê a vez a ele com o brinquedo! Ele me contou que estava infeliz. Eu realmente acreditei que ele fosse largar a mulher. Fiquei surpresa quando ele me contou que ela estava grávida de novo. É o quarto filho deles.

A voz de Annika soou entrecortada e ela começou a chorar. Karen ofereceu-lhe um lenço, mantendo um olhar atento nos meninos, que haviam abandonado o paraquedas e deslizavam no escorrega maior. Era difícil concentrar-se nas crianças e em Annika ao mesmo tempo, mas ela não iria tirar os olhos do filho.

– Pobrezinha – disse, dando tapinhas no ombro de Annika, enquanto a conduzia mais para perto do escorrega.

Foi quando Karen reparou em um grupo de crianças negras vindo do parque. Eram cerca de seis, meninos e meninas, e, embora todos tivessem menos de dez anos, eram barulhentos. Um deles era gordo e alto, um menino de nove anos no corpo de um adolescente. Eles a fizeram se lembrar dos alunos com quem havia trabalhado no Bronx, grandes para a idade e turbulentos, desesperados por atenção, ainda que fosse uma atenção negativa.

Eles começaram a correr atrás uns dos outros nos escorregas, gritando alto demais. Karen balançou a cabeça.

– Ninguém toma conta dessas crianças – disse ela.

Isso era outra coisa que Karen odiava nos parquinhos no verão. Quando a escola parava, as crianças negras apareciam. E sequer eram crianças do bairro. Todos os anos, no final de junho, com a precisão de um relógio, elas avançavam para os *sprinklers* dos parquinhos brancos, correndo e gritando. Na semana anterior, Karen vira um menino negro trombar com uma menina de dois anos nos *sprinklers* da rua Três, com tanta força, que ela ralou os dois joelhos e as mãos. Os ricos nunca tinham de competir com crianças grosseiras porque saíam da cidade em meados de junho, quando as escolas particulares entravam em recesso, até a semana seguinte ao Dia do Trabalho.

Orion e Darby haviam se desviado para perto de um grupo de crianças que havia arrumado um punhado de frascos de protetor solar na plataforma de um trepa-trepa. Eles estavam montando uma loja de mentira, com outras crianças fazendo-se de clientes. O menino negro grande estava perseguindo um pombo com um galho nas proximidades.

Quando uma das meninas brancas fingiu vender a um amigo um frasco de Copertone, o menino negro soltou um grito alto. Sem mais nem menos, ele estava golpeando o pombo enquanto as crianças observavam boquiabertas.

– *Pare com isso!* – gritou Karen, correndo até lá. – *O que você está fazendo?* – Quando ela arrancou o galho da mão dele, o pombo havia parado de se mexer. A ave estava imóvel, com sangue saindo do peito, os olhos abertos.

Darby correu para os braços da mãe, enquanto Orion se agarrava a Annika. As mães e babás nas proximidades se aproximaram às pressas para pegar as crianças chorosas. Uma das mães ligou para a polícia. Uma babá russa lançou um jornal sobre o pássaro.

Karen caminhou até o garoto, que havia se afastado do pombo, mas contemplava a cena com ar de desdém, na companhia de algumas das meninas negras.

– Qual é o seu problema? Por que você fez isso?

– Eu não tinha intenção de matar o pombo – disse ele, a cabeça baixa. – Eu só tava brincando.

– É proibido por lei ferir os animais – disse Karen. – Você pode ir para a cadeia por isso. Nós já chamamos a polícia.

O garoto exibia um ar contrito. Karen sentou-se em um banco ao lado de Annika, perguntando a si própria onde estariam os policiais. Eles nunca chegavam quando se precisava deles.

– Não dá para acreditar nisso – disse Karen. – Essas crianças são animais. É por isso que precisamos que Obama seja nosso próximo presidente: para que ele estabeleça um modelo. Eles não têm nenhum ídolo.

Annika balançou a cabeça com ar distraído, como se não desejasse entrar em uma discussão sobre política.

– Mamãe, por que ele matou o passarinho? – perguntou Darby.

– Algumas pessoas fazem coisas terríveis com os animais porque não entendem o quanto eles são preciosos.

Orion murmurou:

– Muito sangue.

– Foi uma coisa horrível o que aquele menino fez – disse Karen – e não quero ver nenhum de vocês dois fazendo uma coisa dessas com os animais. Nunca. Vocês devem ter respeito por todos os seres vivos.

– Ela tem razão – disse Annika. – Aqueles meninos foram muito maus.

Uma van da polícia havia se aproximado pela alameda, e um policial, jovem e porto-riquenho, saltou. Karen olhou em torno procurando o menino negro, mas ele e os outros haviam partido. Ela se encaminhou ao policial e contou o que havia acontecido, mas ele não pareceu levar o assunto muito a sério.

Darby estava pálido e abalado.

– Eu quero ir para casa, mamãe – disse ele.

Embora estivesse preocupada com o filho e angustiada devido ao incidente com o pombo, Karen também se sentiu contrariada. Havia começado a fazer progresso com Annika, e eles teriam de ir embora.

– Foi uma manhã dura para ele – explicou a Annika. – Diga adeus ao Orion, Darb. Talvez vocês dois possam brincar juntos novamente.

– Ele pode ir lá para casa? – perguntou Orion.

– Claro – respondeu Karen. – Qualquer hora dessas. Se estiver tudo bem para...

– Eu quis dizer agora – insistiu Orion. Annika pareceu hesitante.

– Talvez outra hora – disse Karen no autoritário tom maternal ao qual Darby sempre se opunha.

– Eu quero ir agora – disse Darby, parecendo esquecer o pombo.

– Não sei se está tudo bem para Annika.

– Você pode vir – disse Annika por fim. – Está tudo bem.

– Tem certeza de que a mãe dele não vai...

– Está tudo bem. – A sueca balançou a cabeça como se tentasse convencer a si mesma.

Karen não sabia ao certo se de fato estava tudo bem, mas disse timidamente:

– Bem, *seria* ótimo sair do calor.

– A casa é realmente confortável – informou Annika. – Melora e Stuart têm ar-condicionado central.

⁂

Quando eles chegaram à mansão, Karen dobrou o carrinho de Darby e tomou-o pela mão enquanto desciam os degraus. Quando puseram os pés na entrada, Karen arfou. A mansão era ainda mais incrível do que imaginara. Bem em frente à porta, havia uma linda escadaria de carvalho que parecia ascender ao paraíso. À esquerda, havia uma espaçosa sala de estar com pé-direito mais alto, decorada com uma mesa de tampo de vidro sobre uma base preta abstrata, uma *chaise* de couro e um sofá sem braços marrom. Não se via um brinquedo ou um objeto de criança. Embora soubesse que a casa fora provavelmente mobiliada por um decorador de interiores, Karen teve a impressão de que Melora tinha opiniões realmente fortes sobre o que queria e onde.

Annika virou-se para o painel do alarme antifurto e Karen espiou por sobre seu ombro. Annika moveu os dedos tão rápido que Karen não soube ao certo qual era a combinação: 6727 ou talvez 67227. Teria de testar os números no telefone mais tarde, para ver que palavra que formavam.

Annika pendurou suas chaves em um porta-chaves cuidadosamente entalhado à direita da porta, preso a um espelho onde Karen podia imaginar Melora estudando todos os dias o próprio reflexo.

– Você quer beber alguma coisa? – perguntou Annika.

– Claro, qualquer refrigerante *diet* seria excelente.

– Melora não permite refrigerantes em casa – disse Annika. – Que tal uma limonada? – Karen assentiu com um movimento de cabeça, e Annika desapareceu, descendo um lance de escadas.

Darby estava tomando Orion pela mão e conduzindo-o escada acima. O filho deles, brincando com Orion Leigh-Ashby! Se Coleen a visse naquele instante, o fato de ter três filhos e Karen apenas um não teria a menor importância. Ela iria pensar que Karen estava frequentando a alta sociedade no Brooklyn de arenito pardo.

Karen circulou pela sala de estar, inspecionando a arte abstrata nas paredes: manchas e borrões, esse tipo de coisa. Havia um quadro de uma mulher furiosa que parecia ter sido desenhado por uma criança. Karen achou que no canto estava escrito de Kooning. Seriam eles assim tão ricos? Havia uma lareira que funcionava, com um console original maravilhoso, e Karen visualizou Melora lendo na *chaise* no inverno, encolhida sob um cobertor, nunca com frio, sempre confortável.

Ao fundo da sala de estar, ficava a sala de jantar, com um lustre belíssimo, armários embutidos e uma estante de vinho do chão ao teto. Oito cadeiras de couro branco de espaldar alto contornavam uma longa mesa. Karen imaginou os fabulosos jantares. De Niro provavelmente havia jantado ali, assim como Willem Dafoe e todas as jovens celebridades atuais do Brooklyn. Provavelmente haviam bebido vinho de quinhentos dólares a garrafa e então haviam fumado charutos e rido até o apagar das luzes.

Annika chegou com duas limonadas e entregou uma a Karen. Estava perfeita, doce e forte.

– Isso é delicioso – disse Karen.
– Você gostaria de percorrer a casa?
– Claro.

Por um pequeno lance de degraus atrás da escadaria principal, Annika conduziu-a ao andar inferior, que consistia em uma cozinha profissional com todos os eletrodomésticos da Sub-Zero e uma imensa ilha central de madeira maciça.

– Eles têm de ter um cozinheiro – disse Karen.
– E têm, ela saiu para fazer compras. Eles se associaram à Cooperativa, então ela tem ido muito até lá.

Karen estava surpresa.

– Melora também se associou?
– Também.

Karen perguntou a si mesma por que razão uma celebridade se associaria a uma cooperativa alimentícia, mas todos preferiam os alimentos orgânicos atualmente, e a Cooperativa tinha as melhores hortaliças do bairro. Karen havia ficado na fila atrás de Maggie Gyllenhaal no outro dia, então talvez aquilo não fosse inconcebível.

Adjacente à cozinha, havia um nicho para o café da manhã, com janelas de sacadas que davam vista para o jardim particular imaculadamente decorado. Um aposento acolhedor exibia um aparelho de som de última geração, com uma imensa tevê de tela plana embutida na parede.

O quarto de brinquedos ficava no terceiro andar, de frente para a Prospect Park West. Atrás dele, Annika indicou a porta da suíte, mas não a abriu, passando rapidamente por ela e descendo o corredor. O quarto andar encerrava um banheiro, um pequeno jardim de orações zen com uma cascata, o quarto de Annika, cujas paredes se achavam decoradas com pôsteres de boxeadores negros, e os escritórios de Stuart e Melora.

Matty executava seu trabalho sobretudo na cama e, ocasionalmente, na mesa cozinha. Daria tudo por um escritório só seu e aquela gente possuía dois.

– Que casa incrível – disse Karen, olhando para Garfield Place pela janela do dormitório de Annika. – Eu não sabia que gente de verdade vivia assim.

– Eles não são de verdade – disse Annika, forçando um sorriso. As mulheres desceram as escadas. – Vamos nos sentar no jardim. Nós podemos terminar nossa limonada.

Karen hesitou e disse:

– Hmm, eu preciso usar o banheiro. Encontro você lá embaixo.

Annika gesticulou em direção ao banheiro, que dava para o corredor. Karen entrou, esperou um instante para que Annika descesse e foi até o terceiro andar, metendo-se na suíte. Suas mãos estavam suadas, e ela as limpou no short.

Em um catálogo imobiliário aquilo se chamaria "suíte master", pois possuía quarto de vestir e um banheiro contíguo. Karen permaneceu no quarto de vestir, anexo ao *closet*, e tentou imaginar como sua vida seria diferente caso se vestisse ali todos os dias. Ter aquele tipo de privacidade provavelmente mudaria toda a sua visão de mundo. O marido nunca veria a cinta modeladora ou a calcinha suja da mulher. A mulher poderia se ajeitar antes que ele a visse pela manhã e surgir não apenas imaculadamente vestida, mas perfeitamente maquiada, com o semblante recuperado, as faces coradas, os lábios rosados e brilhantes, de modo a sempre parecer que havia acabado de ter um orgasmo.

A decoração do quarto caracterizava-se por espelhos com molduras elaboradas, pendendo de paredes de cortiça escura. Um abajur de musselina que lembrava uma caixa de lenços de papel pendia sobre a cama, que se achava coberta por um edredom preto com alta contagem de fios e tantas almofadas que o lugar parecia um quarto de hotel.

Karen se sentou na cama. Era firme, pouco flexível, provavelmente uma daquelas camas suecas de crina de 25 mil que o *New York Times* estava sempre anunciando. Ela deitou de costas, olhou para o teto e imaginou Stuart Ashby fazendo amor com ela naquela cama.

Antes de começarem a tentar ter filhos, ela e Matty tinham relações uma vez por semana, na noite em que saíam, depois de jantar no Applewood. Karen não gozava durante a relação, mas, de vez em quando, Matty praticava sexo oral até que ela gozasse. Na realidade, Karen preferia que ele não fizesse o esforço adicional; era tão exaustivo, e quem tinha tempo? Ela preferia um rápido papai-e-mamãe porque aquilo o deixava feliz e porque havia lido em *Great Sex for Moms: Ten Steps to Nurturing Passion While Raising Kids* que sexo por compaixão era melhor que sexo nenhum. Mas agora que ela e Matty transavam apenas nos quatro dias do mês em que ela estava fértil, para que ele acumulasse o esperma nesse meio-tempo, ela gostava do fato de, tendo passado o dia de pico, não precisar transar novamente por mais um mês.

Karen se virou de bruços, ergueu a colcha e inalou. Sentiu um doce perfume, almiscarado, porém sutil, e reconheceu-o imediatamente: Soften, de Melora Leigh. Fora lançado alguns anos antes e vendera quantidades astronômicas na Bendel e na Sacks. Karen tinha um e o usava sempre que saía à noite, mas considerava-o excessivo para o parquinho.

Ela abriu a gaveta da mesinha de cabeceira e examinou os seguintes itens: um frasco de comprimidos em que se lia "Lorazepam, não ultrapassar 8mg diárias", prescrito por um tal de dr. Michael Levine; uma lixa de unha; um tubo do creme anti-idade Youth!, da Sonya Dakar; um par de pinças Tweezerman; um pote branco de creme hidratante La Mer; uma corrente com contas brancas de plástico de tamanhos variados, a maior delas quase uma alça circular; um exemplar de *Comer, rezar, amar*, livro que Karen havia lido em seu grupo de leitura; e uma grossa carteira masculina.

Curiosa acerca do que uma carteira masculina estaria fazendo na mesinha de cabeceira de Melora Leigh, Karen abriu-a. Ficou surpresa ao ver o rosto de Neal Harris sorrindo para ela na carteira de motorista, o mesmo

Neal Harris com quem cruzara no *open house* da rua Carroll e cuja filha, Tilly, frenquentava a escola Garfield com Darby.

Ela manuseou a carteira, perguntando a si mesma como ela havia ido parar no quarto de Melora. Aquilo era completamente incoerente. Não havia motivos para que a carteira de um plebeu estivesse na gaveta da mesinha de cabeceira de uma aristocrata.

E então tudo se encaixou.

Karen lembrou a história que Neal havia contado sobre o roubo de sua carteira na Cooperativa. Annika havia dito que Melora era sócia. Isso por si só não queria dizer que ela a havia pegado. Poderia ter sido Orion, em uma ida às compras com a mãe, ou a cozinheira. Ou talvez Stuart a houvesse roubado e enfiado embaixo do livro por ter certeza de que Melora nunca leria *Comer, rezar, amar*.

Mas Karen teve uma suspeita, uma suspeita tão forte e inequívoca de que não era nada daquilo, que foi quase como sua primeira contração no trabalho de parto de Darby. É claro que Melora havia feito aquilo. Era compatível com o que Melora havia dito a respeito de sua infância em todas as entrevistas, como fora obrigada a crescer rápido demais. Karen entendia um pouco de fobia social por ter lido *Nurturing the Shy Child: Pratical Help for Raising Confident and Socially Skilled Kids and Teens* após Darby ter passado por uma fase dolorosamente tímida por volta dos dois anos e ela ter se sentido conflitante sobre o que fazer. O livro explicava que, por vezes, crianças que obtinham muito sucesso em tenra idade perdiam a oportunidade de desenvolver relacionamentos com seus pares e tinham problemas em situações sociais quando adultos. Provavelmente fora isso o que acontecera com Melora.

Sentia pena de Melora por ela ter feito aquilo, mas, ao mesmo tempo, experimentou um sentimento de oportunidade. Nos dois anos em que Melora morava no bairro, Karen não trocara uma palavra com ela, mas agora tinha certeza de que o faria.

Ouvindo passos, Karen saltou da cama, ajeitou a colcha, enfiou a carteira no bolso do shorts e lançou-se para o corredor em direção à escada, como se estivesse prestes a descer naquele exato momento. No patamar, Annika lançou-lhe um olhar curioso.

— Você vem? — perguntou Karen.

— Vou. — Annika franziu a testa com ar desconfiado e olhou para a porta do quarto, mas Karen a havia fechado totalmente e ela permaneceu fechada, sem traí-la.

No jardim, elas beberam limonada e comeram amanteigados. Enquanto mordiscava seus biscoitos, Karen enfiou a mão no bolso e tocou a carteira. Sentira-se tão fora de lugar naquela casa magnífica, mas agora se sentia à vontade. Fechou os olhos e imaginou que era Melora, sentada no jardim dos fundos da própria casa. Da *chaise*, Karen não ouvia o trânsito da Prospect Park West, apenas a leve brisa que fazia os galhos do bordo japonês farfalharem.

O COOP COURIER

Às nove da manhã seguinte, Melora estava correndo na Prospect Park West em direção à entrada do parque na rua Três. Em geral, não acordava antes das dez, mas, naquela manhã, ela havia acordado às oito e quarenta sem despertador, visto os raios de sol atravessarem suas janelas e decidido experimentar o circuito, embora fizesse meses desde a última vez que dera uma corrida.

Quando desceu aos trancos atrás de um café, Shivan era a única na cozinha. Ela informou a Melora que Stuart estava na biblioteca e Annika havia saído com Orion. Melora ficou irritada por star se sentindo tão madrugadora quando todos os outros haviam saído muito antes, mas concluiu que o progresso chegava a passos de bebê.

Enquanto corria pela Prospect Park West, Melora viu-se tomada de afeição por um bairro onde nunca se sentira completamente em casa. Passou por *yuppies* a caminho do metrô da Grand Army Plaza e por babás empurrando carrinhos de bebê. O ar estava fresco devido à umidade dos dias anteriores, e ela respirava pelo nariz, desfrutando o perfume estival das flores e dos carvalhos.

Em seu *training* Stella McCartney da Adidas e boné da WGA East obtido em um piquete de grevistas, ela achava que quase se incorporava aos moradores comuns de Park Slope. Não era uma estrela de cinema, era outra mãe do bairro em sua corrida matinal.

Melora fez o percurso com facilidade e em bom tempo. Normalmente, precisava parar para descansar no Drummer's Grove e então caminhar a maior parte da East Drive até o Memorial do Soldado e do Marinheiro, mas não naquela manhã. Ela era uma nova pessoa, uma nova Melora. Era como se sequer conhecesse a antiga Melora, a que tomava 150mg de Zoloft por dia, precisava de Ativan para dormir e nada sentia quando lhe traziam o filho para dar-lhe um beijo de boa noite. Aquela Melora deixava-se levar pelas marés, mas a nova Melora estava realmente viva.

Da estrada, ela viu Long Meadow à esquerda, alguns passeadores de cães e jogadores de futebol. Sua respiração tornou-se ofegante. *Você está quase lá.* Ela passou pela rocha em memória da guerra, o que significava o último trecho, e o mais desafiador. Ela podia ver o Arco Memorial acima das árvores, a estátua de uma mulher em uma carruagem puxada por cavalos. Stuart explicara-lhe a história certo dia na feira, ele informara-se em um documentário na PBS sobre o Brooklyn. No meio, estava Colúmbia, segurando um sepulcro. Duas imagens aladas a ladeavam – Vitória, dissera Stuart – conduzindo os cavalos e tocando trombeta para anunciar a chegada de Colúmbia. Ele explicara que Colúmbia representava os Estados Unidos, uma alegoria da Guerra Civil.

Enquanto subia correndo a ladeira, Melora ergueu os olhos para Colúmbia e visualizou a deusa encorajando-a, exortando-a a corrigir suas ações, e ela estava tão concentrada na estátua que não reparou nos dois adolescentes negros à espreita perto das árvores a sua esquerda. Um deles usava uma bandana e, embora fossem jovens, os dois eram assustadores.

Melora enfiou a mão no casaco para pegar seu celular.

– Ei, Princesa Xaviera! – gritou o mais baixo. – Onde é que tá tua espada?

Ela soltou um suspiro de alívio.

– Ah, deixei em casa – respondeu com ar despreocupado, então apertou o passo. Eles não a seguiram. Ela os ouviu rindo atrás dela. O que estariam dizendo? Estariam zombando de seu corpo ou de sua idade, olhando para o traseiro dela? Eles deveriam tê-la visto quando estava tomando Effexor.

Quando saiu do parque, Melora parou em um banco de pedra e se alongou, aliviada por estar em espaço aberto, com gente passando. Prospect Park era um lugar muito estranho. Em um momento, a pessoa estava isolada e vulnerável; no outro, estava em uma praça pública movimentada, cercada por montes de gente.

Ao levar a cabeça à coxa para alongar o tendão da perna, Melora decidiu que, em vez de ir para casa logo, faria um desvio até a Back to the Land, a loja de alimentos naturais na Sétima Avenida, para pegar uma vitamina de frutas. A Cooperativa não possuía lanchonete e, mesmo que possuísse, ela não tinha planos de colocar os pés lá novamente. Não voltara desde que havia pegado a carteira na semana anterior. Cuidara de seus assuntos no bairro, tendo o cuidado de não passar pela Cooperativa, temendo que, se o fizesse, sentisse vontade de roubar novamente.

Melora levaria a vitamina para casa para bebê-la enquanto lia os jornais no nicho em que tomava seu café da manhã; talvez pedisse a Shivan que lhe preparasse um pouco de salmão também ou uma omelete de claras. Melora recebia o *Times* e o *Post* todos os dias, mas em geral ela não lia muita coisa do *Times*, a não ser que fosse quinta-feira, quando lia a seção de moda de cabo a rabo.

Talvez, depois de ler os jornais, ela fosse a uma das butiques na Quinta Avenida para comprar um novo top. Queria alguma coisa nova para vestir para Stuart, alguma coisa decotada e obviamente cara. Depois de fazer compras, iria à manicure e leria novamente *Yellow Rosie*. Iria encontrar Adam Epstein no dia seguinte para almoçar e estava ansiosa para lhe contar suas ideias a respeito de Rosie e como a personagem inteira cristalizara-se para ela quando a vira, em sonho, com o cabelo armado e pintado de uma só cor. Se tudo corresse bem, podia até mesmo mencionar *Yellow Rosie* no tapete vermelho de *The Dueling Donnellys* na noite seguinte.

Depois de Adam Epstein, ela veria o dr. Levine e não estava ansiosa para isso. Em sua última consulta, poucos dias após o incidente da carteira, ela sentira-se obrigada a lhe contar, mas não o fizera, certa de que aquilo acarretaria coisas ruins. Ele iria pensar que ela estava com problemas e desejaria conversar sobre o motivo pelo qual fizera aquilo, e então ela seria obrigada a mencionar as vezes em que roubara lojas quando adolescente. Ele talvez quisesse receitar um antidepressivo diferente, ou pior, um medicamento anticompulsivo como o Topamax, que ela havia tomado durante o curto período em que puxava o cabelo em 1998 e odiava devido aos inchaços e alucinações.

Ou ele poderia insistir para que ela aumentasse as sessões para duas por semana, apenas estimulando sua dependência dele. Melora vinha se sentindo tão cheia de energia naquela semana que tivera a ideia de passar as consultas semanais para semanas alternadas e desejava que o dr. Levine estivesse de acordo. Nem sempre ela havia sido tão dependente, houve uma época em que ela conseguia lidar com os próprios problemas. Aos doze anos, no set de Movie of the Week [Filme da semana] com Lindsay Crouse, uma assistente de figurino gorda estava em sua linha de visão para uma tomada decisiva, e Melora havia pedido ao diretor para fazer com que a mulher se deslocasse. Desejava voltar a ser aquela menina, aquela menina arrojada e corajosa. O melhor a fazer era cancelar a consulta.

Ao descer a rua President em direção à Sétima Avenida, ela pegou seu celular e digitou o número dele.

– Oi, Michael – disse ela em sua caixa postal. – Vou ter que cancelar nossa consulta amanhã. Surgiu um compromisso. Mas vejo você na próxima quinta às quatro.

Ela desligou, perguntando a si mesma se ele iria acreditar na parte sobre surgir um compromisso. Ele não era seu psiquiatra havia cinco anos à toa.

No interior da Back to the Land, ela foi até o balcão de sucos e pediu uma vitamina de morango com mamão. Enquanto o garoto a estava preparando, o celular tocou. Era o dr. Levine. Sentiu-se um pouco nervosa a princípio, mas concluiu que era ridículo não atender. Era apenas uma questão de agendamento, ela não precisava evitar o telefonema dele. Baixou a voz e afastou-se do balcão para atender à chamada.

– Oi, Melora – disse ele alegremente. – Recebi sua mensagem. Está tudo bem?

– Está, por quê?

– Você disse que surgiu um compromisso. Eu queria me certificar de que estava tudo bem.

– Ah, sim, é só... uma reunião. Para o filme de Adam Epstein. Não posso remarcar.

– Boa sorte com o filme. Ele parece ter sido escrito para você.

– Eu também tenho essa impressão. Estou me sentindo... estranhamente... otimista. – Ela não conseguiu evitar. Estava inebriada, eufórica demais. – Nós conversamos sobre isso quando eu for até aí, mas eu... eu não sei, estava pensando em talvez reduzir a frequência das sessões. Tenho me sentido muito bem em relação às coisas e pensei em tentar passar mais tempo. Entre as sessões.

— Isso provavelmente é uma coisa que nós deveríamos discutir pessoalmente.

— Claro, claro.

— Mas eu acho que é ótimo você estar se sentindo tão bem. Isso é um indicador muito forte. Vejo você na quinta-feira que vem então.

Quando ela desligou, sentia-se mais leve. Ao sair da loja com a vitamina, reparou em uma prateleira repleta de panfletos e jornais. Uma manchete apregoava: COOPERATIVA DECIDIDA A DENUNCIAR BATEDORES DE CARTEIRA. Era o *Coop Courier*. Melora pegou um exemplar e saiu.

> Esta semana, Neal Harris, 34 anos, sócio da Cooperativa, informou que sua carteira foi roubada da sacola de um carrinho de bebê enquanto ele estava na fila do caixa. Além disso, a administradora geral da Cooperativa, Vivian Shaplansky, declarou que tem havido uma onda de furtos no estoque, com dezenas de itens alimentícios, que abrangem desde copos de iogurte Stonyfield a coxas de frango Murray's, desaparecendo das prateleiras sem que o pagamento conste no sistema.
>
> "Detesto pensar que um sócio da Cooperativa roube tanto de outro sócio quanto da própria Cooperativa", declarou Shaplansky. "Meu palpite é que isso seja obra de não sócios que conseguiram passar pelos funcionários da entrada. Espero que as pessoas fiquem mais atentas às suas bolsas para que não precisemos lançar mão de medidas extremas de segurança."
>
> "O fato de que uma coisa assim possa acontecer em um local onde supostamente deveríamos ser uma comunidade me enfurece", declarou Harris, pai de dois filhos, dos quais cuida para que a mulher possa trabalhar. "Isto aqui não é a Key Food. É muito triste ver uma coisa dessas acontecer na Cooperativa. Minha mulher e eu estamos pensando em nos mudar para Montclair."
>
> A Cooperativa instalou uma dúzia de câmeras de vídeo no andar da loja em 2004 após uma onda de furtos semelhante. Shaplansky informou que a Cooperativa iniciou uma análise detalhada das fitas

juntamente com a Polícia de Nova York, na esperança de localizar o autor ou autores dos delitos. "Por termos conhecimento da hora e do local dos furtos", disse Shaplansky, "esperamos encontrar o criminoso em breve."

Melora ergueu a cabeça de forma repentina. Uma onda de vertigem a invadiu e ela apressou-se a se sentar no banco diante da loja. *Merda merda merda*. Era isso. A situação seria uma se ela fosse anônima, uma daquelas mães genéricas de Park Slope, com pés de galinha e escoliose, mas Melora era famosa. Qualquer idiota que fosse ao cinema poderia dedurá-la. Sua carreira estaria arruinada antes que conseguisse sua reaparição. Ela não queria ser a próxima Winona Ryder. Winona nada fizera desde o roubo, aquela comédia do Sundance sobre os Dez Mandamentos não contava.

E pensar que tudo o que Melora desejava era um minúsculo comentário na seção de celebridades do *New York Post* ou na *U.S. Weekly* sobre seu ingresso na Cooperativa. Mesmo que se livrasse da acusação com serviço comunitário e uma multa, Adam Epstein jamais a escalaria para o elenco. Ele chegaria à conclusão de que ela seria um risco alto demais. As produtoras eram fanáticas por contratos de seguro e, se ele não conseguisse o seguro, não a indicaria. Por isso Woody Allen não havia contratado Ryder nem Downey para *Melinda e Melinda*. Não que um papel em *Melinda e Melinda* houvesse ajudado a carreira de alguém.

Ela pensou na pré-estreia de *The Dueling Donnellys* na noite seguinte. Seria a convidada especial. Como ela poderia comparecer, manter o sorriso escancarado, sabendo que estava indo para a cadeia?

Ninguém gostava de trabalhar com mulheres complicadas. As mulheres tinham que mostrar competência o tempo inteiro, enquanto os homens podiam portar armas ou ganhar boquetes de prostitutas negras que ninguém se importava.

Com a carótida pulsando loucamente, o suor escorrendo pelo pescoço, ela ligou para o dr. Levine. Caixa postal. Quando tentava evitá-lo, ele respondia, quando tentava entrar em contato com ele, ia para a caixa postal. Aquilo era alguma espécie de brincadeira mórbida.

– Michael? – perguntou ela com voz inexpressiva. – Eu gostaria de saber se você tem alguma brecha até o fim desta semana. Você pode me ligar assim que receber esta mensagem? É Melora.

Como ela podia ter se sentido tão forte um momento atrás e tão fraca agora? Por que ela não havia esperado até o outono para associar-se à Cooperativa e ido com Orion e Annika para Bridgehampton para passar o verão? Permanecer na cidade depois de junho era se meter em confusão.

Quanto tempo eles levariam para analisar todas as fitas de segurança? Será que já haviam começado, antes mesmo de o artigo no jornal ser impresso? O pessoal da Cooperativa sabia quando ocorrera o furto porque o Papai Bugaboo havia se queixado. Eles não deviam demorar muito tempo para analisar o vídeo, no máximo alguns dias. Iriam fazê-la passar algum tempo na cadeia. Mesmo que Adam a quisesse escalar, não poderia. Não dava para trabalhar dentro da cadeia.

Só dois quarteirões até em casa, disse Melora a si mesma, erguendo-se, insegura. Rumou para sul na Sétima Avenida, abandonando a vitamina. O perfume das árvores de gingko biloba a estavam deixando nauseada.

Melora precisava observar melhor o panorama. Talvez tudo fosse esquecido. Talvez estivesse preocupada à toa. O que precisava fazer era ficar calma. Teria de encarar o almoço com Epstein. Mas como, com tanta coisa aborrecendo-a? Como conseguiria até mesmo dormir aquela noite inteira? Com certeza, tomaria alguns Ativans antes de deitar.

Na verdade, tomaria um ou dois miligramas assim que chegasse em casa. Talvez os engolisse com vinho, já que o Ativan levava noventa minutos para fazer efeito. Stuart encomendara meia dúzia de caixas de *sauvignon blanc* da vinícola Reverie em Diamond Mountain para um jantar em abril. Dafoe e Robbins haviam acabado com uma caixa no jantar, e, desde então, Melora tomava uma garrafa a cada poucos dias, bebendo às escondidas durante o dia e tomando mais no jantar com Stuart. Agora restava apenas meia caixa.

Ela podia sentir na boca o sabor do vinho, revigorante e amanteigado. Reverie. Se tomasse apenas um copo de *sauvignon blanc* quando chegasse em casa, então não ficaria preocupada com aquela história idiota das câmeras.

Não se preocupe com as coisas pequenas. Relaxe e deixe nas mãos de Deus. Casa, depois vinho. Casa, depois vinho. E tudo vai ficar bem.

UPGRADE MATERNO

A caminho de encontrar-se com Rebecca em Prospect Park na quarta-feira pela manhã, Lizzie parou na casa de sua sogra. Mona havia telefonado para dizer que tinha uma coisa para Mance, e Lizzie, sentindo-se culpada por nunca a visitar, disse que daria uma passada por lá e pegaria o presente.

Mona, alta e austera, com cabelos perfeitamente penteados, conduziu-a à sala decorada com móveis antigos e paninhos rendados, que parecia não haver mudado desde 1969, quando ela e o marido haviam comprado o imóvel. Todas as superfícies estavam cobertas por fotografias emolduradas de Mance, Jay, da irmã de Jay, Sabrina, do finado marido de Mona, François, e de dezenas e dezenas de parentes negros. Negros em festas e jantares, na igreja, sorridentes e felizes. Era como entrar na casa de um estranho, exceto pelo fato de que fora ali que seu marido crescera.

– Olhe para ele! – exclamou Mona, estendendo os braços na direção do bebê. Ele começou a chorar.

Lizzie tornou a segurar o filho e declarou:

– Ele tem andado de mau humor por causa do calor.

A TV estava ligada. Na CNN. Um comentarista dissertava sobre o cartum da *New Yorker* que retratava Barack e Michelle como extremistas do Poder Negro. Ele estava dizendo alguma coisa a respeito de "a capa tencionar nitidamente ridicularizar os republicanos que ultrajavam a família Obama e não os próprios Obamas".

Mona fez um muxoxo e balançou a cabeça.

— Pode ser verdade — declarou —, mas isso não quer dizer que as pessoas não interpretem de forma errada.

— Os leitores da *New Yorker* não são o tipo de pessoas que interpretam de forma errada — disse Lizzie.

— O que isso quer dizer?

— Que as pessoas que leem a *New Yorker* são inteligentes o bastante para entender uma sátira. — Mona lançou a Lizzie um olhar furioso, como se a própria Lizzie houvesse dito alguma coisa racista. Quando estava perto de Mona, nada do que ela dizia parecia certo.

— Então, o que você queria me dar? — perguntou Lizzie.

— Está tão quente... Você não quer ficar e tomar um chá gelado?

— Não, não, vou encontrar uma amiga. — Mona franziu as sobrancelhas. Lizzie percebeu que havia sido brusca demais, mas não sabia o que dizer para corrigir a situação.

— Comprei isso para ele em uma loja da Vanderbilt — disse Mona e exibiu um chapéu de sol laranja maleável, com abas de quinze centímetros e cobertura para as orelhas.

O chapéu era horrível. Parecia uma coisa que se veria em uma enfermaria de câncer pediátrico. Mesmo em outra cor, Lizzie não usaria aquilo no filho.

— Não é lindo? — perguntou Mona.

— Ah, eu adorei — disse Lizzie e colocou-o na cabeça do filho. Ele chorou e ela removeu-o.

— Muito obrigada. Nós já temos de ir. — Ela fez um movimento em direção à porta.

— A pele negra também fica queimada — disse Mona, como se Lizzie estivesse rejeitando o presente por ignorância. Lizzie detestava a arrogância de Mona. Mance era seu filho. Ela sabia cuidar da pele e do cabelo dele. Jay a ensinara.

— Eu sei.

Lizzie esperou até estar fora das vistas do prédio para enfiar o chapéu na sacola de fraldas. Tinha a sensação de que Mona não a entendia. Quando Mance fosse mais velho, Mona poderia cuidar dele, mas não por enquanto. Era muito cedo.

Rebecca pedira a Lizzie que a encontrasse na entrada da rua Três e, quando chegou, Lizzie estava cansada. Do apartamento de Lizzie à rua Três, era uma longa caminhada, mas não lhe ocorrera pedir a Rebecca que fosse ao parquinho Underhill, bem na esquina de seu prédio. Quando a pessoa morava em Prospect Heights, supostamente deveria atender às necessidades dos moradores de Slope, não o inverso.

Ao aproximar-se da entrada do parque, Lizzie não viu Rebecca, então deteve o carrinho e ergueu os olhos para as duas panteras de pedra que ladeavam o caminho.

– Olhe para elas! – disse a Mance. – Sabe qual é a diferença entre elas? São as orelhas, querido. Uma tem as orelhas levantadas, e as orelhas da outra estão dobradas para trás. – Ela ouvira outra mãe frisar isso para a filha certa vez.

Era difícil saber o que ele entendia, embora isso fosse verdadeiro para todos os bebês daquela idade. Em um minuto, eram abertos e receptivos; no seguinte, fechavam a mente, inocentes como recém-nascidos. Ainda que por vezes se sentisse constrangida, Lizzie esforçava-se por conversar com Mance o tempo todo na cantilena alegre e agradável que os especialistas em desenvolvimento infantil chamavam de maternês. Era assim que as mães supostamente ensinavam a linguagem aos bebês, contando histórias quando eram muito novos para falar e fazendo perguntas quando tinham idade suficiente para entender melhor.

Lizzie avistou Rebecca vindo em sua direção, empurrando Abbie. Desconfiou de que tivesse cereal grudado nos dentes e passou rapidamente a língua por eles. Rebecca exibia um amplo sorriso enquanto descia a rua.

– Oi, você aí – cumprimentou ela.

Lizzie enfiou a mão em sua sacola e extraiu a garrafa de vinho italiano embrulhada que havia comprado em uma loja de bebidas na Vanderbilt.

– O que é isso? – perguntou Rebecca, parecendo antes surpresa que lisonjeada.

– Eu estava nessa loja no meu bairro e disse ao sujeito que você gostava de Terre di Tufi, e ele recomendou este. É da Sardenha.

– Você não precisava ter feito isso.

– Não me interessa. Você deu jantar a Mance.

Rebecca desembrulhou a garrafa e examinou-a um instante, antes de guardá-la na bolsa do carrinho de bebê.

– Você está ótima! – declarou. Estaria Rebecca dando em cima dela ou apenas sendo simpática, coisa de uma mãe para outra?

Lizzie pensara um bocado sobre o que vestir: estava usando uma camiseta Loomstate pela qual pagara os olhos da cara em uma butique da Quinta Avenida no dia anterior. – Ugh. Estou horrível. – Ela agarrou a lateral de sua cintura. – Estou muito gorda. Eu tinha peitos ótimos, mas agora me sinto uma Dolly Parton murcha. Depois que desmamar Mance, acho que vou fazer um *upgrade* materno.

– O que é um *upgrade* materno?

– Reduzir a barriga, erguer os seios e lipo. Custa trinta mil, mas imagino que, se começar a economizar agora, consigo fazer isso a tempo para o meu quinquagésimo aniversário. – Ela estava brincando, nunca faria tal coisa, mas criticar o próprio corpo era uma forma de ver o que Rebecca pensava dele.

– Você definitivamente não precisa de um *upgrade* materno – disse Rebecca, rindo. – Você é uma mãe que qualquer homem gostaria de comer. – Elas puseram-se a empurrar os carrinhos ao longo do caminho, adentrando ao parque.

– Não sou uma mãe que qualquer homem gostaria de comer.

– Sem essa! Você disse que vocês transam quatro vezes por semana!

– Bem, é verdade – concordou Lizzie. – Eu acho que alguns homens têm menos energia para o sexo depois que se tornam pais, mas Jay não está nessa categoria. O cara tem de passar algum tempo com a criança para ficar esgotado.

Jay tornara a viajar para fazer shows em New England. Partira na manhã anterior, tendo acordado às cinco, e, embora Mance houvesse continuado a dormir enquanto ele arrumava as malas, Lizzie não. Jay colocara a bolsa de viagem sobre a cama e pisara forte pelo quarto à medida que a enchia de roupas e, depois que saiu, ela não conseguiu voltar a dormir. Em vez disso, ficou se revirando na cama até Mance acordar às sete. Quando foi até a cafeteira, esta havia ficado ligada tanto tempo que havia queimado.

– E Theo? – Lizzie perguntou a Rebecca.

– O que você quer saber?

— Ele ficou com menos energia para o sexo depois que virou pai?
— Pode-se dizer que sim. — O rosto de Rebecca tornou-se rígido e feio.
— Eu soube que isso às vezes acontece — disse Lizzie.

Elas estavam na pista, dentro do parque. Rebecca deteve o carrinho e olhou para Lizzie.

— Quando tempo você acha que uma pessoa pode não transar com você antes... antes que você saiba que existe algum problema?

— Não sei — disse Lizzie, sem saber qual seria a resposta certa. — Dois meses? — Rebecca nada disse. — Tipo seis meses? — Rebecca fez um gesto de "continue" com a mão. — Quanto tempo faz? Um ano? — O gesto. — Um ano e meio?

Rebecca ficou em silêncio. Lizzie não sabia o que dizer. Então fora esse o motivo do beijo. Rebecca estava carente. Não tinha nada a ver com Lizzie. Se Lizzie não transasse havia um ano e meio, também estaria achando as outras mães gostosas. Era como os homens na cadeia virando gays.

— Talvez ele tenha disfunção erétil — disse Lizzie. — Você devia dizer a ele para experimentar o Viagra.

— Ele não gosta de conversar sobre isso.

— Vocês consultaram alguém a respeito disso?

— Ele considera a terapia de casal uma passagem para o divórcio — disse Rebecca.

— Bem, não fazer sexo também não é muito bom para o casamento. — Rebecca assentiu com um movimento de cabeça. — Você já tentou conversar com ele? — perguntou Lizzie.

— Ele sempre se fecha. Ou diz que é porque eu sou má com ele. Não sei se ele está certo. Sabe do que mais? Eu não devia ter dito nada a respeito disso. É constrangedor.

— Por quê?

— Porque não é normal. Espera-se que os homens queiram transar. Quer dizer, os homens passam a vida sendo sexualmente rejeitados. Mas as mulheres passam a vida repelindo os homens.

— Isso é uma espécie de estereótipo.

— Mas é verdade!

Rebecca parecia completamente infeliz, empurrando Abbie. Lizzie desejava lhe dizer alguma coisa reconfortante, mas não sabia como ou o quê.

Desejava dizer a Rebecca que qualquer homem que não transasse com ela era louco. Desejava dizer que, se Rebecca estivesse com ela, ela nunca permitiria que isso acontecesse.

Lizzie não podia acreditar que o marido de Rebecca houvesse deixado de fazer amor com ela. Era difícil imaginar que alguém pudesse mudar tanto de uma hora para outra. Talvez a vida sexual dos dois fosse medíocre antes de Abbie e agora Rebecca quisesse alguém em quem colocar a culpa. Lizzie lamentava pela amiga, mas também se imaginou se não haveria mais naquela história.

No interior do parque, elas pararam para procurar um lugar para se sentar. Lizzie pegou uma manta de piquenique e a estendeu sob uma árvore. Elas sentaram as crianças lado a lado, e Lizzie tirou da bolsa uma solução para fazer bolinhas de sabão, ajudando as crianças a agitarem a haste, embora elas não tivessem idade suficiente para saber soprar.

– Eu respondi ao casal do *swing* – disse Lizzie.

Rebecca virou o rosto na direção dela.

– O quê?

Lizzie sorriu, recordando.

– Fingi que eu era uma mãe solteira chamada Victoria. Um sujeito respondeu. Andy. Disse que a mulher se chama Alexandra. Provavelmente não são os nomes verdadeiros. Eles têm dois filhos. Ele quer que eu vá tomar um drinque com eles amanhã à noite no Gate para ver se a química é boa. – Ela e Andy haviam se correspondido por e-mail nas noites anteriores e haviam se divertido criando uma mulher da qual Lizzie achava que ele gostaria: loura, de seios grandes.

– Você vai? – perguntou Rebecca.

– *Nós* vamos. – Lizzie manteve o tom de voz alegre e tranquilo, embora estivesse desesperada para que Rebecca fosse. Nesse caso, Lizzie talvez tivesse uma chance com ela. Seria muito difícil seduzi-la se as duas estivessem sós, Lizzie precisava do subterfúgio do casal.

– Você está me achando patética por causa do que contei – disse Rebecca. – Você acha que eu estou desesperada.

– Não, não acho. De qualquer forma, nós não vamos fazer nada. Só quero ver como eles são.

– Provavelmente são gordos – declarou Rebecca. – Ele disse qual a idade deles?

– Final da casa dos trinta. Vai ser divertido. Eu disse a ele que era loura. Vou dizer que você é ruiva. Assim vamos poder vigiar os dois sem que eles saibam que somos nós.

– Isso parece meio idiota.

– Sem essa. Você nunca quis fazer alguma coisa para ver no que ia dar? – Quanto mais pensava naquilo, mais Lizzie ficava excitada. Toda a sua vida pertencia a Jay e Mance agora. Ela queria ter um segredo que os excluísse.

– Você disse a esse tal de Andy que já foi lésbica? – perguntou Rebecca.

– Victoria nunca foi lésbica. Ela e o marido são separados, e o filho dela se chama Cyrus. Ela é assistente jurídica e mora em Windsor Terrace.

– Você deu a ele as tuas medidas?

– Dei, mas aumentei um pouco. Acho que Victoria fez um *upgrade* materno.

Rebecca riu e retirou um baseado do bolso da camisa. Colocou o baseado na boca e revirou a bolsa à procura de um isqueiro. Rebecca era mais rica que Lizzie, mas bem ralé. Lizzie não sabia se ela agia daquele jeito – o vinho, a maconha – para provocar Lizzie ou por ter de fato algum tipo de problema com drogas.

– O que você está fazendo? – perguntou Lizzie.

– O que você acha?

– É melhor ter cuidado – advertiu Lizzie. – Tem policiais espalhados por todo o parque.

– Faça-me o favor. Você acha que eles vão olhar duas vezes para nós? Não acredito que você ainda não tenha entendido isso: ninguém olha para as mães. – Rebecca acendeu o baseado, deu uma tragada e o estendeu.

Lizzie balançou a cabeça e declarou:

– Não tenho a mínima resistência.

– Tudo bem.

– Fiquei bêbada na semana passada no teu apartamento – disse Lizzie. Rebecca soprou a fumaça para longe das crianças. – Não sei se foi o parto ou o fato de estar ficando mais velha. Eu estava completamente fora do ar quando saí da tua casa. – Ela mencionou a Rebecca o sujeito em seu quarteirão. Queria que Rebecca soubesse que a via como amiga, que soubesse que desejara lhe telefonar.

Quando Lizzie terminou a história, Rebecca disse:

– Você devia ter ligado para mim – e engasgou um pouco por conta do baseado.

– Imaginei que você fosse pensar que eu estava sendo ridícula – disse Lizzie. – Eu estava tonta do vinho. Provavelmente não era sequer o sujeito do pôster.

– O que não quer dizer que ele não fosse perigoso. Eu soube que houve uma troca de tiros no parquinho Underhill em janeiro. O parque não fica na esquina do seu quarteirão?

Desejando preservar a imagem do bairro, Lizzie declarou:

– Não foi no parquinho. Foi na rua, fora do parque. Alguém passou de carro atirando. Ninguém se feriu. De mais a mais, Park Slope é tão perigoso quanto. Um sujeito informou hoje pela manhã no Pais de Park Slope que foi assaltado à mão armada na frente do apartamento dele na Polhemus Place.

– Isso é terrível!

– Então um monte de gente escreveu dizendo que ele não devia ter dado o nome da rua porque estava desvalorizando os imóveis deles. Dá para acreditar nisso? As pessoas são tão ingênuas. Consideram Park Slope mais seguro por causa de toda aquela gente famosa, mas continua sendo Brooklyn. De qualquer forma, acho que nenhuma daquelas celebridades mora lá. Nunca vi a Melora Leigh, embora ela tenha aquela mansão na Prospect Park West.

– Conheci o marido dela outro dia – disse Rebecca, apagando o baseado com o sapato.

– Verdade? – perguntou Lizzie. – Onde você conheceu o cara?

– Ele estava no meu turno na Cooperativa – respondeu Rebecca. – Tive de fazer o treinamento dele. Sozinha. Por quase três horas. – Seu rosto estava corado e ela parecia uma colegial. Estranho... Aquele era um lado dela que Lizzie nunca tinha visto.

– Sobre o que vocês conversaram? – perguntou Lizzie.

– Principalmente cinema. Ele sabe muito sobre cinema.

– Por que Stuart Ashby entraria como sócio para a Cooperativa de Prospect Park?

– É o novo estilo politicamente correto das celebridades – disse Rebecca e deu de ombros. – Ao que parece, Maggie Gyllenhall é sócia e um cara do *Oz* também.

— Então, como ele é? — perguntou Lizzie. Ela não gostou do entusiasmo nos olhos de Rebecca. Sabia que Rebecca provavelmente estava excitada por não estar conseguindo nada em casa, mas, ainda assim, aquilo incomodou Lizzie. Era muito pouco criativo apaixonar-se por uma celebridade.

— Legal. Engraçado. Muito realista.

— Você tem uma queda por ele ou coisa parecida?

— Não, por quê?

— Você devia se ver. Está parecendo meio louca.

— Não, não estou.

Rebecca estava começando a aborrecê-la. Tudo o que queria era conversar sobre Stuart Ashby. Fazia muito tempo que Lizzie não se permitia uma dessas conversas idiotas com uma mulher, hétero ou gay. Só uma idiota se apaixonava por um astro de cinema de segunda categoria. Por que Rebecca não percebia que havia uma pessoa maravilhosa, ainda que não fosse famosa, sentada bem a sua frente?

Abbie pôs-se a perambular ao longo de um tronco caído e Mance a seguiu. Lizzie não gostou que eles se afastassem tanto.

— Você acha que eles estão bem?

— O *dr. Spock* diz que uma criança que nunca teve um ferimento enfaixado não foi bem criada. — Rebecca caiu pesadamente sobre a manta e olhou para cima, em direção às árvores. Lizzie deitou-se ao seu lado, mas permaneceu de olho nas crianças.

Elas ficaram em silêncio por algum tempo, olhando para o céu; em seguida, Rebecca declarou:

— Você já teve a sensação de que as coisas não saíram do jeito que você esperava?

— Hã-hã — respondeu Lizzie.

— E que é tarde demais para fazer alguma coisa a respeito? E que, se você tivesse sido capaz de prever o futuro, teria feito escolhas diferentes?

— Isso, o tempo todo — disse Lizzie. — Às vezes eu me pergunto por que nós tivemos que ter um bebê.

Rebecca virou o rosto na direção dela e franziu a testa.

— Sem essa, agora. Você não. Eu sim, mas você não.

— Tem vezes, quando Mance enche o saco o dia inteiro, que quase consigo entender como algumas mulheres maltratam seus bebês. Não que eu fosse fazer isso. Só que, às vezes, eu gostaria de poder desligar Mance, como uma torneira. Mas eu nunca posso, porque Jay nunca está por perto para ajudar. E então começo a achar que isso nunca vai acabar, mesmo quando Mance crescer. Eu sempre vou me preocupar com ele, não importa a idade que tenha ou onde esteja, mesmo que ele esteja em uma cidade diferente. E eu me pergunto por que fiz isso comigo.

– Ninguém pensa nisso tudo quando tem filhos – disse Rebecca. – As pessoas só pensam nas coisas boas. É o único jeito de a espécie continuar.

Seus ombros se tocavam. Lizzie tinha a sensação de que Rebecca a entendia. Era muito difícil dizer uma coisa dessas às mães que não trabalhavam fora porque todas elas pareciam satisfeitas por terem tido filhos. Você era uma traidora se fosse uma mãe doméstica e confessasse que não gostava daquilo.

Lizzie sentiu a expansão emocional proveniente do fato de ter sido honesta. Gostava de Rebecca, quando não por lhe dar a oportunidade de dizer o que sentia. Desejava permanecer deitada ali ao lado dela durante horas, falando de tudo.

Lizzie observou o peito de Rebecca subir e descer com a respiração. Desejava continuar a conversar, mas não sabia o que dizer a seguir.

– Gosto de estar com você – declarou. Dizia aquilo a Mance o tempo todo, pois considerava importante que ele ouvisse. Rebecca a encarou como se ela fosse uma idiota, e Lizzie sentiu-se ridícula. Não podia falar com um adulto do mesmo jeito com que conversava com seu filho.

Rebecca olhou para as crianças com a testa franzida. Lizzie virou-se para ver o que havia acontecido. Abbie estava de pé sobre o tronco de árvore, prestes a cair. O tronco era pequeno e baixo e, mesmo que ela houvesse caído, estaria bem, mas Rebecca correu até a filha como se esta se achasse em perigo, murmurando:

– Isso agora já foi um pouco longe demais.

REVERIE

Na cozinha, Melora apanhou uma garrafa de Reverie na geladeira. Pegou uma taça bojuda de 600ml e a garrafa e subiu correndo para a suíte. Sentou-se na beirada da cama, derramou metade da garrafa na taça e virou-a. Ela precisava se controlar. Se conseguisse se controlar por vinte e quatro horas, até o almoço com Epstein, então se sairia bem e nada mais importaria. Adam não iria se preocupar com algo tão ridículo quanto uma acusação de furto a uma loja. Ele era de uma produtora independente, pelo amor de Deus. Talvez considerasse boa publicidade uma acusação de furto; apesar dos elogios da crítica, *Eva and Andie* havia faturado apenas 4 milhões de dólares no país, e a Vantage iria querer números melhores para *Yellow Rosie*.

Mas não importava o que dissesse a si mesma, não conseguia livrar-se do medo. Ela era um caso perdido. Naquela mesma manhã, sentira-se tão viva e saudável, e agora estava tudo indo à merda.

Ela tentou o dr. Levine novamente. Caixa postal.

– Oi, Michael, hmm, é Melora de novo. Eu realmente preciso ver você. Aconteceu uma coisa terrível. Bem, não terrível. Quer dizer, Orion está bem e Stu está bem. É só que... – Ela precisava enfatizar o caráter medonho da situação, mas ressentia-se do fato de não conseguir entrar em contato com ele. Essa não deveria ser uma das supostas vantagens da fama, ter à disposição todos de quem precisava? Quando aquilo terminasse, ela teria de repensar se ele era comprometido o suficiente para ser seu psiquiatra. – Estou começando a ficar realmente assustada com uma coisa e preciso falar com você para que possamos nos certificar de que está tudo bem. Então me ligue. Por favor. Assim que possível.

Como ela podia ter sido estúpida a ponto para largar o Zoloft sem consultar seu psiquiatra? Stuart contara-lhe uma história que havia lido na revista do *New York Times*: um homem de meia-idade havia largado o Effexor contra a recomendação de seu médico e teve descargas cerebrais, choques terríveis na cabeça durante os meses subsequentes. E se ela tivesse uma descarga cerebral no meio de seu almoço com Adam Epstein, no Gemma, onde todos veriam?

Ela iria para a cadeia. Iriam localizá-la na fita e ela não teria defesa. Não poderia nem mesmo dizer que estava explorando um papel, pois Winona já havia tentado, e aquilo a transformara em piada.

Fique calma, fique calma. Melora tomou um enorme gole de vinho. *Relaxe.* Tinha tendência à ruminação obsessiva, era o nome que o dr. Levine dava quando a pessoa ficava remoendo resultados negativos. Ela pegou dois Ativans na gaveta de sua mesa e deixou-os se dissolverem sob a língua para que fizessem efeito mais rápido. Conseguira essa dica com sua esteticista, que lhe contara que, durante um tratamento, tomava um miligrama de Ativan por dia, a cada três horas, via sublingual.

Acalme-se. Fique fria. Talvez ela estivesse avançando o sinal. Talvez nem mesmo houvesse uma câmera no local em que ela estava. E, mesmo que houvesse, a iluminação na Cooperativa era tão fluorescente e desfigurante que ela provavelmente estaria irreconhecível.

Mas havia outras provas além da fita. A carteira. A carteira! E se Stuart a houvesse descoberto e estivesse planejando entregá-la? Ela odiava o fato de estar preocupada com aquilo, mas não confiava nele. Ultimamente eles não se relacionavam e não formavam um time.

Ela abriu a gaveta da mesinha de cabeceira e extraiu o exemplar de *Comer, rezar, amar*, tateando em busca da carteira embaixo. Havia desaparecido! Como um terrier atrás de um rato, ela manuseou os itens: os comprimidos, a pinça, o Youth!, o La Mer, as bolinhas tailandesas. Tentando cobrir cada centímetro da gaveta, ela puxou-a o máximo possível, e a gaveta caiu no chão de cabeça para baixo.

Ela contornou a cama e revolveu a gaveta de Stuart também, mas tudo que ele guardava ali eram alguns roteiros, um romance chamado *Bangkok*

Nights e um exemplar de *Balance Through Ayurveda*. Ela arremessou-se para o quarto de brinquedos, abriu todos os baús e atirou seu conteúdo no chão. Procurou no quarto de Orion. Nada. Ligou para Annika.

– Você tirou alguma coisa do meu quarto? – Ela ouviu crianças brincando ao fundo.

– Como assim?

– Tinha uma coisa no meu quarto e desapareceu. Desapareceu.

– Não fui eu, Melora.

– Então outra pessoa pegou?

– Não. Ninguém esteve no seu quarto.

– Nem Orion?

– Eu não deixo Orion entrar quando você não está por perto. Talvez tenham sido os empregados. Você devia perguntar a eles. – Os empregados eram um casal birmanês de irmão e irmã que também trabalhavam para Liev e Naomi. Melora duvidava de que eles fizessem qualquer coisa que colocasse em risco suas chances de obter asilo político.

– Se você tiver trazido alguém aqui e estiver mentindo, eu vou descobrir. – Melora tinha certeza de que Annika estava escondendo alguma coisa. Ela nunca gostara da sueca. A garota era reservada demais.

– Orion teve algum encontro com outras crianças, recebeu algum amigo para brincar?

Houve uma pausa e então Annika declarou:

– Não. Todos os amigos dele estão viajando.

Annika era uma péssima babá de famosos porque não sabia mentir. Melora falaria com Shivan mais tarde.

Ela levou a garrafa e a taça da suíte para o banheiro contíguo e bebeu da taça enquanto preparava o banho. Talvez a polícia já estivesse atrás dela. Talvez estivessem vigiando a mansão e houvessem enviado detetives para resgatar a prova no meio da noite. Eles sabiam o que ela havia feito e iriam prendê-la bem no meio de seu almoço com Epstein, pela publicidade extra. Com Bloomberg como prefeito, a polícia de Nova York era tão ruim quanto a de Los Angeles, punindo celebridades para parecer convincente.

Melora espalhou um pouco de sais de banho Lavender Harvest da L'Occitane na banheira e ficou vendo as bolhas se formarem. Já sentia o Ativan e o vinho fazendo efeito, criando um halo de tranquilidade ao redor de seu cérebro. O Ativan permitia-lhe ver as coisas terríveis que estavam para acontecer, sem se preocupar com elas. Não a deixava delirante, tornava-a capaz. *Tudo vai ficar bem.*

Ela entrou no banho quente. Precisava ser budista e ter fé em que as coisas iriam dar certo, ou praticar os doze passos, relaxar e entregar a Deus, ou dar ouvido ao dr. Levine e não perder tempo se preocupando ao lidar com informações incompletas. A terceira opção era a mais difícil, mas as benzodiazepinas ajudavam. Um minúsculo comprimido – ou ela havia tomado dois? – produziam o mesmo efeito que trinta anos de prática de meditação. Stuart passava um tempo enorme em seu Zendo, e ela não entendia aquilo. Por que alguém escolheria o caminho mais longo quando havia um mais curto?

Melora afundou a cabeça sob as bolhas, fechou os olhos, então voltou à tona e terminou a taça de vinho, depositando-a ao lado da banheira. A garrafa ainda parcialmente cheia estava sobre a pia com bancada de mármore, suando. *Mais vinho!* Precisava tomar mais vinho! Ela começou a salivar, a garrafa também parecia estar salivando.

Mas, para pegá-la, Melora teria de sair da banheira.

A água estava bem quente, e a última coisa que ela desejava era sair quando seus músculos começavam a relaxar. Poderia permanecer na banheira e tentar falar com Shivan pelo telefone do banheiro, mas não queria que Shivan soubesse que ela estava bebendo pela manhã. Aquele era um dos momentos em que realmente desejava não ter despedido Lisanne.

Com relutância, Melora saiu da banheira, pousou um pé no chão de mármore italiano e estendeu o braço em direção à pia. Ao fazê-lo, seu pé molhado escorregou e ela bateu com a testa na borda chanfrada do armário sob a pia.

– Droga!

A dor foi infernal, mas ela percebeu remotamente que, na realidade, pouco importava. Viu manchas diante dos olhos. Quando por fim desapareceram, Melora olhou-se no espelho. Havia um corte profundo acima de seu olho direito, do qual o sangue pingava sobre a face. Era como olhar para o rosto de outra pessoa. Melora limpou o sangue, mas o corte acima de seu olho ainda escorria. Ela pegou alguns lenços de papel e pressionou-os contra o corte; em seguida, os removeu para avaliar o estrago. O corte era profundo, tão profundo, que provavelmente precisaria de pontos.

Mas Melora não podia dar-se ao luxo de realizar uma chamada de emergência para seu cirurgião plástico, o dr. Resnick, que fizera um excelente trabalho em sua lipoaspiração de coxa. Por seu estado de espírito, ele iria desconfiar de que ela havia ingerido substâncias e insistiria em ligar para o dr. Levine, que talvez desejasse interná-la. E, mesmo que ele a levasse para um lugar seguro como Silver Hill, onde ela tivera uma reabilitação da cocaína bastante agradável em 1998, não podia comprometer seu almoço com Adam Epstein. Mas, quando fitou o sangue que lhe escorria pelo rosto e a expressão vazia e desvairada em seus olhos, ocorreu-lhe, de forma branda e distante, fruto do Ativan, que talvez já o houvesse comprometido.

TERRITÓRIO
DE BRINCADEIRAS

Rebecca levava Abbie ao parquinho Lincoln-Berkeley quando se cansava das supermães do parquinho da rua Três. O parquinho estendia-se da Lincoln Place à Berkeley Place e ficava ao lado da P.S. 282, uma escola primária de alunos predominantemente negros e hispânicos. O Lincoln-Berkeley atraía um público mais comedido que o da rua Três, talvez devido a sua proximidade com a Quinta Avenida, que possuía imóveis de valores menores que os das ruas mais próximas a Prospect Park. Apesar da pouca sombra, do asfalto horrível e dos brinquedos antigos, era o favorito das babás antilhanas e tibetanas e seus fardos.

Era meio-dia, perto da hora do almoço, e Rebecca tinha esperanças de cansar Abbie antes de sua soneca. Os *sprinklers* estavam ligados quando ela chegou, mas Abbie gritou quando Rebecca a colocou lá, então ela a levou para os balanços. Rebecca viu Cathleen Meth a poucos centímetros de distância, empurrando Jones. Obviamente as supermães haviam descoberto o Lincoln-Berkeley.

— Eu não sabia que você vinha aqui – disse Cathleen.

— Eu moro muito perto daqui – declarou Rebecca.

— Por enquanto, quero distância dos parquinhos que ficam nos parques. Você ouviu a história do pombo?

Rebecca balançou a cabeça, e Cathleen contou-lhe sobre o menino negro que havia matado um pombo no parquinho Harmony. A história era tão grotesca que Rebecca nem mesmo tinha certeza de que fosse verdadeira.

– Como você ficou sabendo? – perguntou.

– Li no Pais de Park Slope. – Jones fez uma careta, e Cathleen inclinou-se e olhou para ele. Então produziu uns ruídos secos estranhos e o filho os reproduziu em resposta. Pouco depois, ela havia retirado um pinico portátil amarelo da bolsa de fraldas e instalado Jones com as calças abaixadas sobre ele, fazendo muxoxos com a língua contra os dentes. – Nós estamos praticando a CE – disse a Rebecca.

– O que é isso?

– Comunicação de Evacuação. Ele está basicamente treinado para usar o banheiro.

– Mas ele não tem nem dois anos.

– Eu comecei aos seis meses. Ele sempre fazia o número dois de manhã, então eu o levava para o pinico e lia para ele, e ele se acostumou a não fazer nada na fralda. – Cathleen estalou a língua mais um pouco. Aquela mulher certamente tinha coisa melhor a fazer com seu tempo do que ensinar o filho bebê a usar o pinico, pensou Rebecca, antes de se dar conta de que em Park Slope nunca era esse o caso.

Após outro minuto do que aparentemente era ausência de ação, Cathleen disse:

– Talvez você não precise fazer. – Ergueu as calças de Jones e o carregou para longe no colo.

Por sobre o ombro de Cathleen, Rebecca viu o menino contrair o rosto. Então deixou escapar um gemido e Cathleen gritou:

– Ah, Jones – e saiu correndo para limpá-lo na bica.

Rebecca percebeu um movimento perto do portão de Lincoln Place e virou-se para olhar. Ela estava sempre olhando para os portões dos parquinhos na esperança de que entrasse alguém empolgante. Quase sempre se decepcionava.

Mas não dessa vez. Era Stuart, segurando a mão de Orion e contando-lhe o que parecia ser uma história complicada. Rebecca sentiu o suor escorrer por suas axilas e perguntou-se quanto tempo levaria para que começasse a cheirar. Ainda assim, sentiu-se bem com sua escolha de roupas – uma minissaia jeans, uma túnica Joe Jean's justa sem mangas, com o desenho de um unicórnio e sandálias tipo gladiador. O cabelo comprido estava preso em duas tranças e ela estava usando um par de Ray-Bans âmbar. Quando

Stuart entrou no parquinho, ela desviou os olhos, o coração batendo forte, mas ele já a havia visto e disse:

— É você. — Ele aproximou-se da cerca de ferro que separava a área dos balanços do restante do parquinho.

— Aposto que você pensou que não ia me ver até o próximo turno — disse ela.

— Não, eu estava com o pressentimento de que ia te ver antes disso. É esse tipo de bairro. Com o tempo, você dá de cara com todo mundo que conhece.

— O que você quer dizer? — perguntou ela. — Vocês não conhecem ninguém por aqui. Vocês são famosos demais.

— Claro que conhecemos. — Orion disparou para os *sprinklers*, sentando-se em um deles, dobrou a camisa para o alto e a encheu, fazendo-a inchar.

— Ok, diga o nome de três amigos que vocês fizeram depois que se mudaram para cá — pediu Rebecca. — E não pode ser ninguém do setor de serviços.

— Bem, tem o cara que é dono da Blue Apron Foods...

— Não, não — disse ela, balançando o dedo.

— Ok, tem o nosso simpático entregador do FedEx, Mark... — Ela o fulminou com os olhos. — Espere um minuto, eu tenho um. Tive uma conversa muito agradável com um sujeito ao meu lado no *step* na Eastern Athletic.

— Qual o nome dele?

— John Henry. Aí está.

— John Henry é treinador! Treinei alguns meses com ele até que ficou muito caro.

— Acho que você está certa. Nós somos uns babacas.

Ela desejava que ele a arrastasse para um beco e a encurralasse contra a parede, mas não havia becos em Park Slope, exceto por Fiske Place e Polhemus Place, e estas eram apenas ruas pequenas. Desejava pousar sua boca sobre a dele e descobrir se seu hálito era picante ou doce. Desejava morar com ele em uma casa distante, onde ele a manteria sob suas rédeas e a obrigaria a atender por um nome diferente.

— Então, o que você tem feito para se refrescar nesse clima? — perguntou ela.

— Não muito.

Orion aproximou-se e puxou a camisa do pai.

— Entre na água, papai!

— Eu não trouxe uma muda de roupa, querido.

— Tire a camisa — disse Rebecca. — Dê a essas mães alguma coisa com o que sonhar.

Stuart hesitou, então retirou a camiseta e correu para dentro d'água com Orion. Possuía tronco musculoso, porém magro. A pele era clara e coberta de sardas, e ele parecia menos um rato de academia do que Rebecca esperava, o que lhe agradou. A maioria dos atores de Hollywood era sarada demais. O menino uivava de tanto rir, e ele e Stuart correram de um lado para o outro algumas vezes. Stuart carregava-o e o fazia girar.

Rebecca tirou Abbie do balanço e a colocou sobre o escorrega para bebês. Poucos minutos depois, Stuart aproximou-se, ensopado e ofegante, e sentou-se em um banco nas proximidades. Para decepção de Rebecca, ele vestiu de volta a camiseta cinza. Ela trazia os dizeres CORRIDA DE OBSTÁCULOS DE CONEY ISLAND e era uma daquelas camisetas caras em estilo falso retrô que provavelmente custavam oitenta dólares na Barneys.

— Andei pensando em seu roteiro — disse ela.

Ele mostrou interesse.

— Andou?

— E eu acho que tem bastante potencial. Quer dizer, a ideia da paranoia pós-11 de Setembro é realmente interessante. Ninguém nunca fez um filme a esse respeito. A respeito de como o acontecimento mudou os nova-iorquinos, mudou a maneira como enxergam uns aos outros. De certa forma, *Faça a coisa certa* foi o melhor filme sobre o 11 de setembro já produzido e foi lançado antes de ter acontecido.

— Esse é um dos meus modelos principais para o roteiro! Um filme perfeito! Embora tivesse sido melhor se ele fosse dezoito minutos mais curto.

— Acho que você deveria me deixar ler o roteiro. Quer dizer, eu não sou nenhum Syd Field nem nada do gênero, mas tenho a impressão de que eu poderia ajudar com a *mise-en-scène*.

— Com o quê? — Ele olhou-a como se ela fosse pretensiosa. Ocorreu a Rebecca que talvez houvesse estragado tudo. "Tive uma chance com um astro de Hollywood uma vez", diria a Abbie algum dia, "mas então usei a expressão '*mise-en-scène*' e empatei completamente minha foda."

— A aparência do esboço, sabe. Eu sou boa nisso e conheço muito bem o bairro. Vou escrever uma... Como se chamaria isso? Uma cobertura geográfica. E eu podia te dar algumas dicas sobre aquele personagem feminino, sabe, a policial. Você vai escalar Melora?

Ele ficou com um olhar constrangido e respondeu:

— Na verdade, eu estava pensando em Maggie Gyllenhaal.

— Mesmo? Por que você não quer escalar Melora?

— Melora está ocupada nos próximos quatro anos — respondeu ele.

Era óbvio que havia alguma espécie de drama entre eles. Rebecca tinha de interromper aquela linha de conversa. Quando uma mulher queria um homem casado, não podia fazê-lo pensar na esposa.

— Por que não? — disse ele pouco depois.

— O que você quer dizer?

— Vou te mostrar meu roteiro. Um novo leitor bem que pode ser útil.

— Por que você não traz o trabalho um dia desses?

— Me dê o seu número. — Ela deu e ele o digitou em seu iPhone.

— A melhor hora é durante a soneca de Abbie — disse ela. — Ou em um dos dias da babá, terças ou quintas.

Cathleen Meth, com um Jones limpo nos braços, aproximava-se com Jane, que, como de costume, carregava Emily em um canguru.

— Oi, Rebecca — disse Cathleen, piscando para Stuart. As mulheres ficaram ali de pé, esperando para ser apresentadas, mas Rebecca recusou-se a lhes dar o gostinho. Por fim, Cathleen não aguentou mais, inclinou-se na direção de Stuart e declarou:

— Você esteve ótimo em *The End of the Day*.

— Aquele Oscar foi totalmente roubado — disse Jane.

— Ninguém quer ter muitos em casa — disse ele.

— Eu sempre quis saber — disse Cathleen. — O que Melora faz com os dela? Quero dizer, onde vocês guardam as estatuetas?

— Um virou um porta-papel higiênico — disse Stuart — e usamos o outro em Orion quando ele fica fora de controle.

— Vocês usam o outro em Orion! — disse Jane, dando uma risadinha.

— Como vocês dois se conhecem? — perguntou Cathleen.

— Um acampamento de verão em Vermont — respondeu Rebecca. — Ele era lavador de pratos, eu era campista. Uma história muito sórdida. — Ela esperava que ele a corrigisse, que demonstrasse algum bom-senso, mas ele parecia estar gostando de provocá-las tanto quanto Rebecca.

— Digamos que foi um milagre me deixarem voltar ao campo – disse ele.

As mulheres olharam para os dois, confusas, sem saber se deveriam acreditar naquilo. Rebecca desejava afastar-se delas, mas não desejava deixá-lo sozinho com elas. Não suportava a ideia de dividi-lo com aquelas harpias.

— Stuart? – disse ela. – Você se incomodaria de me ajudar com o meu carrinho? – Ela inclinou a cabeça na direção da saída de Berkeley Place, onde havia deixado o Maclaren.

— O que há de errado com ele? – perguntou Cathleen.

— Estou tendo problemas com a roda esquerda.

— Sabe, existe uma loja em Brooklyn Heights que...

Rebecca agarrou o braço de Stuart e o conduziu rumo ao portão. Ele ajoelhou-se e fingiu examinar a roda, murmurando:

— Elas eram de dar medo. Umas verdadeiras intrometidas, hein?

— É. Eu não sei como conseguiram deixar um cara duro o bastante para fazer um bebê.

— Nem eu. Vi uma mãe gorda na Sétima Avenida se inclinar para falar com o filho, e uma calcinha de algodão com estampa de leopardo saía do traseiro dela. Com etiqueta da Victoria's Secret. Pensei: *Não tem segredo nenhum ali.*

— Alguns caras gostam de mulheres obesas.

— Por que será?

— É um fetiche.

— Como você sabe tudo isso?

— Escrevi um artigo sobre imagem corporal feminina para a *Glamour*. Eles queriam alguma coisa positiva sobre mulheres grandes, então entrevistei aqueles caras com fetiches por mulheres obesas. A maioria deles é muito... pequena. – Ela prendeu Abbie no carrinho.

— Você já vai? – perguntou Stuart.

— Está quente demais para ela – disse Rebecca, refletindo que o melhor era deixá-lo querendo mais. – Me avise quando eu puder ler *Atlantic Yards*.

Ela andou rumo ao portão e tentou empurrá-lo para abrir, antes de se dar conta de que precisava puxá-lo. Todos os portões abriam para dentro, para impedir que crianças pequenas saíssem. Ela exibiu uma expressão de desagrado, sentindo-se uma idiota. Havia feito aquilo umas setecentas vezes, mas justo na única vez em que queria parecer bacana fez tudo errado. Quando olhou para trás na direção de Stuart, ele fez grande e sarcástico sinal de aprovação com seu polegar para cima.

SOBRE DIZER SIM

Melora acordou em sua cama às quatro daquela tarde ao som do toque do telefone. Por um breve e primoroso momento, não pensou no *Coop Courier*, mas então tudo tornou a desabar sobre ela como um pesadelo.

Talvez seja o dr. Levine. Vou até o consultório dele, ele vai me ajudar e vai ficar tudo bem. Mas, quando apanhou o telefone na mesinha de cabeceira, viu o nome de Cassie Trainor.

Melora e Cassie haviam se conhecido na premiação das Mulheres do Ano de 2006 da *Glamour*, no Carnegie Hall, e tornaram-se instantaneamente grandes amigas. Eram fotografadas com frequência em pré-estreias, fazendo compras e jantando em restaurantes luxuosos. Devido à diferença de quinze anos entre as duas, as fotos sempre exibiam legendas como "Educando Cassie" ou "Mama e Cass".

— Você vai ao meu lance na Southpaw hoje à noite? — perguntou a vozinha insignificante. Nas últimas semanas, Melora havia perdido contato com Cassie por estar sem disposição para sair e sem vontade de estar perto de gente. Lembrou que Cassie enviara um e-mail a respeito — alguma coisa literária —, mas Melora o deletara e esquecera.

— Ah, querida, esqueci completamente. Eu tenho aquele almoço com Adam Epstein amanhã, então vou dormir cedo.

Melora considerou a possibilidade de confessar o que havia feito. Cassie havia usado todas as drogas concebíveis e era uma ninfomaníaca declarada, de modo que Melora não achava que ela fosse ser excessivamente crítica. Ainda assim, não havia nada que Cassie podia fazer para ajudá-la, e Melora estava tão paranoica que achou que, àquela altura, o melhor era que ninguém soubesse.

— Mas eu esperava que você estivesse lá – disse Cassie.

— Para o que era mesmo? – perguntou Melora, indo até sua Majorelle e pegando um maço de American Spirits.

— Para a arrecadação de fundos da *Paris Review* – disse Cassie enquanto Melora abria a porta da varanda. – Vou tocar algumas músicas e depois participar de um debate com Philip Gourevitch. Estou tão nervosa... Ele é especialista em genocídio, e tenho que conversar com ele sobre processo. Vai haver tipo duzentas pessoas lá, e eu odeio falar em público; é por isso que quero que você vá. Você está fumando?

— Você sabe que eu parei – respondeu Melora. Ela afastou o telefone da boca e soprou a fumaça para a rua. – Por que você concordou em fazer isso?

— David é amigo de Phil. Acho que Philip Gourevitch pensou que, se eu fizesse isso, seria bom para a revista. Ia ajudar a revista a alcançar um público mais jovem. É às oito. Você vai estar em casa por volta das dez.

— Eu preciso descansar, Cass – disse Melora. – Você me conta tudo depois.

— Você não faz mais nada. Você era uma pessoa que sempre dizia sim, mas agora só diz não. Como naquele artigo de Dave Eggers.

Melora estivera por curto tempo com Dave Eggers em uma festa na casa de Vince Vaughn anos antes, mas nunca encontrara tempo para ler nenhum de seus livros. Não conseguia se lembrar do último livro que havia lido. Provavelmente *O leitor*, na primavera anterior, depois de Kate e Nicole terem partido, mas antes de Kate ser contratada novamente.

— Que artigo? – perguntou ela.

— Sobre dizer sim. Ele diz que "o importante é dizer sim. Dizer não é um puta tédio". Vou colocar você na lista de convidados. Leve o Stu.

Depois que Cassie desligou, Melora entrou no banheiro, removeu o band-aid que havia colocado sobre o corte e inspecionou o estrago. O sangue havia coagulado, mas o ferimento estava feio e não havia jeito de disfarçá-lo com maquiagem. A aparência só iria piorar no dia seguinte.

Ela ligou para Levine e deixou outra mensagem; em seguida, abriu o armário de medicamentos e pegou o frasco de Zoloft. Engoliu um comprimido. Então outro, só para garantir. Aquilo levaria um tempo para fazer efeito, mas o efeito placebo talvez agisse mais cedo. Ela retirou um Ativan do frasco que conservava ao lado do Zoloft e o partiu ao meio. Quantos havia tomado até então? Era difícil manter a conta. Desde que fossem menos de oito, ela ficaria bem. Era o que dizia o rótulo. As instruções no rótulo pareciam o marcador de gasolina do carro: conservadoras demais para serem dignas de crédito.

O que deixava Melora arrasada era o fato de ela mesma haver provocado aquela situação, tudo por causa de sua avidez por um pouco de divulgação extra. Havia montes de coisas que as pessoas podiam fazer quando necessitavam de propaganda, mas apenas idiotas associavam-se a cooperativas alimentícias fedorentas, superlotadas e socialistas.

Melora sobressaltou-se ao ouvir uma batida na porta do banheiro. Achou que não houvesse ninguém em casa. Nunca havia ninguém em casa.

– Querida?

Ela jogou um pouco de água no rosto, colocou um band-aid novo sobre a ferida, apanhou uma toalha branca e envolveu a cabeça, ao estilo de um turbante. Abriu a porta.

– Está tudo bem? Quando eu cheguei, você estava dormindo.

Melora queria confiar nele, queria lhe contar tudo. Talvez ele pudesse ajudá-la – quando enfrentara a suspeita de câncer de mama alguns anos antes, ele fora bastante equilibrado e, quando a revista *People* a colocara na lista dos mais malvestidos depois do Oscar de 2007, ele também se mantivera sereno.

Mas ela estava apavorada. O amor das crianças era incondicional, não o dos adultos. Ele acompanhara as mudanças que vinham ocorrendo com ela nos últimos anos e não parecia gostar. Se lhe contasse o que havia feito, ele apenas se afastaria ainda mais. Seu amor havia se transformado em um sentimento paternal e distante.

– Fui correr hoje de manhã – disse ela. – Fiquei cansada.

– Você foi correr? Que ótimo, amor – disse ele, envolvendo-a com os braços e beijando-lhe o pescoço.

Ele poderia acompanhá-la ao show de Cassie. Ela deveria dizer sim. Na melhor das hipóteses, seria uma distração de todas as suas preocupações. Na pior, seria mais vantajoso que ficar na cama repassando cada frase do artigo do jornal da Cooperativa.

– Cassie vai fazer uma entrevista hoje à noite para uma arrecadação de fundos da *Paris Review* – disse ela. – Acho que devíamos ir.

– Eu ia tentar escrever hoje à noite – disse ele.

Stuart estava sempre trabalhando naquele maldito roteiro. E iria enviá-lo a Maggie Gyllenhaal. O maior medo de Melora era que *Atlantic Yards* fosse produzido, que elevasse seu marido a um novo patamar na carreira e transformasse Maggie Gyllenhaal em uma verdadeira estrela. Então eles se apaixonariam durante as filmagens e ele deixaria Melora para ficar com ela...

Ela o encarou, tentando lhe contar pelo que estava prestes a passar, mas que ele poderia salvá-la se apenas lhe fizesse companhia.

– Por favor, vem comigo – pediu Melora.

– Se isso significa tanto assim para você – disse ele, dando de ombros.

༺♥༻

Melora e Stuart usaram um serviço de limusines e pegaram um Lincoln Continental recendendo a cereja rumo à Southpaw, embora Stuart houvesse sugerido que fossem a pé. Melora, que pouco explorara o bairro desde que morava nele, não sabia em que altura da Quinta Avenida ficava a Southpaw, portanto Stuart orientou o motorista. Stuart passeava um bocado por Park Slope, pesquisando locações para *Atlantic Yards*, hábito que Melora considerava incrivelmente irritante, uma vez que o filme ainda não era um negócio fechado.

O motorista era obeso e estava ouvindo uma barulhenta rádio hispânica. Stuart e Melora haviam desistido de seu carro e de seu motorista, Ringo, ao mesmo tempo em que abriram mão de outros auxiliares, concordando que era melhor para o ambiente. Naquele instante, Melora se arrependeu, sentindo-se mal por causa do odorizador.

Ela abaixou o vidro da janela e respirou o ar de verão. Usava o cabelo sobre o rosto a fim de esconder o band-aid. Até então, Stuart não parecia ter reparado. Melora esperava esconder o ferimento de Adam Epstein no dia seguinte.

Ela não parava de pensar na carteira que desaparecera da gaveta. Quem quer que a houvesse levado sabia o que ela havia feito e queria prejudicá-la. Estaria Stuart tentando confundi-la? Melora fora cogitada para o papel de Ingrid Bergman em um *remake* de Callie Khouri havia poucos anos e assistira ao original como pesquisa. O filme a sensibilizara, o modo como Boyer enganava Bergman para que esta acreditasse que estava louca, tudo para poder procurar as joias da tia dela no sótão. Ele dirigia-se a ela de forma bastante arrogante, e a autoestima de Bergman era tão baixa que ela não tinha escolha a não ser agir como criança.

– Adoro você com essa saia – comentou Stuart e ergueu-a acima dos joelhos de Melora, massageando-lhe a coxa. Ela estava vestindo uma saia Sonia Rykiel de organza azul até os tornozelos e bata curta Marc by Marc Jacobs branca, estampada com bolinhas, da coleção náutica dele de 2004. – Então, como está se sentindo sobre o almoço?

Aquela era a pior pergunta que ele poderia ter feito. Melora temia que, mesmo com o Ativan, não conseguisse dormir naquela noite e compareceria à reunião cansada e incapaz de expressar-se.

– Sabe como é... – disse ela, dando de ombros.

– Acho que você se preocupa demais com essas coisas. Simplesmente seja você mesma e vai ficar tudo bem.

Mas aquilo não era verdade. Ser ela mesma era ser retraída e taciturna e, com tudo o que havia acontecido, seria um tremendo esforço apenas passar por estável.

– Você está certo – disse ela. – Sou sempre muito dura comigo mesma.

Quando eles saltaram na Quinta Avenida, havia uma fila de sujeitos brancos magricelos e garotas góticas gordas que se estendia ao longo da rua e dobrava a esquina. As garotas estavam ali pelas letras de música sarcásticas de Cassie, e os caras, por sua bem-vista aparição na sequência do filme *Harold & Kumar*.

Eles pagaram ao motorista, e Stuart escoltou rapidamente Melora em direção à porta quando alguns dos *hipsters* começaram a olhar como idiotas. No interior, Melora deu o nome dos dois à garota da recepção, e esta lhes estendeu dois ingressos onde se lia "VIP".

Melora foi direto ao bar e pediu um martíni seco. Stuart pegou uma cerveja. Em um momento em que ele não estava olhando, ela colocou na boca meio Zoloft com outro Ativan e os engoliu com o martíni.

Ela terminou rapidamente o drinque e pediu um segundo.

– A reunião é amanhã – disse Stuart. – Talvez você deva pegar leve. – Ele estava agindo de forma bastante protetora, mas seu olhar era desconfiado. Por que estaria tão interessado na reunião dela? Ele era um grande fã de Adam Epstein desde *The Undescended*. Sabia que Epstein estava bastante valorizado em Hollywood nos últimos tempos, com o sucesso de bilheteria de *Mumbai Express* e sua iminente adaptação de Lemony Snicket com Michael Chabon. Talvez Stuart desejasse passar *Atlantic Yards* às mãos de Adam Epstein e temesse perder a chance caso Melora perdesse o papel.

Ele apertou-lhe o ombro de forma protetora. Era difícil saber o que era fruto de sua cabeça e o que era real. O dr. Levine lhe diria para tentar separar os problemas e não – qual era a palavra que ele usava? – não catastrofizar. Apenas quando separava as coisas, a pessoa podia começar a lidar com elas.

Ela bebeu o segundo martíni em quatro goles rápidos. Por que, ah, por que havia colocado a carteira na gaveta? Por que não havia feito o que faria um criminoso normal e a havia atirado em uma lata de lixo a caminho de casa?

Ela pensou ter ouvido seu celular tocar dentro da bolsa e o tirou de lá para ver se era o dr. Levine, mas, quando o examinou, não havia novas mensagens. Stuart a observava com ar desconfiado, então ela fingiu digitar uma mensagem de texto.

As luzes estavam se apagando, e eles dirigiram-se ao minúsculo setor VIP ao fundo, uma plataforma elevada com meia dúzia de cadeiras. O Brooklyn era um lugar horrível para alguém ser importante. As casas de shows não tinham nenhuma separação e nenhum dos restaurantes possuía áreas reservadas ao fundo.

Penny Arcade, Ryan McGinley, Zac Posen, Michelle Williams e Spike Jonze estavam todos ali com amigos, sentados em cadeiras de metal dobráveis. Ela imaginou a cara que fariam quando lessem nos tabloides a respeito de seu julgamento por roubo, rindo da desgraça dela.

Zac, que desenhou o vestido do Oscar que Melora usou na noite em que vencera por *Poses*, acenou. Ela sorriu com os dentes cerrados. Ao subir a escada íngreme para chegar a seu lugar, o salto do sapato prendeu no tapete, seu pé curvou-se em um ângulo estranho e pareceu explodir.

– Você está bem? – perguntou Ryan McGinley.

– Estou ótima, estou ótima.

– Você tem certeza de que está bem, querida? – perguntou Stuart, ajudando-a a se levantar. – Isso está parecendo uma torção.

– É claro que estou bem! – respondeu ela, em tom irritado. O pé estava torcido, ela podia sentir, mas o que iria fazer? Sair da Southpaw capengando como uma perdedora antes mesmo de o show começar? Se fosse ao médico, este talvez insistisse para que passasse a noite no hospital ou para que engessasse o pé. Ela não podia ir ao encontro de Adam Epstein engessada.

Ela avançou com cuidado até seu lugar, dissimulando a expressão de dor com um sorriso forçado.

– Eu disse a você para não pedir aquele segundo martíni – censurou Stuart quando eles se sentaram.

Ela sentiu vontade de esbofeteá-lo. Quem ele pensava que era para lhe dizer o que beber? Ela caíra apenas porque a escada era muito íngreme. Havia sido uma péssima ideia ir até lá. Ela deveria ter seguido sua primeira intuição e permanecido na cama.

Cassie e Philip Gourevitch subiram ao palco e a plateia aplaudiu por um longo tempo. Cassie vestia camiseta azul-celeste e black jeans. Os ossos em seus ombros eram salientes e seu cabelo estava preso em um coque desleixado. Philip Gourevitch uniu-se ao público para aplaudi-la e, quando o ruído finalmente cessou, agradeceu-lhe a presença.

– Estou realmente nervosa – disse Cassie. – Eu não queria fazer isso. Não seja malvado, ok? Não aguento quando as pessoas são malvadas. – Ela parecia tão infantil e abatida... Melora passara toda a carreira esforçando-se para agradar às pessoas, e Cassie passara a dela esforçando-se para não agradar. Agora Cassie era mais bem-sucedida que Melora, e esta se perguntou se não teria abordado tudo da forma errada.

– Eu não vou ser malvado – declarou Gourevitch. – Vou começar com uma pergunta trivial: você pode descrever um dia típico seu?

– Bem, a primeira coisa em que eu penso quando acordo é que cores vou vestir.

– Você quer dizer o que vai combinar com o quê?

– Não, não é isso – cortou ela. – Tem mais a ver o modo como as diferentes cores informam coisas. Quer dizer, o gosto. Esta manhã, por exemplo, levei quatro horas para me vestir.

– E foi esse o traje que você estava vestindo esta manhã?
– Claro. Você acha que eu mudei por sua causa?
– Não sei. – Ele lançou um sorriso forçado na direção da plateia, e fracos risos contidos se fizeram ouvir.
– Preciso ter certeza de que as cores que estou vestindo combinam com meu astral. Então, de qualquer maneira, perco um bocado de tempo pensando nas cores que vou vestir, depois alimento meus gatos.
– O que os seus gatos vestem? – perguntou Gourevitch.
– Eles não vestem nada – respondeu Cassie, irritada. – Eles são gatos.
Philip Gourevitch encarou o público. Cassie percebeu e baixou os olhos, ressentida. Melora não tinha ideia de por que ela concordara em fazer aquilo.
Ainda assim, Cassie parecia ter a aprovação da plateia. Ninguém estava zombando dela por suas palavras. Todos aguardavam, nervosos e ansiosos.
Melora sentiu inveja. Aquela coisa de louca-e-linda trabalhava a favor de Cassie. Se Cassie tivesse um encontro com Adam Epstein, poderia dar uma de doidona, que ele só a quereria ainda mais. Melora era quinze anos mais velha para se dar bem com isso.
– Você se considera obsessiva?
– Sou bastante obsessiva-compulsiva. Se você ler a entrevista da *Spin* que está nas bancas agora, falo um bocado disso. Eu estava tomando medicação, mas agora parei. – Aquilo deixou Melora nervosa. Cassie nada dissera a respeito nas últimas vezes que haviam conversado. – Sinto como se tivesse recuperado minha vida. É bom para minha arte. Acho que quem está medicado não pode ser um verdadeiro artista. É uma espécie de escapatória. Quando seus instrumentos são seu cérebro e seu coração, você não pode poluí-los com todas aquelas substâncias.
O tornozelo de Melora gritava por atenção e ela não sabia por quanto tempo mais conseguiria permanecer ali. Não parava de pensar na reunião do dia seguinte. Mesmo que conseguisse esconder o corte acima do olho, como esconderia o fato de estar mancando? Ela estava parecendo um caso digno de caridade. Compareceria aparentando ter sofrido um acidente de carro. Aquilo era imprestável para um filme de Adam Epstein; para um Cronenberg talvez servisse, mas não para um Adam Epstein.

A NOITE DAS MENINAS

Rebecca vestira uma blusa vermelha com decote em V da Splendid e saia reta de *tweed* para o show de Cassie Trainor, pois queria parecer bem-vestida, mas não como se estivesse tentando parecer bem-vestida. Por baixo da blusa, havia um sutiã Wacoal Halo que ela havia comprado antes de engravidar e com que se alegrara ao descobrir que ainda conseguia preencher. Theo concordara em tomar conta da filha, dizendo que estava ansioso pela "noite das meninas com Abbie", uma tirada que Rebecca achara bem sem graça.

Rebecca quase não saía mais à noite. Depois que ela e Theo se casaram, os convites para festas pararam de chegar; quando a mulher era casada, ninguém se interessava por ela. Apenas três anos antes, ela constava na lista de convidados para a festa de Natal de Bret Easton Ellis; agora, precisava se desdobrar só para ser convidada para a festa da *Elle*, que, em todo caso, era um tédio.

Rebecca pensara em convidar Lizzie para lhe fazer companhia na Southpaw, mas ficou preocupada com que a amiga a envergonhasse. Lizzie parecia nunca sair. E havia ficado tão intensa e carente depois daquele primeiro beijo equivocado, com o bilhete de agradecimento e a garrafa de vinho, que Rebecca estava pensando em cortar relações com ela.

Quando Rebecca entrou na boate, Cassie e Philip estavam subindo ao palco. Ela descobriu um lugar a meio caminho do fundo da plateia e ergueu o pescoço para o setor VIP para ver se David estava lá, orgulhoso da namorada. Ela não o avistou, mas, sentados ao lado de Ryan McGinley e Zac Posen, estavam Stuart Ashby e Melora Leigh.

Ela virou rapidamente a cabeça de volta em direção ao palco, o coração palpitando na garganta. Stuart conhecia Cassie? Ou talvez Melora conhecesse. Era como se o destino estivesse intervindo para certificar-se de que Rebecca e Stuart se encontrassem de novo. Talvez ele fosse ficar depois do show e ela pudesse falar com ele, brincar com ele. Também teria de conhecer Melora Leigh, mas tudo bem. Nunca a vira de perto, e agora descobriria se Melora tinha acne ou cabelo ruim.

Depois do show, que culminou com Cassie dançando loucamente enquanto cantava algumas novas canções góticas ao som de seu próprio violão, Rebecca foi até o bar para comprar uma bebida. David aproximou-se, beijou-a no rosto e perguntou:

– Então, o que achou?

– Intenso. Onde você estava sentado? Não vi você na plateia.

– Eu estava nervoso demais. Estava nos bastidores.

David Keller havia esperado a vida inteira para dizer coisas como "eu estava nos bastidores" sobre sua namorada, Cassie Trainor. Rebecca tentou imaginar como teria sido sua vida se ela e David houvessem permanecido juntos. Ele provavelmente a teria largado por alguém como Cassie.

Ainda assim, se eles houvessem se casado e tido um filho, ela achava que David não iria ter parado de transar com ela. Ele não iria querer substituir uma mulher por um bebê. David cravava os olhos em todas as mulheres atraentes pelas quais passava na rua e, mesmo quando ele e Rebecca brigavam, o sexo parecia que só melhorava. Theo, mesmo antes dos problemas, nunca gostara do sexo de reconciliação ou do sexo raivoso. Gostava de transar apenas quando eles estavam se entendendo. Antes de Abbie, isso ocorria a maior parte do tempo.

Melora estava se aproximando do bar, com Stuart segurando-a pelo braço. Parecia zangada e parecia estar mancando. Rebecca perguntou-se se Melora gozava com facilidade, como a personagem de Charlize Theron em *Celebridades*, e se eles transavam toda noite. A babá deles provavelmente dormia no emprego, então cuidar do filho nunca atrapalhava o sexo. Eles podiam pegar um avião para Cabo San Lucas sempre que quisessem. Para os narcisistas e os ricos, a paternidade a distância ocorria instintivamente. Eles poderiam escrever um livro para as mães da geração X chamado *Mulheres famosas não param de trepar*.

David acenou, entusiasmado, e chamou Stuart e Melora.

– Como você conhece os dois? – Rebecca perguntou a David.

– Melora e Cassie são muito chegadas. – Rebecca gostaria de saber o que David pensava da histrionice de Cassie. Ele a veria da mesma forma que Rebecca, como narcisista e instável, ou estaria tão subjugado que conseguia enxergá-la apenas como vulnerável?

Quando Stuart avistou Rebecca, entrecerrou os olhos, surpreso, e pareceu corar. O fato de fazê-lo corar a deixou lisonjeada. David beijou Melora no rosto e apertou a mão de Stuart, mas não apresentou Rebecca. Ela podia sentir o mal-estar de David, seu nervosismo por achar que ela o envergonharia na frente daquela gente importante, e sentiu vontade de gritar-lhe que não partisse do princípio de que ela não tinha valor por ter uma filha.

– O que aconteceu com o seu pé? – David perguntou a Melora.

– Oh, eu escorreguei de leve quando entrei. Não é nada.

David pareceu decidir que ele tinha obrigação de apresentar sua ex-namorada comum a seus amigos famosos e declarou:

– Melora, Stuart, essa é Rebecca Rose. – Rebecca apertou a mão dos dois. Stuart reteve a dela um momento a mais do que seria conveniente, mas Melora não percebeu o gesto.

– Rebecca tem uma menininha linda – disse David. – Quem está tomando conta dela esta noite?

– O pai. – Rebecca estava frente a frente com uma vencedora do Oscar em duas ocasiões, e David tinha de humilhá-la trazendo Abbie à baila. Era como se ele estivesse tentando se distanciar dela, distanciar seu próprio status elevado de solteirão e namorado de Cassie Trainor, do baixo status de Rebecca como mãe de um bebê em Park Slope.

– Por que quando uma mulher sai – Rebecca dirigiu-se a David –, todo mundo pergunta quem está tomando conta do filho, mas quando um homem sai, fica subentendido que a mulher está fazendo isso? – Melora deu uma risada. Talvez ela não fosse tão ruim no final das contas.

– Porque o papel da mulher é ficar em casa – respondeu Stuart.

– Cala a boca, Stuart – disse Melora, oscilando um pouco. Ela estava bêbada. Então por isso ele era infeliz. Sua mulher era uma beberrona.

– Acho que vocês moram pertinho de mim – Rebecca disse a Melora.

– Ah é? – perguntou Stuart, erguendo uma sobrancelha.

— Eu moro na Carroll, entre a Oitava e o parque. Adoro o que vocês fizeram no jardim. — Melora pareceu irritada por Rebecca ter conhecimento não apenas de que ela morava em Slope, como do local exato de sua casa. Os famosos sentiam-se com direito à privacidade mesmo quando optavam, buscando popularidade, por morar entre as massas.

— Quantos anos tem sua filha? — Stuart perguntou a Rebecca. Ele piscou um dos olhos, como se estivesse adorando fingir que eles nunca haviam se encontrado.

— Um ano e meio.

— É uma idade linda.

— Quantos anos tem o filho de vocês agora? — Rebecca perguntou a Melora. — Quatro?

— É — respondeu Melora, laconicamente.

— Ouvi dizer que é uma idade terrível — disse Rebecca. — Muito confrontadora.

— Um pouco — disse Melora —, mas ele ao menos consegue limpar o próprio rabo. Eu odiava trocar todas aquelas fraldas.

— Que história é essa? — perguntou Stuart. — Você nunca trocou fralda nenhuma.

— Você é um mentiroso! — disse ela. — Eu trocava fralda o tempo inteiro!

— Não, não trocava não, querida. Eu trocava. E as babás.

Ela lançou-lhe um olhar mortal e afastou-se, irritada. Rebecca e David ficaram olhando quando Stuart a seguiu. Os dois trocaram algumas palavras, Melora gesticulando furiosamente.

Como Stuart suportava ficar com alguém tão arrogante? Talvez o excitasse o fato de ela ser a vaca que era, e o que ele realmente quisesse fosse uma mulher que passasse o tempo todo dando ordens. Se fosse esse o caso, então Rebecca nada tinha a oferecer. Ela desejava que Stuart desse as ordens, que a obrigasse a esfregar o chão que ele pisava, que a obrigasse a atender ligações de Hollywood enquanto ele estava dentro de sua boca.

Rebecca vira um lado seu em Melora. Passara o último ano e meio de sua vida reclamando de Theo. Queixava-se dele por qualquer coisa imaginável, exceto pela única coisa que realmente a exasperava. Gritava com ele se ele molhasse um pouco o chão do banheiro depois de lavar as mãos. Dizia que os jantares dele eram medíocres ou que havia sido melhor da última vez.

Zombava dele quando ele peidava na cama porque aquilo dava a impressão de que ele não queria ser sexy para ela. Fazia longos discursos pelo fato de ele passar tempo demais no escritório ou deixá-la na mão quando ela queria ir a um restaurante. Nunca lhe perguntava sobre seu trabalho e, quando ele o mencionava, entrava por um ouvido e saía pelo outro. Por sua rejeição magoá-la tanto, Rebecca achava que ele não merecia nenhum dos prazeres associados ao fato de ter uma mulher.

Stuart e Melora continuavam a discutir, e ela viu Melora encaminhar-se à porta de cara feia. Stuart tentou segui-la, mas sua mulher o afastou com violência, então ele gritou alguma coisa desagradável em resposta, que Rebecca não conseguiu entender. As pessoas estavam olhando. Era um espetáculo e tanto ver um casal famoso brigar em público. Rebecca tinha certeza de que superava Stuart e Melora no departamento de péssimos casamentos, mas, ao menos no seu caso, ninguém precisava saber.

ESPÍRITO AMERICANO

– É humilhante! – Melora estava gritando.
– Bem, é verdade. Você não cuidava das fraldas. Era sempre eu ou Fatou. – Fatou era a babá senegalesa que eles tinham tido na rua Spring. – Você quer que todos pensem que você é uma supermãe, mas isso é mentira.
– Eu troquei fraldas, e você sabe disso! – disse ela, ouvindo as palavras arrastarem-se em sua boca. Ela definitivamente trocara algumas. Ele estava sempre reescrevendo a história. Era em parte por esse motivo que ela se sentia louca o tempo todo.
– Você está bêbada.
– Eu não estou bêbada. Você não sabe nada sobre mim. Você não me conhece.
– Ninguém conhece você, Melora.
Lá estava.
– Você é um babaca convencido! – gritou ela.
– O quê?
– Isso é uma fala do seu filme! "Ninguém conhece você, Lucy." É o que o cara da Al Qaeda diz depois que eles dormem juntos!
– Olhe para você. Não consegue nem andar direito.
– Isso não é nada, não é nem mesmo uma torção. Eu estou bem!
– Me deixe te levar para casa para descansar esse pé.
– Você não vai me levar a lugar nenhum! – Algumas cabeças viraram-se para olhar. Ela girou sobre seus saltos Stephane Kélian de seiscentos dólares

e saiu aos tropeções. Desejava que Stuart a seguisse, mas a porta se fechou atrás dela com um baque.

Estava tudo desmoronando. Sua testa latejava enquanto andava em direção à Quinta Avenida. Precisava de um cigarro. O Ativan, o Zoloft e os martínis lhe haviam subido à cabeça.

Havia um grupo de jovens *hipsters* parados na calçada diante da Southpaw, fumando e analisando a performance de Cassie, e uma garota magra e loura atestava que as novas canções de Cassie eram as melhores desde *Stick Your Finger Down My Throat*. Melora manteve a cabeça baixa e deslocou-se para a lateral da porta, tateando em busca de seu maço de American Spirits.

Colocou um cigarro na boca, vasculhou a bolsa em busca do isqueiro e percebeu que o havia deixado na varanda de casa. Um sujeito magricelo, com um boné marrom de caminhoneiro com os dizeres CONSERTO DE COMPRESSORES ODESSA, fumava e conversava com alguns amigos. Certificando-se de que o cabelo estava cobrindo o corte, Melora assumiu a postura desengonçada de uma integrante entediada da geração Y e pediu um isqueiro. O sujeito ergueu os olhos e pareceu reconhecê-la, mas nada disse. Aqueles garotos eram indiferentes demais para bajular alguém.

O sujeito retirou um Zippo do bolso e Melora estendeu a mão para pegá-lo, mas ele o abriu com um floreio e a brilhante cabeleira loura, que angariara 3 milhões em uma campanha nacional da Garnier, pegou fogo.

Ela viu a chama antes de senti-la.

– Ah, meu Deus! – gritou. Mergulhou rumo ao chão e rolou sobre a calçada enquanto Odessa golpeava-lhe repetidas vezes a cabeça com alguma coisa. O movimento ao seu redor parou, e ela percebeu que a chama se apagara, embora ela continuasse a sentir cheiro de cabelo queimado.

– Jesus Cristo! – gritou Odessa. – Sinto muito!

Abalada, Melora pôs-se de pé. Os *hipsters* a encaravam boquiabertos e chocados, perplexos pelas emoções conflitantes de presenciar um acontecimento horrível e ver aquilo acontecer com uma celebridade.

O sujeito lhe ofereceu a mão, mas ela o empurrou e levantou-se sozinha. Sua cabeça dava a impressão de continuar em chamas. Ela sentiu um cheiro semelhante ao do 11 de Setembro, de cabelo queimado.

Sabia, pelo ar aturdido e pelos olhares de incredulidade, que a situação não era boa. Aquilo parecia a série *Rescue Me*.

– Seu babaca fodido! – explodiu Melora.

– Eu realmente sinto muito! – desculpou-se o sujeito. – Foi um acidente!

– Você é um maldito idiota! – Ela girou em direção a uma janela à sua retaguarda e respirou fundo ante o próprio reflexo. Sua têmpora esquerda lembrava os restos de um churrasco na praia no dia seguinte. Ela passou a mão sobre o local, recordando a última vez em que seu cabelo estivera tão curto: aos onze anos, quando fizera um longa de baixo orçamento em Long Island sobre as crianças do campo de concentração de Terezin.

Aquilo não era um bom prenúncio para sua reunião com Adam Epstein. Ninguém iria querer uma aparência de holocausto, a menos que estivesse sendo cogitado para um papel de holocausto. Por que se metera naquela enrascada?

Se ao menos não houvesse tomado tantos Ativans... Se ao menos não houvesse roubado a carteira... Se houvesse roubado a carteira, mas a houvesse atirado em uma lata de lixo... Se não houvesse cortado a sobrancelha... Melora estava começando a se perguntar como atravessara ilesa os primeiros trinta e nove anos de sua vida.

Ela puxou os cabelos longos que restavam ao lado da orelha para ver se havia alguma chance de cobrir o curativo, mas os fios não eram suficientes. Não dava para pentear o cabelo por cima da cabeça.

Ela sentia as tietes de Cassie fitando-a enquanto examinava o próprio reflexo. Odessa gritou:

– Você quer a gente ligue para o serviço de emergência?

Sem responder, Melora girou e subiu a Quinta Avenida mancando, sem saber para onde se dirigia, mas certa de que precisava fugir dali.

IMATURIDADE

Quando voltou para perto de David e Rebecca, Stuart parecia alterado.

– Me desculpem por aquilo – disse.

– Está tudo bem? – perguntou David.

– Ela está sob muita pressão neste momento. Então, onde está Cassie afinal? Pensei que ela fosse fazer um *social* – disse Stuart.

– Está lá embaixo – disse David. – Na verdade, eu devia descer para ficar com ela.

– Philip Gourevitch pegou pesado com ela – comentou Rebecca. – Quer dizer, Cassie é só uma cantora. Não está cometendo genocídio nem nada parecido.

– Eu *sei* – disse David.

– Ainda que alguns possam considerar o segundo álbum como uma forma de genocídio – acrescentou ela.

Diante disso, Stuart deixou escapar uma risada.

– Os críticos foram cruéis – disse David, a testa franzida. – Eles queriam que ela vivenciasse a maldição do segundo álbum.

– Bem, o álbum não foi mais que imaturo – disse Stuart.

Rebecca sorriu abertamente. Eles eram cúmplices. Ela desejava um cúmplice tanto quanto desejava um amante. David olhava de um para o outro, mas Rebecca não se importou com o fato de o terem irritado. Era muito mais divertido ridicularizar Cassie Trainor do que mostrar a Cassie

Trainor fotos de bebê em seu celular. E ela tivera a coragem de fazer aquilo apenas porque Stuart a encorajara.

Rebecca pensou no sólido sucesso de David e em sua namorada atraente e famosa e então pensou em *Willow Grove*, o romance guardado em uma caixa embaixo de sua cama, junto com suas roupas de inverno, e ocorreu-lhe que nem mesmo olhara para ele desde que Abbie nascera. Ficara magoada ao receber todas aquelas rejeições, incapaz de pensar em reformulá-lo ou mesmo começar um novo livro. Ouvira várias histórias sobre escritores que recebiam muitas recusas antes que alguma coisa decolasse, mas ser recusada por nove editores, sempre por razões vagas, significava que ela não era escritora.

Em vez de se sentir amargurada e revoltada, ela achava que era tudo uma questão de sorte. David Keller não era mais brilhante que ela, tinha apenas mais sorte. Andara fora dos trilhos por um tempo, ocupada com Abbie, mas, no outono, Abbie começaria a pré-escola na Beansprouts dois dias por semana, e Rebecca tinha esperanças de voltar ao romance. Todas as mães tiravam um tempo livre depois que tinham filhos para colocar suas prioridades em ordem. A única coisa que a separava de David Keller era o enfoque.

Dane Cook estava a cerca de três metros de distância conversando com alguém e acenou para David. Nitidamente aliviado por ter uma desculpa para escapulir, David disse:

– Me desculpem. – E afastou-se para cumprimentá-lo.

– Eu não esperava ver você aqui – confessou Stuart. – Como você conhece David?

– A gente saiu por um tempo – respondeu Rebecca, esforçando-se para manter a boca relaxada e descontraída.

– Verdade? Como foi isso? Acho David fascinante.

– É meio que uma longa história. Parecia *Nasce uma estrela* ao contrário.

– Quem você era? Barbra Streisand ou Kris Kristofferson?

– James Mason.

– Você escolheu o cara errado. Você precisa de muita atenção para ficar com alguém assim.

Como ele a entendia tão bem se mal a conhecia? Era uma forma de sedução alguém dizer a outra pessoa quem ela era.

— O assustador de namorar um narcisista – disse ela – é que você começa a acreditar nas mentiras dele. Você não tem permissão para pensar menos dele do que ele pensa de si mesmo, o que significa que você tem de colocar a pessoa num pedestal o tempo todo. Eu não era muito boa nisso. Sou uma péssima codependente.

— Tudo bem. Prefiro ser dependente que codependente.

— Por quê?

— O dependente pode beber.

Rebecca imaginou como seria embebedar-se com Stuart no O'Connor's ou no Mooney's, ficar acordada com ele no meio da noite.

— Então, quem terminou com quem?

— Ah, ele terminou comigo. Ficou famoso demais. E precisava de alguém mais introvertido. Acho que é por isso que gosta de Cassie. Ainda que seja famosa, ela é introvertida.

— Você acha que em um relacionamento só existe espaço para um extrovertido?

— Definitivamente.

— Então você é a extrovertida agora, com seu marido?

— Sou – respondeu ela. – Na prática, isso não é verdade. Eu era.

— O que aconteceu?

— Nós tivemos um bebê. Agora Abbie é a extrovertida, o centro das atenções. Todos os bebês são. É impossível competir com um bebê.

— As mães não deviam competir com os próprios bebês.

— Você está parecendo ele agora. – Ela percebeu a amargura em sua voz e não gostou. Mas Stuart a havia provocado. Ela havia se aberto daquela forma por culpa dele.

— Talvez ele esteja envolvido com alguma coisa – disse Stuart.

— Talvez você deva não se meter onde não é chamado.

— Ele certamente está envolvido em alguma coisa. – O rosto de Stuart exibia uma expressão severa. Ela queria voltar no tempo e apagar o que havia dito. O principal, quando alguém tinha um caso, era não ser infeliz e antipático como era no casamento.

— Eu devia ir encontrar Melora – disse ele.

Rebecca ficou calada e assentiu com um movimento de cabeça. Stuart estava indo embora porque ela se tornara desagradável. Fora o que Theo lhe dissera quando ela lhe passara um sermão por ser sensível demais a Abbie: que Rebecca era uma pessoa desagradável. Theo não compreendia que a raiva dela provinha da frustração. Ela não se importaria que ele fosse tão protetor com relação à filha se ao mesmo tempo conseguisse demonstrar afeição pela mulher.

Nas poucas vezes em que ela tentara conversar a respeito do assunto, ele dizia de forma evasiva: "Você também é parte do problema" ou "Talvez se você fosse um pouco mais gentil..." Eles estavam em uma situação tipo quem-veio-primeiro-o-ovo-ou-a-galinha. Ele achava que faria amor com ela se ela o tratasse com mais delicadeza, ao passo que ela achava que seria mais agradável se ele ao menos tivesse relações com ela.

Rebecca lera um artigo a respeito de Angelina Jolie e Brad Pitt, que dizia que eles haviam consultado um terapeuta para casais em crise que lhes pedira para fazer listas de tudo de que não gostavam no outro. Aparentemente Angelina apreciara o exercício, tendo apresentado montes de queixas, mas a única coisa na lista de Brad era o quanto ele gostaria que Angelina fosse mais gentil. Talvez fosse esse o desejo de todos os homens.

Quando ela estava começando a perder as esperanças de que Stuart voltasse a falar com ela algum dia, ele declarou:

– Vejo você outra hora. Vou telefonar para falar sobre o roteiro.

– Ok – disse ela. – Quando você quiser.

– Você pode me ajudar com a misoginia.

– Você quer dizer a *mise-en-scène* – disse ela, mas ele já havia se afastado.

– Não se atreva a falar comigo desse jeito! – Chris disse a Jason, dando uma cotovelada na porta do quarto dele.

– O que você vai fazer? – gritou Jason. Sua voz ficou estridente na última sílaba de "fazer" e ele se sentiu envergonhado. Embora medisse quase 1,82m, Jason tinha apenas catorze anos, e sua voz às vezes ainda desafinava.

– Você não pode tratar este lugar como um hotel! – disse Chris. – Amanhã é dia de aula!

Jason havia fumado um baseado no parque com Tsering, a nova garota tibetana da escola. Ela havia dito que era a primeira vez que fumava, e então eles haviam se beijado. Tinha sido bom.

– Eu volto para casa quando tiver vontade – Jason disse a Chris. – O que você vai fazer? – Chris não encontrou resposta. – É isso aí. Você não pode fazer merda nenhuma. Você não pode fazer nada.

Chris havia feito Jason aos trinta e poucos anos, antes de se dar conta de que era gay. Depois que Jason nasceu, sua mãe partiu. No momento, era garçonete na Flórida. Quando tivesse dinheiro, Jason iria até lá para conhecê-la.

Fred, o namorado de Chris, chegou e envolveu Chris com um braço protetor. Ótimo, agora Drew Carey vai meter a bunda gorda e branca dele na conversa.

– Você fique fora disso! – disse Jason.

– Peça desculpas ao seu pai – disse Fred.

– Não vou dizer nada pra ele.

– Peça desculpas imediatamente! – disse Fred.

Jason olhou de um para o outro; Fred era alto e corpulento, com implantes de cabelo, Chris possuía peitorais tão grandes que pareciam absurdos nele. Os dois haviam se conhecido em uma boate gay dez anos antes, embora Chris dissesse que tinham se conhecido em uma festa.

Era nojento ter de morar com duas bichas. Era nojento o que eles faziam naquele quarto bem ao lado do seu. Certa vez, ele havia acordado à noite para beber alguma coisa, ouvira gemidos e não conseguira voltar a dormir.

– Por que vocês não me deixam em paz? – gritou ele e abriu caminho entre os dois, rumo à porta.

– Você não vai a lugar nenhum – disse Chris, agarrando o braço do filho. Jason o afastou com um safanão e desceu aos saltos as escadas do 899 da rua Carroll, o mais rápido possível. Aquelas bichas não iam segui-lo. Não havia nada que pudessem fazer.

Jason digitou o número de Shawn em seu celular e avisou que ia passar na casa dele. Subiu a Prospect Park West em direção à praça, a contornou e passou pelo prédio novo, até alcançar a Vanderbilt. Shawn morava na Bergen, entre a Carlton e a Vanderbilt. Eles se conheciam desde crianças e passavam o tempo todo juntos, embora Shawn agora frequentasse uma escola diferente. Jason estava no nono ano na M.S. 51.

A caminho da casa de Shawn na semana anterior, ele vinha descendo a Park Place e havia parado na chuva para fumar um baseado. Estava apalpando o bolso da jaqueta à procura do isqueiro, quando uma yuppie branca com um carrinho de bebê veio caminhando em sua direção. Quando o viu, saiu correndo. Prospect Hights estava cheio de brancos paranoicos agora; uma vez, vira uma branca com um daqueles carrinhos de bebê Bugaboo caros comprando drogas.

Jason detestava Prospect Heights e detestava Park Slope ainda mais. Morava na rua Carroll desde os quatro anos. Quando era criança, o bairro era legal – as crianças brincavam na rua –, mas agora todos no prédio tinham filhos. Era sempre a mesma história: alguns casais chegavam, em poucos anos tinham dois filhos, mudavam-se, vendiam o apartamento para outro casal e tudo recomeçava. Havia um monte de carrinhos de bebê na portaria, e às vezes era impossível abrir a porta.

Se conseguisse sair de Slope para morar com a mãe, poderia ter uma carreira na indústria discográfica. Ele adorava música, não apenas rap, mas a velha guarda do R & B, e gostava de caminhar pelas ruas ouvindo seu iPod. Fazia mixagens em seu laptop, como Isley Brothers com Jay-Z, Roy Ayers com New Order. Ele era melhor até mesmo que Danger Mouse. Uma noite em que Fred e Chris haviam saído, ele estava fazendo uma mixagem e ouviu uma batida na porta. Era a mulher do Apartamento Três, reclamando que a música não estava deixando sua filha dormir. Ele teve de abaixar o volume e, quando voltou ao que estava fazendo, havia perdido tudo.

Gostaria de morar em um lugar em que pudesse mixar suas músicas na altura que quisesse, sem fones de ouvido, e onde ninguém reclamasse. Em Nova York, as pessoas ficavam o tempo todo em cima umas das outras, mas não era assim na Flórida, no condado de Glades. No condado de Glades, ninguém escutava ninguém por quilômetros, e nunca se viam bebês, porque as pessoas não passeavam a pé.

CONSISTÊNCIA DE CLARA DE OVO

Goza, seu idiota. Goza logo! Eram dez da noite. Darby estava dormindo no quarto ao lado e Karen estava esperando Matty ejacular. Que diabos havia de errado com ele? Eles estavam tendo relações havia pelo menos vinte minutos, tempo no qual ele geralmente gozava, mas, por algum motivo, estava demorando uma eternidade.

Karen considerava aquilo inquietante por várias razões. Já verificara seu muco cervical e observara que este apresentava a consistência de clara de ovo, expressão que aprendera no livro de Toni Weschler's e nos muitos quadros de mensagens TC (tentando conceber) que visitava regularmente. Tinha absoluta certeza de que aquele era seu último dia de consistência de clara, o que queria dizer que era sua melhor chance de engravidar naquele ciclo. Eles estavam transando justamente na melhor posição, papai-e-mamãe, e, se ele não ejaculasse dessa vez, ela demoraria outro mês para ficar tão fértil novamente.

A fim de apressá-lo, Karen chupara-o um pouco antes do sexo. Por mais que detestasse boquetes, gostava da maneira como estes abreviavam o sexo. Era como beber bebidas destiladas antes de ir de bar em bar: gastava-se menos dinheiro.

Ela estava balançando os quadris, como sempre fazia para ajudá-lo, e já havia enfiado um dedo na bunda dele, o que nunca falhava em fazê-lo gozar um ou dois minutos depois. Mas ele não parecia mais perto que antes, e ela estava começando a ficar nervosa. Ele estava suando, ofegando e girando os olhos em direção à nuca, mas, na realidade, sua ereção parecia estar indo embora. Ela queria dar-lhe um tapa nas costas para obrigá-lo a expulsar o sêmen, como fazia com Darby quando este engasgava com um pedaço de morango. Tentou acariciar o cabelo do marido, até mesmo inclinando-se e sussurrando-lhe ao ouvido: "Eu quero o seu gozo", mas, diante disso, ele retrocedeu, disse: "Preciso de um minuto", cuspiu na mão e começou a se tocar.

Os homens eram muito vulgares. Matty contara-lhe certa vez sobre uma brincadeira que fazia quando adolescente chamada Mão Morta, na qual sentava sobre a mão até que esta ficasse dormente. Então se masturbava com ela de forma a não parecer que fosse sua própria mão. Apenas um homem usaria seus neurônios para pensar em tal coisa.

Ela teve um palpite de que a distração dele tinha a ver com a oferta pelo apartamento. Às seis e meia, Tina Savant havia telefonado para informar que a negociação estava em 749 mil e que eles iriam realizar mais uma rodada, que se encerraria na quinta-feira ao meio-dia. Karen ligara para Matty para consultá-lo, pois ele havia ficado furioso por ela ter oferecido 735 mil sem autorização dele, e, após uma conversa difícil e prolongada, finalmente o convencera de que deveriam subir para 761 mil.

Karen ligou para Tina com a nova oferta, mas, ainda que houvesse assinado embaixo, Matty parecia irritado quando voltou do trabalho mais tarde naquela noite. Não parava de dizer que eles haviam oferecido uma quantia exagerada, que o mercado imobiliário havia esfriado e a oferta deles não refletia isso. Temia que houvesse outro colapso imobiliário na cidade, um grande, como o de fins dos anos 80, e eles tivessem de vender com prejuízo.

Matty estava se masturbando rápida e furiosamente, a cabeça inclinada, mordendo o lábio inferior, os olhos fechados em concentração. Karen sabia que ele não estava pensando nela e tentou não se preocupar com quem ele tinha na cabeça. No momento, o importante era que ele liberasse a mercadoria. Ela imaginou os milhões de espermatozoides lá dentro, a segundos de saltar para fora dele. Eram como milhões de caçadores de apartamentos famintos, todos dando lances uns contra os outros por um apartamento de três quartos novo em folha, com painéis para TV digital, esquadrias em aço inox, em um quarteirão do parque. Ela sabia que, se Matty conseguisse deixar de lado sua ansiedade financeira, um daqueles milhões de caçadores se destacaria da multidão, penetraria no cálido e expectante apartamento e encontraria uma maneira de sentir-se em casa.

Não que a própria Karen estivesse com disposição para o sexo. Era difícil sentir-se amorosa tendo de pensar em ângulo uterino e muco cervical e então, imediatamente após, girar para ficar sobre o traseiro e apoiar os pés na parede para que o sêmen escorresse para o cérvice. Às vezes, invejava as amigas que haviam optado pela fertilização *in vitro*, como Cathleen Meth, que realizara quatro sessões, tendo por fim recebido um implante de gêmeos, perdido um dos embriões e dado à luz Jones. Na fertilização *in vitro*, o homem nem mesmo precisava estar no recinto. Embora fosse menos romântico, era menos confuso.

Seria possível que Matty esperasse que ela dançasse para ele ou coisa parecida? Estaria zangado por ela não ter ficado por cima, mesmo sabendo muito bem que o papai-e-mamãe era a melhor posição para a concepção? Qualquer que fosse o motivo, não experimentava muita compaixão por ele. Quando Matty começara a cortejá-la, fora necessário um pouco de esforço por parte dela para considerá-lo atraente. As sobrancelhas cerradas e a péssima postura não eram o que ela havia imaginado quando menina nas vezes em que pensava em seu futuro marido. Mas, com o passar do tempo, passara a amá-lo. Quando faziam amor, ela tentava não pensar nas partes pouco atraentes dele e, em vez disso, pensar em tudo o que haviam passado juntos.

Matty interrompeu seus movimentos frenéticos, desabou ao lado dela sobre a cama e anunciou:

– Acho que não consigo fazer isso.

– Como assim, não consegue?

– Toda vez que a gente tem relações agora é para você engravidar. Eu tenho que acordar todo dia ao som daqueles três bips do termômetro digital.

– A temperatura basal ao despertar é o indicador de fertilidade mais importante além da consistência de clara!

– Talvez a gente deva desistir disso enquanto está na vantagem.

– O quê? – Ela sentou-se com as costas apoiadas na cabeceira e puxou os lençóis até as axilas, antes de se dar conta de que ainda estava vestindo sua camiseta de gola redonda, listrada de branco e vermelho, da Forever 21.

– Nós temos um garoto incrível. Talvez devêssemos simplesmente parar de tentar.

Ela sentia-se como se estivesse em um filme de terror. Matty Shapiro, que ela achava que conhecia melhor que qualquer outra pessoa no mundo, tornara-se um estranho.

– Mas você sempre disse que queria que Darby tivesse um irmão.

– Eu tenho a sensação de que existe toda aquela pressão no trabalho e então chego em casa e existe essa pressão aqui. Todo mundo quer alguma coisa de mim. Às vezes, eu queria que você voltasse a trabalhar. Então eu talvez conseguisse dar uma relaxada.

Era óbvio para Karen que ele estava se sentindo assim apenas por causa do apartamento. Ele havia reprimido seus sentimentos, razão pela qual estava retendo seu sêmen. Ela precisava acalmá-lo. Concentrou-se em respirar fundo e tentar manter a voz bem modulada. Em *And Baby Makes Three: The Six-Step Plan for Preserving Marital Intimacy and Rekindling Romance After the Baby Arrives*, de John e Julie Gottman, ela havia lido que, quando os batimentos cardíacos de um dos parceiros ultrapassavam certa frequência, este se tornava sobrecarregado e não conseguia mais prestar atenção. Em tais situações, era inútil conversar a respeito de qualquer coisa.

– Isso tem a ver com a rua Carroll?

– É claro que tem a ver com a rua Carroll! – respondeu ele. – Tem a ver com tudo! Você não sabe quando recuar.

– Olha – disse ela, blefando. – Vou ficar feliz em telefonar para Tina amanhã e cancelar a oferta. Mas não acho que seja correto ligar para ela a essa hora, você acha? – Ele balançou a cabeça. – O que quer que você esteja sentindo quanto ao apartamento, é importante não permitir que esses sentimentos afetem a questão do bebê. Nós concordamos que queríamos outro filho.

– Eu estou cansado de toda essa responsabilidade.

– Eu não tenho responsabilidade? – perguntou ela. Estava ciente de que sua voz não soava bem modulada, mas não conseguia evitar. – Você não acha que seja responsabilidade criar um menino para ser um igualitário e ao mesmo tempo não ser frouxo, fazer compras todas as noites para termos um jantar saudável e balanceado, colocar o jantar na mesa, me encarregar de todas as consultas médicas de Darby, chamar Ralph quando a lavadora de pratos quebra, assinar os formulários para os passeios da escola, organizar encontros com outras crianças, pagar as contas, levar suas camisas para a lavanderia e arrumar a casa vinte e cinco vezes por dia? Isso tudo é o quê? Um passeio no parque?

– Às vezes, acho que você quer outro filho porque, se não tiver outro, vai ter que voltar a trabalhar algum dia.

Karen havia tido o mesmo pensamento, mas não fazia ideia de que Matty estivesse ciente disso. Sentiu-se como um ladrão descoberto pela polícia no meio do ato.

– Isso não é verdade!

– Então por que você quer outro?

– Eu já disse: Darby precisa de alguém para brincar, eu não quero que ele cresça sozinho, quero que ele tenha ajuda para cuidar de nós e acho que as crianças que têm irmãos são mais bem ajustadas que as que não têm.

– Eu acho que é porque todo mundo tem dois. – Ela podia sentir seu rosto esquentando, mas concentrou-se em não lhe gritar que ele era um maldito idiota. – Por que você não consegue ser feliz com o que tem? Você tem um ótimo marido e um ótimo filho.

Naquele instante, Karen certamente não achava que Matty fosse maravilhoso. Era a pressão que o fazia funcionar, e agora ele estava agindo como se precisasse de uma trégua? Quem ele pensava que era? Tudo que ela achava que entendia sobre seu casamento estava sendo posto em questão. Matty era *judeu*! Todos os judeus queriam mais de um filho. Estava na Torá. Aquilo era tão fracote. Era uma coisa que um artista talvez dissesse, não um advogado, um advogado judeu. Se ele estivesse falando sério sobre não querer o segundo filho, como ela poderia continuar a amá-lo?

Por mais zangada que estivesse, Karen não pôde deixar de se culpar. Eles não estariam tendo aquela discussão se ela houvesse engravidado quando eles começaram a tentar um ano e meio antes. Se houvesse ficado grávida quando Darby tinha dois anos e meio, Matty jamais teria tido a oportunidade de voltar atrás. Por causa de seus próprios problemas de fertilidade, ela dera a Matty tempo demais para pensar, e era perigoso dar tempo demais para pensar aos homens.

Matty levantou-se e estava se vestindo às pressas.

– Aonde você vai? – perguntou ela.

– Dar uma caminhada.

Ela sentiu vontade de chorar, mas sabia que aquilo não a levaria a lugar nenhum. Qual era o sentido de tentar explicar tudo a Matty? Ele estava claramente sobrecarregado. Quando sua pressão sanguínea voltasse ao normal, ele se acalmaria e voltaria a ser o que era. John Gottman dizia que as pessoas necessitavam de uma trégua de pelo menos vinte minutos para se acalmar.

Karen vestiu o roupão e decidiu dar uma olhada em Darby. Não perdera o hábito de dar uma espiada nele antes de dormir, embora ele já estivesse longe da idade da síndrome da morte súbita infantil. Por vezes, da porta do quarto, ficava observando as costas do filho subirem e descerem e, quando não conseguia perceber nitidamente, ela se aproximava na ponta dos pés e o tocava para ter certeza de que estava vivo.

Darby estava profundamente adormecido, a colcha do Bob Esponja puxada até o queixo, o rosto inclinado e angelical. Ela pôs-se a observar o peito do filho, então foi para a cozinha.

Karen estava se servindo de um copo de água Vintage com gás quando seu celular tocou. Ela correu para atender a fim de não acordar Darby. Era Annika.

– Que ótimo você ter telefonado – disse Karen. – Eu queria agradecer mais uma vez por você ter nos recebido.

– Você entrou no quarto de Melora?

O coração de Karen deu um salto, mas, ao segundo de pânico, seguiu-se quase instantaneamente uma calma pragmática. Ela estava lidando com uma pessoa estrangeira e ingênua.

– Por que você está achando isso? – perguntou, imprimindo à voz um tom ofendido.

– Um objeto desapareceu e quero saber se foi você quem pegou.

– O que era?

– Isso não importa. Você pegou alguma coisa? Porque posso perder meu emprego por causa disso.

– Eu não entrei no quarto de Melora. Que tipo de pessoa você pensa que eu sou?

– Eu conheci você ontem. Na verdade, eu não sei. Tem muita gente louca por aí. Melora gosta de conhecer todos os amigos de Orion antes que eles venham aqui para casa, mas eu confiei em você, então abri uma exceção.

– Eu ficaria feliz em conhecer Melora. Quando você quiser. – Annika ficou em silêncio. Karen conseguia visualizar suas feições nórdicas absortas.

Karen fora uma boba ao permanecer tanto tempo no quarto. Claro que a sueca estava desconfiando dela.

– Escute – disse Karen. – Eu entendo perfeitamente a sua preocupação. Você tem um trabalho muito importante, e a última coisa que quer é colocar o seu emprego em risco. Mas juro que não coloquei os pés naquele quarto. O que quer que tenha desaparecido, não fui eu que peguei. Talvez tenha sido a empregada.

Houve uma pausa; em seguida, Annika declarou:

– Foi isso que eu disse a Melora. Eles são birmaneses. Eu realmente não gosto de um deles. Ela tem aqueles olhos pretos.

– Está vendo? – disse Karen. – Tenho certeza de que foram os birmaneses. – Ela fez uma pausa e acrescentou: – Sabe, andei pensando sobre o seu namorado.

– Martin? – perguntou Annika. – O que tem ele?

– Você já pensou em telefonar para ele?

– Eu prometi a mim mesma que não iria ligar de novo para ele.

– Por que não? Aposto que ele pensa em você o tempo todo.

– Você acha?

– Pelo que você contou, é óbvio que ele te ama. Ele está esperando você tomar a iniciativa. – Karen continuou assim por algum tempo, com Annika cada vez mais entusiasmada e especulando sobre os prós e contras de telefonar.

– Então, você quer reunir os meninos de novo amanhã? – perguntou Karen.

– Talvez – disse Annika.

– Darby se divertiu muito na casa. Ele adorou Orion...

– Acho que o melhor é a gente se encontrar no parque.

Então ela estava levantando obstáculos. Tudo bem. Karen encontraria uma maneira de contorná-los.

– Claro, claro – disse ela. – Por que eu não passo aí para te buscar e nós vamos juntas?

– Eu... eu acho que pode ser. – Karen já tinha um plano. Avistou o carrinho Relâmpago McQueen de Darby sobre o tapete e o enfiou no fundo da bolsa, ao lado da carteira, que levava consigo todos os dias.

TERMINAL ATLANTIC

Os jovens frequentadores de bares e restaurantes no norte da Quinta Avenida não teriam reconhecido Melora Leigh se houvessem visto a mulher desvairada, mancando ao passar por eles ou, ao menos, era isso o que ela esperava. Havia encontrado um par de óculos escuros em sua Majorelle, um Dolce & Gabbana *wraparound*, e com os cabelos curtos em um dos lados e longos no outro ela parecia uma lésbica punk bêbada que acabara de ter uma discussão com a amante.

Melora estava começando a se desesperar em relação ao almoço com Adam, ciente de que parecia um trem amassado e sem saber como se ajeitar até uma da tarde do dia seguinte. Sua cabeça girava. Se ao menos conseguisse pôr fim ao ruído em seus ouvidos, inventaria um plano. Lynn a ajudaria a arranjar uma peruca para cobrir o cabelo queimado e, se chegasse ao Gemma primeiro, poderia sempre se sentar em um reservado, e Adam não a veria mancar.

Mas antes precisava descobrir como chegar em casa. Sabia que poderia parar qualquer um daqueles frequentadores de bares para se informar sobre como chegar à Prospect Park West, mas temia que algum deles a reconhecesse e postasse alguma coisa maldosa no Gawker. Ela abriu rapidamente seu celular e digitou o número do serviço de limusines. Ocupado. Tentou três vezes seguidas, sem sorte. Aqueles malditos serviços de limusines do Brooklyn não eram confiáveis.

Ela teria de parar um táxi. Mas, quando se virou para encarar o trânsito, todos os táxis que vinham em sua direção estavam ocupados por jovens de vinte e poucos anos, bem-vestidos, voltando para casa depois de uma noite na cidade. Poucos minutos mais tarde, Melora pensou ter visto uma luz à distância, mas, quando o carro se aproximou, ela reparou que estava fora de serviço. Se não houvesse demitido Ringo, poderia tê-lo feito esperar diante da Southpaw e não precisaria batalhar pelos amarelos, ocupados por *hipsters* bêbados.

Era uma noite no meio da semana. Supostamente seria fácil parar táxis no Brooklyn. Mas atualmente o valor dos imóveis havia subido tanto que os moradores do Brooklyn possuíam renda disponível para gastar em tarifas de táxi. Melora sabia que era parte do motivo pelo qual o valor dos imóveis subira tanto, mas, mesmo assim, aquilo a incomodou. As pessoas que preparavam o terreno não deveriam ter de competir pelos serviços.

Seu celular tocou. Stuart. Ela não atendeu. Estava furiosa com ele por tê-la humilhado na frente de David Keller. Se lhe perguntasse como chegar em casa, ele a consideraria patética. Estava cansada de ser tratada como criança. Ele ligou mais duas vezes, mas ela o ignorou.

Por fim, um táxi aceso se aproximou. Ela acenou furiosamente e o automóvel reduziu a velocidade. Quando o motorista parou, Melora percebeu que ele a avaliou – os cabelos assimétricos, os óculos escuros, a postura desnivelada – e virou bruscamente, retornando ao trânsito.

Poucos minutos depois, próximo ao cruzamento da Quinta com a Bergen, quando estava perdendo as esperanças, ela avistou outro táxi aceso. Ajeitou os cabelos, puxando-os para frente do rosto e tentou manter-se de pé na vertical. O automóvel parou. *Graças a Deus*. Ela fez menção de entrar.

– Para onde você está indo? – perguntou o motorista. Era um sique.

– Para a Prospect Park West.

– Eu estou indo para Manhattan – disse ele, irritado, gesticulando na direção da porta.

– Mas isso é contra a lei. Vou ligar para a polícia.

Ele agarrou um pé de cabra no banco do passageiro e golpeou com força o painel. Era tão antissique lançar mão de pé de cabra... Naveen Andrews, em *O paciente inglês*, jamais teria ameaçado alguém daquele jeito. Ela suspirou e saltou do carro, e ele arrancou antes que ela tivesse chance de pegar o número da placa.

Melora passou por uma loja de roupas infantis, Area Kids; um restaurante espanhol, El Viejo Yayo, e uma loja da Triangle Sports. Subindo a Quinta Avenida, ela avistou as luzes do shopping do Terminal Atlantic.

Que barbaridade. Como aquele idiota do Ratner obtivera permissão para construí-lo, ela não conseguia imaginar. Quando Heath estava vivo, ele e Michelle haviam levado Stuart e ela para juntarem-se ao conselho consultivo Desenvolva – Não Destrua. Embora Frank Gehry fosse supostamente projetar o estádio, se Bruce Ratner estava por trás dele, o projeto seria obrigatoriamente feio.

Por que estaria ela pensando a respeito da viabilidade do estádio dos Nets em um momento como aquele? O Ativan a deixava confusa e dispersa. *Cama. Casa.* Mas como chegar em casa? Estava se sentindo tão cansada e desorientada... Uma placa no outro lado da rua dizia AVENIDA FLATBUSH. Aquilo tinha de dar na Prospect Park West. Se conseguisse apenas descobrir para que lado ficava sua casa, poderia ir a pé.

Seu celular estava tocando na bolsa. Ela puxou-o com força do fundo da Majorelle, esperando que fosse Stuart novamente, mas era um número desconhecido.

– Alô?

– Melora, é Michael. – A voz soou gentil e conciliadora, ele chamara a si mesmo pelo primeiro nome, como um amigo. Ela sentiu-se imediatamente confiante.

– Ah, Michael. Graças a Deus.

– Você está bem?

– Não. Não estou. Aconteceu uma coisa horrível. Eu roubei um objeto e acho que a polícia vai descobrir; larguei o Zoloft, mas já voltei a tomar. – Ela percebeu alguém às suas costas, um vulto, mas, quando se virou, a rua estava vazia.

– Por que você largou o remédio?

– Posso ver você? Posso marcar uma consulta com você agora mesmo? Se conseguir um táxi, posso estar no consultório em...

– Por que você não me diz o que há de errado?

Ela contou tudo, a começar pela carteira, preparando o caminho para os cabelos queimados.

– Lamento tudo isso – disse ele, o que pareceu a Melora um tanto moderado, dados os riscos envolvidos.

– Você sabe como chegar à Prospect Park West a partir da avenida Flatbush?

– Sinto muito, não sei.

– Eu vou para a cadeia – disse ela e começou a soluçar.

– Vai ficar tudo bem.

– Como você sabe?

– As coisas vão se resolver.

– Ah, Michael, eu realmente espero que sim! – Sua voz soou alta e imatura. – Eu realmente espero que você esteja certo. Então, você pode me ver? Sei que vou me sentir muito melhor quando estiver com você pessoalmente.

– Infelizmente...

– E amanhã, na hora de sempre?

– Pensei que você tivesse um compromisso.

– Tenho, mas é à uma da tarde. Eu poderia ter mantido minha consulta, mas não quis. Achei que não precisava de você. Eu estava errada. Sinto muito ter mentido.

– Melora, eu estou fora da cidade.

– Onde?

– Minha mãe está doente. Não vou voltar antes do domingo na melhor das hipóteses, e provavelmente não antes de segunda.

– Onde você está?

Ele fez uma pausa, como se estivesse insatisfeito com a sucessão de perguntas.

– Berkshires.

– Isso não é nada! Posso providenciar para você uma passagem de avião a partir de Albany.

– Isso não vai ser possível.

Melora começou a soluçar.

– Não posso esperar até segunda para ver você. Tenho que ir a essa reunião amanhã e estou parecendo um troço saído de *Grindhouse*.

– Você vai se sair bem.

– Isso não é uma espinha, Michael. Perdi metade do meu cabelo!

Ela ouviu-o conversar com alguém ao fundo.

– Agora preciso ir, mas vou ver se consigo telefonar amanhã.

– Não podemos conversar mais um segundo? Eu sinto como se estivesse me desintegrando! – Ela estava ciente de que soava como Ratso Rizzo em *Perdidos na noite*, pronunciando as palavras com sotaque nova-iorquino, mas não conseguia evitar. – Estou tão assustada, Michael!

– Vou tentar ligar para você amanhã – disse ele e cortou a chamada.

Ela gritou de frustração. Que espécie de psiquiatra telefonava para o paciente no dia seguinte quando este se achava no meio de uma crise?

O shopping center assomava no outro lado da rua, vazio porém aceso. Em todas as direções, havia placas de construção iminente, tapumes azuis onde a obra do estádio já havia começado. Outra vez, ela percebeu a presença de alguém à sua retaguarda e, quando se virou, pensou ter visto um vulto se agachar atrás de um tapume. Tentando imaginar em que direção seguir, Melora decidiu acompanhar o fluxo de carros que se dirigia à Flatbush à sua esquerda, concluindo que estes provavelmente avançavam rumo ao parque.

Ela atravessou a Atlantic e desceu a Flatbush por um longo tempo, passando por ruas amplas e vazias. Passou por um Applebee's. Lá dentro, negros comiam ovos e panquecas. Aquele definitivamente não era o caminho para a Prospect Park West.

Seu couro cabeludo coçava loucamente, o pé arrastava-se imprestável atrás dela. A umidade a alcançou e a visão daquela gente negra se empanturrando de gordura trans a deixou enjoada. Se fosse eleito, Obama plantaria uma horta orgânica, mas quem sabia se ele acabaria ganhando? Ela inclinou o corpo, com ânsia de vômito. Vomitou com energia, meia dúzia de jatos consideráveis, o último, o mais produtivo, eliminando uma espessa golfada bege sobre a calçada.

Enquanto afastava o cabelo da boca para o que esperava que fosse o jato final, ela viu-se ofuscada pelo flash de uma câmera.

– Obrigado, Melora! – gritou ele. Mesmo em seu atordoamento, ela o reconheceu: Phil Parnell, o *papparazzo* que fotografava todas as celebridades do Brooklyn para a *U.S. Weekly*. Antes que conseguisse dizer uma palavra, o imbecil havia arremetido em direção à rua e penetrado na noite.

REGRAS BÁSICAS

– Posso dar uma passada aí? – perguntou Rebecca ao telefone. Eram dez e quinze da noite e Lizzie estava prestes a ir para a cama.

– Claro – disse Lizzie, tentando não parecer entusiasmada. – Com a bebê?

– Theo está de babá. Saí para um lance na Southpaw e ainda não quero ir para casa.

Lizzie deu-lhe o endereço e, quinze minutos mais tarde, Rebecca estava diante de sua porta. Parecia radiante, com uma blusa vermelha colada ao corpo e saia justa.

– Você está fantástica – declarou Lizzie. – O que estava fazendo na Southpaw?

– Era um lance da *Paris Review*. Foi bom. Um pouco pretensioso. Uma entrevista com Cassie Trainor. Foi tipo uma comédia inesperada.

– Você quer uma bebida? – perguntou Lizzie. Conduziu Rebecca à cozinha, sentindo-se constrangida pela falta de espaço e a bagunça. Seu apartamento era linear, ao passo que os cômodos do de Rebecca eram bem distribuídos.

Na cozinha, Rebecca reparou na garrafa de Terre di Tufi. Lizzie hesitou, preocupada que ela fosse dizer que Lizzie estava dando uma de *Mulher solteira procura*, mas Rebecca perguntou:

– Não é bom?

— Delicioso. E módico! — Lizzie desejou dar-se um pontapé: "e módico". Ela parecia uma velha. Queria impressionar Rebecca, mas, sempre que tentava, enfiava os pés pelas mãos.

— Provei aquele Argiolas que você me comprou. Era bom.

— Ah, não se incomode com isso — disse Lizzie, envergonhada, temendo que o gesto tivesse sido um exagero.

Ela serviu a Rebecca uma taça de Terre de Tufi e uma taça menor para si mesma. As duas foram para a minúscula sala de jantar adjacente à cozinha e sentaram-se à mesa de madeira comprada em um brechó.

Lizzie sentiu-se constrangida por seu apartamento deteriorado. Rebecca devia achar que Lizzie e Jay eram verdadeiros favelados, se não pelo apartamento linear, então pela mobília do Exército da Salvação.

Rebecca tomou um gole de vinho, o rosto taciturno, em seguida declarou:

— Decidi que vou me encontrar com o pessoal do *swing* junto com você.

Então Rebecca havia mudado de opinião. Lizzie desejava acreditar que aquilo tinha alguma coisa a ver com ela, mas não sabia ao certo. Rebecca parecia ter um plano em tudo que fazia.

— Mesmo? — perguntou Lizzie.

— É — respondeu Rebecca. — Não acho que seja verdade. Acho que é um blefe e, quando chegarmos, não vai haver ninguém lá. Mas quero ver até onde eles vão. Até onde ele vai. Vamos dar descrições falsas para poder observar. Se eles aparecerem. Escreva para o suposto Andy e diga que Victoria tem uma amiga chamada, hum, Tess, que também quer tomar um drinque com eles. Outra mãe solteira.

Exultante, Lizzie declarou:

— Nós podemos mandar uma mensagem para ele agora mesmo. — Ela foi buscar seu computador na sala de estar, colocou-o diante de Rebecca e abriu o programa de mensagem instantânea. Andy estava on-line.

— Espere um minuto, você já andou trocando mensagens com esse cara? Você fez sexo virtual com ele?

— Não! Nós só trocamos endereços de mensagem instantânea. O identificador dele é PSDiddy.

— Isso aí já é motivo suficiente para não fazer *swing* com ele.

Mas Rebecca terminou o vinho e, a partir da conta de Lizzie, escreveu: "Estou realmente ansiosa para me encontrar com vocês no Gate amanhã.

Não consigo parar de pensar nisso. Eu gostaria de saber se posso levar uma amiga."

Enquanto elas aguardavam a resposta, Lizzie foi até a cozinha e pegou algumas das cervejas de Jay. Eram cervejas inglesas de baixo teor alcoólico. Ela desejou que ele tivesse alguma coisa mais forte na geladeira. Pensou em correr até a loja de bebidas na Vanderbilt, mas achou que aquilo poderia parecer desesperado ou predatório.

– O que é isso? – perguntou Rebecca depois de tomar um gole de cerveja.

– É uma cerveja *gourmet*. Inglesa. Jay gosta muito de cervejas artesanais. – Rebecca fez uma careta. – Qual é o problema? – perguntou Lizzie. – Negros não podem beber cerveja artesanal?

Rebecca riu. Lizzie sentiu-se um pouco ridícula, pois dizer aquilo causava uma impressão diferente de quando Jay o fazia. A questão racial era muito complicada e não se tornava nem um pouco mais fácil com o passar do tempo. Lizzie perguntava-se se essa não seria uma das razões para o fato de se sentir tão só. Havia coisas impossíveis de ser ditas ao próprio parceiro. Você era um estranho e um confidente ao mesmo tempo.

Lizzie queria poder conversar com alguém a respeito de seu casamento, mas, quando conhecia mulheres brancas com filhos negros no parquinho Underhill, estas agiam com hostilidade, como se estivessem perturbadas demais com as próprias escolhas para aproximar-se de alguém semelhante. Ela percebia que algumas haviam brigado com os pais e descontavam no restante do mundo; sua própria mãe levara um bom tempo para aceitar Jay, mas finalmente o fizera, possivelmente raciocinando que um homem negro era melhor que uma mulher branca. Talvez, quando conhecesse Rebecca melhor, Lizzie pudesse lhe confiar parte disso.

A resposta de Andy chegou em poucos minutos. Em Park Slope, depois do horário de dormir das crianças, podia-se contar com o fato de que a maioria dos pais estava diante de seus laptops. Navegar na internet era o novo sexo dos casais.

Pensei que você não gostasse das mães de Park Slope, dizia a resposta.

– Você disse isso a ele? – perguntou Rebecca.

– Achei que devia ser honesta – respondeu Lizzie, sentindo-se encorajada. Ela tomou um grande gole da cerveja, arrebatou o computador de

Rebecca e digitou: *Minha amiga não parece uma mãe de Park Slope. É muito bonita. Mais bonita até que eu. Ela não tem nada de brioche.*

Rebecca pôs-se a rir.

— De onde você tirou essa?

— Uma mulher do meu grupo de mães novatas. Não acredito que você não tenha ouvido isso antes.

Bem, isso mete medo, escreveu Andy, *porque do jeito que venho imaginando você, você já é bem bonita.*

— Ah, meu Deus! — disse Rebecca. — Ele está muito a fim!

O nome dela é Tess e ela tem o corpo de Courtney Cox, escreveu Lizzie. *Vou me sentir muito mais tranquila se ela estiver presente.*

— Você é incrível nisso — disse Rebecca por sobre o ombro de Lizzie.

Rebecca estava certa. Era como se, sob o véu de Victoria e da cerveja, que estava bebendo rapidamente para maximizar o efeito do álcool, Lizzie conseguisse ser tão inteligente e talentosa quanto a amiga. Outras mães a tornavam mais chata, mas Rebecca tornava-a mais interessante.

Existem regras básicas antes de a gente chegar lá?, escreveu Lizzie.

O jogo de palavras foi intencional?

Não.

Fico feliz que você tenha perguntado. Isso é só um encontro, mas se vocês acabarem indo ao nosso apartamento em alguma outra noite, as regras são: Nada de baixaria. Nada de ofensas. Nada de nomes verdadeiros. E, se houver algum jogo de submissão, a palavra de segurança é "locavore".

— Isso é tão Park Slope... — disse Lizzie.

Então, Andy é o seu verdadeiro nome?, escreveu Lizzie.

Por favor. Como se você fosse Victoria. Você provavelmente não é nem mesmo mãe solteira. Provavelmente não é sequer mãe.

Acho que vocês vão ter de me conhecer para descobrir, escreveu Lizzie.

Às oito da noite no Gate?

Como nós vamos saber quem são vocês?

Tenho cabelos castanhos cacheados e minha mulher, Alexandra, é loura. Nós estaremos sentados na entrada, no bar.

Eu sou loira, 1,77m, e Tess é uma ruiva mignon.

Vocês parecem boas demais para ser verdade.

Ah, nós somos de verdade.

Depois de desconectarem-se, Lizzie perguntou:

– Quem vai tomar conta de Abbie quando você sair?

– Theo. Vou dizer a ele que irei tomar uns drinques com você. Ele vai ficar feliz. Gosta de mim fora de casa.

– Por quê?

– Eu não sou muito legal com ele. – Rebecca franziu a testa e fitou o rótulo da cerveja.

– Você tenta ser?

– Acho que não. Depois de ficar com raiva por tanto tempo, é difícil não ficar com raiva. A raiva se transforma no novo normal. – Rebecca parecia atormentada, seu rosto tão devastado pelo ultraje que ela parecia quase desfigurada.

Lizzie estendeu a mão para segurar a de Rebecca e declarou:

– Lamento que ele não valorize você.

– O que eu posso fazer? – disse Rebecca, dando de ombros.

– Você poderia deixá-lo.

– Eu sou judia – disse Rebecca. – Mulheres judias não vão embora. Elas morrem.

Rebecca pousou o rosto sobre a mão de Lizzie. Lizzie sentia que Rebecca a desejava. O beijo não havia sido uma coisa isolada; Rebecca juntara-se a ela para seduzi-la.

Lizzie tomou o rosto de Rebecca entre as mãos e ela permitiu que a beijasse, parecendo amolecer em seus braços. Lizzie tinha a sensação de estar girando para baixo em um vórtice listrado de preto e branco saído de um filme dos anos 50. Por um instante, percebeu a verdade, sentiu o desejo de Rebecca por ela. Gostaria de engarrafar aquele sentimento e usá-lo em torno do pescoço.

Enquanto elas continuavam a se beijar, Lizzie pousou a mão sobre o seio de Rebecca, por sobre a camisa, e gemeu de excitação ao tocar os lugares que havia imaginado. Logo sua mão estava sob a camisa de Rebecca, tentando alcançar a pele. Lizzie abriu rapidamente o sutiã de Rebecca e as taças desceram afastadas, os seios saltando para frente. Lizzie acariciou-os, os olhos fechados, enterrando a cabeça no peito de Rebecca.

Rebecca afastou-se e abaixou a camisa.

– É melhor eu ir.

— Tem certeza?

— Tenho.

Lizzie sentiu vontade de gritar com Rebecca por ser tão quente e tão fria, mas temia que, se o fizesse, Rebecca não a acompanharia ao encontro com o casal do *swing*. Estava rezando para que o casal fosse genuíno e, se conseguisse deixar Rebecca suficientemente bêbada, para convencê-la a ir para casa com eles a fim de dar uns amassos nela também.

Era tudo tão confuso... Lizzie sempre imaginara que os aspectos práticos de ter um caso fossem fáceis. As pessoas detectavam a atração mútua, então tratavam de providenciar quando e onde. Mas começar um caso era tão difícil quanto namorar, o que Lizzie nunca fizera muito, já que tinha apenas dezenove anos quando conheceu Sarah. No namoro, as pessoas empregavam jogos e truques para preservar o desejo do amante.

Em todo caso, Lizzie achava ridículo ter de lançar mão de truques com Rebecca, sendo ambas casadas e mães. Elas já estavam comprometidas, então por que não ir direto ao assunto?

Mas aquilo era um jogo e, se era um jogo, ela estava perdendo. Talvez pela manhã telefonasse para Rebecca para dizer que lamentava os amassos, e então as duas poderiam decidir onde e quando se encontrar.

Lizzie foi para o quarto e permaneceu diante do berço por um longo tempo, contemplando o rosto de Mance. Ergueu-o do berço e o deitou na própria cama, de frente para ela. Mance se agitou e Lizzie fez o mamilo deslizar para dentro da boca do filho. Enquanto ele sugava, ela foi ficando quente. Ela enfiou a mão dentro da calcinha e começou a tocar-se, pensando na sensação de possuir Rebecca naqueles breves momentos.

Lizzie teria se sentido estranha se Mance parecesse ter ideia do que estava acontecendo, mas ele sugava de forma egoísta, narcisista como o próprio pai. Foi um orgasmo furioso e rápido. Depois que ela gozou, Mance adormeceu, exatamente como um homem.

NORTH FORK

Quando chegou em casa naquela noite, Rebecca encontrou Theo trabalhando sozinho no laptop, usando seus óculos de leitura.

– Abbie está na própria cama – disse ele, com ar orgulhoso.

– Que ótimo – disse ela.

– Você está sempre dizendo que não consegue dormir com ela na nossa cama, então coloquei Abbie no berço.

– Obrigada por fazer isso. – Ele balançou a cabeça, magoado, como se não conseguisse entender por que ela não tivera uma reação mais expressiva. Como ela poderia começar a explicar? Eles haviam ficado tão entrincheirados que era impossível saber como se libertar.

Rebecca foi ao banheiro para se refrescar. Contemplando seu reflexo no espelho, relembrou aquele jantar em Carroll Gardens fazia tantos anos. Talvez Theo houvesse deixado de fazer amor com ela porque ela estava destinada a trepar com Stuart Ashby. Por isso Theo mencionara o empresário em St. Louis. Havia tido uma espécie de percepção extrassensorial conjugal, sabendo que um dia ela teria a oportunidade de transar com alguém que a faria feliz. E, por amá-la, não desejava ficar em seu caminho.

Ela pensou em Lizzie trepando com Jay quatro vezes por semana e perguntou-se se seria por vontade dela ou dele. Era difícil imaginar Lizzie a fim de um homem. Era óbvio que ela continuava a ser lésbica.

Rebecca estava se sentindo péssima pelo que havia acontecido no apartamento de Lizzie naquela noite. Não deveria tê-la encorajado quando, na realidade, não queria que nada acontecesse. Mas Stuart fora tão cruel com ela na Southpaw, discursando sobre a espécie de mãe que ela deveria ser, que se sentira solitária.

Preocupava-a o fato de ter dado a impressão errada a Lizzie. E agora elas deveriam se encontrar com os supostos praticantes de *swing*. Ela teria de encontrar um jeito de sair dessa.

Na cama, ela colocou uma venda nos olhos e deu as costas a Theo.

— Como foi? — perguntou ele.

— O quê?

— A apresentação.

— Cassie é totalmente louca.

— Você não está dizendo isso só porque está com ciúmes por ela estar saindo com ele?

— Não.

— Você sente ciúmes por ela sair com ele? — Ele não a tocava havia mais de um ano. Que importância tinha aquilo?

— Nós terminamos há seis anos. Eu não estou com ciúmes.

Rebecca sentiu a mão de Theo em suas costas. A sensação foi tão inusitada que ela retirou a venda e virou-se para encará-lo a fim de ter certeza de que era de fato a mão dele.

— Eu estava pensando que nós talvez pudéssemos tentar dar uma fugida em agosto — disse ele. Nas férias, eles haviam ido a San Francisco para visitar a mãe e o padrasto dele, mas não havia sido bem umas férias. Com um bebê a tiracolo, férias significavam ficar de pé o dia inteiro, turnos de sono restritos e viagens de avião infernais.

Ela caiu pesadamente sobre as costas.

— Tudo bem — disse ela com ar cauteloso.

— Sei que as coisas não foram fáceis no ano passado e acho que parte disso aconteceu porque ando muito estressado com o trabalho. Tom disse que me daria uma semana, mas quer que eu saia antes do fim do verão porque vamos começar a trabalhar nos condomínios da rua Jane no outono. Para onde você gostaria de ir?

— Você decide.

— Pensei que você fosse ficar feliz com a sugestão — disse ele, afastando a mão e encarando-a com o beicinho ofendido de costume, um beicinho que não trazia mais nenhum impacto emocional.

— Eu *estou* feliz. Estou muito feliz. Vamos visitar meus pais? — Os pais dela possuíam uma casa em Beach Haven, no litoral de Jersey, que haviam comprado nos anos 70; Rebecca e Theo haviam levado Abbie até lá no feriado de 4 de Julho, mas não haviam pensado na possibilidade de férias mais longas por causa do trabalho de Theo.

— Eu queria que ficássemos sozinhos — disse Theo. — Só nós três. Pensei em irmos para North Fork.

— North Fork parece ótimo. — Ela inclinou-se e o beijou, na esperança de que aquilo pusesse fim à discussão e ela pudesse dormir. Desejava repassar a conversa que tivera com Stuart, a primeira parte, antes de ele ficar distante e frio.

— Você bebeu muito? — perguntou Theo.

— Não, só um pouco de vinho. — Ela decidiu não contar que fora à casa de Lizzie, pois não queria responder a um punhado de perguntas banais a respeito do filho e do marido de Lizzie. Theo olhou-a de soslaio, mas não a pressionou mais.

Rebecca passara todos aqueles meses culpando Theo por rejeitá-la, mas, depois da segunda vez, ela tampouco tentara fazer amor com ele. Talvez ele ainda quisesse sexo e estivesse esperando que ela tomasse a iniciativa. Ele estava se esforçando naquela noite, com as férias, e ela fora cortante e indiferente. Por que tinha tanta dificuldade em ser gentil com ele quando era isso o que desejava em troca?

Havia noites em que Theo dava indícios de estar interessado — uma noite, eles estavam assistindo juntos a *Por um punhado de dólares* na TV, e ele massageara-lhe o pé durante o filme e fitara-a com carinho, mas ela ficou tão furiosa por ele não ter ido mais longe que afastou os pés do colo dele.

Na primavera, Theo havia ficado estressado com o trabalho e comentara a respeito durante o jantar; havia colocado a cabeça entre as mãos e dito:

— Às vezes, meu trabalho parece um fardo.

Ela poderia ter surgido por trás dele e tê-lo abraçado, mas, em vez disso, havia retrucado:

— Você está dizendo que eu não divido as despesas? Porque eu ralo como condenada para trazer minha pequena parte só com três dias na semana para escrever.

E houvera aquela noite, poucos dias atrás, quando Abbie estava na cama e ele tocara Rebecca, mas ela estava furiosa demais para corresponder.

Nada era simples no casamento. Rebecca lera em algum lugar que eram necessárias duas pessoas para formar um padrão, mas apenas uma para mudá-lo. Por que ela não queria mudar? Era como se a rejeição sexual dele lhe permitisse culpá-lo por tudo que havia de errado no casamento. Como se lhe permitisse transformá-lo no vilão porque a outra opção, descobrir o que havia com ela para que ele não quisesse dormir com ela, era dolorosa demais.

Ela o beijou, os braços ao redor do corpo dele. A boca de Theo estava quente e seus olhos, gentis, se não completamente convidativos. Ela instalou-se em cima dele e firmou o corpo contra o dele. Para sua surpresa, ele ficou duro.

Era assim que funcionava – nada por dezesseis meses, e então uma noite tudo mudava? Ela arrancou-lhe a cueca samba-canção e envolveu-o com a boca. Ele gemeu.

Ela pensou em Stuart Ashby enquanto chupava o marido, perguntando-se qual seria o gosto de Stuart e se ela algum dia faria aquilo com ele. Theo a fez se virar de bruços e abaixou-lhe a calcinha. Então ele também estava furioso com ela; não queria ver o rosto dela. Aquilo a excitou. Significava que ele podia dar um jeito de transformar a raiva em desejo. Era um começo.

Ele pegou uma camisinha na gaveta de sua mesinha de cabeceira, vestiu-a e a penetrou. Ela inclinou a cabeça para trás de dor, mas também de excitação. Tudo que um homem precisava era farejar o interesse de outro homem que aquilo o traria para casa. Por que ela não havia pensado nisso antes? Ele estava apenas parcialmente dentro dela quando, do quarto, Abbie choramingou.

– Merda! – gritou Rebecca.

– Shh – fez Theo, ainda dentro dela. – Talvez ela volte a dormir.

Mas, poucos minutos depois, Abbie berrava a plenos pulmões.

– Sinto muito – disse ele, beijando Rebecca e afastando-se.

– Eu também.

– Talvez ela volte a dormir – disse Theo. Ele se encaminhou ao quarto de Abbie. O choro parou. Poucos minutos depois, Rebecca ouviu ruídos na cozinha enquanto ele preparava uma mamadeira.

PÁGINA DE FOFOCAS

A rotina matinal habitual de Melora era acordar por volta das dez e meia, se sentar no nicho em que tomava o café da manhã e ler o *New York Post* enquanto bebericava seu café e comia uma fatia de pão. Ela abria instantaneamente o jornal na página seis para ver se: a) decifrava todas as alusões a celebridades, b) se havia alguma menção a ela.

Entretanto, naquela quinta-feira em particular, Melora estava com muito pouca energia para cambalear até o andar inferior, então gritou:

– Stuart!

Poucos minutos depois, ele entrou, já vestido. Pelo seu rosto, ela percebeu que a coisa estava feia.

– Me traz o *Post*.

– Joguei fora.

– Bem, então desça e pegue o jornal no lixo.

Ele hesitou um instante, então pareceu raciocinar que não havia motivo para discutir com ela. Quando voltou, seu rosto exibia uma expressão amarga.

Ela sequer contara a Stuart a história toda na noite anterior. Depois de ter vomitado, ela por fim encontrou um táxi disposto a levá-la e chegou em casa às onze, exausta. Stuart estava na cama lendo *Bangkok Nights* e, quando viu o cabelo queimado e o corte exposto acima da sobrancelha de Melora, ficou boquiaberto. Disse que havia ligado para ela três vezes sem resposta, então perambulara pela Quinta Avenida à sua procura, antes de desistir e voltar para casa. Contou que estava prestes a ligar para a polícia. Implorou-lhe que contasse o que havia acontecido, mas ela se negou, tomando às escondidas mais dois miligramas de Ativan sublingual antes de flutuar rumo ao esquecimento.

A foto estava situada na capa, preta e branca granulada, e, nela, Melora havia sido pega no ato de vomitar, o vômito claro contrastando com o fundo escuro da avenida Flatbush. Melora chegou à conclusão de que ela parecia um misto de veterana de guerra sem-teto, Britney bêbada e aquele cara cambojano na foto famosa.

Em negrito, a manchete dizia MEL NADA BEM e, depois, em letras menores: "Ver página onze." Na página onze, ao contrário dos artigos corriqueiros da seção de fofocas, havia outra péssima foto de Melora da noite anterior, batida poucos segundos depois da foto da capa, olhando de cara feia para o fotógrafo.

> *Melora Leigh* vem agindo de forma muito estranha ultimamente. Convidados do evento para arrecadação de fundos da *Paris Review*, com entrevista de Cassie Trainor na Southpaw do Brooklyn, ao qual Leigh compareceu com o maridinho *Stuart Ashby*, repararam em seu "comportamento estranho" e no claudicar pronunciado. "Ela parecia estar cambaleando", declarou um dos convidados, "e estava realmente articulando mal as palavras." Quando a beldade vencedora do Oscar tentou acender seu cigarro do lado de fora, seu cabelo pegou fogo. Mais tarde, nosso fotojornalista a localizou vomitando a alma em frente ao Applebee's. Quem sabe ela não devorou um hambúrguer, como a companheira ganhadora do Oscar *Hilary Swank*, e ele caiu mal? Ashby não estava por perto. Amigos do casal afirmam que eles têm andado afastados nos últimos tempos. Vamos torcer para que tudo isso seja uma preparação para algum papel em um filme, já que odiaríamos ver Melora dar uma de Winona.

Melora virou a página do jornal com um movimento brusco e o pôs de lado com indiferença, percebendo que tinha três horas até o encontro com Adam Epstein.

— O que está havendo? — perguntou Stuart, sentando-se ao lado dela na cama.

— Nada.

– Não me trate como idiota. Senti tanto medo quando você chegou que fiquei acordado a noite inteira sacudindo você para ter certeza de que não ia perder a consciência. O que você anda tomando?

– Não ando tomando nada. Só a porcaria de sempre.

– Então o que aconteceu?

Ela virou o jornal com um movimento brusco e apontou para seu rosto com o dedo indicador.

– Foi isso o que aconteceu.

– Quero dizer, o que te deixou enjoada? Que corte é esse na tua cabeça? – Ele inclinou-se para tocá-lo, e ela se encolheu de dor. Ele tomou-lhe as mãos. – Vamos lá, Lor, você tem que conversar comigo.

Ela desejava lhe contar que, quando pegara a carteira de Neal Harris, nem mesmo parecera sua própria mão; era mais como se fosse a mão de uma marionete puxada por alguma mão humana invisível acima. O desejo apoderara-se dela quando Papai Bugaboo estava abaixado olhando para o carrinho de bebê com seu traseiro branco e peludo na cara dela.

Era isso que havia de errado em Park Slope: o traseiro das pessoas estava sempre na cara da gente. Ela vacinara-se contra o traseiro peludo das outras pessoas quando morava no SoHo, mas, em Slope, não havia como escapar deles. No Tea Lounge, as mulheres amamentavam com as tetas penduradas e expostas. As solteiras usavam camisas curtas demais, com a barriga de fora, as alças do sutiã projetando-se das camisetas sem manga de propósito. As mães trocavam as fraldas dos bebês nos bancos do Connecticut Muffin, os mesmos bancos em que as pessoas se sentavam para tomar seu café. Os homens que praticavam *jogging* usavam regatas de tela que deixavam à mostra seus pelos do peito e os mamilos.

Quem queria ver tudo aquilo? Melora lera o perfil de George Clooney no *New Yorker*, no qual ele declarava que, quando era famosa, a pessoa tinha de transformar sua casa em uma bela prisão, e ela o compreendera. O *loft* dela na rua Spring fora uma bela prisão, com as janelas à prova de som, a sala de vinhos, a academia, o aparelho de som de última geração feito sob encomenda e, é claro, Lisanne para providenciar o que quer que ela pedisse. O lugar era protegido e isolado e, em seu interior, ela sentia-se segura. Por que eles haviam virado a vida de cabeça para baixo por causa daquele bairro deprimente? Para serem observados por idiotas de renda média baixa?

Desde que haviam se mudado para o Brooklyn, fazia dois anos, Melora havia perdido de vista o que era importante para ela: privacidade, isolamento e segurança, porque Stuart convencera-a de que tais preocupações eram esnobes.

Mas bancar o pobre era fingimento, assim como o era esbanjar. E, em certo sentido, era pior, por ser tão desonesto. Ela estava furiosa consigo mesma por não confiar suas necessidades a Stuart. Não gostar da maioria das pessoas não a transformava em uma esnobe. As necessidades dela eram mais complexas que as dele, o que era compreensível, dado que já era famosa mesmo antes de menstruar.

— Eu não sei — ela disse baixinho. — Acho que fiquei nervosa com a reunião e tomei Ativans demais.

— Eu avisei que aqueles comprimidos eram perigosos. Veja o que aconteceu com Heath.

— Eu não sou Heath. Ele estava tomando seis medicamentos diferentes!

— Eu quero entender o que está acontecendo. Não entendo por que você agiu dessa forma quando uma coisa boa está finalmente prestes a acontecer na tua carreira.

— Finalmente?

— Não vamos fingir que você não tem andado insegura.

— Isso foi uma escolha! Estou indo mais devagar para dedicar tempo ao Orion!

— Mas você nunca está com ele. Deixa Annika com ele o tempo todo. Você nunca fica sozinha com ele, nem dentro de casa.

— Eu saí com ele para tomar sorvete no outro dia.

— Querida. Você tem que me contar o que está acontecendo com você.

— Eu não posso. É horrível demais.

— O que é?

Ela olhou-o profundamente nos olhos, desejando que ele fizesse tudo ficar melhor.

— Eu... fiz... uma coisa.

— O que foi que você fez, meu bem? O que foi que você fez?

O celular dela tocou.

— Querida — disse Vanessa. — Estou na linha com Lynn.

— Oiiii — disse Lynn.

— Isso deve estar sendo muito difícil para você — declarou Vanessa. Como ela poderia saber o que era difícil? Como poderia saber qual a sensação de ficar preocupada em ir para a cadeia? Lynn era herdeira de um armador grego. Não precisava sequer trabalhar, trabalhava para se divertir.

— Coloque as duas no viva-voz — disse Stuart.

Melora aquiesceu.

— Stu também está na linha comigo.

— Oi, Stu — disseram as mulheres em uníssono.

Era aquela a sensação de passar de estrela a ultrapassada, de vencedora do Oscar a figurante em *Conan*. Começava com a foto perversa de um *paparazzo* e terminava com uma ponta em *Dancing with the Stars*.

— Querida — disse Lynn. — Nós amamos você. Por que toda essa confusão?

— Intoxicação alimentar — disse Melora. Stuart balançou a cabeça.

— Sem essa, querida — disse Lynn. — Somos nós. Você está grávida?

— O quê? Não!

— Pode dizer.

— Eu uso DIU!

As mulheres ficaram em silêncio, então Lynn perguntou:

— Você *pode* estar?

— Do que você está falando? — perguntou Melora.

— Nós temos que virar isso a seu favor. Acredito que você esteja bem no começo, de oito semanas, daí o vômito, e então, em algumas semanas, nós deixamos vazar que você teve um aborto natural.

— Eu não estou gostando disso — disse Melora. Um falso aborto parecia sórdido demais, até mesmo para ela. Era uma coisa com que a antiga Melora teria concordado, e ela não queria mais ser a antiga Melora.

— Nós só estamos tentando te ajudar — disse Vanessa e deixou escapar um longo suspiro, um suspiro que Melora sabia que ela poderia ter optado por silenciar com os botões dos telefones da agência, os que elas apertavam para gritar "Que babaca!" sobre um cliente sem o cliente saber.

— Ok, então vamos ao plano B — disse Lynn. — Nós dizemos que sua mãe sofre de demência. Um genitor com Alzheimer sempre supera a má publicidade.

— Mas eu não falo com a minha mãe. — Melora tivera uma desavença com Marcy pouco depois de *Poses* ter decolado, quando Marcy lançou a proposta de um livro sobre o relacionamento delas, embora nunca houvesse escrito o livro. Ainda assim, Melora ficara tão furiosa com ela por querer expor a filha por dinheiro que nunca retomou o contato.

– Não importa – disse Lynn. – Você não precisa bater fotos. Isso é só o que nós vamos dizer.

– Não vou espalhar mentiras sobre mim mesma para ajudar minha carreira. Você pode adiar a reunião com Adam até que isso termine?

– Em outras circunstâncias – disse Lynn –, seria isso o que eu recomendaria. Isso e talvez transar algumas vezes com Samantha Ronson.

– Mas o negócio é o seguinte – disse Vanessa. – Primeiro, Adam só está na cidade hoje. Ele está editando o filme com a Jennifer Garner em Los Angeles e pegou o voo noturno ontem à noite só para se encontrar com você. – Melora não tinha certeza de que aquilo fosse verdade, mas lhe pareceu lisonjeiro. – Segundo ficamos sabendo, através de uma fonte bastante legítima, o agente de Kate Hudson deu um telefonema para Scott Rudin hoje de manhã. E, ao que parece, Scott disse: "Adam está aberto a todas as possibilidades agora."

Até mesmo Stuart empalideceu. Melora e Kate não eram amigas, mas conheciam-se havia onze anos, desde que fizeram juntas um piloto para a CBS – um programa com David Alan Grier chamado *Black at Ya*. No set de Chicago de *The Dueling Donnellys*, elas haviam sido amistosas, até mesmo íntimas, e nem nos mais distantes recantos de sua imaginação Melora calculara que Kate Hudson fosse traí-la daquela forma. Mas essa era a justiça de Hollywood: no instante em que a pessoa saía da linha, havia alguém pronto para tomar seu lugar.

– Sem essa – disse Melora. – Kate Hudson? Ela só atua em comédias.

– Ninguém te levava a sério como atriz até *Poses* – disse Vanessa.

– Ela é jovem demais! Rosie deveria ter pouco mais de quarenta.

– Interface gráfica do computador – disse Vanessa.

– Eu acho que Melora devia adiar – disse Stuart. – Ela não está em condições de se encontrar com um diretor.

– Eu quero muito esse papel para você para ver tudo se esfumar – disse Vanessa. – Você sabe que ele está com o cronograma apertado. Você precisa convencer Adam de que está bem. Que a foto é insignificante, uma deturpação, e a reportagem foi difamatória. Você consegue fazer isso? Mostrar a ele que é uma profissional consagrada?

– Vou tentar – disse Melora com voz rouca.

– Eu já pedi ao assistente dele para transferir o almoço para o Sant Ambroeus. O Gemma é muito concorrido.

– Agora vamos falar sobre hoje à noite – disse Lynn. – Vocês dois terão de ir à pré-estreia de *The Dueling Donnellys*. É o único jeito de contra-atacar a má publicidade e convencer o público de que vocês não estão propensos a terminar. Nós vamos limitar as perguntas, mas queremos que vocês pareçam bastante acolhedores e felizes para os *paparazzi*.

Melora esquecera-se da pré-estreia. Havia perdido metade do cabelo, tinha uma ferida vazando acima do olho e um tornozelo manco. Não tinha como pisar no tapete vermelho.

– Eu não quero ir – disse ela.

– Você tem de ir – contrapôs Lynn. – Nós vamos melhorar esse aspecto e você só vai falar com o *Access Hollywood*. Depois, você e Stuart vão para o Gramercy para eles tirarem belas fotos de vocês juntos, vocês ficam uma hora e voltam para casa.

– Eu não tenho certeza.

– Querida, se você não aparecer – acrescentou Lynn –, só vai alimentar os boatos de que é viciada em heroína.

– *Heroína?*

Lynn limpou a garganta e declarou:

– Só não dê uma de Jezebel hoje.

Depois que Melora desligou, sentindo-se mal com ambas as decisões, Stuart perguntou:

– O que foi que você fez? Você estava prestes a me contar o que fez.

Fora um erro pensar que poderia confiar nele. Ele era egoísta demais para ser capaz de ajudá-la.

– Que importância tem isso? – perguntou ela. – Você nunca está aqui. Agenda os filmes um após o outro para não ter que ficar comigo.

– Eu agendo meus filmes um após o outro porque não posso me dar ao luxo de parar. Eu não faço isso há tanto tempo quanto você.

– Mas, mesmo quando está aqui, você fica muito distante. Age como se eu fosse um fardo para você.

– Por favor. Eu tenho andado preocupado com o roteiro.
– Se você me escalar, vai conseguir mais financiamento.
– Não no estado em que você está agora – disse ele. Stuart a fitava com compaixão. Era humilhante um marido olhar a mulher daquela forma. – Só você pode controlar isso, Melora. Pode mergulhar nessa loucura ou assumir o controle. Existem outras modalidades além das drogas. Por que você não tenta a meditação?
– A meditação não tem porra nenhuma a ver com o que eu estou passando! – gritou ela. – É como uma gota de água no oceano!
– Você ligou para o dr. Levine?
– É claro que liguei! Ele não está na cidade!

Stuart recuou. Ela estava abordando aquilo da maneira errada. Eles eram casados. Ele a internaria e o maldito dr. Levine provavelmente tomaria conhecimento do fato assim que voltasse do enterro da mãe.

Ela precisava convencer Stuart de que tudo estava bem.

– Sinto muito – disse ela. – Está tudo meio que me afetando, sabe? O filme e o Brooklyn. Eu me sinto muito isolada aqui.
– Sinto muito – disse ele, mas não perguntou se ela queria se mudar. – Olha o teu cabelo – comentou, com ar abatido. – O teu cabelo lindo.
– Vai crescer novamente.
– Me deixe limpar o corte pelo menos.
– Você viu?
– Sem essa. Eu não sou idiota. Como isso aconteceu?
– Eu me machuquei no banheiro.
– Fazendo o quê?
– Tentando alcançar o vinho.

Stuart balançou a cabeça com ar triste e entrou no banheiro. Voltou com álcool, algumas bolas de algodão e um band-aid limpo.

– Acho que você vai precisar de pontos – disse ele. – Tem certeza de que quer ir a essa reunião? Você pode mandar Vanessa e Lynn se foderem.
– Eu vou conseguir chegar até o final.
– Talvez eu deva ir com você.
– Isso vai me ajudar bastante a recuperar a confiança de Adam.
– Então vou ligar para o Ringo e pedir a ele para te esperar do lado de fora. Já que você vai fazer isso, quero ter certeza de que vai voltar para casa em segurança.

Melora concordou com um aceno de cabeça; se tivesse um carro na noite anterior, não teria dado uma de Natalie Portman em *V de vingança*.

A porta se abriu com força e Orion entrou com um florete na mão; Annika o seguia, poucos passos atrás.

– O que aconteceu com o seu cabelo, mamãe?

– Desculpe – disse Annika, tentando puxá-lo para fora.

– Ele pode ficar – disse Stuart, embora a última pessoa que Melora desejasse ver naquele momento fosse seu filho. – A mamãe sofreu um pequeno acidente. – Annika parecia constrangida. Era óbvio que vira o *Post*.

– Tá nojento – disse Orion e começou a lutar contra um inimigo imaginário ao pé da cama.

– Onde ele conseguiu isso? – perguntou Melora, apontando para o florete.

– Nós inscrevemos Orion em esgrima na Powerplay – respondeu Stuart.

Como era possível que ela não soubesse daquilo? Ninguém nunca lhe contava nada, e depois ficavam surpresos quando ela parecia desligada.

– Vê só o que eu consigo fazer – disse Orion. Ele mostrou alguns movimentos com o florete enquanto Stuart observava, impressionado. – Eu quase acertei Darby no olho no outro dia.

– Quem é Darby? – perguntou Melora. Não era um nome que Annika houvesse mencionado.

– É um amigo dele do parquinho – Annika apressou-se a responder.

– Você estava praticando esgrima com ele no parquinho?

– No quarto de brinquedos – respondeu Orion. O rosto de Annika enrubesceu. Melora soubera o tempo todo. Os birmaneses eram honestos demais para roubar.

– Um amiguinho seu veio aqui? – ela perguntou a Orion.

– Veio. Nós o encontramos no parquinho, e Annika disse que ele e a mãe podiam vir para cá.

Melora lançou um olhar furioso na direção da sueca.

– Você disse que ele não tinha recebido ninguém aqui.

– Foi só uma vez.

– Vieram outras crianças?

– Não.

Melora rezou para que o menino houvesse levado a carteira, pois ele não saberia o que significava, mas temia que houvesse sido a mãe. Ela nunca gostara das mães neuróticas do bairro, as gorduchas obcecadas pelos filhos.

Ela fuzilou Annika com o olhar. Ia matar aquela piranha escandinava. Orion continuava a praticar, agitando loucamente a espada.

— Perto demais da minha penteadeira! — gritou Melora.

— Não desconte nele — disse Stuart.

— Não me diga como falar com meu filho.

— *Nosso* filho. Não levante a voz para ele.

— Vamos lá, Orion — disse Annika, tentando empurrá-lo para a porta.

Orion fez alguns golpes imaginários, a mão esquerda no quadril. Melora não conseguia suportar seus movimentos desastrados, ainda que ele tivesse apenas quatro anos. Ela tomou-lhe a espada. Os olhos de Orion se esbugalharam de medo, como se ela fosse atingi-lo.

— Não é assim que se faz! — gritou ela, então executou uma estocada e uma defesa habilidosas enquanto Orion a observava, espantado, nunca tendo visto a mãe tão ativa.

— Como você aprendeu isso, mãe?

— *Noite de Reis*, no Delacorte. — Agitada, ela tentou uma investida e o tornozelo cedeu sob seu corpo.

— Aahhhhhhhhhh!

— Você está bem, mamãe?

— Sai de perto de mim! — gritou ela, desabando sobre o tapete e agarrando o pé. Por que o merdinha não a deixava em paz? Por que estava sempre entrando no quarto dela quando ela lhe havia dito centenas de vezes que precisava bater?

O rosto de Orion contraiu-se e ele correu para fora do quarto, Annika em seu encalço. Stuart balançou a cabeça na direção de Melora com ar acusador e também saiu.

— Ah, meu Deus — gemeu Melora, massageando o tornozelo. Com todas as suas forças, ela levantou-se e manquejou até o banheiro para lavar o rosto. Olhou para o espelho. E pensar que, em outros tempos, ela fora votada a Mulher Viva Mais Sexy da *Esquire*. Ela debruçou-se e viu um herpes surgindo no canto da boca.

A MULHER PERFEITA

Stuart ligou para Rebecca às dez da manhã de quinta-feira para perguntar se podia dar uma passada na casa dela com o roteiro. Rebecca ficou tão nervosa que derrubou o telefone, depois o pegou freneticamente, com medo de a ligação ter caído. Sonam havia saído com Abbie. Rebecca telefonou para ela e disse-lhe para almoçar fora, explicando que estava em seu prazo final e precisava de mais paz e sossego.

Rebecca atacou o apartamento, tentando deixá-lo com alguma aparência de ordem. Rakhman estava no andaime, cantando, mas, por ela estar tão entusiasmada para ver Stuart, aquilo não a incomodou. Rebecca limpou a cozinha e recolheu todos os brinquedos sobre o carpete, depositando-os em um grande cesto num canto do quarto de Abbie. Pegou as revistas antigas sobre a mesinha de centro, macacõezinhos, sapatinhos e taças de vinho espalhados, devolvendo-os aos devidos lugares, até que a sala estivesse desimpedida o suficiente para parecer relaxante.

No chuveiro, ela raspou a virilha, as axilas e as pernas, escovou os dentes, retocou as sobrancelhas, colocou uma quantidade enorme de L'Oreal Absolute Repair no cabelo e umedeceu levemente as laterais do pescoço com Stella McCartney. Vestiu calcinha *boyshorts* La Perla de corte baixo, uma camisa solta de botões James Perse com gola branca, um colar de prata com pingente circular e brincos de diamante, que precisou enfiar com força nos orifícios das orelhas, pois estes haviam se fechado por falta de uso. Tomou nota mentalmente de retirá-los antes de Theo voltar para casa, para que ele não desconfiasse de nada. Então concluiu que era triste que os brincos fossem uma pista de infidelidade, tão raramente ela os usava.

Rebecca examinou seu reflexo no espelho do banheiro. *Nada mal para uma mãe de trinta e cinco anos.* Abriu a gaveta da mesa de cabeceira de Theo e pegou outra das camisinhas de pele de carneiro. Colocou-a em sua própria gaveta para fácil acesso, mas decidiu não trocar os lençóis, temendo ser demasiadamente confiante, o que poderia atrair má sorte.

Stuart chegou por volta das onze, cheirando a suor, o que não incomodou Rebecca. Ela adorava o cheiro do suor masculino e ficava decepcionada, na época em que ela e Theo costumavam transar, quando ele insistia em tomar uma chuveirada antes. Theo havia sido um bom amante, experiente e atencioso, mas sempre controlado. Parecia nunca relaxar completamente durante o sexo, e, com o tempo, ela havia aceitado que era esse o jeito dele; aprendera a sentir-se grata por ele se importar com o prazer dela. Em muitos setores – cozinha, decoração, condução, estética, férias –, ele gostava das coisas perfeitamente ajustadas. Tal fato provavelmente decorria de ter crescido em meio ao caos: a pessoa aprendia a controlar as coisas que podia. Por ter tendência a ficar facilmente desnorteada, ser o tipo de pessoa que soluçava histericamente quando perdia uma viagem, Rebecca gostava da competência de Theo. Ele era bom nas coisas.

Stuart trazia o roteiro enrolado na mão, mas não fez menção de entregá-lo.

– Bela casa – disse ele. O apartamento não era nada comparado à mansão, mas ele ao menos era educado.

– Obrigada – disse ela. – Se você não se incomodar com o Rakhman bem ali. – Ela fechou as persianas, a de cima e a de baixo, para que Rakhman não enxergasse o interior do apartamento.

– Onde está a pentelhinha? – perguntou Stuart.

– Com a babá. Elas vão voltar por volta de uma da tarde. – Ela o viu olhar de relance para o relógio e perguntou-se se ele estaria tentando calcular se teria tempo para trepar com ela. – Posso te oferecer alguma coisa para beber? – perguntou Rebecca. – Água? Vinho branco? Eu vou tomar um pouco de vinho. Está tão quente que decidi que posso beber. – Aquele era o teste: se os motivos dele fossem puros, ele não aceitaria a bebida.

Ele lançou-lhe um olhar direto e disse:

– Claro.

Ela encheu duas taças e sentou-se ao lado dele no sofá. Ele entregou-lhe o roteiro.

— Você não quer que eu leia agora, quer? — perguntou ela.

— Não, eu só não queria me esquecer de te entregar.

— Mas foi a única coisa que você trouxe.

Ele piscou para ela. Ela deveria saltar para o colo dele? Nos filmes, essas coisas começavam com tanta facilidade, na vida real eram tão complicadas...

— Você quer que eu aumente o ar-condicionado?

— Está ótimo.

— Eu nunca sei se está frio demais para as outras pessoas. Eu sinto muito calor. Toda tarde fico assistindo a filmes, de calcinha. — Ele não reagiu à palavra "calcinha". Talvez não estivesse nem um pouco interessado.

— A que você vai assistir hoje? — perguntou ele.

— Eu ia assistir a *Mulheres perfeitas*. Você já viu?

— O *remake*? Eu estava na pré-estreia. Terrível. Fiquei envergonhado por Nicole. Não consegui dizer um oi.

— Não, o original. Com Katherine Ross.

— Ah, sim, acho que vi há muitos anos, mas não me lembro muito bem dele.

— Quer assistir comigo? Vou fazer um pouco de pipoca. Sei que é estranho, pipoca quente com esse tempo, mas não consigo assistir a um filme sem pipoca.

— Eu não posso comer pipoca — disse ele, parecendo constrangido. — Estou fazendo uma dieta aiuvérdica.

— O que é isso? — perguntou Rebecca, tentando não rir. Não dava para debochar de um cara se a mulher queria que ele a comesse, pelo menos, não muito.

— É complicado demais para explicar, mas tem a ver com escolher os tipos certos de diferentes alimentos.

— Mas vinho é permitido?

— O vinho aumenta o *dosha pitta*. A aiuverda tem tudo a ver com moderação.

Ela soltou uma risadinha. Tudo aquilo lhe pareceu ridículo e fútil.

— Então, sem pipoca?

— Agora você está me deixando tentado. Eu como um pouco.

Ele contou mais sobre a dieta, observando-a preparar a pipoca, e, enquanto permanecia de pé sob a arcada da cozinha conversando com ele, Rebecca não ficou nervosa. Sentia-se lúcida e muito inteligente. Stuart não fora ao apartamento dela atrás de ajuda geográfica.

Rebecca serviu a pipoca em uma tigela. A taça de vinho dele estava praticamente vazia, e ela a encheu. Inseriu o disco no DVD-player, sentou-se ao lado dele, a cerca de 15cm de distância, e apontou o controle remoto para a TV.

Katherine Ross, usando uma bandana amarela na cabeça como a que Rebecca usara na sala de manipulação de alimentos, estava sentada sozinha no apartamento vazio de Manhattan, olhando pela janela. Um cãozinho cruzou a tela tão rápido que parecia um gato. Sinistro de cara. Ross se sentou na caminhonete com os filhos, claramente ambivalente quanto a sair da cidade, de alguma forma ciente de que o marido planejava transformá-la em um robô. Alguma coisa chamou sua atenção – um homem ruivo, que se parecia um pouco com Stuart, atravessava a rua com um manequim feminino nu debaixo do braço.

– Isso não te dá calafrios? – perguntou Rebecca.

– É um presságio – disse Stuart. Ele pegou seu celular e digitou alguma coisa.

Rebecca achou aquilo presunçoso, mas preferiu nada dizer. Não gostava de certas coisas nele, mas estava tudo bem. Aquela era a questão. Ela não ia se casar com o cara; ele podia ser um pouco irritante.

Quando a família se acomodou em Stepford e a estranha mulher do vizinho levou-lhes um prato que preparara, Stuart se inclinou para frente, interessado. Ao fazê-lo, seu joelho se deslocou ligeiramente, de forma a roçar o de Rebecca. Ela nada disse, mas conservou a perna completamente imóvel a fim de que eles continuassem a se tocar. Uma corrente passou entre os dois, e, quando levou a taça aos lábios, ela percebeu que sua mão estava trêmula.

Quando ele tornou a recostar-se no sofá, aproximou-se quase imperceptivelmente dela, sem parecer deslocar a bunda. Ele tinha de ter aprendido aquilo nos *sets* de cinema – como se certificar de estar na área de tensão sem parecer nem mesmo se mover.

– Quanto Park Slope tem de Stepford? – perguntou Stuart.

– É assustador.

– Nós achamos que inventamos as supermães, mas elas são muito antigas. Tipo anos 50. Só que, naquela época, as supermães tomavam Valium.

– Você preferia ter uma mulher que tomasse Valium e te servisse um martíni quando você entrasse pela porta toda noite ou uma mulher trabalhadora e feliz que não fizesse nenhuma gentileza?

– Com certeza, a mulher tomando Valium – disse ele. – Então eu poderia dispor dela à vontade.

Ele a desejava. Estava acontecendo.

– Quando vi *O inquilino* outro dia – disse ela –, eu não estava só assistindo.

– Ah, é? – A voz dele soou baixa e muito íntima. – Você tem uma queda pela Shelley Winters?

– Aquela cena, no cinema... é sexy. O jeito como ele toca a mulher. E ela gosta. Quero dizer, eu não fiquei excitada por eles estarem em um cinema cheio de pervertidos, fiquei excitada por ele achar que podia fazer com ela o que quisesse.

– Você sempre faz isso quando assiste a filmes?

– Se houver alguma coisa neles de que eu goste. Eu cursei a Barnard, mas fico muito excitada com a submissão feminina.

– Eu sabia que nós tínhamos muita coisa em comum.

Stuart pousou a mão na coxa de Rebecca. E então, como se fosse a coisa mais natural do mundo, puxou-a para si e a beijou. O hálito dele era doce, mas tinha um ligeiro sabor de canela. Teria ele mascado chiclete no caminho? Caso houvesse, queria dizer que se importava com o que ela pensava de seu hálito. Ele agarrou-lhe a nuca. Era confiante e muito masculino. Era um homem que sabia o que queria, e o que ele queria era Rebecca.

As roupas dela desapareceram rapidamente. Ela retirou-lhe a camisa para beijar o mesmo peito que admirara no parquinho. Ele gostou da calcinha dela e disse isso a ela.

Quando os dois estavam nus e Rebecca o havia chupado um pouco, ela pegou a camisinha no quarto, voltou e começou a desenrolá-la nele. Houve uma batida na janela por trás das persianas.

– Meu Deus – disse Rebecca.

Outra batida, mais insistente. Ela jogou um lençol ao redor do corpo e foi até a janela, abrindo apenas uma fresta da persiana.

— Você tem a chave do porão? — perguntou Rakhman pela janela.

— Está no console lá embaixo — ela respondeu rapidamente.

— Eu já chequei. Não estava lá.

— Toque no Apartamento Um. — Por um segundo, ele pareceu reparar em Stuart no sofá, mas ela não teve certeza. Fechou as persianas e voltou para perto de Stuart.

Ele não havia perdido a ereção. Aquilo a deixou lisonjeada. Um homem podia querê-la. Ela não estava acabada.

— Você está com a camisinha? — ela perguntou baixinho.

— Estava com você — respondeu ele. Rebecca procurou embaixo da almofada, mas não a encontrou, tampouco se achava sob o sofá.

As mãos dele estavam pousadas nos ombros dela. Se não fizessem aquilo rápido, o momento passaria e eles nunca fariam. Em todo caso, que importância tinha a camisinha? Aquele era um período seguro do mês, não muito distante da menstruação. E ela desejava senti-lo dentro dela.

Rebecca o cavalgou, fitando os famosos olhos azuis, desejando prolongar aquele primeiro momento perfeito. Gozou rápido e movimentou-se até gozar uma segunda vez. Ele parecia quase lá, então seu corpo tremeu e ele a ergueu ligeiramente enquanto gozava. Ela ajoelhou-se e o envolveu com a boca para receber o sêmen a fim de que ele não sujasse o sofá.

Rebecca deitou-se em cima dele, sentindo-lhe a pele quente. Se soubesse que Stuart Ashby seria seu empresário em St. Louis, jamais teria ficado aborrecida quando Theo dissera aquilo.

Stuart beijou-a no pescoço, na boca, na bochecha, na testa, outra vez na boca e declarou:

— Você foi... ainda melhor do que eu imaginava.

— Isso é um elogio?

— Ah, é — respondeu ele. — Você não faz ideia do que eu imaginei.

Então ela riu, um riso alto e livre que a surpreendeu. Ele a tornara idiota.

— Eu também pensei um bocado em você. Pensei em você na primeira vez em que te vi naquele filme do Matt Damon. Quero dizer, fui para casa e... fiquei pensando em você.

— Você está em boa companhia. Milhões de mulheres americanas fizeram a mesma coisa.

Rebecca deu-lhe um tapinha de brincadeira no braço. Aquilo era tão surreal... Ela estava brincando de dar tapinhas em um astro de cinema importante depois de ele ter ido a seu apartamento para fazer amor com ela.

– Você está bem? – perguntou ele.

– Estou ótima.

– Eu não sabia que você fazia isso.

– O quê?

– Sorrir.

– É claro que eu sorrio.

– Não com muita frequência. Mas eu tinha o pressentimento de que podia te levar a isso.

Eles vestiram-se lado a lado, parando a cada poucos segundos para se beijar. Ela queria fazer milhões de perguntas sobre como ele era quando criança, o que realmente sentia por Melora, se queria ter seus próprios filhos e se voltaria ao apartamento dela toda as terças e quintas pelos próximos, digamos, sete anos. Mas sabia que a maneira mais rápida de estragar tudo era conversar sobre o assunto.

Ainda assim, embora não tivesse a menor intenção de prender Stuart, temia que ele se levantasse, bocejasse e dissesse: "Eu tenho de ir andando." O cara ia para cama com Melora Leigh toda noite. O que iria querer com uma mãe de Park Slope, com quem o próprio marido não queria nada?

E, por ter certeza de que ele iria embora, Rebecca ficou chocada quando ele se espreguiçou e perguntou:

– Por que nós não damos uma volta?

O JARDIM OSBORNE

Lizzie estava tendo dificuldades para se mover. Havia levado Mance ao Jardim Botânico do Brooklyn para que ele passeasse um pouco na sombra, mas, depois de uma hora empurrando-o e levando-o para ver os patos no jardim japonês, sentia-se exausta. Ela parou em um banco para descansar. Enquanto estava ali sentada sob as pérgulas drapejadas de glicínias, um casal se aproximou, dirigindo-se à fonte.

Havia alguma coisa familiar na maneira como a mulher se deslocava. Era Rebecca. A primeira reação de Lizzie foi de confusão – Rebecca não estava empurrando o carrinho – e então Lizzie percebeu que Rebecca estava caminhando na companhia de um homem. A princípio, pensou que fosse o marido de Rebecca, mas à medida que eles se aproximavam, ela o reconheceu dos filmes. Stuart Ashby.

Lizzie ergueu os olhos, prestes a cumprimentá-la, mas Rebecca estava tão envolvida por ele que sequer viu Lizzie, e eles passaram, rindo alto juntos.

Como Rebecca podia não a ter notado? Tudo que precisava fazer era erguer um pouco os olhos. Lizzie fazia contato visual com quase todas as mães por quem passava, para ver como lidavam com os filhos e também se conhecia as crianças. Mas Rebecca sequer parava ao avistar uma mãe com um Maclaren.

Mesmo às costas dos dois, Lizzie percebia que Rebecca estava impressionada; parecia superconcentrada, com toda uma postura diferente. Lizzie escutava muito Ani DiFranco quando era gay e lembrou a letra de uma música sobre uma mulher que se apaixonara por um sujeito mau: "Ela inverte a respiração quando fala com ele." Essa era a aparência de Rebecca, como se estivesse invertendo sua respiração.

O que Rebecca estava fazendo, saindo com Stuart Ashby? Teriam eles realmente acabado de se conhecer ou conheciam-se fazia tempo? Talvez estivessem tendo um caso, e a única maneira que Rebecca encontrava para falar sobre o assunto era dizer que o havia treinado na Cooperativa. Lizzie estava furiosa com a amiga por ser imprudente a ponto de ser vista em público com uma celebridade casada que se achava nos tabloides por ter um casamento problemático. Naquela mesma manhã, o *New York Post* havia publicado uma terrível foto de Melora juntamente com um artigo que afirmava que ela e Stuart estavam tendo problemas. Rebecca não sabia?

Eles pararam perto da fonte e sentaram-se em um banco de pedra, próximos. Se não estavam tendo um caso, por que estavam juntos no meio do dia? Alguém como Stuart Ashby não precisava de novos amigos. Ele era como a Madonna, já havia conhecido todo mundo.

Como Rebecca podia fazer aquilo com ela? Por que Rebecca permitiria que as coisas houvessem ido tão longe na noite anterior no apartamento de Lizzie se também não sentisse alguma coisa? Lizzie comprara um par de brincos para Rebecca no *Clay Pot* antes de ir ao jardim. Planejava entregá-los naquela noite no *Gate*. Eram pequenos discos de prata, elegantes e discretos, que Lizzie imaginara emoldurando o rosto de Rebecca. Haviam custado 62 dólares e Lizzie os comprara em dinheiro, como se estivesse fazendo uma travessura. Como daria os brincos a Rebecca agora, quando era óbvio que ela estava apaixonada por outra pessoa?

Ela ligou para o celular de Rebecca, sem saber o que iria dizer. Não lhe contaria que estava no jardim, isso seria estranho demais, mas queria que Rebecca ouvisse sua voz. Lizzie viu Rebecca tatear o interior de sua bolsa em busca do aparelho, olhar para o número, em seguida tornar a guardar o aparelho na bolsa. Rebecca voltou a conversar com Stuart.

Quando o correio de voz atendeu, Lizzie disse, com precipitação:

– Oi. Eu só estava ligando para falar sobre hoje à noite. Nós devíamos nos encontrar antes de ir para o Gate. Então me ligue, ok?

Após desligar, Lizzie sentiu-se ainda mais infeliz que antes. Rebecca vira seu número e não dera importância à chamada. As pessoas não faziam isso com amigos de verdade.

Lizzie desejava correr até os pombinhos e gritar: "Ela só está dormindo com você porque o marido não trepa com ela!" Stuart não sabia que Rebecca era mais fracassada que Lizzie. Tudo bem, usava roupas mais caras, mas era ela quem causava pena.

Lizzie ergueu-se e começou a dirigir-se à alameda Eastern. Olhou para trás uma última vez, esperando que reparassem nela, mas eles estavam de costas, a caminho da esplanada Cherry.

Lizzie odiava a sensação de estar presa com uma criança, e eles, livres e sós. Rebecca tinha a sorte de poder arcar com as despesas de uma ajudante, mas queixava-se de Abbie como se não tivesse babá.

Ocorreu a Lizzie que ela poderia passar algum tempo sem Mance se deixasse Mona ficar com ele; a mãe de Michelle Obama ficava com as meninas Obama o tempo todo enquanto Michelle e Barack faziam campanha. Mas aquilo era diferente. Elas eram mais velhas e, além do mais, era a mãe da própria Michelle, não sua sogra, de modo que ela devia se sentir à vontade para deixá-las aos cuidados da avó. Lizzie perguntou a si mesma se seria diferente se fosse a mãe de Barack, a branca, que morasse nas proximidades. Michelle teria imposto as filhas à sogra ou teria se recusado sumariamente a fazer campanha?

Lizzie telefonara para Mona pela manhã para lhe pedir que tomasse conta do filho naquela noite. Se tudo corresse bem naquela noite, então ela poderia deixar Mona ficar com ele durante o dia, mas apenas por uma hora no início. Elas teriam de fazer aquilo pouco a pouco.

Enquanto corria em direção à saída, Lizzie suava. O que quer que estivesse acontecendo entre Stuart e Rebecca, era óbvio que Rebecca estava inebriada. Rebecca era ainda pior que uma reprodutora, era uma reprodutora obcecada por famosos.

Na alameda Eastern, o telefone de Lizzie tocou e ela deu um salto, pensando que fosse Rebecca. Mas era Jay.

— Eu só estou dando um alô – disse ele.

Jay gostava de ligar em seu próprio tempo; às vezes, quando ela telefonava, ele levava horas para retornar a chamada. Lizzie sabia que ele ouvia as mensagens para ver se era urgente; se não fosse, ele a colocava no fundo da lista.

— Nós estamos bem – disse ela. – Está quente. – Ele havia feito uma apresentação na noite anterior, mas Lizzie não conseguia lembrar a cidade. – Como foi ontem à noite?

— Incrível. O pessoal pediu bis duas vezes.
— Onde você estava mesmo?
— Hanover — disse ele e suspirou, como se ela devesse memorizar o itinerário da turnê dele.
— Isso é ótimo! Fico feliz que tenha corrido tudo bem! — Mas Lizzie não estava realmente feliz por ele. O sucesso dele não a incluía. Jay parecia gostar das escapadas da vida familiar. Quem não gostaria? A vida em família era uma prisão. Mas ela nunca dava uma fugida porque Jay sempre agia como se o tempo dele fosse mais valioso que o dela.
— A sua mãe vem tomar conta de Mance hoje à noite — disse ela.
— Que ótimo! Fico feliz que você tenha pedido isso a ela.
— Vou sair para jantar com uma amiga. — Lizzie esperava que ele pedisse mais detalhes, mas não foi o que aconteceu. Jay nem mesmo perguntou quem era a amiga. Até onde ele sabia, ela poderia estar tendo um caso, o que não parecia ameaçá-lo nem um pouco.
— Estou com saudades — disse ele.
— Nós também.
— Ele quer me dar um oi?
— Ele tem andando muito chato. É melhor não. A que horas você chega amanhã?
— Por volta da hora do jantar. Eu ligo quando a gente estiver perto da cidade.
Lizzie tentou se lembrar da última vez em que ficara entusiasmada para que Jay voltasse para casa, a última vez em que seu coração disparara quando ouvira os passos dele na escada. Ele a deixava tão furiosa que era impossível ficar ansiosa para vê-lo. Ela não sabia se ele a deixava furiosa por ser tão irresponsável ou por ser seu marido.
— Estou te ouvindo muito mal — disse Jay. — Onde você está?
— Nós fomos ao zoológico e depois ao Jardim Botânico.
Lizzie estava passando um aperto para segurar o telefone enquanto empurrava o carrinho. Ela caiu em um buraco e Mance tombou para fora. Ele não se machucou, mas ficou assustado e prorrompeu em um choro acusador.
— O que aconteceu? — perguntou Jay.
— Nada, o carrinho bateu em um ressalto.
— Ele estava preso?
— É claro que ele estava preso — mentiu ela. — Olha, eu tenho que ir. — Ela colocou Mance no carrinho e afivelou os cintos. Ele chorou por todo o caminho até em casa.

SANT AMBROEUS

Melora chegou ao Sant Ambroeus com aparência tão fantástica quanto alguém na sua situação poderia esperar. Lynn enviara um time de primeira para ajudá-la: o cirurgião plástico de Melora, Steven Resnick, que havia costurado o corte com pontos invisíveis; um maquiador alemão transexual chamado Toni, que empregara um corretor facial japonês no corte e no herpes; um ortopedista bem conceituado do SoHo, que colocou uma atadura ACE em seu tornozelo, mas insistiu para que ela tirasse raios X assim que possível, e um cabeleireiro gay italiano chamado Alessandro, que aplicou extensões no que lhe restava do cabelo a fim de cobrir os tufos. Para esconder a atadura ACE, Melora escolheu jeans Adriano Goldschmied escuros e longos, apesar do tempo abafado, camiseta Marc Jacobs preta e branca de edição limitada com os dizeres WHERE IS THE OUTRAGE? [Onde está a indignação?] e um par de Manolos Satin D'Orsay pretos de saltos baixos.

Para os nervos, Melora tomou 150mg de Zoloft e 2mg de Ativan antes de sair. O ortopedista, dr. Ash, havia ministrado um pouco de Vicodin para a dor, de modo que ela tomou também um comprimido de analgésico.

Quando Melora saiu sob o sol do meio-dia, meia dúzia de *paparazzi* estavam reunidos diante de sua porta: abutres que prosperavam à base de morte e sofrimento. Ela sentira-se muito mal depois da overdose de Heath, com eles diante da casa em Boerum Hill. Um homem havia morrido, e, ainda assim, eles não demonstravam a menor decência.

Melora reconheceu o costumeiro grupo de babacas, da maioria dos quais sabia o primeiro nome. Em geral, via-os apenas em inaugurações ou pré-estreias, e era inquietante avistá-los diante de casa. Phil Parnell encabeçava o bando, claro, com uma barba incipiente e o nariz perpetuamente vermelho. Ela sentiu vontade de esmurrá-lo no rosto.

As câmeras dispararam como fogo rápido, e ela sentiu-se fraca, mas concentrou-se com todas as forças para caminhar firme, satisfeita por ter escolhido saltos baixos. Ringo, um sujeito corpulento de origem indefinida no Leste Europeu, esperava por ela com a limusine. Melora nunca se sentiu tão aliviada ao vê-lo. Ele subiu correndo as escadas para escoltá-la até embaixo, enquanto ela conservava a cabeça abaixada e ignorava as perguntas dos *paparazzi*:

– É verdade que você é viciada em heroína?
– Você vai adiar todos os seus trabalhos por enquanto?
– Melora, você está grávida?

Melora instalou no rosto um sorriso polido. Assim que se viu no interior seguro da limusine, que era agradável e não cheirava a desodorizador de ambientes, suspirou de alívio. Se ao menos houvesse conservado Ringo... Então não haveria *paparazzi* diante de sua porta, pois teria voltado da Southpaw em segurança.

Quando Melora entrou no Sant Ambroeus, um luxuoso restaurante italiano no West Village, viu uma modelo etíope esquelética no bar, lendo o *New York Post*. A garota ergueu os olhos, reparou em Melora e pareceu atordoada. Humilhada, Melora deu-lhe as costas enquanto cumprimentava a *hostess*, um filé de borboleta com sotaque europeu aparentemente fabricado, que fingiu não a reconhecer.

Adam ainda não havia chegado, portanto Melora escolheu uma mesa ao fundo e pediu um bule de chá cujo nome parecia uma doença intestinal indiana. Stuart teria adorado.

Adam Epstein estava trinta e cinco minutos atrasado. Quando deu as caras, o Ativan estava fazendo efeito e tudo parecia fácil e simples. Melora quase esquecera a aglomeração diante da mansão. Tudo que precisava fazer era manter-se jovial, e acertaria em cheio naquela reunião.

– Desculpe o atraso – disse Adam, sem apresentar justificativa. Melora levantou-se e o beijou em ambas as faces, então cambaleou um pouco ao tornar a sentar-se. Estivera com ele pessoalmente apenas uma vez, em uma festa do Círculo dos Críticos de Arte Dramática de Los Angeles, mas a conversa havia sido breve e superficial.

Naquele instante, de perto, Melora viu-se atraída por ele. Ele não fazia seu tipo; ela em geral não gostava de judeus, e ele tinha alguma coisa de judeu adolescente, com os longos cílios e o cabelo macio ao estilo dos estudantes de curso secundário, mas havia nele alguma coisa sexy, talvez a confiança intelectual. Ele segurou as mãos dela com ambas as suas e fitou-a com um olhar que parecia uma tentativa de ocultar compaixão com um grande reconhecimento.

– Oi – disse ele, como se aquilo fosse um primeiro encontro. Repetiu o cumprimento várias vezes. Melora ficou sem saber se deveria responder.

A garçonete chegou para anotar os pedidos, e Adam pediu a Insalata Centocolori, explicando que recentemente se tornara vegetariano. Melora, que havia pulado o café da manhã, ansiava por carne vermelha, mas, não desejando ofender o respeito dele pelos animais, pediu igualmente a Insalata.

– Alguma coisa para beber? – perguntou a garçonete.

– Uma taça de Sangiovese – disse Adam, em seguida olhou para Melora e acrescentou: – Que diabos. Eu tive um voo longo ontem à noite.

– E você? – a garçonete perguntou a Melora.

Melora ficou em dúvida. Dada sua má publicidade, sabia que seria inconveniente pedir qualquer coisa alcoólica, mas, como Adam o fizera, teve a impressão de que ele estava lhe dando permissão, portanto respondeu:

– Vou querer o mesmo. – Ele pareceu encará-la com desaprovação, e ela desejou poder cancelar o pedido.

– Quero que você saiba – disse ele quando a garçonete se afastou – que, o que quer que esteja acontecendo com você, não me interessa. Sempre trabalhei fora do sistema e não acho que a vida pessoal das celebridades seja relevante para o trabalho delas. Quando estávamos filmando *Eva and Andie* em Bovina, a imprensa estava louca atrás de fotos de Sandy porque ela havia acabado de se casar com Jesse James e ele também estava lá. Então isolamos o *set* e fizemos o filme como uma tese de pós-graduação.

– Ah, você fez pós-graduação em cinema?

– Não. – Aquilo parecia ser um ponto sensível, e ela arrependeu-se da pergunta. – Sou completamente autodidata. Acho que graduação em cinema é uma mentira e disse isso em várias entrevistas. – Ela estava detonando tudo. Não fazia o menor sentido ficar ali para o restante do almoço. Começou a se desculpar, mas ele prosseguiu:

– Eu só quis dizer que estávamos reduzidos ao essencial em *Eva and Andie*. Se você comparecer ao meu *set* pontualmente e fizer um bom trabalho, é tudo que me interessa. O que faz entre as suas obrigações é problema seu. Eu detesto a imprensa. Se nós estivéssemos vivendo em um mundo diferente, as coisas não seriam assim. Você acha que Truffaut tinha de lidar com essa bobagem?

– Não, não acho – disse ela, desejando ter se aprofundado em Truffaut para poder referir-se a alguns de seus filmes.

A garçonete trouxe o vinho. Adam tocou a haste da taça, mas não bebeu, então ela também não o fez. Melora tinha a sensação de que estava em um deserto e havia alguém balançando uma garrafa de Poland Spring na sua cara.

– Escrevi Rosie para você – disse ele.

– Mesmo? – Melora sentia o Sangiovese em sua boca, mas ele parecia ter esquecido que o dele estava ali e tomou um gole de água em lugar do vinho, então ela bebeu chá.

– É. Eu estava batalhando um bocado nos primeiros rascunhos, e finalmente me veio um estalo, quando me ocorreu que Rosie era uma versão mais velha da personagem que você interpretou em *Jeannie Doesn't Live Here Anymore*.

O queixo de Melora caiu. *Jeannie* havia sido um especial vespertino da ABC que ela estrelara aos quatorze anos, sobre uma garota que se tornava bulímica; fora considerado inovador por chamar atenção para a doença. Melora não era bulímica quando o filmou, ela se automutilava. Dois anos mais tarde, quando estrelou um especial vespertino da ABC sobre automutilação, tornara-se bulímica.

– Você assistiu àquilo?

– Eu me apaixonei por você. Para mim, Rosie é Jeannie, mais velha. Ela está procurando em seu interior, muito solitária, mas vive em uma cultura na qual precisa conseguir uma falsa fachada. O que me interessa é o espaço entre a verdade e a fachada. Todos os meus personagens femininos têm essa luta.

Alguma coisa em tudo aquilo comoveu Melora. Ele vira seu trabalho de infância e percebera uma continuidade entre ele e o trabalho que ela realizava agora. Nas entrevistas, ela sempre tentava descartar suas atuações de infância, mas, em muitos sentidos, tinha a sensação de que havia sido o seu melhor, por ela ser tão pouco autoconsciente, tão pura.

— Sabe — disse ela —, tive um sonho com Rosie de cabelo armado e...

— Você vê Rosie de cabelo armado?

Ela assentiu com um movimento de cabeça. Ele estendeu a mão para sua bolsa a tiracolo e extraiu uma foto preta e branca de uma glamurosa esposa dos anos 50 com um penteado armado, parecendo infeliz.

— Esse é o meu modelo para a personagem. Juro por Deus. Acabei de ter uma reunião com a diretora de figurino e mostrei a ela essa foto.

Eles entreolharam-se como se estivessem prestes a fazer amor. Aquilo ia acontecer. Ninguém descobriria sobre a carteira. Ela desejava engatinhar por sobre a mesa e dar um beijo de língua em Adam.

Os olhos castanhos judeus dele perfuraram os dela, e ocorreu a Melora que ela possuía uma chance de falar com honestidade. Era tão difícil conversar com alguém atualmente, tão difícil ser verdadeira. Fora por isso que roubara a carteira. Mesmo que aquilo houvesse gerado um problema, não se arrependia do sentimento que experimentara quando a pegou, o sentimento, por uma fração de segundo, de estar viva.

Talvez Adam Epstein conhecesse a dor de sentir-se diferente de todo mundo. *The Undescended* dizia respeito a isso, um jovem marginalizado alcançando a maturidade. Talvez lá no fundo, por baixo daquela atrevida arrogância nova-iorquina, da extensamente anunciada amizade com Woody Allen e do Prêmio de Melhor Roteiro Original da Associação de Autores Americanos, Adam Epstein estivesse sofrendo. Talvez entendesse a dor proveniente de ninguém de fato dirigir-se a ele como se ele estivesse presente. Talvez, quando acordasse pela manhã, não olhasse para Jessica Chafee e se considerasse afortunado por ser casado com uma mulher tão linda. Talvez tivesse a sensação de que Jessica Chafee não o conhecia.

Incapaz de esperar mais, Melora tomou um grande gole de vinho, abrindo totalmente a boca ao levar a taça aos lábios. Adam pareceu lembrar-se de que sua taça estava ali e tomou um gole afeminado.

— Posso te perguntar uma coisa? — disse ela. Ele balançou a cabeça com ar sério, os olhos ainda emanando entusiasmo, quase como os de uma estrela de cinema. Eles eram tão escuros e redondos... Ela podia sentir seu QI aumentar só de olhar para eles. – Você às vezes não acha difícil sair da cama? – Em lugar de responder, ele gesticulou.

– Bem, às vezes eu me sinto muito cansada – disse ela. Ele balançou a cabeça devagar. Melora tinha certeza de que ele a achava louca... Naquele instante, ou até mesmo quando vira a foto do *Post*. Mas precisava conversar com alguém e, por não poder dizer a seu péssimo psiquiatra ou a seu marido o quanto era opressivo ser Melora Leigh, decidiu contar a Adam Epstein. Adam iria entender. – Eu acho difícil sair da cama de manhã. Só o fato de ir ao banheiro para escovar os dentes e me vestir consome uma quantidade enorme de energia. Não consigo me organizar para fazer coisas muito simples. É como se eu tivesse pesos imensos presos aos meus membros, como homens presos a uma mesma corrente. Eu não sei. Talvez seja uma fase. Hormonal. Muitos problemas são causados por hormônios. Talvez seja porque estou prestes a fazer quarenta.

Ele balançou a cabeça rapidamente, como um cão livrando-se da água de um lago.

– Vanessa disse que você tinha trinta e sete.

– Não, o IMDb acertou. Eu faço quarenta em outubro. – A pele europeia oriental dele lhe pareceu vários tons mais pálida. – Isso é um problema?

– De maneira nenhuma. Eu só... Sabe quando você pensa uma coisa e então descobre outra? É só... Estranho, sabe? – Ele bebericou o vinho; observou a base da taça com fascínio; em seguida, ergueu os olhos na direção dela. – Continue. Pesos nos pés.

Melora tinha certeza de haver estragado tudo. Adam a considerava velha demais para o papel, embora o roteiro dissesse claramente que Rosie tinha quarenta e um. Não fazia sentido continuar. Mas ela estava começando a lhe contar a verdade e, quando a pessoa começava, era muito difícil parar. Melora queria confiar nele. Adam possuía um rosto tão receptivo... Era por isso que as mulheres gostavam de trabalhar com ele. Achavam que podiam protegê-lo e sufocá-lo ao mesmo tempo.

– Bem, há anos eu vinha sentindo que o problema era eu – continuou Melora –, como se houvesse alguma coisa errada comigo por não conseguir me organizar. Mas, alguns dias atrás, comecei a pensar que talvez eu não seja devagar. Talvez o problema seja que todo mundo está correndo demais. E as pessoas que estão tentando fazer com que eu me sinta louca estão fazendo isso porque têm algum interesse em acreditar nisso, seja meu psiquiatra, meu marido, meu filho ou minha agente. Você já viu *À meia-luz*?

— Está entre os meus dez favoritos! — gritou ele, entusiasmado. Por fim, ela havia avançado. Esperou que ele dissesse mais alguma coisa, mas ele não o fez.

— Bem, eu me sinto como Ingrid Bergman — disse ela, hesitante. — É como se eu soubesse que todo mundo está conspirando para me levar à loucura, mas o problema é que não encontro ninguém que acredite em mim. Eu percebo a farsa que é tudo isso, mas, em vez de me libertar, o sentimento é... Deprimente. Quero dizer, com quem posso contar neste mundo? Com quem posso contar quando vejo uma foto como aquela no *New York Post*? Com quem eu posso contar?

Adam parecia acuado, mas suas sobrancelhas inclinavam-se para os lados, portanto ele sempre parecia um pouco acuado. Como estaria entendendo aquilo? Iria escalar outra pessoa, ou Melora tinha uma chance de fazê-lo mudar de opinião ao igualar-se a ele? Ela se lembrou de uma história a respeito de Barbra Streisand em *Audition*; Barbra chega para o teste de uma peça parecendo uma mendiga, com roupas ultrapassadas, mascando chiclete. Barbra tira o chiclete da boca, gruda-o embaixo de uma banqueta e segue em frente, deixando todo mundo assombrado com sua voz. Então, no final, depois que ela sai, o diretor de elenco vai até a banqueta, mas não existe chiclete nenhum. Fora tudo encenação para reduzir as expectativas deles, a fim de que pudesse impressioná-los ainda mais.

Melora sentia-se como Barbra Streisand sem os pulmões.

— Olha — disse ela —, eu sei que você lê o *Post* e sei que deve estar achando que sou uma visão assustadora.

— Você nunca esteve mais deslumbrante. — Estaria ele mimando-a? Seria alguma espécie de mentiroso? Era ultrajante ter alguém mentindo assim na cara dela.

— Adam! Esse cabelo é falso! — Ela ergueu algumas mechas para mostrar a ele. — Pedi um isqueiro para alguém ontem à noite, e meu cabelo pegou fogo. Sabe por quê? Porque martínis e Ativans não combinam! Pergunte a Lily Allen! Você sabe a que horas eu começo a beber na maioria dos dias? — Ela tomou um grande gole de vinho para enfatizar o que estava dizendo, e Adam tomou um gole do seu como que para preparar-se para o que quer que ela fosse dizer em seguida. – Às vezes, às onze. Da manhã. Eu costumava me forçar a esperar até seis da tarde. Então passei para as cinco, e agora chamo de a hora do vinho, para poder começar quando quiser. Eu me orgulho disso? Não. Quero viver assim para sempre? Porra, não! Mas eu não posso mais voltar para os pavilhões, Adam! Estou velha demais! Gente, gente! Eu simplesmente não suporto gente!

Ele estava piscando para ela em silêncio, o rosto impassível. Melora gostaria de saber como seria viver com ele, se ele gritava com a mulher de vez em quando.

– Então eu bebo. E às vezes tomo uns comprimidos. Eles vão direto para as circunvoluções ansiosas do cérebro e as interrompem. Interrompem a ruminação obsessiva. Aparentemente a ruminação obsessiva tem origem no treinamento precoce do banheiro, mas não falo com a minha mãe, então nunca descobri em que idade fui treinada. Você já ouviu falar em benzodiazepínicos?

Ele assentiu com um lento movimento de cabeça. Ela prosseguiu:

– Eu imaginei. O seu povo é bastante neurótico por natureza. Você mesmo provavelmente toma inibidores seletivos de recaptação da serotonina, tendo em vista o divórcio dos seus pais, e, se qualquer uma das cenas de bolinação em *The Undescended* era autobiográfica, você provavelmente tomou anticompulsivos também.

Melora estava ali para conversar sobre um papel em um filme e agora partira para a masturbação pública. Estava acusando Adam de ser depressivo. E tratava-se da pessoa que ela queria que a escalasse. Não esperava que as coisas degringolassem tão rápido.

– À propósito – ela apressou-se a dizer –, eu adoro os comerciais da NRDC que você fez. Bastante *new wave*.

– O *Adweek* disse que eram pretensiosos – confessou ele.

– Não! – disse ela. – Aquele *close* nas mãos do homem moribundo passa a mensagem. Fico tão preocupada quando penso no aquecimento global... Quer dizer, eu tento fazer a minha parte. Acabei de me associar à Cooperativa Alimentícia de Prospect Park. – Ele não teve nenhuma reação. Mas talvez não estivesse sendo mesquinho. Talvez fosse um homem de poucas palavras. Era impossível construir um relacionamento com alguém que não se conseguia interpretar.

— Em todo caso — disse ela —, não era sobre isso que eu queria conversar com você. — Ela precisava voltar ao filme. Se conseguisse convencê-lo de que entendia o roteiro, ele teria de escalá-la. — Eu queria conversar sobre o lindo filme que você escreveu, esse filme sobre o vazio no cerne do casamento.

— É disso que você acha que o filme trata?

— Bem, é.

— Huh.

— Não é disso que você acha que o filme trata?

— Eu estou mais interessado no que você acha.

— Sem essa, Adam! Já chega de besteira! Do que você acha que o seu filme trata?

Ele parou e tomou um grande gole de água.

— O eterno poder do amor.

Ele estava louco. Era como dizer que *Cenas de um casamento* era o filme mais romântico já produzido. Se ele não entendia o próprio trabalho, ela teria de explicá-lo.

— O filme não tem nada a ver com amor, Adam! Nenhum dos seus filmes têm a ver com o amor! Talvez você tenha usado essa fala tentando convencer algum investidor para conseguir financiamento. Mas não tente essa merda comigo.

Ela esforçava-se ao máximo para não xingar desde que adotara Orion, mas agora estava xingando a torto e a direito.

— Lamento ter tentado essa merda com você — disse ele. Ela esperava que Adam fosse impenetrável, mas não tanto. Não fazia ideia se estava acertando no ângulo ou se dando tão mal que ele iria difamá-la para a indústria inteira, transformá-la em piada em um jantar do Friars Club.

— Eu sei que existem outras atrizes que talvez se apresentem com uma publicidade melhor, mas o que você vai ter comigo — e vamos ser honestos aqui, se em algum momento esse encontro era uma formalidade, as últimas 24 horas o transformaram em algo mais — é alguém que é perfeita para o papel, que entende Rosie. Vanessa me contou que Kate Hudson quer entrar, e eu não quero parecer rancorosa, mas, se Stu e eu formos assistir a *Yellow*

Rosie no Pavilion e eu vir Kate Hudson de cabelo louro armado, vou arrancar meus malditos olhos.

– E por quê?

– Em primeiro lugar, ela tem dez anos a menos que deveria. Kate Hudson como mulher de Viggo Mortensen? Ele tem cinquenta anos! Segundo, sinto muito dizer, mas aquela garota não tem nenhum recurso! Ela quer ter, foi por isso que deu um duro danado em *Quase famosos*; mas drama não é o forte dela. Estou te dizendo, toda aquela tinta no cabelo vai para o cérebro da mulher, Adam! – Os olhos dele cintilaram em direção à cabeleira de Melora. – Você acha que *eu* tinjo? Ah, Adam, eu sou uma loira de verdade. – Ela pôs-se de pé e começou a abrir o fecho dos jeans, mas ele ergueu a palma da mão.

Ela tornou a se sentar.

– Só para você saber – disse ela –, estou disposta a fazer nu frontal. Na verdade, acho que a única coisa que está faltando nesse filme é um bom chumaço de pentelhos dos anos 50. E porque pratico a atuação metódica, já estou deixando crescer, Adam. Já estou deixando crescer. Pense em mim como o Robert De Niro da boceta. – A garçonete levou a comida e saiu às pressas, como se temesse pegar alguma coisa de Melora.

Robert De Niro da boceta? O que ela havia dito?

– Sinto muito – disse Melora baixinho. – Tenho andado muito estressada ultimamente.

– Eu entendo – respondeu ele.

– Na verdade... minha mãe sofre de demência.

– Pensei que você não falasse com ela.

– É por isso que é tão difícil.

Os olhos dele pareciam tristes e receptivos. Talvez Melora devesse ter mencionado a demência desde o início.

– Adam – disse ela, cruzando os braços sobre a mesa e deslizando na cadeira –, se você me escalar nesse filme, posso te prometer uma coisa: você vai ter a verdade. Eu tinha um professor de teatro, um professor russo na Stella, no início dos anos 80, Misha Slovinsky. Na aula de Misha Slovinsky, nós fazíamos as nossas cenas e, no final de cada uma, não importa o quanto tivesse sido boa ou quem tinha atuado, ele dizia: "Eu num cridito." E então explicava o que não parecia verossímil e por quê. Os comentários dele eram sempre totalmente corretos, e a gente saía dizendo: "Como esse homem pode ser tão inteligente?"

"Bem, um dia fiz uma cena tirada de *Hooters* na qual Ronda, a feia, fala sobre o fato de não ser bonita. Misha gostava muito de nos escalar para papéis que não combinavam com nosso tipo físico, então escalou Ricki Lake como Cheryl, a gostosa, e eu como Ronda. Fiz a cena e foi aquela coisa mágica onde tudo meio que se encaixa, mesmo ali na sala de aula suja, com *sets* escassos e nenhuma maquiagem. E, no final da cena, Ricki e eu nos sentamos lá nas duas cadeiras; a gente tinha que encarar a turma enquanto ele fazia as críticas. Ele se recostou na cadeira, cruzou os braços e disse: "Eu cridito." Adam, se você me escalar para o seu filme, você vai criditar.

As sobrancelhas de Adam pareceram resvalar para as laterais da cabeça. Teria Melora o deixado deprimido, ou estaria ele apenas pensando intensamente?

– Eu acredito em você – disse ele. Sua voz soou tão uniforme e comedida que Melora não conseguiu descobrir o que ele queria dizer com aquilo. Estaria expressando sua fé no trabalho dela ou pavor?

Se ele a escalasse depois de tudo aquilo, seria uma espécie de milagre. Mas parte dela já não se importava mais. É claro que ela queria o papel, mas tinha a sensação de que aquilo estava fora de seu controle. Melora tivera uma oportunidade que as pessoas raramente tinham nesse tipo de reunião – de mostrar-lhe quem ela era. Se ele não conseguisse enxergar que ela era a pessoa certa para Rosie, azar o dele. Significaria que ele não havia entendido. Com uma ousadia que fora incapaz de evocar quando Robert Downey Jr. a havia traído com Nancy Travis ou quando descobriu que Sarah Jessica Parker a havia vencido para o papel de SanDeE* em *L.A. Story*, Melora acreditava que, se o projeto vingasse, Adam a escalaria.

Faminta, ela atacou a alface com o garfo e a enfiou na boca. Tomou um grande gole de vinho para fazê-la descer, e este respingou por toda a camiseta com os dizeres ONDE ESTÁ A INDIGNAÇÃO?. ♥

NEGÓCIO FECHADO

Seria possível que a conversa com Tina Savant houvesse realmente acontecido? A caminho da mansão de Melora, Karen continuava a repassá-la na cabeça, certa de que a havia imaginado. Mas sempre que verificava o celular, lá estava o número, nas Chamadas Recebidas.

Ocorrera ao meio-dia e meia, quando estava cruzando a soleira da porta de casa com Darby para pegar Annika e Orion na mansão. Tina Savant telefonara para dizer que a oferta de 761 mil havia sido aceita.

Karen quase deixou o telefone cair quando ouviu a palavra "aceita". Eles haviam passado tanto tempo perdendo por pouco que ela esperara que o 899 da rua Carroll fosse mais um desses casos. No entanto, aquilo estava realmente acontecendo. Eles haviam lançado as cartas certas e haviam sido recompensados. No outono, estariam em North Slope, em um apartamento com quartos suficientes para lhe permitir engravidar.

Quando ligou para Matty no escritório para lhe dar a boa notícia, ele, a princípio, permaneceu em silêncio, como se estivesse assustado por ter oferecido uma quantia exagerada, mas, por fim, declarou que fora bom que ela houvesse sido agressiva, pois, na verdade, ele também havia adorado o apartamento. Então se desculpou pela briga da noite anterior e disse que eles precisavam comemorar a proposta aceita com uma garrafa de champanhe quando ele voltasse do trabalho.

O fato de Matty querer comemorar a entusiasmou, pois, naquela manhã, durante sua evacuação matinal pós-café, percebera um pouco de muco cervical com consistência de clara, o que queria dizer que aquele dia, e não o dia anterior, era, na verdade, o seu Dia de Pico, e Karen tinha uma chance de engravidar se ela e Matty tivessem relações naquela noite. Ela esperava que ele conseguisse ficar duro. A qualidade da ereção dele parecia inversamente proporcional às notícias imobiliárias positivas.

Na esquina da rua Nove com a Sétima Avenida, ela passou por uma banca de jornais e parou, como sempre fazia, para dar uma espiada nas capas dos tabloides. Nas revistas, havia o costumeiro grupo de grávidas famosas. Na prateleira abaixo, uma foto do *New York Post* chamou sua atenção. Havia uma mulher vomitando, e a manchete dizia: MEL NADA BEM. Karen abriu o jornal na página onze, onde leu toda a matéria, cobrindo a boca com a mão, como se desejasse conter uma onda de vômito solidário.

Ao ler o artigo, sentiu um jorro de compaixão por Melora. Russell Crowe e Sean Penn podiam encher a cara ou brigar quanto quisessem que isso apenas os tornava mais populares, mas, quando se tratava de uma Lindsay, uma Britney ou uma Melora, a história era completamente diferente. Era o que Hollywood fazia com as mulheres. Se não fossem invisíveis, eram ridicularizadas como bruxas, viciadas em cirurgia ou, o pior dos insultos, péssimas mães.

Karen perguntou a si mesma se a foto teria alguma coisa a ver com a carteira que pegara da gaveta de Melora. Tinha o pressentimento de que sim. Melora estava com problemas, mas Karen podia salvá-la. Karen sabia o que era ter as paredes de sua vida desmoronando diante de si. Apenas alguém que entendia era capaz de ajudar.

Karen fechou o jornal e empurrou Darby rumo ao norte, em direção à Garfield. Perto da Sétima Avenida com a rua Sete, viu um negro, alto e magro saltar de uma van. Trazia um violão preso às costas e carregava uma pequena bolsa de lona. O sujeito pareceu caminhar a seu lado por algum tempo, observando-a. Karen teve medo de que se tratasse de um pervertido ou um batedor de carteiras, mas ele apontou para ela e perguntou com um largo sorriso:

— Karen, certo?

— O quê? — disse ela, embora tenha entendido no mesmo instante.

— Achei que fosse você. Não se lembra de mim? Da Brooklyn Tech? Turma de 94?

Era Jean Pierre-Louis, o trompetista da Brooklyn Tech e o sujeito que lhe tirara a virgindade. Havia perdido pelo menos uns vinte quilos desde os dezessete anos e tornara-se um homem surpreendentemente bonito. Sua pele era escura como a de Seal, e o formato da cabeça combinava bem com o cabelo raspado. Karen mal conseguia acreditar no quanto ele se tornara atraente.

– Certo, certo – disse ela, esperando que sua voz soasse calma e bem modulada. – É claro que me lembro de você, Jean.

– Eu me chamo Jay agora. J.P. é o meu nome de palco. Todos os meus amigos me chamam de Jay.

– Jay – repetiu Karen. Ele havia mudado até mesmo o nome. Era difícil imaginar que aquele fosse o mesmo menino rechonchudo e desajeitado que se atrapalhara com o sutiã dela. – O que você quer dizer com nome de palco? – perguntou ela.

– Faço parte de uma banda. Eu tocava trompete quando você me conheceu, mas troquei para o violão em Oberlin. – Ele indicou a caixa a suas costas. – Acabei de voltar de New Hampshire. Aquela era a van das turnês. Minha mulher acha que vou voltar amanhã. Decidi fazer uma surpresa.

– Ah – disse ela. Ele tinha mulher. – Então você é casado.

– Sou. O nome dela é Lizzie. Há dois anos e meio. Nós moramos em Park Place. Fica a dois quarteirões de onde cresci, mas o lugar está muito diferente agora. – Karen nem mesmo sabia que ele era de Prospect Heights. Eles nunca haviam conversado sobre o assunto. Estavam conversando como se houvessem se conhecido bem no colégio, mas, depois de uns poucos telefonemas, haviam voltado a ser dois estranhos. – E você? Você mora em Slope?

– É, nós moramos a poucos quarteirões daqui – disse ela, gesticulando em direção ao sul. E acrescentou: – Na verdade, acabamos de ter uma proposta aceita para um apartamento na rua Carroll. Vamos nos mudar no outono.

– Que ótimo.

Karen percebeu Darby erguer os olhos para Jay e declarou:

– Esse é Darby. Darbs, esse é um amigo da mamãe, Jay.

– Oi, Darby – disse Jay, despenteando o cabelo do menino. – Eu também tenho um mascotinho em casa. Mance. Tem um ano e meio.

O coração de Karen afundou. Ela sabia que deveria ficar feliz por ele, mas as novidades a angustiaram. Gostaria que ele houvesse ficado marcado pelo sexo dos dois, assim como ela, e o fato de ele ter um bebê saudável provava que isso não ocorrera. Era tudo mais simples para os homens.

— Parabéns! É o seu primeiro?

— É. Eu adoro ser pai. Quer dizer, é um trabalho duro, mas eu adoro.

Jean estava pegando uma fotografia a essa altura. O bebê possuía pele mais clara, portanto a mãe era branca. Aquilo não a surpreendeu. Ele provavelmente nunca havia namorado uma mulher negra. Karen se perguntou qual seria a aparência da mãe, se era gorda ou magra, bonita ou baixinha.

Ao contemplar a foto, Karen pensou na aparência que teria tido o bebê dos dois. Por vezes, pensava naquilo e, nos meses posteriores ao aborto, sonhara com o bebê, sonhara que era menino e ela o sufocava sem perceber enquanto dormia. Imaginava que o meio-irmão de Mance estava no céu, de olho em Mance e desejando brincar com ele.

Karen deu-se conta de que o filho deles teria dezesseis anos a essa altura. Ela seria mãe de um filho de dezesseis anos.

— Que nome interessante... Mance — comentou ela. — De onde saiu?

— De um antigo cantor de blues. Mance Lipscomb. Não é uma loucura? — disse Jay enquanto eles continuavam a caminhar lado a lado. — Eu não te vejo durante todo esse tempo, então dou de cara com você na Sétima Avenida. Acho que, com o tempo, todo mundo que tem filho se muda para Slope, não?

— Pensei que você morasse em Prospect Heights.

— Dá no mesmo — disse ele com um meio sorriso, como se ela fosse uma tonta por fazer a distinção. Mas aquilo não era bobagem. Prospect Heights não tinha nada a ver com Park Slope. Não ficava nem mesmo perto do parque.

— Sabe — disse ela —, por mais que as pessoas ridicularizem o bairro, eu adoro. Fiz muitos amigos aqui.

— Você devia conhecer Lizzie. Ia ser bom para ela ter mais amigos. — A última coisa que Karen desejava era passar tempo com a mãe do filho de Jean Pierre-Louis, mas, em vez de dizer isso, ela abriu um sorriso hesitante, para que ele soubesse que ela não queria novos amigos.

— Então, você está trabalhando ou... — perguntou ele.

— Ah, não, eu fico com ele. Ele está na creche, mas está em férias de verão.

— Lizzie também está em casa com Mance — disse Jean. — É difícil. Vivo dizendo a ela para conseguir ajuda, mas ela não quer. Ela trabalhava no ramo editorial. O que você fazia antes de ter filho?

— Na verdade, fui assistente social escolar por um tempo no sul do Bronx. — Como ele tinha certa reputação na carreira musical, ela sentia necessidade de impressioná-lo, se não com uma carreira excitante, ao menos com seu comprometimento político em ajudar crianças pobres. Queria que ele a imaginasse com todas aquelas crianças negras difíceis e a considerasse mais resistente e mais nobre do que a típica mulher branca de classe média alta. — Mas, depois que tive Darby, achamos que era melhor que alguém ficasse em casa com ele. Meu marido é advogado e trabalha até tarde. Eu li um livro terrível, *The Feminine Mistake*, que dizia que todas as mulheres deviam trabalhar, mas acho que é bobagem. Isso é pessoal. Não se pode fazer uma afirmação geral sobre o que todas as mulheres deveriam fazer.

Eles conversaram amistosamente por mais alguns quarteirões e, quando ela se virou à direita na Garfield, ele disse que a acompanharia. Contou-lhe sobre sua banda e quão surpreendente era o sucesso. Contou a história do nascimento de Mance, que incluía uma banheira no Centro Neonatal do Brooklyn, e disse que sua mãe ainda morava em Prospect Heights.

Karen perguntou-se como teria sido se houvesse lhe dado uma chance na ocasião, depois da coisa terrível que aconteceu. Após aquela noite na festa, ele havia telefonado e a convidara para comer pizza, mas ela recusara. Eles eram diferentes demais. Nada tinham a dizer um ao outro e, além do mais, o excesso de peso dele a constrangia. Karen era magra na época e achava que, se o namorasse, significaria não apenas que não conseguia um cara branco, mas também que não conseguia um negro magro.

Karen lembrou-se da foto que vira de Barack Obama menino no aeroporto de Honolulu, no dia em que conheceu o pai. Ele estava bastante rechonchudo na foto, mas atualmente era magro e bonito, um praticante compulsivo de exercícios físicos.

Jean adulto lembrava-lhe Obama adulto, esguio e confiante, sem qualquer vestígio do garoto gordo que fora um dia. Talvez a banda de Jean estivesse indo bem e logo ele seria tão famoso quanto Lenny Kravitz ou John Legend.

Os pais de Karen teriam odiado a ideia de vê-la namorar um negro; em casa, seu pai por vezes usava expressões como "escurinho" para referir-se aos negros, para grande desgosto de Karen. Mas talvez ele e sua mãe houvessem mudado de ideia uma vez que conhecessem Jean. Ainda assim, Karen não teria ficado com o bebê, claro, mas talvez houvesse contado a Jean, e ele a teria acompanhado na consulta, e a perda os teria unido, como naquele filme *Juno*, embora Juno tivesse tido o bebê. Talvez aquilo os houvesse aproximado tanto que teriam namorado a distância durante a faculdade, depois teriam se casado e tido um filho, uma criança viável por terem sido inteligentes com relação à primeira.

Mas era ridículo imaginar aquilo. Além das óbvias diferenças entre os dois – Prospect Heights/Park Slope, haitiano/irlandesa, negro/branca – ela nunca teria se casado com um músico. Para formar família, as pessoas precisavam de estabilidade. A mulher de Jean era corajosa por haver optado por ter um bebê com ele, dada a insegurança financeira, sem mencionar as tentações com que ele provavelmente se deparava na estrada. Jean provavelmente possuía fãs em todas as cidades, tendo tão boa aparência.

Eles haviam chegado à Prospect Park West e a Garfield Place. Karen viu os *paparazzi* aglomerados no outro lado da rua, diante da casa, e perguntou-se se seria por causa da foto.

– O que está havendo? – perguntou Jay.

– Minha amiga mora aqui. Ela é atriz. Melora Leigh.

– O que ela fez?

– Ah, você sabe, eles simplesmente gostam de fotos de efeito. Vou ter de passar por eles para tocar a campainha. – Karen ficou excitada porque ele a veria penetrar na multidão de *paparazzi*. Embora Jean soubesse que eles não estavam ali por causa dela, Karen sentia que eles lhe conferiam um status indireto.

Ela estava prestes a atravessar a rua, quando ele declarou:

– Sabe, tem uma coisa que eu sempre quis te dizer, mas nunca tive chance.

Ela sabia o que ele ia dizer e queria impedi-lo.

– Você foi a minha primeira – continuou ele. – Eu disse que não, mas era mentira. Você provavelmente sabia.

– Bem... – Aquilo era doloroso demais. Ela baixou o rosto, querendo terminar a conversa, mas ele tomou o gesto como um julgamento de seu vigor.

Ele riu.

– Eu não era muito bom na época. Isso é muito constrangedor. Sou bem melhor agora. Quer dizer, não que... eu... você sabe. – E então ele sorriu, capaz de rir de si mesmo dada a disparidade entre quem era na ocasião e em quem havia se tornado.

Karen considerou sua falsa humildade insultante. Vigor era uma preocupação masculina, frívola, ao passo que as mulheres tinham de se preocupar com gravidez e abortos, sem mencionar todas as DSTs que contraíam mais facilmente que os homens.

O leve constrangimento de Jean apenas a convenceu da total ignorância dele quanto ao que havia acontecido com ela naquela noite. Ele não fazia ideia do quanto a fizera sofrer, não apenas aos dezesseis anos, mas em todos aqueles anos subsequentes. Karen repassara aquela noite em sua mente milhares de vezes, desejando tê-lo impedido.

Trabalhando certa vez na creche da Cooperativa quando Darby tinha apenas um ano, Karen começara a conversar em seu turno com um pai abatido. Estava preocupada com o tempo que Darby estava levando para aprender a andar, e o sujeito fizera alguma piada a respeito de como ela precisava ter o segundo filho para não se tornar tão neurótica. Reparando na filha dele de quatro anos brincando com um trem elétrico, apressou-se a dizer:

– *Você* só tem uma filha.

– Não era esse o número que nós pretendíamos – disse ele.

Karen não desejava ter de ficar andando por aí dizendo às pessoas que um não era o número que pretendia e, por causa de Jean Pierre-Louis, temia ser forçada a isso. Por não poder contar nada daquilo a Jean, odiava-o ainda mais. Por culpa daquele quase estranho, ela registrava cada temperatura basal assim que acordava, sem nem mesmo se levantar da cama para fazer xixi, e então anotava o resultado em um gráfico enfiado dentro da gaveta de sua mesinha de cabeceira. Por culpa de Jean Pierre-Louis, toda noite comia sorvete com alto teor de gordura, pois havia lido que sorvete aumentava as chances de engravidar, eliminando todo o impacto insignificante sobre sua celulite produzido pelos tênis de tecnologia Masai.

Karen odiava aquele homem que se reinventara em termos de físico e de nome, até mesmo de instrumento. O sexo entre eles não deixara nenhuma impressão significativa. Ele não fazia ideia do que lhe causara.

– Eu tenho de entrar – disse ela, dando-lhe um tapinha no ombro.

– Foi ótimo encontrar você – disse ele.

– Você também – disse ela, demorando-se um instante à medida que ele atravessava a rua e rumava para o norte, o violão balançando enquanto caminhava. Jean parecia até mais alto do que era. Karen olhou para o outro lado da rua, em direção aos *paparazzi* que aguardavam Melora. Enfiou a mão na sacola e acariciou a carteira. Talvez Melora houvesse descoberto que a carteira havia desaparecido e por isso estivesse enlouquecendo. Mesmo que jamais tivesse outro filho, Karen era importante para Melora Leigh, embora Melora ainda não soubesse disso. Ela era importante para todos aqueles fotógrafos.

Karen atravessou a rua e lutou para abrir caminho em meio ao grupo de *paparazzi*, que bateram algumas fotos apáticas, como se duvidassem de que ela fosse alguém importante. Karen tocou a campainha. Annika surgiu à porta e puxou Karen para dentro.

– O que está havendo? – perguntou Karen.

– O *Post* publicou uma foto. Um desastre. Tentei te telefonar para dizer para nos encontrarmos no parque, mas você não atendeu. – Karen olhou para seu celular. Estivera tão ocupada conversando com Jean que não o ouvira tocar. – Só um segundo que eu vou pegar Orion – disse Annika.

– Acho que Darby deixou um dos brinquedos dele aqui da última vez – disse Karen. – É um carrinho Relâmpago McQueen, do filme *Carros* da Disney.

– Eu deixei meu Relâmpago McQueen aqui? – perguntou Darby, desapontado.

– Vou procurar o carrinho mais tarde – Annika apressou-se a dizer. – Orion! Vamos lá!

– Eu quero meu carrinho agora! – gritou Darby, e dessa vez Karen sentiu-se grata por ele ser mimado.

Annika pareceu insatisfeita, mas, por fim, assentiu com um movimento de cabeça.

– Talvez você possa procurar – ela se voltou para Darby. – Espere aqui – disse ela a Karen e subiu as escadas com Darby.

– É claro – disse Karen. Quando Annika subiu, Karen girou rapidamente e afanou um jogo de chaves do suporte. Esperou mais alguns minutos, então puxou o carro da bolsa. – Está aqui! – gritou em direção ao alto das escadas. – Acabei de achar o Relâmpago no tapete da sala! – E enfiou o jogo de chaves no fundo na bolsa.

Mona Pierre-Louis pagou as compras e encaminhou-se à funcionária na saída para mostrar seu recibo. Com 64 anos, ia à Cooperativa desde 1978. Fazia tanto tempo que era sócia que, enquanto os sócios mais novos tinham matrículas de cinco dígitos, a de Mona era 122. Nos últimos anos, gostava cada vez menos de fazer compras ali. O lugar estava sempre lotado e os brancos eram muito agressivos, trombando nas pessoas com os carrinhos de compra ou os carrinhos de bebê sem nem mesmo se desculpar. Nos velhos tempos, quando François ainda estava vivo, os sócios eram mais tranquilos, talvez porque a maioria vivesse bêbada.

Ela nada tinha contra os brancos propriamente ditos. Sua nora, Lizzie, era branca, e, embora por vezes fosse difícil para Mona aceitar que Jean não houvesse se casado com uma haitiana, agora tentava ver os brancos através do prisma de possuir um neto metade branco. Um dos motivos pelos quais estava na Cooperativa era para comprar biscoitos orgânicos para o menino, Mance, de quem ia tomar conta naquela noite.

Mona ficara surpresa quando a nora telefonara para convidá-la, mas havia concordado. O filho de Mona, Jean, que era músico – ele havia trocado seu nome para Jay, mas Mona recusava-se a usá-lo –, viajava com frequência com a banda. Mona tentava oferecer ajuda a Lizzie, mas sentia que a garota era arrogante com ela. No dia anterior, havia dado um chapéu de sol a Mance, mas Lizzie parecera não gostar. Como se fosse a única que soubesse vesti-lo.

A funcionária na saída era uma branca macilenta de cabelos grisalhos presos em um coque na nuca. A mulher pôs-se a conversar fiado com um amigo antes de pegar os recibos dele e verificá-los.

Esse era outro problema da Cooperativa. Os sócios atualmente eram muito egoístas. Os funcionários na saída conversavam com os amigos ou flertavam, sem a mínima consideração pelo restante das pessoas de pé na fila. Com o passar do tempo, os sócios haviam perdido de vista o propósito da Cooperativa.

Mona deu um passo à frente e entregou à funcionária o recibo que indicava quantas sacolas de compra ela levava. Depois de contar as sacolas de Mona e checar o recibo, a mulher perguntou:

— Posso examinar sua bolsa, por favor?

— Não, não pode – disse Mona.

— É a nova regra. Nós temos de revistar as bolsas. – A mulher indicou uma placa que dizia: A COOPERATIVA TEM O DIREITO DE REVISTAR ALEATORIAMENTE OS SÓCIOS NA SAÍDA.

E daí que havia uma placa?

— Mas você não revistou o homem na minha frente!

Algumas pessoas se viraram para olhar.

— É aleatório – disse a mulher, tornando a apontar para a placa. – Nós tivemos alguns incidentes com batedores de carteira, então temos de fazer revistas aleatórias.

Batedores de carteira? Que descaramento por parte da mulher! Um negro era o candidato democrata à presidência dos Estados Unidos, e Mona tinha de suportar aquilo?

— Eu não sou batedora de carteira!

— Tenho certeza de que a senhora não é; se me entregar sua bolsa, vou poder revistá-la e a senhora pode ir embora. – Uma fila de clientes formou-se atrás de Mona, e ela percebeu seus olhares furiosos, achando que ela estava fazendo tempestade em um copo de água. Mas aquilo não era um copo de água. – Senhora, a senhora está livre para falar com o chefe da equipe se...

— Você quer me revistar porque eu sou negra!

Atrás dela, na fila, Mona viu uma branca girar os olhos na direção de um branco. O rosto de Mona queimou.

— Não tem nada a ver com isso! – gritou a funcionária, pondo-se de pé como se Mona a houvesse ofendido e não o contrário. – Eu já disse à senhora que é aleatório.

— Não tem nada de aleatório nisso. Você está presumindo que, porque sou negra, eu sou uma ladra.

O chefe da equipe, um sujeito magro e barbado, surgiu atrás da funcionária.

– Senhora – ele dirigiu-se a Mona –, se a senhora vier comigo, nós podemos esclarecer essa coisa toda.

– Eu não vou com você!

Mona largou as compras e correu para a rua. Caminhou o mais rápido possível até a rua Union, sentou-se em uma cadeira diante da Tasti D-Lite, cobriu o rosto e chorou. Em todo o caso, o Met Food na Vanderbilt estava ficando melhor atualmente, com hortifrútis de muito mais qualidade, e havia uma mercearia fina na Flatbush para o que o Met não vendesse. Os quarenta por cento de economia na Cooperativa não valiam a pena se era para ela ser humilhada daquela forma, quando tudo que estava tentando fazer era se alimentar.

Mona estava prestes a ir para casa, quando lhe ocorreu que, se desistisse, seria parte do problema. Fugir e enterrar aquele tipo de coisa era fácil, mas Mona tinha a oportunidade de tomar uma atitude. A Cooperativa deveria ser sensível àquele tipo de questão e, se conseguisse denunciá-la às pessoas certas, estas talvez fizessem alguma coisa. Mona tornou a entrar na Cooperativa, passou pela recepção e subiu as escadas rumo ao escritório. Foi assim que descobriu a Força-Tarefa das Questões das Minorias.

NOTTING HILL

Naquela tarde, enquanto Abbie estava cochilando e Sonam, limpando a cozinha, Rebecca telefonou para Lizzie. Rebecca estava com um mau pressentimento sobre o lance do *swing*, mas decidiu fazer a vontade de Lizzie e comparecer. Poderia até mesmo conseguir bom material para um novo romance ambientado em Park Slope. E temia, caso não aparecesse, que Lizzie ficasse louca com ela, desse uma de Glenn gay Close.

– Oi – disse Rebecca. – Eu recebi tua mensagem.
– Você está tendo um caso? – perguntou Lizzie.

Rebecca afastou o aparelho da boca para não parecer ofegante. Então perguntou:

– Por que você está dizendo isso?

Lizzie contou-lhe que os havia visto no jardim. A boca de Rebecca ficou seca e ela sentiu um medo súbito de que Lizzie contasse tudo a Theo. Precisava aparentar calma. Ela e Stuart não estavam nem mesmo de mãos dadas ou coisa parecida.

– Por que você não foi falar com a gente? – perguntou Rebecca.
– Vocês não pareciam querer companhia. Acho que você está tendo um caso com ele. E acho que é uma idiotice.

Era justamente por isso que era impossível se abrir com outras mães. Elas com certeza tinham mais problemas que Rebecca. Rebecca nunca deveria ter contado a Lizzie que havia conhecido Stuart. Lizzie estava com inveja por Rebecca ter uma vida, por finalmente ter transado pela primeira vez em um ano e meio, a maior seca pela qual passara desde antes de perder a virgindade. Por que Rebecca não havia escolhido para amiga uma mãe normal, que teria ficado feliz por ela ter conseguido trepar com um astro de cinema, que teria perguntado como ele era na cama?

– Sem essa – disse Rebecca. – Por que um cara daqueles ia se interessar por mim? Isso é tão *Notting Hill*...

– Bem, parecia que... Vocês pareciam tipo íntimos – disse Lizzie.

Rebecca ficou exultante por eles terem causado essa impressão, pois significava que era um sentimento mútuo, e a única coisa que não se podia fazer quando se estava em um relacionamento era vê-lo pelo lado de fora.

– Não. Ele é assim com todo mundo.

Recordando a camisinha desaparecida, ela ergueu as almofadas do sofá para ver se conseguia encontrá-la, mas tudo que encontrou foram algumas moedas e cascas de pistache. Onde estava a maldita coisa? Teria Stuart pegado o preservativo de propósito por querer fazer em pelo? Será que aquilo o excitava? Rebecca pôs-se de joelhos e procurou embaixo do sofá. Encontrou um dos brinquedos que Abbie perdera fazia tempo, uma bola roxa da Hello Kitty.

– Por que você estava com ele?

– Nós nos encontramos por acaso na Sétima Avenida, e ele disse alguma coisa sobre querer ver a esplanada Cherry. Eu me ofereci para ir até lá. Ele disse que nunca tinha estado lá.

– Mas faz dois anos que eles se mudaram para cá!

– Você sabe como são os famosos. Nunca criam raízes. Então, a que horas nós nos encontramos hoje à noite? – Rebecca afastou o sofá da parede e a camisinha sem uso caiu no chão, murcha como uma flor seca. Ficara presa entre o sofá e a parede. Sonam havia saído da cozinha e estava varrendo o apartamento. Rebecca envolveu a camisinha em papel toalha e colocou-a no lixo, sob uma fralda suja.

– Você ainda quer ir comigo? – perguntou Lizzie, parecendo surpresa.

– É claro que quero. Vai ser um prazer. Nós não vamos fazer nada... certo?

– Certo.

– Então, onde eu encontro você?

– Vá ao Loki às sete e meia e nós podemos tomar um drinque antes de ir para o Gate.

Rebecca ouviu um ruído no outro lado da linha e então um grito excitado. Lizzie anunciou:

– Jay voltou para casa mais cedo. Preciso ir. – E desligou de repente.

Lizzie parecera feliz por ter marido em casa, e Rebecca a invejou, mas só por um instante. Muitas mulheres ficavam felizes com a chegada do marido, mas Rebecca tinha coisa muito mais excitante que um marido.

AMBULANTE

Quando entrou na limusine a caminho de casa após a reunião, Melora engoliu outro Ativan. Recostou-se no assento enquanto Ringo embrenhava-se no trânsito vespertino. Adam provavelmente estava ao telefone com Kate Hudson, ou até mesmo Julia. Aquilo seria terrível. Julia Roberts roubando o terceiro Oscar de Melora. Seu celular tocou. Era Vanessa.

– Como foi?

– Hmm... tudo bem, acho. – O que ela deveria responder? Se contasse a Vanessa o que havia dito na reunião, Vanessa ficaria louca. O importante era esconder as cartas.

– Você não pode contar mais alguma coisa? – perguntou Vanessa.

– Ele disse que não estava nem aí para o *New York Post*.

– Scott Rudin se importa com o *New York Post* e é ele quem vai aprovar qualquer um de quem Adam goste.

– Você já falou com Scott?

– Deixei recado.

Melora podia vislumbrar o ano seguinte de sua vida. Adam se recusaria a escalá-la, declarando que ela fazia Amy Winehouse parecer estável; a CAA [Agência dos Artistas Criativos] a abandonaria; as outras agências a discriminariam, e ela assinaria contrato com algum empresário suspeito, que estava tão desesperado, que aceitaria qualquer um. A CAA a difamaria para a indústria inteira e, em poucos anos, ela estaria fazendo *infomerciais* ao estilo de Lindsay Wagner, ou pior, estrelando em documentários tipo *Searching for Debra Winger.*

O celular de Melora tocou. Era Stuart.

— Amor, como foi?

— Bem que eu gostaria de saber.

— O que você está querendo dizer? Isso não faz sentido.

— Ele é impossível de interpretar.

— É claro que é. Todos eles são. Mas você percebeu algum indício de como ele reagiu a você?

— Nenhum.

— Ele disse alguma coisa no final, alguma coisa que pudesse...

— Ele só disse que foi um prazer me conhecer.

— Huh.

Stuart parecia preocupado, mas não com ela. A única coisa que o interessava era entregar *Atlantic Yards* a Adam Epstein e, se ela não conseguisse o papel, o clã Leigh-Ashby inteiro estaria na lista negra de Epstein.

— O que te interessa se eu consegui ou não o papel? De qualquer forma, que importância tem isso?

— Como assim o que me interessa? Esse é o melhor roteiro que você conseguiu desde *Poses*.

— Não sei — disse ela devagar. — Acho rebuscado.

— Você tomou alguma coisa? — perguntou ele. — Você tomou alguma coisa antes da reunião?

— O quê? Não!

— Você está arrastando as palavras. Se você deu as caras chapada de comprimidos...

— O quê? E se eu tiver feito isso?

— Você sabe que devia se afastar desse veneno. Você é um perigo para você mesma.

Lynn telefonou na outra linha e Melora atendeu à chamada sem se despedir de Stuart.

— Como foi? — perguntou Lynn.

— Talvez ele goste de esquisitices.

— Você não é esquisita, Melora. Esquisita é Sylvia Miles!

— Eu fiz o melhor que pude. Eu realmente tentei.

— Isso é tudo o que você pode fazer, querida. — Uma imagem de si mesma desabotoando seu jeans cintilou diante dos olhos de Melora. Pensou em contar a Lynn, mas mudou de ideia. Lynn estava velha, Melora não podia chocá-la demais.

— Não sei o que você está planejando, mas realmente acho que hoje você devia fazer seu turno.

— O quê?

— Na Cooperativa. Daqui a 45 minutos.

Melora enviara a Lynn pelo Outlook seu cronograma de turnos após ter se associado à Cooperativa, mas, com toda a loucura por causa da carteira, esquecera-se daquilo.

— Ah, meu Deus. Eu quero ir para casa e para a cama.

— Meu amor, se você se ausentar no primeiro turno, só vai incentivar as fofocas. Alguém vai descobrir que você faltou, vai pedir um substituto e eles vão relacionar isso ao episódio do vômito. Adam talvez fique sabendo.

— Tenho certeza de que não vou ser a primeira pessoa na história da Cooperativa a faltar um turno.

— O propósito de entrar de sócia era ser vista.

— Você não sabe com o que eu estou parecendo agora.

— Sei. Toni me enviou uma foto pelo celular. Ninguém vai saber que está faltando metade do seu cabelo. — Melora cerrou os dentes e engoliu outro Zoloft.

O trânsito no Brooklyn estava tão ruim que Melora só chegou à Cooperativa poucos minutos depois do início de seu turno. Na entrada, uma negra de meia-idade furiosa empurrou-a ao sair porta afora. Aquele era outro dos motivos pelos quais se arrependia de sua decisão de associar-se: os sócios eram muito desgastantes.

Assim que Melora chegou ao andar do mercado, sua garganta se fechou e ela começou a ter dificuldade para respirar. Ah, Deus. Precisava sair dali. Tinha de pegar um pouco de ar. E se eles já houvessem examinado a fita de vídeo e ela houvesse sido identificada? E se policiais à paisana estivessem esperando que ela voltasse à cena do crime para prendê-la bem ali? Ela olhou ao redor. Todos pareciam espiões, com suas expressões ardilosas e toucas estranhas.

Talvez houvesse alguma informação a respeito do roubo no jornal da Cooperativa. Se o roubo tinha sido noticiado na semana anterior, era provável que a essa altura houvesse alguma novidade. Melora lançou-se em direção às prateleiras ao lado das caixas, mas a edição era a mesma, com o artigo sobre gente que havia se apaixonado na Cooperativa.

Melora pensou naquele truque, o do Gato de Schrödinger, no qual o gato não estava morto até que alguém realmente abrisse a caixa. Estava suspensa em um tempo anterior ao da abertura da caixa, no qual nada fizera de errado porque até então ninguém sabia. Esse pensamento a animou por cerca de um minuto, até que ela repassou o almoço na mente e deu-se conta de que, mesmo que não fosse pega, nada daquilo tinha a menor importância porque Adam Epstein nunca escalaria uma lunática.

Quando se virou para voltar à recepção, avistou um imenso cartaz amarelo acima das portas. ALERTA CONTRA OS BATEDORES DE CARTEIRA – GUARDEM SEUS OBJETOS DE VALOR! Melora estremeceu e baixou a cabeça. Todos a estavam vigiando. Iriam pegá-la mais cedo ou mais tarde, ela sabia.

Na recepção, registrou-se e apresentou-se ao líder de sua equipe, Craig, um sujeito baixo com barba bem cuidada.

– Eu vou ficar na caixa? – perguntou Melora, ligeiramente ofegante. Precisaria retocar a maquiagem antes de sentar-se.

– Todas as caixas estão ocupadas. Você vai ter de ficar na calçada.

Ela resistiu ao impulso de fazer piada, dizendo que as prostitutas ao menos ganhavam alguma coisa, e, em vez disso, perguntou:

– O que é pra fazer na calçada?

– Você conduz as pessoas ao carro ou ao apartamento delas com os carrinhos de compras e então traz os carrinhos de volta para a Cooperativa.

Melora vira pessoas fazendo isso no bairro, tão abundantes em Park Slope quanto lésbicas com cães. Usavam colete laranja e conversavam com os fregueses ao longo dos vários quarteirões. Ela não desejava fazer aquilo, mas assim ao menos poderia permanecer do lado de fora. Na rua, não faria nada absurdo.

– Vá lá para fora com Julie, e ela vai te explicar o que fazer. – Ele apontou para uma mulher alta e abatida na casa dos quarenta, com um olhar intenso, ligeiramente psicótico.

Julie entregou a Melora um colete laranja e conduziu-a rumo ao calor abafado da Sétima Avenida. Qualquer dia desses, Melora estaria passando seus dias de macacão laranja e recordaria o colete laranja com saudades.

– A tarefa é muito simples – declarou Julie. – Você fica aqui esperando e, quando alguém pedir um ambulante, acompanha a pessoa. Você tem de perguntar a ela aonde vai, para ter certeza de que não fica fora dos nossos limites. – Julie entregou-lhe um folheto amarelo com os limites demarcados: cerca de dez quarteirões em todas as direções. – Se alguém te pedir para parar em algum lugar a caminho do carro ou de casa, você precisa explicar que não é permitido. Você também não deve subir escadas com as compras de ninguém. – Elas sentaram-se lado a lado em um banco. O suor escorria pelo pescoço de Melora, desfazendo a maquiagem que restava do almoço com Adam Epstein.

Em poucos minutos, uma mãe chassídica pediu a Julie que a acompanhasse. Depois que partiram, Melora permaneceu ali sentada, pesando as vantagens de livrar-se do colete e escapulir para casa. Os *paparazzi* estariam lá, esperando por ela. Alguém provavelmente estaria ligando naquele exato momento para lhes dar a dica. E se Phil Parnell batesse uma foto sua empurrando um carrinho de compras? Aquilo seria boa ou má publicidade? Ela ao menos não daria a impressão de estar fugindo da cena do crime se a fita de vídeo a exibisse roubando a carteira. Diria que se tratava de uma sósia, uma impostora. Mas não havia louras magras no bairro. Todas as mulheres ainda conservavam o peso da gravidez, mesmo aquelas cujos filhos cursavam a escola primária.

Uma mulher gorducha de cabelos ruivos, vestindo jeans de cós alto e camiseta "718" amarrotada, saiu da Cooperativa com um imenso carrinho de compras cinza. Então tornou a entrar e a sair, empurrando um menino louro em um carrinho Maclaren.

– Você pode me levar? – perguntou ela e depois pareceu perturbada ao reconhecer Melora.

– Para onde você vai? – perguntou Melora.

– Para a Quatro com a Quinta Avenida. Ah, meu Deus. Desculpe. É que... Ah, meu Deus, é você. – Melora deu uma espiada no mapa. Poderia ser pior. A esquina da rua Quatro com a Quinta Avenida ficava a apenas oito quarteirões de distância. Poderiam ter sido dez ou doze. – Sinto muito – disse a mulher, balançando a cabeça.

– Por quê? – perguntou Melora.

– Pela fotografia. No *Post* hoje de manhã. Eu me senti tão mal... Quer dizer, nem parece você. A primeira coisa que pensei quando vi aquilo foi que era uma falsificação. Como a fotografia da bunda de Mischa Barton. – Por que Melora se associara àquele lugar miserável? – Então, foi? Você, quer dizer...

Melora nada respondeu. Olhou do carrinho de compras para o carrinho de bebê, pensando na dor em seu tornozelo. Calculou que, qualquer que fosse o peso do menino, provavelmente seria menor que o das compras. Melora segurou a alça do carrinho e começou a empurrá-lo em direção à rua President. Poucos passos depois, o garoto girou, viu Melora e pôs-se a gritar:

– Não, mamãe, NÃÃÃOOOOOOOOOOOOOO!!!!!!!!!!!!!!!!

– Está tudo certo, Jones. Está tudo bem. – Seus gritos à la Abu Ghraib indicavam o contrário. A mulher virou-se para Melora com ar culpado. – Por que eu não empurro o bebê e você empurra o carrinho de compras?

Melora cedeu. Pôs-se a caminhar alguns passos à frente da mulher para desestimular a conversa, mas a mulher a alcançou e perguntou:

– Por que você estava vomitando? A imprensa se apressa logo a dizer que são as drogas ou coisa assim, mas existem muitos motivos para que alguém vomite que não têm nada a ver com drogas.

Melora considerou a possibilidade de largá-la com o carrinho de compras, mas aquele era exatamente o tipo de mulher que colocaria o ocorrido no Gawker e a chamaria de preguiçosa da Cooperativa. Tentou imaginar o jogo de palavras que o Gawker empregaria no título do artigo: NÃO É FÁCIL SER VERDE.

– Eu tive uma intoxicação – respondeu Melora cansada.

– O que você comeu?

– Moluscos.

A mulher assentiu como se não estivesse convencida, mas não continuaria a pressionar.

– Foi difícil para você fazer aquela cena em *Poses*? – Melora olhava direto para frente. Elas estavam na President, entre a Sétima e a Sexta avenidas.

– Você sabe, aquela em que você morre por causa dos comprimidos para dormir? Quer dizer, não foi assustador fingir que estava morta?

Como ela deveria responder àquilo? Como se estivesse conversando com James Lipton? Iria a mulher puxar um cartão com a pergunta seguinte? A princípio, Melora optou por nada dizer, mas a mulher era uma daquelas pessoas que tomava o silêncio como incentivo.

– Foi um desafio – declarou Melora –, mas senti que valeu a pena.

– Imagino que seja por isso que eles te pagam um dinheirão, não? – Enquanto empurrava, as mãos de Melora tremiam por causa do Ativan, do Vicodin e do calor torturante. – Vi Stuart e seu filho no parquinho ontem. Ele é um charme. Orion, quero dizer. Bem, Stuart também. Os dois são muito charmosos. Ele estava conversando com uma conhecida minha, Rebecca Rose.

É claro que estava. Ele adorava bater papo com mulheres e sempre lambia os beiços quando era reconhecido. Melora calculou que a mãe deveria ser asiática. Havia milhares de mães asiáticas em Park Slope, todas casadas com judeus baixos e feios.

– Rebecca contou que ele era conselheiro do acampamento dela em Vermont – declarou a mulher. Stuart nunca havia sido conselheiro de acampamento em Vermont. Estaria a mulher tentando criar problemas? – Ele disse que foi um milagre receber permissão para voltar ao campo depois disso.

O que Stuart estava tentando fazer ao circular inventando mentiras para mães que ficavam em casa? Teria de questioná-lo a respeito quando o visse.

Elas estavam se encaminhando à Sexta Avenida. Melora parou para respirar fundo algumas vezes.

– Você está bem? – perguntou a mulher.

Melora assentiu com um movimento de cabeça. Não podia tornar a vomitar, não em público, nem que tivesse de engolir. Mas estava tão quente e o carrinho de compras era tão pesado... Se o chefe da equipe ao menos não houvesse sido tão nazista... Aquilo beirava as práticas de trabalho abusivas: fazer alguém caminhar durante horas no calor sufocante. O Sindicato dos Artistas jamais permitiria isso.

Melora sentia gotas de suor pingarem sobre seu lábio inferior. Enxugou o lábio com o reverso da camisa.

— Stuart foi um doce com Orion no parquinho. Muito atento e carinhoso. Você tem muita sorte por ter conhecido um rapaz como ele. Sabe, eu não acredito em nenhum daqueles boatos sobre vocês dois estarem prestes a terminar. Acho que as pessoas só dizem isso porque ele não está na escritura da casa.

Elas estavam na esquina da Carroll com a Sexta Avenida, esperando para atravessar. O que aconteceu a seguir pareceu uma cena de ação em câmera lenta extraída de um filme. Melora assistiu a ela do alto, pairando como um fantasma. Suas mãos soltaram a alça do carrinho, o carrinho girou elegantemente rumo à avenida, uma van branca que vinha a toda velocidade o acertou e os comestíveis espalharam-se violentamente por toda parte. Um pacote de Sesame Blues estourou e explodiu sobre um para-brisa, cobrindo-o de salgadinhos redondos e escuros. O motorista da van praguejou, pisou nos freios e saltou para avaliar o prejuízo. Melora rumou para casa capengando, certa de que a essa altura não conseguiria um crédito de trabalho.

SWINGTOWN

Jay voltara para casa inesperadamente naquela tarde e, embora houvesse ficado entusiasmada ao vê-lo, Lizzie também se ressentiu pelo fato de o marido achar que podia invadir seu espaço sem avisar. Sua hostilidade pareceu excitá-lo, e eles acabaram fazendo amor no chão da sala enquanto Mance brincava no berço.

Jay alegou que, já que Lizzie iria sair naquela noite de qualquer jeito, ele iria ver alguns amigos tocarem no Living Room. Se soubesse aonde ela iria e o que esperava que acontecesse...

Quando Mona chegou, às quinze para as sete, Lizzie perguntou-lhe se queria comer alguma coisa; ela balançou a cabeça, taciturna, e declarou que já havia comido. Lizzie estava carregando Mance no quadril enquanto tentava terminar de se vestir e Mona pediu:

— Aqui, me deixe ficar com ele.

— Não precisa – disse Lizzie, mais asperamente do que pretendia. Mona franziu as sobrancelhas e ficou vendo Lizzie lutar para calçar os sapatos de salto alto enquanto segurava o garoto. Lizzie sentiu-se tão mal que colocou o filho no colo da avó.

Esperava que ele criasse caso, mas não foi o que ocorreu. Em vez disso, o menino estendeu os bracinhos na direção dos grandes brincos de Mona, que parecia dez anos mais moça segurando-o, como se sentisse saudades de ter um bebê.

— Bem, olá – disse ela, tocando-lhe o nariz. Ele riu. Por vezes, ele parecia mais feliz perto de outras pessoas do que perto de Lizzie. Aquilo a fez se questionar se estava fazendo a coisa certa ao ficar em casa com ele.

– Eu já dei jantar a ele – disse Lizzie. – E deixei uma mamadeira com leite na geladeira. Você pode dar banho nele por volta das sete e meia e dar a mamadeira logo depois. É melhor aquecer a mamadeira na água... Não use o micro-ondas.

– Eu não sei usar o micro-ondas – disse Mona mal-humorada.

– E talvez você precise sentar-se com ele por alguns minutos. Pode trazer a cadeira de balanço da sala e sentar-se ao lado do berço. Se ele ficar muito inquieto, pode colocá-lo para dormir em sua cama. Eu não me importo.

– Eu não vou precisar fazer isso – declarou Mona, como se houvesse alguma coisa errada naquilo.

– Você tem o número do meu telefone se precisar falar comigo – disse Lizzie, esperando que Mona não ligasse bem no meio do *swing*, caso a coisa chegasse a esse ponto. – Eu provavelmente vou estar de volta o mais tardar às onze e consigo um táxi para você. Espero que esteja tudo bem.

– Vá, vá. Divirta-se. Aonde você vai?

– Vou tomar um drinque com uma amiga. Outra mãe.

– Isso é bom. Duas mães saindo sozinhas.

– Na verdade, ela é bem legal. O nome dela é Rebecca.

– Bem, divirtam-se, você e Rebecca.

– Você também.

Lizzie beijou Mance, esperando que ele chorasse, mas ele não o fez. Quando deslizou porta afora, ouviu ambos rirem, e teve a estranha impressão de que Mona havia feito uma piada a respeito dela para o filho.

Lizzie encontrou Rebecca sentada no bar do Loki vestindo saia de brim colorida e blusa verde decotada. Rebecca já estava bebericando uma taça de vinho, o que significava que estava tentando entrar no clima. Lizzie ficou exultante.

– Você está ótima – disse Lizzie, dando-lhe um beijinho no rosto.

– Obrigada, você também.

Lizzie estava satisfeita com a roupa que escolhera – um clássico vestido preto sem mangas colado ao corpo, que apertava suas curvas nos lugares certos. Havia pintado as unhas curtas de vermelho brilhante. Ela pegou a caixa de brincos e pousou-a diante de Rebecca com um amplo sorriso.

– O que é isso?

– Só uma coisinha.

Rebecca abriu a caixa.

— Você me comprou brincos — disse, franzindo as sobrancelhas.

Ela era tão ingrata... Lizzie fingiu não notar. Aquela seria uma noite perfeita.

— Ponha os brincos.

Rebecca os colocou e então se virou para Lizzie.

— Obrigada — disse. Ela parecia tão radiante, tão viva.

Lizzie tinha tudo equacionado na cabeça. Mesmo que o casal não aparecesse, tentaria embebedar Rebecca o suficiente para dar-lhe uns amassos. Talvez conseguisse até mesmo levar Rebecca para seu apartamento. Ela se despediria de Mona e faria amor com Rebecca em sua própria cama; Jay só voltaria para casa bem tarde de qualquer forma.

Se o casal aparecesse, seria ainda mais fácil. Eles seriam desinteressantes, claro, e ela decidiu que usaria isso a seu favor. Elas flertariam com eles até ficar excitadas, então iriam embora. O que quer que acontecesse seria bom. Mesmo que não soubesse, Rebecca também queria Lizzie. Caso contrário, jamais teria concordado em ir até lá. E, assim que estivessem realmente juntas, ela se esqueceria completamente de Stuart Ashby.

O Loki ficava a apenas um quarteirão do Gate e, enquanto elas seguiam a pé, Lizzie brincou a respeito da altura e da queda de cabelo de Andy, perguntando-se se não conhecera Alexandra em um dos parquinhos. Rebecca parecia calada, e Lizzie percebeu que teria de abastecer o organismo da amiga com mais bebida.

Quando estavam prestes a atravessar a rua Três para entrar no Gate, Rebecca hesitou.

— O que foi? — perguntou Lizzie.

— Tem certeza de que quer fazer isso?

— É claro que tenho certeza, *Tess*.

— Talvez seja melhor você fazer isso sozinha.

Rebecca era uma exploradora, pura e simplesmente. Como podia abandonar Lizzie àquela altura, depois de tudo aquilo?

— Você não sabe o que vai acontecer. Provavelmente eles não vão sequer dar as caras.

— Mas pode ser que apareçam. E... eu não sei, isso me deixa pouco confortável.

— Por quê? Eles não estarão procurando por nós. Estarão procurando por uma loura e uma ruiva. Se continuarmos a discutir, eles vão nos ver.

Rebecca assentiu com um movimento de cabeça e elas atravessaram a rua. Quando entraram, viram um casal atraente sentado ao bar, compatível com a descrição que Andy fornecera, mas Lizzie não olhou com muita atenção, temendo que percebessem a presença das duas. O Gate era escuro, uma cervejaria em estilo antigo, com aparelhos de TV acima dos bares, especializada em chope oriundo do mundo inteiro. As mulheres ocuparam um compartimento junto à parede atrás do casal, a fim de observar.

— Ah, meu Deus — sussurrou Lizzie ao lançar um olhar mais atento.

— São os Gostosos — disse Rebecca. O único casal atraente no bairro havia comparecido, querendo um *swing*.

Andy possuía pele de judeu bronzeada, cabelos encaracolados indomáveis e corpo de surfista ou de praticante de *kiteboard*, forte, mas não sarado demais. Alexandra era uma mulher magra, com os longos cabelos presos em duas tranças.

Lizzie olhou rapidamente para Rebecca, cuja boca se abrira em um meio sorriso. Aquilo era bom. Quanto mais excitada Rebecca ficasse, maiores seriam as chances de Lizzie.

Andy olhou por sobre o ombro para as garotas, e estas abaixaram a cabeça.

— Acho que eles sabem que somos nós — disse Rebecca.

— Talvez devêssemos pedir uma bebida para parecer normais.

Lizzie foi até o bar e pediu duas vodcas com tônica.

— Agora eles, com certeza, vão saber que somos nós — disse Rebecca quando Lizzie depositou as bebidas sobre a mesa.

Lizzie tomou um grande gole de sua vodca com tônica e viu Rebecca fazer o mesmo.

— Que diabos nós fazemos agora? — perguntou Rebecca. — Ele continua olhando para nós.

— Não sei. Conversamos com eles, acho.

— Pensei que fosse um blefe.

— Era, mas...

Andy levantou-se e estava se aproximando.

– Vocês deviam dar descrições fiéis quando dizem que vão se encontrar com alguém.

– Do que você está falando? – perguntou Rebecca.

Ao mesmo tempo, Lizzie declarou:

– Nós tínhamos que dar uma olhada em vocês primeiro.

Rebecca fuzilou Lizzie com o olhar por entregá-las.

– Vocês duas são muito bonitas – disse ele. Rebecca tomou um grande gole de bebida. – Qual de vocês é Tess?

– Ela – respondeu Lizzie, apontando para Rebecca.

Ele as avaliou. A mulher estava se levantando do bar. Caminhava com as pernas voltadas para fora, como se já houvesse sido dançarina, e vestia um suéter bege de gola alta, estilo anos 70, e saia plissada. Era o tipo de aparência demodê com a qual só alguém tão atraente conseguia se dar bem, como se ela houvesse feito uma ponta em *Swingtown* e decidido conservar as roupas.

– Eu sou Alexandra – disse ela, dirigindo-se a Rebecca. Lizzie exultou.

– Por que nós não pedimos outra rodada? – perguntou Andy.

THE DUELING DONNELLYS

Para a pré-estreia de *The Dueling Donnellys*, Melora combinou calça de gabardine bege da Marni, sandálias prateadas Manolo de 2005 e uma camisa preta justa da Chloé que compensava em *glamour* o que faltava à calça. Toni aparecera às seis para refazer o rosto de Melora e, quando Melora se olhou no espelho, ficou agradavelmente surpresa ao ver-se transpirando compostura e elegância, o oposto de seu estado interior. Stuart estava maravilhoso com uma camisa *off-white* da Tumi e jeans Rogan.

Os *paparazzi* continuavam diante da casa, mas, apoiada no braço de Stuart, Melora não lhes deu tanta importância. Ringo os esperava com a porta aberta, e Stuart apressou-se a fazê-la entrar no carro, batendo a porta na cara dos fotógrafos.

— Animais — disse ele. — Primeiro a pobre Michelle Williams, agora nós. Será que eles não sabem que esse é um bairro residencial?

Quando o casal saltou diante do Loews, na rua Dezenove, Lynn os esperava.

— Querida — disse ela, beijando Melora. — Você está linda.

Melora viu flashes dispararem sobre ela, vindos de todas as direções. As perguntas dos repórteres sucederam-se ato contínuo:

— É verdade que vocês dois estão se separando?

— Melora, você vai para a reabilitação?

— Você está colocando sua carreira em suspenso por tempo indeterminado?

– É verdade que sua mãe sofre de demência?

Melora sorriu com doçura, mas foi tudo que conseguiu fazer para não gritar-lhes que fossem fazer alguma coisa útil, pois estavam arruinando o mundo. Eles eram monstruosos. Onde estava a indignação?

– Não estamos respondendo a perguntas – disse Lynn, conduzindo Melora e Stuart até a repórter do *Access Hollywood*, uma bela negra de cabelos lisos.

– Melora – disse a repórter do *Access Hollywood*, enfiando um microfone na cara dela. – Qual é a sensação de estar aqui em Nova York, comemorando um filme rodado em Nova York?

Melora começou a se acalmar. Perguntas fáceis. Lynn a havia preparado.

– É maravilhoso, sério, e fico feliz que toda essa produção esteja retornando à cidade. – Stuart apertou-lhe a mão, encorajando-a.

Por cima do ombro dele, Melora os viu chegar. Dois policiais, brancos e musculosos. Eles haviam organizado as coisas daquele jeito para obter o máximo de publicidade. Iriam algemá-la bem ali, sobre o tapete vermelho, diante de todos aqueles parasitas e *paparazzi*. Ela virou-se para encará-los.

Mas eles apenas ajustaram as barricadas que haviam sido levantadas para afastar a multidão do tapete. Graças a Deus! Estavam ali apenas para manter o público a distância! Ela sentiu vontade de correr até eles e abraçá-los.

Mais adiante, Melora avistou Kate Hudson e Vince Vaughn respondendo a perguntas de outros repórteres. Devia haver cerca de cinquenta, alguns europeus, em duas ou três filas.

– O filme trata de um relacionamento contencioso entre irmãos. Você se identifica com isso? – perguntou a repórter.

Melora estava quase no fim.

– Bem, eu sou filha única, então não. Mas certamente consigo entender uma irmã que tenta proteger o irmão.

– E você gostou de trabalhar com Vince? Muita gente disse que vocês formam um casal de irmãos bastante natural.

– Sabe, ele é ótimo de se trabalhar. É simplesmente um ator muito livre, muito aberto.

– Patricia Fields desenvolveu o figurino para o filme. O que você achou de trabalhar com ela?

– Pat é um gênio. Um gênio vivo. A forma como ela exprime a personalidade através do vestuário é simplesmente... Não há elogios suficientes para Pat Field.

— Isso é ótimo. Você e Stuart têm algum plano especial para o verão?

— Nós vamos tentar fugir da cidade, mas, por enquanto, estamos em casa, relaxando. — Melora pensou em dizer "no Brooklyn", mas decidiu pelo contrário, imaginando que apenas atrairia para a mansão os dois *paparazzi* de Manhattan que ainda desconheciam seus infortúnios publicitários.

— Stuart, no que você está trabalhando ultimamente?

— Tenho um papel no novo filme de Kevin Smith, que sai em setembro, acho. Faço um vendedor australiano que é uma máquina de sexo. Acho que foi um caso de escalação a favor do tipo. — A repórter abriu um grande sorriso de agradecimento, e Lynn os conduziu para longe. Inteligente, pensou Melora, deixar Stuart dar a última palavra. Ele era melhor com as tiradas engraçadinhas.

Dentro do cinema, Lynn e um encarregado conduziram Melora a um camarim ao lado do palco, onde ela, Kate e Vince permaneceriam até que Arnon Milchan os apresentasse ao público. Nas pré-estreias antigas, não havia tais eventos. O ator dava uma declaração à imprensa e então caía fora. Agora eles tinham de apresentar os atores à plateia, transformar aquilo em teatro.

Stuart havia dito que a esperaria na limusine, e, depois que ela subisse ao palco, eles poderiam jantar no Bar Blanc antes da festa no Gramercy. Melora nunca assistia aos próprios filmes e não ia começar a fazer isso agora.

No camarim, ela encontrou Vince e Kate conversando amistosamente enquanto seus assessores de imprensa digitavam em seus BlackBerries. Melora os cumprimentou.

— Você está uma tremenda gata – disse Vince. — Mesmo. Impressionante.

Kate beijou-a nas duas faces e perguntou:

— Por que você não deu entrevistas?

— Eu dei. Ao *Access Hollywood*.

— Entendi – disse Kate. — Eu também não ia querer falar com ninguém depois daquela foto terrível. Quer dizer, eu odeio Murdoch há anos, mas aquilo foi... cruel.

— Aquela foto sua na *Star* para o Estrelas Sem Maquiagem da semana passada também foi cruel.

Kate afastou-se. Melora acomodou-se em um sofá no outro lado da sala com Lynn.

— Você devia ter deixado passar – disse Lynn em tom de censura.

– Ela me provocou – disse Melora.

– Eu sei, mas você não pode descer ao nível dela. Ela está com muitos problemas sentimentais.

– E Lance Armstrong? Pensei que eles estivessem a todo vapor.

– Ah, sem essa agora. Aposto mil pratas que eles não duram até o Natal.

Ao ver a boca de Kate se mover, Melora convenceu-se de que Kate estava falando mal dela para Vince, dizendo que Adam Epstein já havia telefonado para escalá-la para o filme. Aquilo era uma tortura, ficar trancafiada em um camarim com o inimigo. Melora estava começando a duvidar do julgamento de Lynn. Primeiro, ela sugerira a Cooperativa, agora aquilo. Melora tivera uma chance de assinar com a representante de Stuart, Ina Treciokas, dois anos antes, mas permanecera com Lynn por lealdade.

Ela precisava enfiar um comprimido sob a língua. Vasculhou o interior de sua Majorelle, extraiu dois Ativans do frasco e tossiu para poder colocá-los na boca. Pensou ter visto Kate reparar.

A porta se abriu e o encarregado gesticulou para que se dirigissem ao palco. Vince e Kate prepararam-se para a entrada, lançando olhares de última hora ao espelho do camarim. Kate executou uma assustadora reviravolta no cabelo, dando as costas à Melora. Vince ajeitou o colarinho da camisa e entrou em seguida, tentando claramente mantê-las afastadas. Melora o seguiu o mais rápido que pôde, mas a pesada porta de metal se fechou a sua frente. Ela atrapalhou-se para tornar a abri-la enquanto o encarregado girava a maçaneta no outro lado. Vince e Kate já acenavam para a plateia eufórica quando Melora tomou seu lugar ao lado dos dois, com ar confuso e vacilando ligeiramente sobre os pés.

VEM PARA A CAMA

Por que estava demorando tanto? Karen estava deitada na cama, esperando Matty. Depois do jantar comemorativo com cuscuz de frango e uma garrafa de Chandon Brut, ele havia dado banho em Darby e o pusera para dormir, então havia dito que tinha trabalho a fazer e fora para a sala. Karen imaginou que ele estivesse ansioso em relação ao sexo. Havia feito uma insinuação, muito de leve, durante o jantar, dizendo apenas que eles poderiam "passar algum tempo juntos" depois que Darby fosse para a cama. Não havia sequer mencionado o muco com consistência de clara de ovo.

Ao olhar para o relógio, Karen percebeu que ele estava lá fazia uma hora e meia. O tempo passara voando, tivera de enviar alguns e-mails para a unidade de registro de eleitores do grupo Audácia de Park Slope na feira da Grand Army Plaza que estava ajudando a organizar, em seguida, absorvera-se em um romance de Jennifer Weiner, e, àquela altura, já eram nove e meia. Não conseguiria manter os olhos abertos por muito mais tempo.

Karen vestiu o roupão e foi até a sala. O sofá dava costas para o corredor e, ao aproximar-se, ela percebeu movimentos vigorosos. Havia algo de estranho e íntimo neles, e sua primeira impressão foi a de que Matty estivesse chorando.

Karen entrou na sala em silêncio e viu tudo ao mesmo tempo – a mão dele subindo e descendo diante de um grande *close* em seu laptop de alguma coisa entrando e saindo de uma vagina raspada. Então o pênis recuou, alguém o acariciava com uma das mãos; em seguida, a vagina virou de ponta cabeça e acima dela, no mesmo corpo, havia *outro* pênis duro, preso a uma asiática rechonchuda com o que eram claramente seios falsos. A vagina não era uma vagina no final das contas. Era um... cu. A mulher era um homem.

A mulher, ou o que quer que fosse aquilo, murmurava: "Ah, dá para mim." E então o homem, o pênis original, se virou para a câmera, e a mulher com seios enfiou seu pênis no... no que só poderia ser o...

Foi o ofegar de Karen que fez Matty se virar. Ele fechou o laptop com força e pôs-se de pé de um salto, erguendo o fecho da braguilha.

– Meu Deus, você me assustou! – disse com raiva, como se ela, e não ele, tivesse culpa.

Karen sentiu-se enojada. Não que presumisse que ele não fizesse aquilo; todos os caras faziam, especialmente homens com empregos muito estressantes. Mas não se tratava do velho entra-e-sai. O que havia visto? Ela não conseguia sequer começar a decodificar. Já havia imaginado a pornografia, mas o que vira fora coisa completamente diferente. Uma mulher, com seios de mulher, e um pênis – não um pênis falso, um verdadeiro, com pelos e veias? Não havia nada a respeito daquilo em *Sim, querido. Um guia prático para alcançar intimidade, paixão e paz com um homem.*

Seria possível que Matty gostasse de homem ou do que quer que fosse aquela coisa? Aquele minotauro? Como ele podia ter a coragem de olhar para uma coisa daquelas, quando Darby podia acordar e entrar a qualquer momento para pedir um copo de água?

– Eu estava esperando você vir para a cama – disse ela.

– Pensei que você estivesse dormindo – disse ele, como um idiota.

– Eu não consigo acreditar – disse ela.

– Entrei naquele site por acaso. Eu nem sei como...

– Pare.

Ele contornou o sofá e tentou tocá-la, mas ela lutou para se afastar.

– Desculpe – disse ele. – Eu nem sei como encontrei aquilo.

A mente dela continuava a voltar à terrível imagem na tela do computador, a imagem à qual ela não conseguia dar sentido. Com quem estava casada? Como Matty podia se sentir atraído pelo que havia visto naquela tela e também por Karen Bryan Shapiro? Se aquilo o excitava, ele tinha de detestá-la.

– Eu não tenho segredos para você – disse ela, pensando na carteira e percebendo instantaneamente que não era verdade.

– Eu te amo tanto – disse ele, impotente.

– Você estragou tudo – disse ela. – Nós recebemos notícias tão boas hoje. Esta noite devia ser especial. E agora, sempre que eu me lembrar dela, eu vou pensar em...

Ela entrou no quarto e bateu a porta, tentando decidir o que fazer com aquilo. Seu marido era um mistério. Escondera-se dela e havia feito isso porque ela não lhe bastava.

Quem saberia o que ele fazia em seu tempo livre? Ela havia visto anúncios atrás dos jornais gratuitos. Por tudo que sabia, ele estava gastando dinheiro para ter relações sexuais com aquelas... coisas.

Karen desejava ser o bastante para ele. Era por isso que as pessoas se casavam: porque encontravam alguém que precisava delas. Matty não precisava dela para gozar e não queria nem mesmo ter outro filho com ela. Não precisava dela para ajudá-lo a ser pai, pois não desejava ser pai novamente.

Mas havia outra pessoa que precisava dela. Alguém cuja vida ela podia afetar. Karen pegou sua *bowling bag* ao pé da cama. Faria Matty dormir no sofá e, depois de certificar-se de que ele estava dormindo – Matty conseguia dormir com qualquer conflito –, pegaria um táxi rumo a um belo e imaculado local. A Costa Dourada.

BADLY DRAWN BOY

— Posso pagar outra rodada para vocês? — Alexandra perguntou às mulheres. Haviam todos passado ao salão nos fundos do Gate, escuro, com mesas ao redor do perímetro, e mais sossegado que a barulhenta área dianteira adjacente a ele.

— Vou tomar um dirty martíni, com duas azeitonas — disse Lizzie. Ela passara por uma fase de martínis com Sarah durante a mania do *jitterbug* na comunidade lésbica em meados da década de 90, quando foram lançados os comerciais da Gap. Quanto mais bebesse, mais Rebecca beberia.

— Eu ainda estou dando conta disso — disse Rebecca, apontando para sua vodca com tônica. Lizzie temeu que aquilo significasse que ela não se deixara seduzir pelo casal. Como não? Em Park Slope, elas não iam conseguir coisa melhor.

Enquanto Alexandra ia até o bar para pegar a bebida de Lizzie, Andy sentou-se diante das mulheres, olhando de uma para a outra como se fosse a raposa das histórias da patinha Jemima que Lizzie lia para Mance.

— Então, como vocês duas se conheceram? — perguntou ele.

— Nós somos irmãs — disse Lizzie de repente. Rebecca lançou a Lizzie um olhar furioso.

— Vocês são irmãs? — perguntou Andy, mostrando interesse.

— Somos.

— Quem é a mais velha?

Lizzie apontou para Rebecca.

– Eu não tinha certeza de que vocês aprovariam, então não disse nada a respeito – explicou Lizzie. – Espero que isso seja indiferente.

– Só para você saber – Rebecca apressou-se a dizer –, nós gostamos de fazer as coisas juntas, mas não gostamos de fazer coisas *juntas*.

– Ah – fez Andy.

– A não ser quando bebemos – disse Lizzie.

– Bem, *ela* gosta de fazer coisas juntas – disse Rebecca, olhando para Lizzie de forma significativa. – Mas eu, não. Então está acostumada. É de certa forma no que consiste sermos irmãs. E aí, quantos anos têm os filhos de vocês? – Rebecca era um preservativo humano. Era como se estivesse tentando tornar aquilo o menos excitante possível. Por que havia ido até lá?

– Dois e quatro – respondeu Andy. – Meninos.

– Eles estão em casa?

– Ah, estão. Com a babá. Ela sabe que vamos chegar tarde. – Andy ergueu as sobrancelhas, o que o fez parecer com Groucho Marx. – E vocês? Que idade têm os de vocês?

– Meu Cyrus tem um ano e meio – disse Lizzie – e a filha de Tess... Sunshine... tem a mesma idade. Nós gostamos de fazer tudo ao mesmo tempo.

Rebecca entrecerrou os olhos na direção de Lizzie, claramente descontente com o nome Sunshine.

– O nome de sua filha é Sunshine? – perguntou Andy. – É um nome lindo.

– Bem, é. E ela é alegre como a luz do sol. – Rebecca tomou um grande gole de bebida.

Alexandra aproximou-se com o martíni de Lizzie e duas doses. Sentou-se ao lado de Andy, diante de Lizzie. Ela e Andy brindaram e entornaram as doses.

– Elas são irmãs – disse Andy. A mulher franziu o cenho em sinal de descrença.

– Então, há quanto tempo vocês vêm fazendo isso? – perguntou Rebecca.

– Fazendo o quê? – perguntou Andy.

– Hum... conhecendo pessoas.

– Não muito – respondeu Alexandra. Ela parecia triste e constrangida, o que a tornava menos atraente. – Começamos com um casal muito amigo nosso, de férias em Aruba, e então decidimos que queríamos continuar.

– Então nós somos as primeiras com que vocês... se encontram, fora esses amigos? – perguntou Lizzie.

– Não, nós conhecemos alguns casais no *Craigslist*, mas eles não eram como a gente – disse Andy. – Não eram o nosso tipo de gente, se entendem o que quero dizer. Foi por isso que enviamos a mensagem para o Pais de Park Slope.

– Quantas respostas vocês receberam? – perguntou Rebecca.

– Incluindo as ameaças de morte? – perguntou Alexandra.

– Eu sei! – gritou Lizzie. – Eles ficaram loucos com vocês!

– Alex não esperava por isso – disse Andy –, mas eu sim. Ninguém em Park Slope tem senso de humor.

– Nós recebemos resposta de um casal que parecia legal – declarou Alexandra –, mas eles disseram algumas coisas no e-mail que nos deixaram nervosos, então não nos encontramos com eles.

Aquilo despertou a curiosidade de Lizzie.

– Tipo o quê?

– O sujeito disse que ele e a mulher também estavam interessados em aberrações. Não gostei da palavra "aberração".

– Você fez a coisa certa – disse Lizzie.

– Eu não entendo – disse Rebecca. Sua voz soou arrastada, e ela parecia ainda mais colérica que de costume.

– Não entende o quê? – perguntou Alexandra em tom precavido.

– Por que vocês fazem isso? Era uma brincadeira? Podem dizer. Nós não vamos ficar ofendidas.

– Não é brincadeira para nós – disse Andy com cuidado.

– Mas por que *swing*? Quer dizer, vocês são incríveis. Provavelmente têm uma vida sexual intensa. Então por que iriam querer complementar?

– Nós acreditamos que um relacionamento aberto fortalece o vínculo – respondeu Andy.

– Sem essa, sério – disse Rebecca. – Algum de vocês traiu ou coisa parecida, e foi isso o que decidiram fazer para contemporizar?

– Você é o quê, psicanalista? – perguntou Alexandra com arrogância.

Rebecca corria o risco de estragar tudo, pensou Lizzie. Quaisquer que fossem os motivos do casal, eles não queriam compartilhá-los. Rebecca havia aberto a Porta Número Três, a porta para os espaços obscuros de um casal.

— O que ela está tentando dizer é que acha vocês dois muito bonitos — Lizzie apressou-se a dizer.

— Bem, a opinião é mútua — respondeu Andy e então riu, um riso nervoso, afeminado, que contrastava com sua aparência musculosa. Talvez ele fosse um daqueles homens atraentes, porém inseguros, que não fazia ideia do quanto tinha a oferecer. Lizzie suspeitava de que Alexandra fosse uma ex-dançarina psicopata, que o havia traído e o mantinha no cabresto.

— Sabe, vocês duas não se parecem nem um pouco — disse Andy.

— Todo mundo diz isso — Lizzie apressou-se a declarar. Não sabia se Andy acreditava que elas fossem irmãs ou estava fingindo para ver até aonde elas iam.

— Por que você não se senta no meu colo? — ele perguntou a Lizzie.

Ela engoliu em seco. O que Andy esperava que ela fizesse com ele? E se alguém que ela conhecia entrasse, uma mãe do bairro, e contasse a Jay? Jay iria matá-la. Lizzie não queria estar naquele bar barulhento com aquele casal estranho, independentemente do quanto fossem atraentes. Queria ficar a sós com Rebecca em sua cama, acariciando-lhe o cabelo, beijando-a como antes...

Uma música dos Badly Drawn Boy, um conjunto pop inglês, começou a tocar. Lizzie a ouvira anos antes e a adorava. "The Shining" [O iluminado]. Era lenta e linda e fazia as pessoas se apaixonarem por quem quer que as estivesse acompanhando.

— Adoro essa música — disse Lizzie.

— Fico feliz — disse Andy. — Quer dançar?

Ela assentiu com um movimento de cabeça. Aquilo era enervante. Antes de conhecer Sarah, ela havia dormido com apenas dois caras, um no colégio e outro na faculdade. Lizzie perguntou-se o que Jay pensaria se soubesse que ela estava ali com um casal que queria fazer *swing*. Ficaria furioso ou permaneceria controlado, por eles serem pais? Por que ele nunca se preocupava com que ela o traísse com outro homem?

Lizzie e Andy dançavam juntos na pista. Alguns *hipsters* nas outras mesas ficaram olhando como se eles fossem esquisitos. Alexandra os contemplava da mesa, o rosto corado, de raiva ou do álcool.

— Vocês duas deveriam dançar — disse Lizzie quando ela e Andy passaram pelas mulheres.

— Acho que eu estou bem assim — disse Rebecca. Mas Alexandra pôs-se de pé e tomou Rebecca pela mão. Rebecca hesitou; em seguida, se levantou. As duas mulheres se abraçaram como se aquilo fosse uma dança da oitava série, os braços de Rebecca nos ombros de Alexandra, os braços de Alexandra na cintura de Rebecca. Lizzie percebeu instantaneamente que Alexandra não estava nem um pouco interessada em mulheres e fazia apenas em benefício de Andy. Sentiu-se triste pelos dois.

— Então o seu filho mais velho está na P.S. 321? — Lizzie ouviu Rebecca perguntar a Alexandra.

— Nós estamos na 39.

— Qual é essa mesmo?

— Na Oitava com a Sexta.

— Ah, certo, certo — disse Rebecca. — Eu soube que está ficando cada vez mais difícil conseguir essas discrepâncias. — Era como se ela estivesse tentando tornar a noite o menos romântica possível.

Andy deslocara as mãos para o traseiro de Lizzie e acariciava-lhe o pescoço com o nariz. Ela sentiu-se abominável e amedrontada. Mas aquilo havia sido ideia sua. Alexandra começou a beijar Rebecca e Rebecca recuou. Alguns *hipsters* sussurravam entre si.

Ainda de pé, Andy começou a tocar Lizzie, beijando-lhe o pescoço e o rosto. Suas mãos eram descuidadas e estavam por toda parte. Lizzie não gostou. Ele era desastrado e machista, o que o tornava menos atraente. Lizzie desejava fugir com Rebecca, para que pudessem rir dele juntas, rir tanto que caíssem uma sobre a outra.

— Talvez seja melhor darmos um tempo — disse Lizzie, disparando para a mesa novamente. Os outros a seguiram. Andy sentou-se a sua frente e olhou-a com ar malicioso. — Vocês têm maconha? — perguntou Lizzie.

Andy fez que sim com um movimento de cabeça.

— Mas nós provavelmente devíamos ir lá para fora — acrescentou.

Eles foram todos para a rua Três, a algumas casas de onde Lizzie havia levado o filho para brincar havia poucos meses. Andy pegou o baseado.

— Vocês acham que tudo bem se fizermos isso aqui fora? — perguntou Lizzie.

– Desde que a gente ande rápido.

Andy acendeu o baseado para Lizzie, que inalou e tossiu.

– Você tem certeza de que quer fumar? – perguntou Rebecca. Então, para Andy: – Ela ainda está amamentando.

– Só um pouco – disse Lizzie. Fuzilou Rebecca com o olhar e passou-lhe o baseado. Não dava para trazer à baila a amamentação no meio de um *swing*. Não que Lizzie soubesse sobre o que *deveria* conversar.

– Pensei que você tivesse dito que seu filho tem um ano e meio – disse Andy.

– E tem – disse Rebecca aos berros. Rebecca estava tentando humilhá-la, zombando dela por querer que aquilo acontecesse. Lizzie sentiu vontade de lhe dar um tapa.

De volta ao interior do bar, Andy sentou-se ao lado de Lizzie e declarou:

– Você é muito bonita. – E então se pôs a beijá-la por toda parte, um completo amasso. Lizzie olhou para Rebecca, que parecia exibir um sorriso afetado no outro lado da mesa. Seguindo o exemplo de Andy, Alexandra beijou Rebecca, afastando o cabelo do rosto dela. – Tudo bem – disse Rebecca. – Eu estou bem.

Aquela era a última chance de Lizzie. Talvez a maconha começasse a agir e Rebecca, por fim, ficasse com ela. Afastou-se de Andy e virou-se para beijar Rebecca. Quando colou a boca à de Rebecca, Rebecca afastou-se e enfiou a mão no compartimento de sua bolsa. Examinou seu celular e riu alto. Então se pôs de pé e anunciou:

– Eu tenho de ir.

Depois que Rebecca partiu, Lizzie não soube ao certo o que fazer. Estava chapada demais para se dar conta da raiva. A maconha a fez se sentir só. Ficara tão entusiasmada com aquela noite, com sua maquiagem, suas roupas e seu perfume... Não eram nem nove da noite, e ela estava sozinha no Gate com dois pais de Park Slope, dois pais de Park Slope que, no frigir dos ovos, ainda que atraentes, não eram tão interessantes nem inteligentes assim.

– Aquela não era a sua irmã, era? – perguntou Andy.

– Não.

Vinte minutos mais tarde, Lizzie estava na cama de casal *king size* deles, entre os dois, sem saber ao certo o que estava fazendo ali, mas sem vontade ou talvez sem energia para ir embora.

A FESTA DEPOIS DO EVENTO

Nars era o patrocinador da festa subsequente à pré-estreia de *The Dueling Donnellys* no jardim privado do Gramercy Park Hotel. Melora posou para algumas fotos com o próprio François Nars e, quando as câmeras pararam de disparar e os dois se afastaram, ele fitou o corte sobre o olho de Melora e disse que possuía um corretivo muito melhor que o que ela estava usando.

Em sua mesa, Melora pediu vinho branco para a garçonete, certa de que Stuart iria repreendê-la. Em vez disso, ele pediu um uísque. Talvez todo aquele teatro o estivesse aborrecendo.

O jantar dos dois no Bar Blanc fora artificial e hostil. Ambos haviam bebido em excesso enquanto ela descrevia o almoço com Adam, e Stuart pareceu ficar ainda mais desesperado. Melora desejava que ele dissesse que estava torcendo por ela, mas tinha a impressão de que ele sentia vergonha dela.

Kate e Vince estavam a várias mesas de distância, rindo alegremente com seu séquito, que incluía Mischa Barton, Luke Wilson, Adrien Brody e Lucy Liu. Melora estava sentada com Stuart, Lynn e mais ninguém.

Alguém havia intencionalmente separado Melora e Kate e, embora estivesse aliviada por não precisar conversar fiado com Kate, Melora sentiu inveja pelo fato de a outra mesa parecer tão animada, ao passo que ela estava emperrada com seu marido e sua agente publicitária. Nem mesmo Stuart parava de olhar, como se preferisse estar na mesa de Kate e Vince a estar na da mulher.

Nos velhos tempos, ela e Stuart teriam dezenas de amigos com eles. Mas, naquela noite, ela não pensara em convidar nem mesmo Cassie e David.

Quando a garçonete trouxe os drinques e ela havia tomado alguns goles de vinho, começou a repassar o almoço na cabeça. Talvez Vanessa soubesse de alguma coisa e não tivera oportunidade de ligar para ela. Eram apenas seis e meia lá. Melora ligou para a agência e pediu o escritório de Vanessa. Viu Stuart ficar rígido, como se estivesse nervoso por ela, o que apenas a deixou mais perturbada. O assistente, Ryan, atendeu. Eles sempre eram homens com nomes como Ryan, Tim ou Dan. Muito básicos, muito faladores. Eram hétero, mas comportavam-se como gays e duravam seis meses cada um.

— Ei, Ryan — disse ela baixinho, tentando parecer alegre e controlada, como se estivesse fora do país havia um ano e nunca tivesse ouvido falar no *Post*. — É Melora.

— Ei, Melora — disse ele alegremente, em um tom de voz que não deixava transparecer os acontecimentos do dia anterior. — Me deixe ver se consigo falar com ela.

Melora contou os segundos nos dedos. Quando chegou ao sete, soube o que viria a seguir.

— Ela deu uma saída — disse ele. — Você quer deixar recado?

— Só peça a ela para me ligar.

— Ela estava lá? — perguntou Stuart. Era óbvio que não. Estaria Stuart tentando esfregar a humilhação na cara dela? — Tenho certeza de que o almoço correu melhor do que você pensa — disse ele, mas suas palavras soaram vazias e desanimadoras.

Teria ela de fato tentado mostrar seus pentelhos a Adam Epstein, ou fora tudo um sonho? Havia ido à Cooperativa para fazer um turno? Realmente deixara aquele carrinho de compras rolar para a rua? Melora recordou a mãe assustadora que lhe fizera todas aquelas perguntas.

— Você já foi conselheiro de acampamento de verão? — perguntou a Stuart.

— Meu Deus, do que você está falando?

Melora percebeu Kate levantar-se com Lucy Liu. A princípio, pensou que fossem ao banheiro, mas as duas rumaram direto para a mesa de Melora e sorriram.

— Desculpe incomodar, Stuart – disse Kate –, mas Lucy quer te conhecer há tempos e eu disse a ela que faria as honras.

Lucy, em um vestido bege colante que não dava margem à imaginação, estendeu a mão.

— Adorei você em *End of the Day* – disse a Stuart, ignorando Melora.

Melora viu o rosto de Stuart se entusiasmar.

— A filmagem foi brutal, mas estou orgulhoso do resultado.

— Eu adoraria trabalhar com você algum dia. Ouvi dizer que você está escrevendo alguma coisa...

— Ah, ainda é cedo.

— Fiquei sabendo que o cenário é Nova York. Eu cresci aqui, sabe?

— É claro que sei.

— Bem, se você tiver algum papel para mim, por favor, mande. – Lucy tornou a apertar a mão dele.

Melora não conseguiu evitar o que disse a seguir. Virou-se para Kate e perguntou:

— Você ligou para Scott Rudin hoje de manhã para falar sobre *Yellow Rosie*? – Melora viu Lynn cobrir o rosto com a mão.

— Do que você está falando? – perguntou Kate. Lucy Liu parecia ter percebido Melora pela primeira vez.

— Porque quero que você saiba que eu nunca faria isso com você. Eu não tiro vantagem da decadência de outras pessoas. Estou na profissão há trinta anos e tive muitas oportunidades de interferir no trabalho de outras mulheres, mas não é assim que eu ajo.

— Eu também não.

— Você está mentindo! Você é uma vadia mentirosa – disse Melora. Lucy Liu ficou boquiaberta.

— Ei – disse Stuart.

— Querida – disse Lynn, colocando um braço protetor em torno de Melora.

— Me solta! – gritou Melora. E então investiu sobre Kate, tentando arrancar-lhe os olhos. Mas atrasou-se um segundo; Stuart agarrou-a por trás e a puxou enquanto Kate abria a boca, horrorizada, e Lucy a arrastava para fora do recinto.

— Você é uma fracassada! – gritou Lucy.

— Sua vagabunda louca! — gritou Kate.

— Vamos sair daqui — disse Stuart.

Lynn os conduziu às pressas rumo às escadas e eles desceram para a rua e a limusine. Stuart e Melora saltaram para dentro do veículo, com os *paparazzi* fotografando seus rostos abatidos.

— O que deu em você? — gritou ele quando se afastaram. Ela percebia os flashes das fotos enquanto os dois discutiam. Agora as câmeras atravessavam as janelas fumê. Eles enxergavam dentro dos vestidos. Fora assim que a filha de Kerry envolvera-se em tantos problemas em Cannes. A tecnologia não possuía a mínima ética.

— Você ouviu a ligação hoje de manhã! — gritou Melora. — Ela está tentando conseguir meu papel!

— Ela pode te acusar de tentativa de agressão!

— Ela me provocou!

— Você é um perigo para todos que te rodeiam. Uma coisa é você destruir a própria vida, mas outra é destruir a minha.

— Eu sabia! — disse ela. — Você só se interessa pela própria carreira! Você só quis se casar depois que *Poses* decolou. E agora está com medo de que eu atrapalhe a realização do seu filme.

— Isso não é verdade — disse ele calmamente. — Foi você quem quis se casar. Você disse que queria que o mundo soubesse o quanto me amava.

Ela não tinha a menor lembrança daquilo. Stuart estava sempre acusando-a de dizer coisas que nunca havia dito e o fazia com a mesma expressão de certeza condescendente que a de Charles Boyer.

— Eu nunca disse isso! — declarou ela.

— Disse sim.

Eles não haviam feito acordo pré-nupcial, e Melora começava a se arrepender. Sugerira o acordo a seu administrador de bens, mas Stuart opusera-se, dizendo: "Só nos Estados Unidos as pessoas planejam o fim do casamento antes que ele comece." Envergonhada, ela havia desistido. Se eles se separassem, ele ficaria com metade de tudo que ela havia feito desde o casamento dos dois e metade do rendimento da venda da casa, embora Melora a houvesse comprado com seu fundo de investimento.

— Você é um mentiroso! — gritou ela, sentindo o vinho e os Ativans agitarem-se em seu cérebro. Melora tinha a impressão de que sua cabeça estava prestes a explodir. – Você só quer que eu consiga esse papel para poder bajular Adam Epstein e sabe que, se ele escalar Kate, vai ter perdido a chance de mostrar a ele o seu roteiro.

– Isso é ridículo. Eu tenho amigos em comum com Adam. Eu podia ter mandado o roteiro para ele há meses.

– Ele é o primeiro diretor com quem tive uma chance de trabalhar desde Paul, que, na verdade, tem algumas credenciais de produção. Você só quer me usar para chegar até ele. Não estava nem aí para o que estava acontecendo comigo até aquela foto do *Post* ser publicada.

– Você está parecendo uma louca agora. Não sabe nem o que está dizendo.

– Eu não sou louca!

O rosto dele tornou-se mais brando.

– Olha – disse ele. – Eu quero te ajudar, Lor. Mas você precisa me contar o que está acontecendo. Hoje de manhã você disse que fez uma coisa. O que foi? Você tem de me contar ou eu não posso ajudar.

– Não dá. É horrível demais – disse ela, e então tudo aquilo a atingiu e ela começou a chorar.

– O que foi? Você matou alguém?

– Você está quente.

– O que você quer dizer com... quente? Isso é uma piada?

– Pense nos Dez Mandamentos.

– Adultério?

Ela balançou a cabeça. E então contou. Tudo. A compulsão de pegar a carteira, o artigo no jornal da Cooperativa e como eles provavelmente iriam levá-la para a cadeia. A única parte que omitiu foi o fato de a carteira ter desaparecido de sua mesinha de cabeceira. Teve medo de que ele a chamasse de idiota.

Quando terminou, ele a tomou nos braços e ela chorou em seu ombro. Era um imenso alívio contar, permitir que Stuart a conhecesse. Eles eram uma equipe. Fora uma boba ao pensar que ele a estava usando. Como ele havia dito, tudo que queria era ajudá-la.

– Eu não entendo – disse ele. – Nós não precisamos de dinheiro. Você não precisa roubar.

Melora tinha esperanças de que ele a compreendesse, mas não foi o que ocorreu. Ele não entendia que o momento assemelhara-se a um orgasmo. Ela havia feito aquilo e então sentira calma. Se ao menos conseguisse se sentir assim novamente...

– É claro que isso não tem nada a ver com dinheiro – disse ela, afastando-se.

Melora cometera o erro de se casar com alguém mais bem ajustado que ela, alguém tão comedido, tão humilde e tão grato por seu sucesso, que não entendia como uma pessoa podia ser bem-sucedida e infeliz. Não deveria ter aberto sua boca grande.

Stuart deu um tapinha na divisória e esta foi baixada.

– Espere até ter certeza de que ela entrou em casa, ok? – recomendou a Ringo. – Me deixe aqui.

– O que está acontecendo?

– Isso é demais para mim. Preciso de um tempo longe de você.

Ele a estaria deixando? Sem aviso?

– O quê? O que você está dizendo?

– Eu vou voltar mais tarde. Só preciso de um pouco de espaço. – Era a pior coisa que um homem podia dizer a uma mulher.

Eles estavam na esquina da Um com a Décima Primeira.

– Aonde você vai? Por favor, não me deixe.

Ringo parou a limusine e Stuart saltou. Melora ficou olhando para ele através do vidro como se nunca mais fosse vê-lo de novo. ℒ❤

RUA CROSBY

Rebecca contornou a Quinta Avenida rumo ao norte. Ligou para ele enquanto estava correndo, depois mergulhou na fachada de uma loja, os olhos abertos à procura de Lizzie. Sentiu-se aliviada por escapar daquela cena ridícula no Gate. Era um casal lindo, mas muito louco para Rebecca.

– Não consigo parar de pensar em você – disse Stuart. – Você pode se encontrar comigo? – Ele havia se tornado acessível. Ela adorou. Sentira tanta falta disso quanto do sexo: da bajulação. Nas primeiras fases do amor, as pessoas elogiavam umas às outras. Então se casavam e passavam o resto de seus dias despejando insultos e reclamações. O casamento era a desilusão verbalizada.

– Posso, acho que sim – respondeu ela. – Mas não posso chegar muito tarde. – Theo não se importaria com seu paradeiro. Provavelmente já estaria dormindo, encolhido ao lado de Abbie na cama dos dois, como ocorria na maioria das noites.

– Eu também não. – Ela não lhe pediu mais detalhes. Não queria saber de Melora nem Orion. Queria que ele existisse só para ela. – Um amigo meu tem um apartamento no SoHo. Você pode me encontrar lá?

– Que amigo?

– Não vou dizer.

– É homem?

– Talvez.

– É alguém famoso?

— Todo mundo que eu conheço é famoso.

— Uau — disse ela. — É o apartamento do Russel? Do Guy Pearce? — Ele passou o endereço a ela e desligou.

Rebecca pegou um táxi na esquina da Carroll com a Quinta e reclinou-se no assento enquanto atravessava a ponte do Brooklyn rumo à cidade. Retirou os brincos de Lizzie das orelhas e os enfiou na bolsa. Eles não faziam seu estilo, eram *hipongos* demais para o seu gosto. Sentiu-se constrangida com o estranho sentimentalismo que Lizzie demonstrara. Compadecia-se e se sentia mal por ela ao mesmo tempo.

Enquanto o táxi prosseguia, Rebecca olhou para a Bowery e os imponentes hotéis de luxo, pensando nos pequenos hotéis que haviam sido demolidos para lhes dar lugar. Olhou pela janela em direção aos europeus ricos e garotos dos fundos fiduciários que haviam assumido o controle do SoHo e do Lower East Side, e não ficou tão furiosa como de costume pelo fato de o dinheiro haver arruinado a cidade. Rebecca sentia-se romântica. Nova York era grande o bastante para todos. Os arranha-céus iriam sobreviver.

Quando chegou à rua Crosby, viu Stuart esperando, e então ele aproximou-se da janela do táxi e pagou a corrida. Rebecca considerou a atitude romântica, não machista. Stuart não a estava tratando como prostituta. Ele a estava tratando como princesa, embora a diferença fosse pequena. Sem uma palavra, ele a conduziu, através de um portão, a um pátio silencioso e ao interior de um prédio elegante e moderno, onde esperaram pelo elevador em um hall de entrada minimalista. Eles nada se disseram, mas, dentro do elevador, ela se lançou sobre ele. Sentiu-o enrijecer de encontro ao seu corpo. Ele gemeu em seu ouvido:

— Eu quero ficar com você outra vez.

— Eu também — disse ela. — Quero ficar com você o tempo todo.

O elevador abriu-se para o interior de um *loft* imaculado e espaçoso, decorado com mobília modernista. O lugar possuía uma aparência genérica, como um quarto de hotel, sem fotos nem toques pessoais. Quem moraria ali? George Clooney? Brad Pitt? Ela achava ter lido alguma coisa no *Observer* sobre um apartamento de Lenny Kravitz na rua Crosby. Provavelmente pertencia a ele, embora Lenny Kravitz tivesse muito mais estilo do que o apartamento ostentava. Seria para lá que iam todas as garotas de Stuart? Prostitutas iriam até lá? Teria Stuart tido outros casos naquele mesmo *loft*?

— Este é o próprio *Se meu apartamento falasse* — disse ela, indo até a janela olhar para a rua, onde viu um casal saindo aos tropeções de um bar, apoiados um no outro. — Eu tenho a sensação de que Jack Lemmon vai entrar a qualquer minuto.

— Você tem certo quê de Shirley MacLaine — disse ele atrás dela, envolvendo-a com os braços.

— Você está querendo dizer que eu sou suicida?

— Uma garota suicida é muito sexy. O que você quer beber?

— Jameson com gelo. — Ela não bebia uísque desde o tempo de solteira, mas achava que, quando estavam tendo um caso, as pessoas deveriam beber. E aquilo era um caso, pois era a segunda vez que eles ficavam juntos.

Rebecca contemplou as estantes Vitsoe e tentou advinhar de quem era o *loft* pelos livros, mas estes eram todos genéricos — design, livros sobre cinema independente e James Frey. Todos os famosos liam James Frey. Ela abriu dissimuladamente uma gaveta, mas a única coisa em seu interior era uma agenda francesa em branco.

Stuart entregou-lhe a bebida e pegou uma cerveja no reluzente refrigerador Sub-Zero de aço inoxidável.

— É fantástico — disse ela. — Você precisa de combustível para os seus encontros amorosos?

— É claro que não. Você é um ótimo combustível.

Stuart deu uma palmada no traseiro dela e puxou-a pelo corredor até um lance de degraus que conduzia ao andar de cima. Minutos depois, eles estavam no terraço, com o SoHo a seus pés. Havia um esplêndido jardim, cuidado por profissional. Ela inspirou o doce perfume da cidade. O ar estava fresco, e ela se sentiu feliz, embora seu coração estivesse acelerado. Eles se sentaram em duas *chaises*, e ela se recostou e ergueu os olhos em direção ao céu noturno brilhante. Em lugar de se sentir afortunada ou descrente por estar em um terraço no SoHo com um grande astro do cinema, Rebecca teve a sensação de que tudo aquilo fazia sentido. Era preciso uma mulher especial para afastar um homem de uma estrela de cinema, e ela era especial.

O mesmo orgulho presunçoso que todas aquelas mães que não trabalhavam fora sentiam ao educar os filhos, ela sentiu naquele momento com Stuart. Levara um terço da vida para descobrir no que era boa, mas agora sabia: em trepar com Stuart Ashby.

Tudo o que passara com Theo desde o nascimento de Abbie valera a pena porque a conduzira exatamente até ali, àquele terraço na rua Crosby. Tudo iria dar certo. Quer aquilo durasse ou não, quer ficasse com Theo ou o abandonasse, tudo daria certo.

Mas Rebecca queria ficar com Stuart e já vinha imaginando a vida com ele desde o dia em que o conhecera na sala de manipulação de alimentos na Cooperativa. Iria se divorciar de Theo, Stuart abandonaria Melora, então ela e Abbie se mudariam com ele para um fantástico condomínio, talvez até mesmo na rua Crosby. Eles fariam amor o tempo inteiro, três ou quatro vezes por dia, e ele seria incrível com Abbie, já que havia se mesclado a outra família e, quando ele viajasse para alguma filmagem, elas o acompanhariam. Por sua união com ele, Rebecca conseguiria um excelente agente literário e um editor para seu romance, e então ela e Stuart poderiam adaptá-lo juntos, vindo a acumular tantas estatuetas do Oscar que humilhariam os parcos dois de Melora.

Stuart ficou por cima dela e ergueu-lhe a saia.

– Eu adoro o teu corpo – disse ela, abraçando-o.

– Eu adoro o teu. Era isso que eu queria quando você me treinou. Na minha mente, eu via você estendida. Estendida assim. Exposta. – Ele beijou-a por sobre a camisa e então a desabotoou e enterrou o rosto entre seus seios, pressionando-lhe as costas contra a cadeira. Tudo que parecia errado com Lizzie parecia certo com Stuart.

– Comprei uma camisinha – disse ele. – Você não me pareceu muito boa em ter isso à mão. – Ele vasculhou o bolso e retirou um preservativo. Ela ficou lisonjeada por Stuart haver pensado naquilo. Stuart colocou a camisinha, rápida e facilmente, e logo estava dentro dela, beijando-lhe o pescoço e o rosto. À medida que ele a cavalgava, ela abandonava-se à sensação de ter aquele homem lindo dentro dela. Por um instante, não teve marido nem filha. Rebecca era apenas uma bela boceta. Ela era sexo, eles eram sexo e ambos sabiam disso. Stuart parecia saber exatamente como se mover, como curvar-se para agradá-la, e, em poucos minutos, ela estava gozando, e ele a seguir.

– Eu queria que a gente pudesse ficar junto assim todo dia – disse Rebecca.

– Você está querendo dizer duas por dia?

— É, duas vezes. Eu preciso ver você duas vezes por dia. Você é um remédio. Sem você fico doente.

Ele saiu de dentro dela, virou-se e, um minuto mais tarde, a camisinha havia desaparecido — onde fora parar? — e ele estava vestido, deitado ao lado dela, tomando outro gole de cerveja. Ele era o tipo de cara que conseguia pulverizar um preservativo usado em pleno ar.

Enquanto tornava a vestir suas roupas, Rebecca contou-lhe que havia lido o roteiro. Lera-o de uma vez só naquela tarde à mesa de jantar enquanto Sonam passava o aspirador a sua volta. Ela ficara impressionada. Os diálogos eram melhores do que o que esperaria de um ator, e a narrativa, cadenciada e inteligente.

— Mesmo? — perguntou ele. Seu rosto exibiu uma expressão urgente e ligeiramente ansiosa, o que a deixou lisonjeada, pois queria dizer que sua opinião importava. — Então, o que você achou?

— Eu gostei. Muito absorvente e acidentado, mas autêntico. Tive umas ideias para dar substância a Lucy.

— Quais? Sei que preciso trabalhar a personagem, e, para mim, é muito importante compor uma mulher forte.

— Acho que você devia fazer com que ela tivesse um filho do ex-marido. Um menino. Ela tem uma relação muito distante com o filho até o fim, quando frustra o complô terrorista no Atlantic Mall, mas o cara da loja de *muffins* mata o ex-marido dela. Depois disso, em vez de concluir com aquela cena do funeral dele, em que ela está de uniforme, você devia fazer com que ela assumisse a custódia do filho. E eles desenvolvem um novo relacionamento, muito mais íntimo, e você encerra com os dois colocando flores no túmulo de Jimmy, a mão dela no ombro do filho.

— Isso não é nada mau! Na verdade, é realmente brilhante! Exatamente o que esse trecho precisa. Eu quero mostrar o roteiro a uma pessoa que compõe papéis femininos realmente fortes. Ele vai adorar.

— Quem?

— Um produtor, mas ele também escreve. Esse toque sobre ela ter um filho é perfeito. Nunca pensei em transformar a personagem em mãe.

— Isso me ocorreu assim — disse ela. — Do nada.

Rebecca apreciava seu interesse intelectual quase tanto quanto o sexual. Fazia com que se sentisse importante. Ela era mais que uma escritora frila que cuidava de um bebê. Era consultora de um filme independente que talvez fosse de fato produzido. Teve uma visão de si mesma comparecendo à pré-estreia no braço de Stuart. Mesmo que não estivessem juntos quando o filme fosse lançado, talvez ele fosse indicado para um Oscar e lhe agradecesse no discurso de recebimento como a pessoa que fizera o roteiro se encaixar. Talvez até mesmo lhe conferisse pontos, como fizera Steven Spielberg com Harrison Ford em *Os caçadores da arca perdida*.

— Nós devíamos nos sentar juntos um dia desses e você me entregaria todas as suas anotações — disse ele. — Nua. — Ele a beijou e colocou a mão dela sobre seu corpo.

— Ah, eu tive outra ideia — disse ela, entusiasmada. — Sabe a cena de perseguição no Carrossel de Prospect Park?

— Sei.

— Você precisa mudar aquilo. Os carrosséis são muito clichês. Qualquer cena de perseguição envolvendo palhaços, carrosséis ou guarda-chuvas é uma má ideia.

— Mas eu estou tentando introduzir alguns locais inconfundíveis.

— Acho que você devia situar a cena no arco da Grand Army Plaza.

— O arco tem um interior?

— Claro. Abbie e eu vimos um show de marionetes lá. É escuro, com aquelas escadas em caracol estreitas. Dão uma sensação de aflição. Bem Bob Fosse mostrando a República de Weimar.

— Preciso ligar para a Prefeitura e pedir a eles — declarou Stuart e digitou um lembrete em seu telefone.

— No geral, o roteiro é realmente emocionante — disse ela —, mas tenho de dizer que toda essa trama se passando no nosso bairro é uma ilusão. Nunca acontece nada em Park Slope.

— Eu sei. Eu digo às pessoas que é um filme sobre Park Slope se Park Slope fosse interessante.

— O bairro era um pouco mais animado nos anos 70, quando havia mais negros e irlandeses. Sabia que Lawrence Fishburne é de Slope?

— Sabia. Nós conversamos a respeito disso na noite de estreia de *Thurgood*.

Era óbvio que ele conhecia Lawrence Fishburne. Rebecca precisava mencionar alguma coisa que ele não conhecesse.

– Você sabia que um avião da United Airlines caiu em Sterling Place em 1960? Colidiu com outro avião sobre Staten Island e então caiu em cima de uma igreja. Matou 134 pessoas. O lugar onde isso aconteceu agora é um condomínio. Acho que as pessoas que moram lá não sabem. Não existe nenhuma placa, nada.

– Talvez eu pudesse dar um jeito de inserir a queda do avião – disse ele, tornando a digitar em seu celular.

– Não acontece mais nada desse tipo em Park Slope – disse ela. – O bairro é muito devagar. Acho que não vou conseguir aguentar por muito mais tempo.

– Aguentar o quê?

– As mães. Os pais. É tão falso... É todo mundo egoísta, mas finge não ser. Um cara foi assaltado perto do meu apartamento e publicou num quadro de avisos. As pessoas disseram que ele estava reduzindo o valor dos imóveis delas. Park Slope tem as piores características do Upper East Side combinadas com o pior de Berkeley, na Califórnia. Quer dizer, pelo menos lá eles são *hippies* autênticos. Em Slope, são *yuppies* fingindo ser *hippies*.

– Ah, sem essa – disse ele. – Slope é um bairro ótimo. Para onde mais você iria?

– Talvez para a Filadélfia. Meus pais moram lá e poderiam nos ajudar. Existem vários *lofts* sendo construídos no centro da cidade. E Theo poderia viajar.

– Você não quer se mudar. Repetindo as palavras de Kyra Sedgwick em *Vida de solteiro*, eu acho que:

a) você está representando e

b) a tua representação é odiar Park Slope.

– Não é representação. Eu realmente detesto o bairro. Nada me prende aqui. Abbie é pequena demais para ter feito amigos. Eu queria gostar de Slope porque é bonito, a escola pública é boa e tem a Cooperativa, mas não gosto. Eu ficaria se tivesse uma razão muito boa para ficar.

– E? – perguntou ele e tomou-lhe a mão.

Ela tentou permanecer em silêncio, mas não conseguiu se segurar; estava tonta de amor e precisava falar.

– Você é a única coisa que me faz querer ficar. Sempre pensei que, para alguma coisa excitante me acontecer, eu teria de sair e achá-la. Em

Manhattan ou coisa parecida. Eu não esperava que ela viesse até mim. Você é igual ao avião que caiu em Sterling Place.

No táxi de volta ao Brooklyn, eles namoraram o trajeto inteiro. Ela saltou na esquina da Carroll com a Oitava e não conseguia parar de beijá-lo na despedida.

– Eu ligo para você – disse Stuart, e ela forçou-se a saltar do táxi.

Quando alcançou a esquina de seu prédio, Rebecca avistou uma silhueta nos degraus de entrada. A princípio, pensou que fosse Jason, o rapaz do andar de cima, com os pais gays, mas, ao se aproximar, viu que era Lizzie.

Ela estava sentada no meio da escadinha, com o queixo na mão e um olhar furioso.

– Era ele no carro, não era? – perguntou.

– Quem?

– Ah, sem essa! Você me deixou sozinha com aqueles malucos por causa de um ator! Pedi para minha sogra tomar conta de Mance. Fiz as unhas. Comprei um par de brincos pra você! – Lizzie percebeu que Rebecca não os estava usando. – Você tirou os brincos! Você nem mesmo gostou deles.

– Gostei. É só que... Eles não fazem meu estilo.

– Eu nunca conheci ninguém tão egoísta. Por que você foi até lá?

– Você disse que era uma brincadeira.

– Era uma brincadeira.

– Então, qual é o problema?

– Você é uma pessoa muito perturbada, sabia disso? No começo, pensei que você fosse triste. Quer dizer, uma mulher atraente e o marido não transa com ela. Mas agora eu meio que entendo por quê. Você é má. – Era isso o que Theo lhe dizia o tempo todo. Seria verdade? Estaria ele punindo-a por ter se tornado fria? Mas agora não importava. Agora ela possuía Stuart e nada mais importava. – Você queria um bebê, então se casou com ele – prosseguiu Lizzie – e, quando teve o bebê, deixou de ser legal. Então ele entendeu que você nunca o amou de verdade e está te punindo por isso. Eu não culpo seu marido.

Talvez Lizzie estivesse certa e ela nunca o houvesse amado. Talvez não fosse o suficiente amar alguém pelo que a pessoa fazia você sentir a respeito de si mesma.

– Você não sabe nada sobre ele. Você nunca esteve com ele – disse Rebecca.

– Abbie vai precisar de muita terapia por sua causa quando crescer.

– E Mance? Mance está sendo criado por uma mãe lésbica enrustida. Você acha que ele não vai ter problemas?

– Eu não sou lésbica. Sou bissexual.

– Desista – disse Rebecca, incapaz de conter-se. – Você é fanchona. O tal do Andy era um tesão e você mal olhou para ele. Teu negócio é mulher. Você só se casou porque tinha medo de ser uma mãe lésbica. Era demais para você. Muita transgressão. Então você teve que transgredir de outro jeito, casando com Jay. Mas não deu certo. Você continua a ser gay.

– Se você detesta tanto os negros, não devia deixar sua filha brincar com uma criança negra.

– Eles, na realidade, não brincam. Eles nem mesmo têm brincadeiras parecidas – disse Rebecca.

Lizzie a estava encarando com ar severo. E então cobriu o rosto com as mãos e começou a chorar como uma garotinha.

– Estava tudo indo tão bem – disse ela por entre os dedos. – Estava tudo indo tão bem até eu conhecer você.

– Isso não é verdade – disse Rebecca, dando-lhe um tapinha tímido nas costas. – Tenho certeza de que as coisas já estavam bem ruins.

A BIZARRA INJUSTIÇA DOS ENCONTROS INFANTIS

Na primeira vez em que Karen tentou descobrir o código do alarme de Melora usando o teclado numérico de seu telefone, ficou confusa, achando que os números corresponderiam ao nome ORION. Mas, após algumas tentativas imitando o padrão que vira a mão de Annika esboçar, deu-se conta de que o código era OSCAR. Claro. Para códigos de segurança, as pessoas escolhiam coisas que todos na casa iriam lembrar, mas nada tão óbvio quanto um aniversário. Portanto, eles haviam optado por Oscar, já que Melora possuía dois e era o que Stuart ambicionava.

Karen sentiu uma corrente de adrenalina enquanto digitava, sem ter um plano para o caso de estar errada e um dos seguranças atender o interfone ou a casa estar sob guarda armada. Mas então ouviu dois rápidos bips e fechou a porta de entrada atrás de si.

A mansão estava silenciosa quando ela subiu as escadas. Karen temia que todos tivessem sono leve e então se perguntou, com medo, quantas pessoas morariam lá – Annika, mas a cozinheira também? Haveria assessores? Jardineiros? Talvez dezenas de pessoas pernoitassem ali, talvez houvesse vários quartos para os empregados que Annika não mostrara.

No terceiro andar, Karen passou pelo quarto de brinquedos rumo à suíte máster. Abriu a porta e encontrou Melora dormindo só, com um exemplar de *Comer, rezar, amar* sobre o peito. Ela parecia profundamente adormecida, o rosto pálido. Onde andaria Stuart? Era como se ela estivesse esperando por Karen, como se desejasse sua visita. Melora exibia um corte sobre o olho direito. Karen esperava que ela não houvesse feito nada drástico, como tentar se machucar. Talvez os dois houvessem brigado e por isso ele houvesse partido.

Karen aproximou-se da beirada da cama. Os dedos de Melora eram finos e longos, como os de um pianista, mas também ossudos; em sites como Jezebel.com, anúncios maliciosos comentavam com frequência que Melora mostrava sua idade nas mãos.

Karen achou uma cadeira diante da penteadeira e a levou silenciosamente para perto da cama. Sentia-se como uma enfermeira inclinada sobre um moribundo. Essa poderia ser outra profissão para ela, caso voltasse a trabalhar algum dia: ajudar as pessoas a morrer. Diria e faria as coisas certas, para que elas partissem em paz. Se fizesse alguma coisa assim, alguma coisa boa para outras pessoas, talvez Deus a recompensasse com um segundo filho.

Melora era linda dormindo, como na cena do sonho no filme sobre Jane Austen, em que esta desperta em um imaculado jardim inglês, com seu pretendente na vida real beijando-a nos cílios. Karen tomou a mão de Melora e a acariciou devagar. Melora se moveu, e então seus olhos se abriram. Ela pareceu desorientada por um instante, mas então viu Karen, percebeu que se tratava de uma estranha e se sentou – Quem é você?

– Está tudo bem – disse Karen. – Não precisa ter medo. Meu nome é Karen. Na verdade, há muito tempo que quero te conhecer, mas você nunca sai.

Melora parecia confusa e um pouco temerosa, como se não soubesse ao certo se conhecia Karen de algum lugar.

– Eu estou... ocupada – disse Melora, arrastando as palavras.

Ela havia tomado alguma droga – quem saberia dizer o quê? Portanto, o artigo do *Post* estava certo. Karen perguntou a si mesma o que ela teria tomado – barbitúricos ou coisa pior, tipo heroína. Todos os famosos a consumiam atualmente, e houvera boatos a respeito de Heath, embora a autópsia houvesse revelado os comprimidos para dormir. Fora uma boa coisa Karen ter entrado na mansão; se não houvesse acordado Melora, talvez a pobrezinha houvesse morrido durante o sono e seria outra celebridade morta no Brooklyn dos prédios de arenito pardo.

– Eu sei que está – disse Karen. – Nós todas estamos ocupadas. É muito difícil ser mãe. Todos esperam tanto de nós, e acabamos tendo muito pouco tempo para nós mesmas. Você está com sede? Você parece que está com sede. – Melora concordou com um movimento de cabeça. – Vou pegar um pouco de água para você.

Karen entrou no banheiro contíguo e encheu o copo que encontrou sobre a pia dupla de mármore. O vaso sanitário ficava em seu próprio compartimento. Melora podia fazer o que tivesse de fazer enquanto Stuart tomava banho na banheira, sem ouvir os efeitos sonoros. Com todos aqueles luxos, era um mistério que a incidência de divórcios de Hollywood fosse tão alta.

O copo era sofisticadamente colorido, o tipo de coisa que ela nunca deixaria no banheiro porque Darby quebraria. Mas Karen calculou que Orion nunca entrava naquele banheiro. Melora pagava pessoas para se certificar disso.

Karen saiu e estendeu a água a Melora. Enquanto bebia, um pouco de água respingou em seu queixo. Karen enxugou a bagunça com o canto da camisa. Sentia-se protetora em relação a Melora. Onde estava Stuart? Por que não estava na cama ao lado dela, cuidando dela em um momento de necessidade? Ele não havia lido o *Post*?

– Onde está teu marido? – perguntou.

– Eu não sei.

– Está tudo bem? – Melora não respondeu. Portanto, eles estavam prestes a terminar. Era verdade. – O que você achou desse livro? – perguntou Karen, apontando para ele. Melora nada disse. – Nós lemos esse livro em um grupo de leitura. Muito controvertido. Algumas das mulheres acharam que era insincero da parte de Gilbert obter um contrato editorial antes de começar a viver aquelas coisas. Pois eu digo: "Muito bem!"

"Minhas questões eram completamente diferentes. Tinham a ver com a premissa. Ela se divorciou porque não queria filhos e o marido queria. Eu não entendo isso. Eu sabia que queria filhos desde que era uma garotinha. Não consigo me imaginar sem ser mãe. A maternidade é um ato tão criativo... Quer dizer, não é o que *você* faz para viver, mas ainda assim é um milagre. Eu quero outro filho, mas nós estamos tendo problemas."

Melora olhava direto para frente. Karen prosseguiu:

– Pensei em adoção, mas tenho muito medo das variáveis emocionais. Você está arrumando problema quando adota crianças rejeitadas. Imagino que você não tenha tido medo. Quer dizer, foi muito corajoso da sua parte. E muito generoso. Pessoas como você realmente estão fazendo a diferença. Eu gostaria de ser assim. Não sei por que estamos tendo tantos problemas para engravidar. Acho que é porque Matty se masturba muito.

– Por favor, saia da minha casa – disse Melora. Seu tom de voz era antes desesperado que ameaçador, e Karen compadeceu-se dela. Mas não estava com medo. Sentia-se forte. Havia sido um dia terrível. Jean Pierre-Louis, com sua ignorância, e Matty, com sua traição, haviam debilitado suas forças. Agora Melora lhe devolvia o vigor, a ressuscitava.

Karen estava no quarto da estrela de cinema e, por algum abençoado motivo, Stuart não estava presente. Era um sinal de que deveria conversar com Melora a sós. Vinha esperando por uma oportunidade, mas o destino as mantivera afastadas até dois dias atrás, quando conhecera Annika no parquinho. Karen conhecera Annika para conhecer Melora.

– Não tenha medo de mim – disse Karen. – Estou aqui para te ajudar. – Melora sobressaltou-se e Karen pousou a mão sobre a dela. Era quente e palpitante. – Quero te conhecer há muito tempo – continuou –, mas, sempre que venho até aqui, você não está.

– Então foi você.

– O que você está querendo dizer?

– Foi você quem pegou.

– Nossos filhos gostam um do outro – disse Karen, aborrecida com a expressão desagradável de Melora: "pegou". Ela não havia pegado como um ladrão, da forma como Melora a pegara de Neal Harris. Ela havia salvado Melora ao removê-la, para que ninguém que representasse perigo a encontrasse. – Você devia ter visto o modo como eles se deram bem naquele dia no parquinho Harmony. Darby tem muitos amigos, mas nunca vi meu filho se afeiçoar a outra criança daquele jeito. Sempre fico um pouco apreensiva quando ele faz novos amigos porque, por alguma estranha razão, quando Darby faz um novo amigo de quem realmente gosta, eu não gosto da mãe. Ou ela trabalha e me trata com arrogância, ou é fofoqueira, ou deixa a casa desarrumada. A bizarra injustiça dos encontros infantis! Mas, quando vi Darby e Orion simpatizarem um com o outro, fiquei muito feliz porque *gosto* de você. Mesmo sem te conhecer, eu sabia que gostava de você. Senti isso quando assisti a *The Main Line*. Aluguei o filme quando estava na faculdade. Nem mesmo sei por quê. Era um sábado à noite e todos os meus amigos estavam em uma festa, mas eu estava cansada e não fui. Ia pegar *Os suspeitos*, mas o filme estava alugado, e encontrei *The Main Line* na seção Drama. Você estava ótima. Tão realista... Tive a sensação de que podíamos ser amigas, ainda que você fosse só uma criança no filme. Quer dizer, no que me diz respeito, esse trabalho e o de Robert MacNaughton em *I Am the Cheese*, são as melhores atuações de jovens adultos da última metade de século. Esqueça Anna Paquin. Paquin é uma idiota.

"E então, todos esses anos depois, você terminou em Slope. De todos os bairros do Brooklyn, você escolheu se instalar no meu. A dezesseis quarteirões de distância de mim. Então fiquei feliz por nossos filhos terem se dado bem. E animada para te conhecer. Achei que você fosse estar presente quando Annika me convidou para vir até aqui, mas você não estava. Então entendi por quê. Você estava se escondendo da sua família por estar sofrendo. Por que você fez aquilo?"

Melora recostava-se com tanta força no travesseiro que parecia querer desaparecer dentro dele.

– Quer dizer – continuou Karen –, não pode ter sido por causa do dinheiro. Você queria ser pega, como aconteceu com Winona? Aquilo foi um pedido de ajuda?

Melora olhava apaticamente pela janela. A luz de um poste de rua atravessava as cortinas transparentes.

– Eu queria fazer alguma coisa – disse Melora após um momento. – Eu não faço mais nada.

– É claro que faz. Você toma conta do seu filho e está trabalhando... Não consegui ingressos para o Neil LaBute, mas ouvi dizer que foi maravilhoso... E tenho certeza de que você está lendo roteiros.

– Na verdade, não – disse Melora.

– Pobrezinha – disse Karen, com pena de Melora. – Você não sabe o quanto é maravilhosa. Você é melhor que Gwyneth, ou Hilary, ou Kate, ou Cate. Você humilha todas elas. Eu me importo tanto com você. Não quero que jogue tudo fora. É por isso que vou guardar a carteira para você. O que é realmente muito melhor. Você não pode correr o risco de Stuart encontrá-la. Foi sorte sua eu ter tirado a carteira do alcance dele.

Quanto mais falava, mais Karen se entusiasmava.

— Mas como eu tenho uma coisa sua – prosseguiu –, nada mais justo que você tenha uma coisa minha. E a coisa minha que eu quero que você tenha é, bem, sou eu. Quando pessoas normais se mudam para um bairro novo, se familiarizam com os vizinhos. Mas você não fez isso. Você nunca conversa com outras mães no parquinho nem deu nenhuma festa de inauguração da nova casa; e, segundo algumas das mães da Berkeley Carroll, você não compareceu a nenhum evento de arrecadação de fundos nem a nenhuma das reuniões de turma. Só Stuart comparece. Não devia ser assim. As pessoas precisam fazer parte da comunidade, Melora, mesmo alguém como você.

"Então vou te ajudar nisso. Para sua sorte, vou passar a morar a poucos quarteirões daqui no outono. Na rua Carroll. Nossa oferta foi aceita hoje, na verdade. E eu gostaria de sentir que posso fazer uma visita sempre que quiser para te pedir uma xícara de açúcar. Ou pedir ao seu cozinheiro. Então vou ficar com esta chave e dar uma passada por aqui de vez em quando. Você vai dizer às pessoas que trabalham aqui que eu sou uma amiga sua, porque eu sou. Quer dizer, eu gostaria de ser. – Karen não havia considerado a logística de como iria explicar aquela amizade a Annika, mas inventaria alguma coisa. – E não tente trocar a fechadura porque aí vou ter de fazer uma coisa que eu realmente não gostaria de fazer."

— O fato de você estar com a carteira – disse Melora, a voz áspera e baixa – não prova que fui eu quem pegou. Se você for até eles com a carteira, vão achar que foi você quem roubou. Vai ser a sua palavra contra a minha.

Karen retirou do bolso um pequeno gravador digital RadioShack.

— Eu acho que não. – Tinha a impressão de estar em um episódio de *Law & Order*, um de seus seriados favoritos.

Os lábios de Melora estavam tão brancos que ela parecia quase morta.

— Ah, querida – disse Karen –, não quero que você pense nisso como um fardo, porque não é. Vai ser maravilhoso. Vamos nos sentar lá fora, embaixo do bordo japonês e conversar. Vamos sair juntas para jantar no Stone Park e no Applewood, e o tempo vai passar voando. Quero que você converse comigo como conversa com seus amigos. E, por favor, não pense, nem por um minuto sequer, que eu venderia os seus segredos para os tabloides. Você pode confiar em mim assim como Drew Barrymore confia em Nancy Juvonen. Na verdade, você devia me dar o número do seu celular para podermos manter contato o tempo inteiro. O que foi?

A boca de Melora estava aberta e a saliva escorria por um dos cantos. Karen a enxugou com a manga da camisa. Melora recitou os números. Karen os inseriu em seu celular e discou.

– Assim você também vai ter o meu número e pode atender sempre que eu ligar. – Um segundo depois, o iPhone sobre a mesinha de cabeceira tocou. Um som antigo, estilo anos 40. – Que toque ótimo – comentou Karen. – Foi você quem programou?

– Vem com o aparelho – respondeu Melora, cansada. Ela não precisava ser tão ofensiva. Como Karen iria saber? Nem todo mundo podia gastar trezentos dólares em um telefone celular. Mas talvez algum dia Karen pudesse, quando o apartamento deles se valorizasse tanto, abrir uma linha de crédito imobiliário.

As pálpebras de Melora começavam a baixar. Karen pôs-se de pé, ergueu o edredom na extremidade da cama e aconchegou-lhe os pés. Os olhos de Melora estavam quase se fechando quando ela os ergueu na direção de Karen. Ela precisava de ajuda, estava com medo. Nos olhos dela, Karen enxergou o bebê que talvez nunca tivesse.

– Shhhh – sussurrou Karen. – Está tudo bem. – Passou os dedos pela testa de Melora e andou em direção à porta. ✑

QUERIDA

Melora ouviu as cobertas se moverem. Ficou alarmada achando que aquela mulher estranha estivesse se enfiando debaixo das cobertas com ela, mas, quando abriu os olhos, a mulher se fora e Stuart estava se aninhando ao seu lado. Ele massageou-lhe os ombros.

Melora não sabia a que horas nem se a mulher realmente havia estado lá. Devia ter sido um sonho. E todas aquelas drogas. Elas faziam a pessoa alucinar.

– Sinto muito por esta noite – disse Stuart.

– Onde você estava? – perguntou ela.

– Não importa. Sinto muito por esta noite.

– Você realmente acha que Kate vai me acusar por tentativa de agressão?

– Nós podemos conversar sobre isso de manhã. Agora dorme, querida.

O corpo dele estava tão quente ao lado do dela, e ele a estava chamando de "querida". Talvez nada houvesse acontecido. Nem a mulher ao lado da cama, nem Kate Hudson, nem a reunião com Adam Epstein. Talvez Melora não houvesse nem mesmo roubado a carteira. Pela manhã, acordaria e perceberia que a última semana e meia havia sido um longo e estranho pesadelo, como em *Our Town*, no qual interpretara Emily na reapresentação do Lincoln Center.

Tudo fora um pesadelo que lhe dera uma noção do que seria sua vida se não mudasse de atitude. E agora que sabia, ela e Stuart se apaixonariam de novo como no começo. Tornariam a valorizar um ao outro. "Será que algum ser humano percebe a vida enquanto a vive", dissera Emily, "a cada minuto?"

Se Stuart a estava chamando de "querida", então a amava. Pertencia a ela. Melora sentiu-se culpada por repreendê-lo o tempo inteiro. Quando ele estava a seu lado, ela estava sempre gritando, chorando ou dormindo. Parecia uma garotinha. Stuart desejava uma mulher.

– Me deixa te chupar – pediu ela.

Melora o empurrou, abaixou suas calças e o envolveu com a boca. Sentia-se como a antiga Melora, ao menos nesse sentido. A antiga Melora não tinha medo de sexo; ela adorava, deleitava-se com ele. Era boa naquilo. A princípio, ele pareceu resistir, mas então permitiu que ela se apoderasse dele e, poucos minutos depois, a recompensou.

Melora adormeceu com o marido na boca. Com as drogas em seu organismo, foi fácil.

COOP COURIER

Colaboradores da Cooperativa ajudam a prender batedor de carteiras

Por Alison Wein

Depois de analisar a fita de vídeo do andar do mercado com agentes da polícia e de se empenhar nas investigações, a Cooperativa possui um suposto perpetrador dos dois furtos de carteiras que ocorreram na noite de 5 de julho.

A fita mostrou um homem batendo a carteira de Laird Goldwasser, de 39 anos, professor da City College. A fita foi exibida a toda a equipe de trabalho, a fim de que seus integrantes estejam alertas para o criminoso, caso ele, ou ela, volte à Cooperativa. Quando o homem, que não era sócio, retornou em 16 de julho, entrando pela porta de saída, um membro da equipe que estava fora de serviço o reconheceu e alertou o líder da equipe, que alertou a polícia. O homem foi preso diante da Cooperativa e não resistiu. Descobriu-se que o sujeito possuía um longo histórico de abuso de drogas e roubo.

A carteira de Goldwasser foi recuperada mais tarde em meio às posses do sujeito. O suposto ladrão, um residente de 42 anos do Abrigo para Sem-Tetos em South Brooklyn, foi acusado do furto. Entretanto, não ficou claro, pela fita de vídeo, quem foi o responsável pelo segundo furto ocorrido naquele dia.

O suposto roubo não foi captado em vídeo porque a câmera situada onde se acredita que o furto tenha ocorrido não continha nenhuma fita. O integrante da Equipe de Audiovisual responsável pela troca das fitas não vinha realizando suas tarefas havia muitos meses, o que gerou um hiato nas filmagens.

Segundo a Administradora Geral da Cooperativa, Vivian Shaplansky: "Esse sócio vinha comparecendo a seu turno e registrando presença, mas saía cedo sem o conhecimento do líder da equipe, portanto a fita naquele local não foi substituída."

O integrante da Equipe de Audiovisual que negligenciou o cumprimento de seus deveres sofrerá sanções disciplinares. Seus direitos de compra já foram suspensos.

Shaplansky declarou: "Esse incidente prova o quanto é importante que todos façam sua parte", tendo acrescentado que, no futuro, "a substituição das fitas de vídeo será realizada por membros da equipe da Cooperativa."

Ao tomar conhecimento de que o problema com a fita de vídeo impediu que o ladrão fosse capturado, o sócio Neal Harris, vítima do furto, declarou: "Eu gostaria de reaver minha carteira. O ladrão que me roubou ainda está à solta, portanto tenham cuidado."

Shaplansky instou os sócios a guardarem zelosamente seus pertences e informarem quaisquer atividades suspeitas a um líder de equipe. A Cooperativa já pôs em prática uma revista aleatória das bolsas na saída e afixou um cartaz alertando os sócios a respeito da nova medida.

"Nós gostaríamos de que a situação não houvesse chegado a este ponto", esclareceu Shaplansky, "mas queremos que nossos sócios se sintam seguros. Temos esperança de que a revista seja um obstáculo a todos os tipos de roubo e que, no futuro, possamos abrir mão da medida. Mas, por enquanto, precisamos continuar vigilantes."

IDIOTA

Os manifestantes na Sétima Avenida eram barulhentos e agitados. Havia um grupo de cerca de vinte deles, segurando cartazes que diziam COMBATAM AS CARACTERIZAÇÕES RACISTAS, BOICOTEM A COOPERATIVA e NÃO É COOPERATIVO SER RACISTA! Eram nove e meia da manhã de uma quarta-feira do início de agosto, horário de pico para os clientes da Cooperativa que haviam deixado os filhos na colônia de férias ou estavam fazendo compras rápidas antes de ir para o trabalho.

Rebecca não costumava ler o jornal da Cooperativa, nem mesmo quando as filas eram longas, pois as controvérsias politicamente corretas a aborreciam. Mas, na semana anterior, enquanto estava em uma fila expressa, sinuosa e interminável, pegou um jornal e descobriu que os integrantes da Força-Tarefa das Questões das Minorias da Cooperativa estavam planejando boicotar a associação devido ao visível preconceito na revista das bolsas. Os funcionários responsáveis pela revista deveriam supostamente realizar inspeções aleatórias, mas, ao que parecia, estavam revistando mais negros que brancos e os negros não estavam gostando nada daquilo.

Os manifestantes eram, em sua maioria, negros, mas havia uns poucos *baby boomers* brancos, aparentemente desapontados por não estarem mais em 1969, porém exultantes por terem uma nova causa. As raças situavam-se em grupos separados, segregando a si mesmas, embora o objetivo do protesto fosse a harmonia racial.

Rebecca fazia o possível para ignorar os manifestantes; durante a faculdade, todos os dias, havia um protesto nos degraus do Lehman Hall, organizado por algum grupo de Estudantes Transexuais ou de Despossuídos de Israel. Mas, quando se virou para passar pela porta, uma jovem branca com aparência máscula gritou: "O povo unido jamais será vencido!", bem em seu ouvido.

Rebecca foi atingida por uma onda de náusea. Vinha se sentindo vagamente enjoada nos últimos dias, mas atribuíra isso ao estresse causado pelo fim do romance. Depois daquela noite no terraço, três semanas antes, Stuart nunca mais telefonara. Ela considerara a possibilidade de ligar ou enviar uma mensagem de texto para descobrir se ele estava ferido ou viajara para filmar, mas sabia que o prenúncio da morte de qualquer relacionamento era a mulher começar a se dizer que o cara havia sido atingido por um carro.

Fora por ela ter dito que desejava vê-lo todos os dias? Ele também dissera que desejava vê-la. E, depois daquela noite no terraço, ela sequer tentara entrar em contato com ele.

Um homem poderia tornar a se apaixonar pela mulher de uma hora para outra? Quaisquer que fossem os problemas que ele e Melora tivessem, era difícil para Rebecca convencer-se de que eles seriam resolvidos de uma vez. A única conclusão remotamente plausível era a de que ela houvesse sido muito crítica com relação ao roteiro e ferido seu orgulho.

Rebecca estendeu a mão em direção ao prédio para impedir-se de vomitar e ocorreu-lhe que a náusea talvez nada tivesse a ver com estresse. *Ah, meu Deus.* Seus seios haviam ficado sensíveis na semana anterior, mas eles sempre ficavam sensíveis antes da menstruação, portanto ela não deu muita atenção ao fato. Fora naquela vez. Em que Rakhman os interrompera.

Mas, uma vez? E Stuart havia saído de dentro dela. Rebecca não achava que uma mulher pudesse engravidar quando o homem tirava, ainda que, nas aulas de educação sexual da oitava série, o professor não se cansasse de enfatizar que sim.

Na rua Crosby, ela e Stuart haviam usado proteção. Seria possível que o esperma dele fosse tão superpotente que mesmo uma minúscula gota de líquido seminal fosse o bastante para emprenhá-la? Por que fora se envolver com um macho alfa? Por que não havia escolhido alguém inexpressivo e beta, com baixa contagem e baixa motilidade de espermatozoides?

No interior da Cooperativa, Rebecca passou seu cartão e desviou rumo ao Corredor Dois, de onde pegou uma embalagem contendo três testes de gravidez precoce na prateleira ao lado dos tampões de algodão orgânicos, e correu para o banheiro perto do corredor dos hortifrútis. Foi difícil fazer xixi na vareta enquanto se assegurava de que Abbie não destrancasse a porta do banheiro. Rebecca teve de imprensar Abbie, que estava tentando alcançar a maçaneta, com o braço, enquanto usava a outra mão para manter a vareta na posição. Abbie viu o que ela estava fazendo e tentou agarrar a vareta, e Rebecca precisou bloqueá-la com as coxas.

Ela não fazia testes como aquele havia muito tempo, dois anos e meio, quando ela e Theo estavam tentando ter Abbie. Em todos os seus anos de solteira, mesmo com as camisinhas estouradas, as camisinhas colocadas depois de alguns minutos de atividade sem proteção e as retiradas perigosamente em cima do laço, ela nunca tomara um susto sequer.

Rebecca contou até cinco enquanto urinava, perguntando-se o que aconteceria se urinasse a mais ou a menos. Então fechou os olhos e afastou a vareta do corpo, na horizontal, porque eram as instruções do encarte, ou o resultado seria incorreto. Enquanto contava, ela bateu as sandálias Havaianas uma contra a outra e recitou:

– Não tem a menor chance de eu estar grávida, não tem a menor chance de eu estar grávida – bem baixinho, como uma oração ou um mantra.

– Não grávida – repetiu Abbie.

Houve uma batida na porta.

– Só um minuto! – gritou Rebecca. Na Cooperativa, ninguém esperava um maldito segundo sequer. Era por isso que ela detestava aquele lugar.

Rebecca abriu os olhos e examinou a vareta. O indicador exibia um + violeta escuro. Ela pensou na palavra "idiota". Só uma idiota ficaria grávida de um homem que não fosse seu marido. Rebecca fechou os olhos e, quando os abriu, o + continuava lá, uma inflexível marca colorida ao lado da linha de controle horizontal de aparência solitária.

Warren Tofsky gostava de andar de bicicleta em Prospect Park de manhã, embora morasse em Brooklyn Heights. Trabalhava como contador da prefeitura e, depois de pedalar no parque, pegava a ponte do Brooklyn rumo a seu escritório na rua John. O parque o acalmava e consolava, e, embora estivesse quente, estava indo até lá todas as manhãs do verão para tentar perder o peso que ganhara quando ele, sua mulher, Judy, e as gêmeas de dois anos, Leila e Maya, tiraram duas semanas de férias no vale do Hudson. Eles haviam cozinhado bastante e ele e Judy bebiam uma garrafa de vinho todas as noites, sentindo-se alegres e relaxados, e Warren voltara para a cidade com alguns quilinhos a mais.

Warren conhecera Judy já com certa idade, ambos após casamentos malsucedidos e sem filhos, e agora ele era pai de duas crianças pequenas aos cinquenta e um anos, o que sempre lhe parecia estranho. Ele era apenas pai e tinha idade bastante para ser avô.

A própria Judy já tinha certa idade quando eles se conheceram e queria desesperadamente ter filhos. Eles enfrentaram anos de tratamentos de fertilidade, e por fim, com a ajuda de uma doadora de óvulos, Judy engravidou de Leila e Maya.

As gêmeas eram o amor de sua vida. Quando estacionava a bicicleta diante do prédio deles na rua State todas as noites, as meninas desciam as escadas correndo com seus carrinhos de mão para recebê-lo, depois lançavam os braços ao redor de seu pescoço gritando "Papai! Papai!". Esse momento era o ponto alto de todos os dias.

Nessa manhã de quinta-feira, Warren estava ansioso por seu passeio de bicicleta, com esperanças de que a umidade tornasse o parque menos apinhado.

Preferia ter o mínimo de companhia possível nas ruas e nunca pedalava nos finais de semana, pois odiava os guerreiros de fim de semana com seus shorts de ciclismo italianos e seu palavreado alto. Sua bicicleta era uma Raleigh Sturmey-Archer antiga, que havia comprado no Craigslist fazia alguns anos, e orgulhava-se de possuir um ferro-velho.

Na Quinta Avenida, Warren virou à direita em direção à Carroll; em seguida, virou à esquerda. Preferia pegar a Carroll rumo ao parque porque a Union tinha mais trânsito. Quando se aproximou do cruzamento da rua Carroll com a Oitava Avenida, pedalando com força para vencer a ladeira íngreme, o sinal havia acabado de mudar para o vermelho. Ele olhou de relance para o relógio. Leila havia derramado seu cereal naquela manhã e ele se demorara para limpar a bagunça; como resultado, saíra atrasado. Já eram oito e vinte, e ele tinha de estar em sua escrivaninha às nove. Decidiu que podia ultrapassar a avenida e, no cruzamento, pedalou mais forte, dando uma rápida olhada por cima do ombro ao atravessar. Viu o utilitário esportivo, alto e escuro, por uma fração de segundo, então ouviu um guincho e uma pancada. A última coisa em que pensou antes de perder a consciência foi que Deus dera a ele e a Judy gêmeas por isso: para elas sempre terem uma à outra.

SEGURADA

O Waverly Inn estava apinhado para agosto – um mês morto para os altos escalões da sociedade nova-iorquina –, e Melora sentiu-se satisfeita por estar lá. Adam e sua mulher, Jessica Chafee, haviam-na convidado e a Stuart para jantar, e Melora estava ansiosa para conhecer seu diretor sem a pressão do almoço no Sant Ambroeus.

A iluminação era tênue e cálida, e Adam não parava de dizer que estava muito feliz com o figurino que Ann Roth criara para Rosie e que Melora ficara perfeita no vestido de tafetá rosa-chiclete que ela usaria para a cena de abertura, na qual Rosie olhava pela janela da cozinha, em total desamparo, enquanto lavava a louça.

Adam telefonara para Melora dois dias depois do almoço para dizer que a estava escalando não porque ela fosse a melhor atriz para o papel, mas por ser a melhor atriz para o papel com mais de 1,77m. Não mencionou o comportamento dela no Sant Ambroeus nem as fotos que foram publicadas na manhã seguinte tanto no *Post* quanto no *News*, e, na semana seguinte, na *U.S. Weekly*, na *Star* e na *Life & Style*, que exibiam Melora arremessando-se sobre Kate Hudson no Gramercy Hotel. Ele disse apenas que sempre imaginara Rosie elevando-se acima do personagem de Viggo Mortensen, e que, se ela não o fizesse, o filme todo não daria certo.

O questionário anterior ao seguro, a que Melora respondera em julho, pedia que ela listasse todos os medicamentos que estava tomando e as razões para tomá-los, assim como os profissionais da área médica que estavam cuidando dela. Para outros papéis, Melora sempre escrevera nenhum, mas, certa de que o Fireman's Fund requisitaria um exame de urina, dessa vez Melora respondeu com honestidade: estava tomando Ativan segundo a necessidade para tratar a ansiedade, sob orientação do dr. Michael Levine. No final das contas, não houve exame nenhum. O fundo a afiançou sem requisitar seus fluidos nem mesmo lhe exigir um acompanhante no *set*.

Melora estava pronta para partir para Sófia em 21 de agosto e estava se preparando para matricular Orion em uma bem conceituada escola internacional na cidade. Depois de demitir Annika, contratara uma mulher do Meio-Oeste formada pela NYU chamada Suzette, que estava se revelando tão imperturbável quanto Annika era preocupada. Stuart prometera reunir-se a Melora em Sófia depois que houvesse terminado de fazer campanha para Obama na Flórida com George Clooney. Ele nunca se oferecera para passar tanto tempo em uma das filmagens dela, e Melora tinha certeza de que aquilo significava que o relacionamento deles estava começando a melhorar.

Desde que Adam a escalara, ela e Stuart haviam feito amor quase todas as noites. Quando terminavam, Melora sentia-se tão feliz e calma que precisava apenas de um miligrama de Ativan para dormir. Aquilo não era praticamente nada. Era basicamente placebo. Qualquer noite dessas, Melora tentaria dormir sem nada, mas antes queria entrar em um bom ritmo, depois de tudo por que passara em julho.

Ela também havia suspendido o Zoloft, concentrando-se, em vez disso, na luz do sol, em exercícios e suplementos de Omega 3 da Back to the Land. (A família inteira havia sido expulsa da Cooperativa pelo Comitê Disciplinar e cobrada pelos mantimentos e pelo carrinho de compras danificado depois que a mulher que Melora havia acompanhado relatou o que acontecera.)

Enquanto eles aguardavam as entradas, Melora bebericava uma taça de prosecco.

– Estou com tanta inveja de você por ter conseguido esse papel – disse Jessica. Ela usava os cabelos pretos curtos, mantinha a cabeça baixa e tinha a fala profundamente arrastada dos habitantes de New England, embora fosse de Sunnyvale, Califórnia. – Eu queria que Adam me escalasse – continuou Jessica –, mas, depois de *Eva and Andie*, ele achou que nós precisávamos de um tempo. Agora me arrependo de não ter batalhado pelo papel. Anote minhas palavras, Melora. Acho que você vai ganhar outro Oscar.

— Ah, sem essa! — disse Melora, não querendo atrair o azar com conversas a respeito de premiações.

— Só não trepe com a porra do meu marido — pediu Jessica.

Stuart riu.

— Um brinde a isso — anunciou, erguendo a taça. Melora olhou ao redor da mesa para todas aquelas pessoas que a respeitavam e sentiu-se digna de estar ali, naquele restaurante de elite ao lado do mural de Edward Sorel. Pela primeira vez, desde que P.T. Anderson telefonara para escalá-la em *Poses*, sentiu que sua vida estava entrando nos eixos. Melora ergueu sua taça. O trio se voltou para ela, expectante. Aquele era o momento perfeito. Ela havia planejado seu discurso enquanto se vestia para o jantar, calculando de forma precisa como daria seguimento à conversa.

— Sabem — disse ela —, sempre entendi o processo artístico como uma série de contribuições passadas de indivíduo para indivíduo. — Ela estava plagiando Misha Slovinsky, mas não achava que corresse o risco de ser descoberta. — Começa com o autor quando escreve o roteiro. Então ele entrega sua contribuição ao diretor, que a entrega aos atores, que por fim a entregam ao público. Portanto, eu gostaria de fazer um brinde à contribuição que você me concedeu, Adam, e à contribuição que espero conceder ao nosso público algum dia.

Adam não pareceu tão impressionado por sua eloquência quanto ela esperara ao preparar o discurso em casa, mas Jessica balançou a cabeça com entusiasmo. Depois que todos haviam abaixado suas taças, Melora olhou para Adam e declarou:

— Stuart também é roteirista, você sabia?

— Querida — disse Stuart, pousando a mão sobre a dela.

Melora não havia contado a Stuart, mas convidara-o para o jantar a fim de mencionar o roteiro. Era loucura não compartilhar aquele novo sucesso com Stuart. Havia conversado com o dr. Levine a respeito do Caminho do Meio, do não radicalismo, que era o que as pessoas praticavam quando não eram nem hedonistas nem autotorturadoras. Havia sido egoísta de sua parte não querer que Stuart compartilhasse seu sucesso, mantê-lo afastado por temer que ele a superasse. Mesmo que isso ocorresse, ele não a deixaria. Ele a amava. Havia ficado com ela durante a pior crise de sua vida e aquilo apenas os unira mais. Era como se eles houvessem sofrido juntos uma queda de avião. Agora que tinha algum poder, Melora desejava conceder parte dele ao homem que amava.

— Ele é muito modesto sobre o assunto — disse ela —, mas o roteiro é muito bom. Se passa no Brooklyn.

— Em Slope — disse Stuart —, mas também no centro da cidade. Se chama *Atlantic Yards*.

— Bom título — disse Adam. — Sobre o que é?

— Bem, o gênero é... Acho que você chamaria isso de um filme dark de ação/aventura. Trata de terrorismo, do medo dos árabes, e também tem uma policial lutando com seus sentimentos a respeito da maternidade, mas que no final das contas aprende a ser mãe.

— Parece interessante — disse Adam. — Hoje em dia ninguém faz filmes raciais honestos. Eu detestei *Crash*. Em que mundo aquelas pessoas seriam amigas?

— Eu sei! — gritou Stuart.

— Para mim, esse foi o *A vida é bela* dos filmes raciais — continuou Adam, enquanto Jessica prestava atenção aos movimentos da boca do marido. — Fiquei tão transtornado quando o filme recebeu tamanha aprovação que tentei fazer um amigo meu da *Film Comment* escrever um artigo a respeito, mas ele ficou com medo de irritar Paul Haggis. Disse que tinha um roteiro que queria mandar para ele algum dia.

Stuart riu, parou para bebericar seu Bordeaux e declarou:

— Meu filme diz mais respeito ao 11 de setembro que à questão racial. Ninguém nunca fez um filme sobre como o acontecimento mudou os nova-iorquinos, como mudou a maneira como enxergam uns aos outros. De certa forma, *Faça a coisa certa* foi o melhor filme sobre o 11 de setembro já produzido e surgiu antes que aquilo acontecesse.

Adam balançou a cabeça com entusiasmo e repetiu:

— Antes que aquilo acontecesse. — Então perguntou: — Em que fase você está? Ainda escrevendo ou...

— Capitalização. O filme precisa de vinte milhões para ser bem feito, já que é imperativo para a narrativa que ele seja filmado no local. Estou mais ou menos no meio do caminho.

— Ele também vai dirigir — disse Melora.

— Você vai interpretar a policial? — Adam perguntou a Melora.

— Vai — disse Stuart, encarando-a com amor. — Não consigo imaginar mais ninguém nesse papel. — Ele pousou a mão sobre o joelho de Melora.

Aquilo era novidade para ela. Eles não haviam conversado sobre *Atlantic Yards* desde a noite da briga na limusine. Mas Melora não se surpreendeu que ele a quisesse, tendo em vista tudo o que haviam passado juntos. As pessoas podiam conseguir o que quisessem no trabalho, assim como na vida. Precisavam apenas cuidar das coisas do jeito certo.

— Eu ficaria feliz em dar uma olhada no roteiro se você quiser um novo par de olhos — disse Adam.

— Verdade? — Melora apertou a mão de Stuart sob a mesa.

— É. Quer dizer, parece que está além do meu campo de ação, mas sempre me interesso por filmes que se passam na cidade de Nova York. E você é o marido da minha estrela. Preciso de você do meu lado, cara.

— Eu estou do teu lado, parceiro. Sou um enorme fã.

Adam rabiscou alguma coisa em um guardanapo.

— Esse é o nosso endereço de casa.

Aquilo era melhor do que Melora poderia ter imaginado. Durante todos aqueles anos, havia desejado que Stuart precisasse dela da forma com que precisara no começo. Agora, por fim, isso ocorrera. O fato de ele estar aceitando sua ajuda era um sinal do quanto havia mudado. As pessoas só aceitavam ajuda de alguém em quem confiavam.

Depois que as entradas chegaram, o celular de Melora tocou baixinho na bolsa. O Waverly tinha uma regra rígida contra celulares, mas Melora deixara o seu ligado de propósito. Ela silenciou o aparelho e o ergueu furtivamente no interior da Majorelle, para ver quem estava chamando.

Quando viu o número, seu corpo gelou.

— Me desculpem — disse, apertando com força o aparelho na bolsa antes de disparar para fora para atender.

Tudo na vida de Melora estava entrando nos eixos com uma única exceção. Ela havia lido o artigo no *Coop Courier* a respeito do ladrão ainda à solta e imaginava que Karen também o houvesse lido. Karen ainda estava de posse da carteira... e do gravador, com a confissão de Melora.

Ao longo das últimas semanas, Melora havia esperado que Karen telefonasse, mas ela não o fizera, e Melora convencera-se de que ela não iria em frente com aquilo. Não conseguia nem mesmo se lembrar exatamente da aparência de Karen e, quando passava por mães gorduchas, olhava para o outro lado, temendo que uma delas a agarrasse pelo braço e lhe perguntasse por que não havia telefonado. Toda vez que seu celular tocava, ela pulava e olhava de relance para o número. E nunca era Karen. Era como se ela houvesse recebido um salvo conduto. Até aquele momento.

– Alô?
– Eu estava querendo telefonar para você – disse Karen. – Como você está?
– Bem – respondeu Melora.
– Você pode me encontrar no Stone Park?
– Hoje à noite?
– É. Matty está com Darby e eu finalmente tive um tempo para dar uma fugida... Que tal às dez?

Aquilo seria em uma hora e meia. Quando Melora tivesse de sair, eles estariam terminando os pratos principais, e ela teria de se enfiar em um táxi. Teria de deixar Stuart sozinho com Adam Epstein e Jessica, para se divertirem sem ela. Para conversar a respeito de Lucy e das coisas incríveis que Melora faria com o papel, sem que ela estivesse presente para ouvir seus cumprimentos.

– Tudo bem, eu acho.
– Você pode ligar e pedir uma mesa no seu nome? Tentei reservar uma, mas eles disseram que estão incrivelmente lotados.

Melora disse que o faria e, com um suspiro, discou o número do restaurante e pediu uma mesa. Se aquela maluca só quisesse que Melora a ajudasse com reservas de restaurantes, ingressos para os jogos dos Knicks ou pré-estreias da Broadway, por ela estaria tudo bem. Mas a mulher queria companhia, e era isso que mais assustava Melora. Ela largou o telefone na bolsa e tornou a entrar no restaurante, tentando inventar uma desculpa plausível para escapulir mais cedo.

ALGUÉM QUE TE FAÇA LEMBRAR

Karen gostaria de ter ligado antes para Melora, mas as últimas semanas haviam sido uma loucura. Com a eleição presidencial a apenas três meses, ela tivera toneladas de trabalho a fazer, organizando hospedagens caseiras e operando um telebanco em prol de Obama. Além disso, havia muito a ser feito com o novo apartamento. O advogado imobiliário deles, um amigo de Matty, analisara o contrato e fizera pequenas emendas relativas ao ar-condicionado e às persianas, mas, fora isso, estava tudo em ordem. Karen providenciou a visita de um fiscal, e, depois que este os informou sobre suas preocupações referentes a um vazamento no teto do quarto, eles conseguiram reduzir o preço em dois mil dólares, para 759 mil, o que lhes pareceu um bom negócio. Karen e Matty haviam assinado e devolvido o contrato. Estavam planejando dar quinze por cento, e dez por cento já estavam depositados em garantia até o fechamento do negócio, que não seria agendado antes que Karen e Matty fossem aprovados pelo comitê.

Quando Melora entrou no restaurante com ar resplandecente, informalmente vestida com camiseta bege de algodão de gola alta e *jeans skinny*, Karen acenou loucamente para ela do bar, onde a estava esperando. Melora deu-lhe um meio sorriso e se aproximou.

Karen lançou os braços a sua volta, e Melora tossiu um pouco quando Karen acidentalmente atingiu-lhe a epiglote.

– Você está maravilhosa – disse Karen. – De onde está vindo?

— De um jantar — disse Melora, em tom ligeiramente irritado.

— Onde?

— Ah, no Waverly.

— Ah, meu Deus! Estou querendo ir lá desde que abriu, mas sei que é impossível conseguir reserva. Eu gostaria que você tivesse dito. Eu podia ter me encontrado com você lá. Ter me juntado a você. Você viu alguém famoso?

— Não — Melora baixou os olhos com ar triste. Karen não acreditou nela. Melora não sabia que, se agisse de maneira agradável, ela mesma se divertiria mais? Karen não queria que o encontro das duas parecesse uma ida ao dentista. — Graydon Carter estava lá?

— Não.

— Por favor, tinha que ter alguém famoso. Além de você, quer dizer.

— Gwyneth Paltrow estava perto de nós.

— Como ela é? É verdade que ela foi uma vaca com as gorduchas na Spence?

— Eu não a conheço bem — respondeu Melora, olhando para longe.

Karen entendeu. Melora não queria fofocar sobre outras celebridades. Talvez fosse amiga de Gwyneth. De qualquer forma, não era esse o objetivo de conhecer Melora. Karen desejava apenas estar com ela, ouvi-la.

— Meu Deus, eu ia adorar ir até lá — disse Karen. — Você acha que consegue me colocar lá dentro qualquer dia desses?

— Eu posso me informar.

— Eu realmente gostaria — disse Karen.

O maître perguntou-lhes se estavam prontas e as conduziu a uma mesa na janela. A garçonete aproximou-se com os cardápios. Melora olhou para o seu com tristeza, fechou-o e disse que não estava com muita fome. Karen não gostou de seu rosto melancólico. Fazia-a sentir-se mal, como se estivesse torturando Melora ao convidá-la para jantar. Mas essa coisa da amizade era nova para Melora, e Karen precisava tentar compreender. Melora não estava acostumada a se abrir e ficar vulnerável.

Karen olhou de relance para a porta. Era uma noite de quinta-feira, uma noite movimentada para os restaurantes. Gostaria que alguma mãe do bairro a visse jantando, mas então se pôs a refletir sobre o que diria se a mulher perguntasse como as duas se conheciam. Seria difícil inventar uma desculpa para o fato de ela e Melora Leigh estarem jantando juntas, tarde da noite, no Stone Park. Se não entrasse ninguém conhecido, quem sabe ela não poderia deixar escapar casualmente, no parquinho, que havia feito amizade com Melora?

Mas aquilo era errado. Nas verdadeiras amizades, não havia necessidade de falar sobre a pessoa quando esta não estava presente. Nas verdadeiras amizades, as pessoas eram protetoras e discretas. Nas cerimônias do Rosh Hashaná no Templo Garfield, o rabino certa vez mencionara a *lashon hara*, a língua perversa, e explicara que, segundo a lei talmúdica, era errado falar sobre pessoas que não estavam presentes, mesmo que fossem coisas boas.

– Então, com quem você estava jantando? – perguntou Karen.

– Adam Epstein?

– Adam Epstein? Você está trabalhando com ele? Eu gostei de *The Undescended*, ainda que seja meio descritivo para o meu gosto. – Melora contou a Karen que iria atuar no próximo filme dele, *Yellow Rosie*, e que partiria para as filmagens na Bulgária em poucas semanas. Contou que faria o papel principal e que Viggo Mortensen representaria seu marido.

– E tinha mais alguém no jantar?

– Stu. E a mulher de Adam, Jessica Chafee.

– Ela é incrível! Todo mundo achou que ela fosse disparar depois de *Eva and Andie*, mas isso nunca aconteceu. Acho que ela não conseguiu se recuperar do papel de prostituta que interpretou depois. Lembra? Naquele filme com Ed Harris? Esqueci o título.

– *Leg Man*.

– Isso! – A própria Melora talvez houvesse sido cogitada para um papel, mas Karen não perguntou, para o caso de Jessica ter sido escalada no lugar dela. – Essa coisa da prostituição prejudica as mulheres. Olha onde foi parar Elisabeth Shue depois de *Despedida em Las Vegas*. Ela nunca trabalha.

– Ela teve filhos – disse Melora.

– Mira Sorvino interpretou uma prostituta e também não trabalha mais.

– Ela também teve filhos.

Karen percebeu que Melora não gostava dessa linha de conversa. Provavelmente tinha muito a ver com ela. O filme parecia ser bom. Quem saberia? Se Melora se saísse bem, ele talvez voltasse a colocar sua carreira nos eixos.

A garçonete aproximou-se para anotar os pedidos, e Karen pediu tempurá de ostras e cordeirinho de leite, mais uma taça de Riesling. Melora pediu água com gás com lima-da-pérsia.

Depois que a garçonete se afastou, Karen esperava que Melora fizesse algumas perguntas a seu respeito, mas não foi o que ocorreu. De modo que Karen assumiu o comando.

— Darby e eu fomos até a Old Navy hoje — declarou. — Eu precisava comprar algumas coisas para ele para a volta às aulas. As filas estavam uma loucura. Não achei que seria tão ruim em um dia de semana de agosto, mas os negros realmente gostam de fazer compras! Ir até o Atlantic Mall é sempre estressante, mas Darby gosta da viagem de ônibus. Ele está muito interessado em caminhões e ônibus agora. Pensei que essa fase fosse passageira, mas não é. Orion gosta de ônibus?

— Gosta — respondeu Melora, olhando para a calçada com interesse. Karen virou-se para ver o que ela estava olhando, mas a rua estava vazia.

— Então, a Old Navy. Certo. Nós compramos algumas calças de brim e algumas camisas de manga comprida porque... sabe, é engraçado. Na GapKids ele normalmente veste 4T, mas na Old Navy veste só 3T. As crianças da cidade são tão obesas que tudo tem de ser grande. Não que eu culpe os pais. Se você leu Michael Pollan, sabe que, desde o mandato de Nixon, o governo tem grande interesse em baratear a soja e o milho, e esses dois alimentos são a espinha dorsal das refeições rápidas. As pessoas nessas comunidades não têm acesso a produtos agrícolas frescos, embora eu tenha reparado que a feira na Grand Army Plaza agora aceita cartões de benefício aos trabalhadores, tíquetes-alimentação, o que é um passo na direção certa. Mas onde eu estava?

— Você estava contando por que queria roupas novas.

— Certo. Eu queria que Darby tivesse umas roupas bonitinhas porque nós não temos certeza de que o comitê do condomínio vai pedir que ele compareça à entrevista, e nós calculamos que devíamos estar preparados. Não sei qual é o protocolo em relação às crianças, você sabe?

— Não é preciso levá-las.

— Ufa. Porque ele pode ser bastante imprevisível na presença de adultos. A reunião ainda está um pouco longe. Está provisoriamente marcada para

25 de setembro. Eu esperava que fosse antes, mas essas coisas demoram uma eternidade. Estou meio nervosa por causa de uma mulher no condomínio. Não sei se ela faz ou não parte do comitê. – Karen contou a Melora a história da mulher do Apartamento Três e de como a mulher havia gritado com ela. – Você acha que eu devia ligar para ela para fazer bonito?

– Não. Só fique torcendo para que ela esqueça que te conheceu.

– Não acho que isso vá acontecer. Ela foi implacável. Acho que não me suporta. Qualquer mulher chamada Rebecca deve ser uma vaca. Lembra daquele episódio de *Sex and the City* em que Charlotte e Trey estavam fazendo terapia sexual e Charlotte chamou sua vagina de Rebecca? Matty disse que achou aquilo antissemita, mas acho que ele é sensível demais.

Melora abriu um débil sorriso.

– Eles estão pedindo muita coisa para a reunião – continuou Karen. – É um pacote de medidas financeiras. Bastante específico. Você tem de mandar para eles até as páginas em branco dos relatórios do fundo de investimento... E eles querem três cartas de referência pessoal.

Melora não parecia muito interessada em nada do que Karen estava dizendo até aquele momento, mas então se entusiasmou, seus olhos tornando-se mais calorosos e vivos.

– Eu poderia escrever uma para você – disse ela.

Karen mal conseguia acreditar. Durante todo aquele tempo, desejara uma relação genuína com Melora e agora conseguira. No primeiro encontro das duas. Melora estava sendo generosa por vontade própria. Estava usando sua posição para ajudar outra pessoa, o que era o principal propósito de se ter uma posição em primeiro lugar. Aquilo tinha de significar que ela gostava de Karen.

– Verdade? – perguntou Karen. – Você tem certeza de que se sente à vontade com isso?

– Escrevi uma carta dessas para Jerry e Jessica Seinfeld quando eles se candidataram ao Beresford.

Era quase bom demais para ser verdade.

– Mas... Como você vai dizer que me conheceu?

– Eles não se importam com isso. Eu posso dizer que nossos filhos são amigos. É verdade, não é?

— Com certeza é. Isso seria incrível.

Melora pareceu alegre pela primeira vez naquela noite.

— Ah, meu Deus, eu espero que isso dê certo! — gritou Karen. — Acho que vamos ser muito mais felizes em um espaço maior. Eu quero ter espaço para um segundo bebê e tenho a impressão de que, se tivermos três quartos, vou conseguir ficar grávida. Quanto mais eles estudam a fertilidade, mais percebem que está relacionada ao estresse. Matty e eu vamos tentar de novo nesse ciclo, de amanhã a uma semana.

— Que ótimo! — Melora parecia perdida em pensamentos, como se não estivesse ouvindo integralmente.

— Eu não tenho muito mais tempo. Li o livro *Creating a Life*, e ele diz que a fertilidade da mulher despenca aos vinte e sete anos. Eu tenho trinta e dois!

— Bem, se isso não acontecer, não há nada de errado em ter um filho só. Para começar, é mais fácil.

— Como você sabe? *Você* tem ajuda vinte e quatro horas por dia. *Você* podia ter seis filhos e dar um jeito de administrar tudo. — Annika ligara para Karen no dia seguinte ao *tetê-à-tête* de Karen com Melora e lhe contara que havia sido demitida. Então começara a xingá-la em sueco. Depois disso, Karen não tornara a ter notícias dela, mas presumia que Melora houvesse contratado uma pessoa nova.

— Isso é verdade — disse Melora devagar —, mas eu não quero seis filhos. Quero um. Filhos únicos são muito independentes. Eu sou filha única. Existem muitas coisas boas em ser filho único. Roosevelt era filho único, sabe.

— Assim como Roy Cohn.

— Você não devia se preocupar tanto — disse Melora. — Se estiver escrito, você vai ter outro filho.

Karen pensou na pessoa maravilhosa que era Melora, no quanto era diferente das outras celebridades, no quanto era generosa e na sorte que tinha por conhecê-la. Sentia-se mal pelo pobre Neal Harris com sua carteira perdida. Mas, de certa forma, o roubo da carteira havia sido uma coisa boa. Não fosse pela carteira roubada de Neal Harris, ela e Melora não estariam juntas no Stone Park.

— Você é fantástica — disse Karen. — É uma pessoa realmente especial. Quer dizer, você se importa comigo. E eu adoro isso em você. — Karen inclinou-se e apertou a mão de Melora.

— As coisas vão dar certo — disse Melora. — Eu sei que vão. — Melora sabia exatamente a coisa certa a dizer para fazer com que as pessoas se sentissem melhor. Era uma mulher de poucas palavras, mas suas palavras eram selecionadas. Melora estava sorrindo como Mona Lisa, como se possuísse um lindo segredo. Karen sabia o que era: ela estava satisfeita consigo mesma por ter se oferecido para ajudá-la. Karen ficou feliz que Melora estivesse feliz.

— Eu também sei que vão — disse Karen —, mas às vezes você precisa de alguém que te faça lembrar.

BICICLETA FANTASMA

O memorial já havia sido instalado, e o homem estava morto fazia apenas um dia. Rebecca ouvira o acidente na manhã anterior: uma colisão seguida de um desfile de sirenes de polícia e ambulâncias que se aproximavam cada vez mais e paravam. Viu os veículos de emergência da janela. Mais tarde, quando saiu com Abbie, avistou a bicicleta arruinada e um imenso utilitário na diagonal perto dela, na esquina da Carroll com a Oitava. A fita de isolamento amarela fechava um quarteirão inteiro da Oitava Avenida, e os policiais haviam direcionado os pedestres para a Prospect Park West. Assim que viu a bicicleta, Rebecca soube que ele estava morto.

No local havia flores, artigos de jornal e um bilhete escrito à mão que dizia: "Imaginem um mundo sem carros." Havia uma fotografia do homem: rosto redondo, feliz. Os artigos informavam que ele tinha filhas gêmeas. Assim, do nada, estava tudo acabado. Sua mulher provavelmente estava preocupada com outras coisas quando se despediu pela manhã: ataques terroristas, mas não acidentes de bicicleta. Abbie estendeu a mãozinha para tocar as flores, e Rebecca a conduziu para longe, como se coisas terríveis pudessem lhe acontecer caso tocasse algo vizinho à morte.

A um quarteirão do memorial, alguém prendera uma bicicleta branca pintada com spray a uma placa de rua; chamavam-se bicicletas fantasmas e eram colocadas por grupos de defesa aos ciclistas nos locais em que ocorriam acidentes envolvendo bicicletas. Rebecca sabia que eles estavam apenas tentando chamar a atenção para a questão da segurança, mas odiou o fato de ser obrigada a ver aquele símbolo mórbido toda vez que saísse do apartamento. Ela nada fizera, e, ainda assim, uma bicicleta fantasma estaria para sempre estacionada em seu quarteirão.

Rebecca rumou para leste na Carroll, seguindo em direção à biblioteca pública atrás de Stuart. Já havia telefonado para ele algumas vezes e caíra no correio de voz, portanto não via sentido em assediá-lo por telefone mais uma vez. Decidira tentar encontrá-lo pessoalmente.

Nos dois dias desde que fizera o teste, Rebecca havia tentado meia dúzia de outros testes para se certificar de que não se tratava de um falso positivo. Não tinha mais certeza do que fazer do que quando estava no interior do banheiro da Cooperativa, mas sentia que era importante conversar com ele. Estava sofrendo por uma questão relacionada a outra pessoa, e a coisa lógica a fazer era ir até essa pessoa.

Nos dois últimos dias, ela rezara por um aborto espontâneo, o que sabia que era abominável e errado, mas estava cedo e o bebê ainda não era um bebê. Se o perdesse, não teria de tomar uma decisão sobre conservá-lo ou não. Tentara até mesmo bater na barriga, mas não conseguira forçar-se a bater com força suficiente para causar algum dano.

Havia muitos problemas em ficar com o bebê. Ela precisaria decidir se contaria a verdade a Theo ou – a única opção mais aterradora do que lhe contar – encontrar um jeito de fazê-lo acreditar que o filho era dele. E para enganá-lo, eles teriam de...

Se ela lhe falasse de Stuart, quem sabe o que ele poderia fazer? Não suportava a ideia de Theo abandoná-la. Ele poderia até mesmo tentar lhe tirar Abbie.

A coisa lógica a fazer era se livrar do bebê. Mas antes queria conversar com Stuart. Rebecca lhe contaria seu plano, ele iria concordar, e então ela saberia que estava fazendo a coisa certa.

A praça da biblioteca, recém-construída, estava apinhada de gente tomando sol nas mesas de metal dispostas diante do prédio e de crianças brincando nas fontes que ladeavam os degraus. Se não estivesse tão estressada, Rebecca teria parado para deixar Abbie perambular. Em vez disso, seguiu pela rampa de deficientes, virou à esquerda rumo aos elevadores e saltou no segundo andar.

Na sala de Sociedade, Ciências e Tecnologia, ela passou rapidamente pelos novos títulos sobre como evitar a execução hipotecária e como reformar a cozinha. Examinou o aposento à procura de Stuart. Mas a maioria era de alunos de faculdade negros tomando notas a partir de grandes livros acadêmicos.

Rebecca girou o carrinho de Abbie e, enquanto estava saindo da sala, Stuart veio caminhando em sua direção. Carregava o laptop embaixo do braço e franzia a testa ao falar ao telefone.

– Achei que fosse te encontrar aqui – disse ela.

Ele encolheu-se nervosa e instintivamente, como se ela fosse uma fã, antes de se encolher de forma diferente.

– Como você sabia que eu estava aqui?

– Você me contou que é aqui que trabalha.

– Ah, certo, certo – disse ele com ar distante, como se os dois houvessem tido aquela conversa meses e não semanas atrás. Ele não se lembrava de ter lhe contado. Rebecca sabia de cor todas as conversas dos dois, mas ele não se lembrara daquele simples detalhe.

– A gente pode conversar? – perguntou ela. Stuart hesitou. – Nós podemos ir a algum lugar? É importante. O restaurante no último andar normalmente é bastante tranquilo. Por favor?

– Deixe eu pegar minhas coisas – disse ele após um momento. Foi até um dos cubículos e pegou a mochila do laptop.

O trajeto até o restaurante era longo, e eles seguiram para o elevador, então percorreram corredores vazios, ameaçadores e sinuosos, com fotografias em preto e branco da história do Brooklyn nas paredes. Permaneciam em silêncio enquanto caminhavam. Não muito tempo atrás, Rebecca consideraria aquilo excitante, percorrer um longo e sinuoso corredor com Stuart, mas, naquele momento, achou cruel.

O restaurante estava repleto de babás e seus fardos. Ninguém reparou em Stuart ou Rebecca. Ela achava que seria o lugar perfeito para se encontrar com um amante e desejou ter ido até lá com Stuart em julho, quando as coisas eram diferentes.

Eles descobriram uma mesa na janela que dava vistas para o Prospect Park. O céu estava azul e brilhante, e o sol entrava pela janela.

– Então, sobre o que você queria conversar? – perguntou Stuart.

– O que aconteceu? – Rebecca perguntou inesperadamente.

– O que você está querendo dizer?

– Você simplesmente desapareceu – disse ela. Rebecca não queria parecer acusatória, mas sua voz soou tensa e aguda. – Você desapareceu da face da Terra. E não compareceu para o seu turno da Cooperativa ontem.

– Isso é uma longa história. Eu quis ligar para você. Pensei muito em você.

Rebecca sentia o coração pulsar na garganta. Talvez fosse tudo um grande mal-entendido. Havia acontecido alguma coisa que o impedira de telefonar – a mãe dele havia morrido, Orion estava gravemente doente – e agora que estava dando conta do que quer que fosse, os dois poderiam ficar juntos novamente e ter o bebê.

– Verdade?

– Você é a melhor coisa do bairro. – Ele deu um sorriso irônico. – É só que... tem muita coisa acontecendo agora. Profissionalmente. E tem sido difícil. Não é uma boa hora. Para manter contato. Mas eu quis ligar para você. – Ele pousou a mão sobre a dela. – Aquela noite no terraço foi incrível.

Rebecca não sabia ao certo a que Stuart estava se referindo com "muita coisa acontecendo agora", mas estava dizendo que *havia* pensado nela. Ela era importante para ele. Havia alguma coisa entre eles, maior que o sexo se menor que o amor. Ele enfrentaria a situação com ela, iria com ela à consulta. E então, na sala de espera, talvez mudasse de ideia e...

– Quando te conheci na Cooperativa – disse ele –, foi como se finalmente tivesse entendido por que me mudei para o Brooklyn. Para poder te conhecer. Mas então as coisas decolaram com relação ao meu filme, talvez mais rápido do que eu imaginei e...

– Você está querendo dizer que mostrou o roteiro para o tal produtor?

– Vou mostrar. Por isso estou reescrevendo. E a questão é que o tal produtor, eu só conheço o sujeito por causa... por causa *dela*. Então tenho que ter cuidado. Quer dizer, não posso correr o risco de que ela... ou isso estragaria minhas chances com o cara. O contato é dela. Eu preciso ficar na área. Mas isso não quer dizer que eu não me importe com você. Porque eu me importo.

Então Melora o estava ajudando, e ele estava amedrontado demais para se afastar dela. Aquilo era tão covarde e tão baixo... Rebecca teve pena da atriz. Stuart a tratara de forma terrível, mas estava tratando a mulher de forma ainda pior.

— Em todo caso, sinto muito por não ter telefonado. E aí, o que está acontecendo? Sobre o que você queria conversar comigo? — perguntou ele.

— Eu estou grávida — respondeu ela. Sua garganta estava seca, e sua voz saiu como um grunhido.

Três reações distintas passaram pelo rosto dele: confusão a respeito de como aquilo havia acontecido; preocupação consigo mesmo; e a última e mais irritante: convicção de que não era o responsável.

— O quê? — perguntou ele, sem entender. — Você tem certeza?

— Fiz quatro testes.

— Eles podem estar errados.

— Eu visitei o blog PeeOnAStick.com. O bloguista diz que falsos positivos em testes para detecção de gravidez precoce são muito mais raros do que falsos negativos.

— Como você sabe que é meu?

— Acredite — disse ela baixinho. — É seu.

— Como eu posso saber?

— Ah, sem essa! O que você acha... que existem milhões de caras tentando ter casos nesse bairro? Se existissem, eu não estaria tão necessitada quando conheci você.

— E o teu marido? Não sei o que você faz com ele.

— Nós não transamos há mais de um ano. — Rebecca pensou em dizer um ano e meio, mas seria constrangedor demais. Não podia acreditar que estava corrigindo sua falta de sexo para tornar-se menos patética, mas o fato de estar no meio de uma crise não queria dizer que precisava se humilhar.

— Como posso saber se isso é verdade? — perguntou Stuart.

— Você quer que ele assine uma declaração?

Ele pousou ambas as mãos sobre a mesa, olhou pela janela em direção ao parque, em seguida, tornou a olhar para ela.

— Você quer essa gravidez? — perguntou baixinho.

Ela não tinha certeza, mas agora que sabia que ele estava usando Melora para alcançar o tal produtor, sentiu vergonha por ter alimentado esperanças em relação a ele. Stuart era muito egoísta e estava muito envolvido com seu próprio mundo.

— É claro que não — respondeu ela.
— Ok, então. Você é uma mulher inteligente.
— Isso não é nada engraçado como no filme *Ligeiramente grávidos* — disse ela.
— Esse filme seria melhor se fosse dezoito minutos mais curto. — Ele estendeu o braço sobre a mesa e apertou a mão dela. — Isso é terrível. Sinto muito.
— Eu devia ter tomado mais cuidado — disse ela. — Não devia ter te deixado... Não sei o que estava pensando. Mas as mulheres não se ligam muito no próprio ciclo quando não têm relações há algum tempo.
— Mas eu não...?
— É, você tirou quando a gente estava no meu apartamento. Também não achei que isso pudesse acontecer. Quer dizer, eu nunca tive nenhum acidente antes. Talvez eu esteja mais fértil depois de Abbie. Às vezes acontece depois que a mulher tem um filho. O corpo fica preparado para gravidez ou coisa parecida. — Eles se entreolharam em silêncio enquanto duas bibliotecárias jovens e negras tagarelavam em uma mesa próxima.
— Não sei o que vou fazer. — Rebecca sentiu vontade de chorar, mas a ansiedade era tão grande que, quando tentou, nada veio à tona. Ela não sabia que a ausência de lágrimas podia ser pior que as lágrimas em si.
— Pensei que você tivesse dito o que ia fazer — declarou ele.
— Eu disse. Só achei que você devia saber. Achei que antes de eu fazer isso você devia saber.
Ele enfiou a mão no bolso.
— Você quer um pouco...
Rebecca balançou a cabeça. Ele não conseguia entender? Não era pelo dinheiro. Ela queria que ele a acompanhasse ou se oferecesse para acompanhá-la, mas ele não disse nada. Se ela era a melhor coisa no bairro, por que ele não se oferecia para ajudá-la? Ele não era seu amigo? Mesmo que o bebê não fosse nascer, ninguém merecia passar por aquilo sozinho. E depois... ter de esconder tudo de Theo? Ela nem mesmo sabia como seria possível, com o sangramento e o que mais poderia ocorrer.
— Obrigado — disse ele. Então tomou as mãos dela nas suas, inclinou-se de modo a que seus rostos quase se tocassem e declarou: — Talvez em outro momento... quando você tiver resolvido tudo, e eu estiver em posição diferente... Você é importante para mim, Rebecca. Sei que você sabe disso. — Ele

inclinou-se e beijou-a na face. – Você é mais forte do que pensa que é. – Aquilo parecia uma fala ruim em um filme. Rebecca perguntou a si mesma se fora isso o que representara para ele: pesquisa a respeito de como viviam as pessoas "de verdade". Questionou-se se, durante os momentos em que se sentira próxima dele, ele estava interpretando um papel. – Você vai ficar bem – disse ele e partiu.

Depois que ele foi embora, Rebecca voltou a lembrar o momento em que Rakhman os interrompera. Por que não havia procurado a camisinha com mais afinco? Teria feito aquilo inconscientemente, de propósito, para poder sair de seu casamento?

Sentia tanto medo do divórcio. Talvez aquela fosse a sua maneira de se permitir sair do casamento: gerando motivos tão imperdoáveis que Theo teria de abandoná-la e ela poderia culpá-lo, e não a si mesma, pelo divórcio.

Mas não desejava criar uma criança sozinha. Já tinha problemas suficientes sendo mãe casada de uma filha. Como poderia ser mãe solteira de dois?

Mesmo naquele instante terrível no banheiro da Cooperativa, Rebecca imaginara criá-lo com Stuart. Que idiota havia sido por ter nutrido esperanças. Havia sido aluna da Barnard e ainda assim cometera os dois erros mais antigos que uma mulher poderia cometer: casar-se para obter mais sexo e ficar grávida para segurar um homem.

Rebecca pegou seu celular e ligou para a mãe, na casa em Beach Haven.

– Oi, querida! – exclamou sua mãe alegremente. Embora eles houvessem visitado os pais dela no mês anterior, Rebecca não telefonava com muita frequência. Em sua depressão, era como se houvesse se isolado da mãe, temendo que, caso se abrisse sobre pequenas coisas, pudesse se abrir sobre o que realmente importava e depois não conseguisse voltar atrás.

Rebecca sentiu-se mal por não procurar a mãe mais vezes, por não dar notícias e lhe contar os pequenos detalhes da vida. Sentiu-se mal por raramente visitá-los na Filadélfia quando estavam a apenas cento e cinquenta quilômetros de distância. Um dia desses, sua mãe morreria e ela não teria uma segunda chance.

– Como você está? – perguntou a mãe.

– Estou bem – respondeu Rebecca, engolindo em seco. – Abbie queria dizer oi. – Ela levou o telefone ao rosto de Abbie, mas o bebê nada disse e tentou agarrá-lo. – Ela estava dizendo "bobó" antes, mas agora ficou tímida.

— Está tudo bem. Então, está calor aí? Ouvi dizer que está sendo um verão terrível.

— Está muito abafado. Eu queria que estivéssemos aí com vocês.

— Eu já disse, vocês podem vir quando quiserem. É solitário aqui só com nós dois. Seu pai foi andar de bicicleta.

Tudo fora muito simples para os pais dela. Eles se conheceram, se apaixonaram, tiveram dois filhos. Teriam alguma vez passado por uma seca de sexo? Sua mãe já traíra? Era difícil imaginar que alguém passasse por períodos sem sexo nos dias atuais. Mesmo nos anos 70, os papéis sociais de gênero eram mais tradicionais. Esperava-se que os homens quisessem sexo e as mulheres cedessem sob pressão. E não havia Viagra ou Cialis para ajudar. Naquela época, embora a vida fosse mais difícil por causa da economia e da crise de energia, todos pareciam mais felizes. Rebecca perguntou a si mesma se não existiria uma coisa chamada excesso de opções.

Desejava contar à mãe tudo o que havia acontecido, mas não sabia como começar. Sua mãe a acharia louca por ter engravidado. Provavelmente lhe diria para se livrar do bebê. Sua mãe era tão pragmática que aquilo se tornara um defeito.

Abbie estava tentando alcançar o telefone. Rebecca tentou mais uma vez colocar o aparelho diante da boca da filha, mas esta voltou a ficar em silêncio.

— Eu queria ser criança novamente, para pular ondas — disse Rebecca.

— Está tudo bem?

— Está — disse ela. — Mande um beijo meu pro papai quando ele voltar.

Rebecca girou a cabeça em direção à janela e olhou para baixo. Viu duas mães de primeira viagem entrando no parque; Rebecca sabia que se tratava de mães recentes pelos carrinhos de bebê, pelos passos vagarosos e as demonstrações exageradas de interesse. Sempre considerara as mães de primeira viagem desagradáveis e estúpidas, mas, vistas de cima, elas pareciam apenas nervosas. Rebecca ficou observando as duas caminharem juntas até serem engolidas pelas árvores. ✍

O BOICOTE

Não era a mesma coisa tomar conta de Mance sem Rebecca por perto. Era exaustivo. Lizzie ia a todos os lugares que as duas frequentavam – o parquinho da rua Três, o Salão das Tetas – mas Rebecca nunca estava presente, como se jamais houvesse morado no bairro.

Era uma tarde úmida de sexta-feira por volta das quatro, e Lizzie estava a caminho da Sétima Avenida para pegar umas roupas que mandara lavar a seco. Primeiro, parou na Sexta Avenida para comprar pomada para o mamilo na Boing Boing. Mance estava passando por uma fase de morder, na qual mastigava seu mamilo com força e então erguia o rosto em sua direção com olhos diabólicos. Ela havia tentado todos os truques – distraí-lo, repreendê-lo, privá-lo do seio – mas nada impedia as mordidas na vez seguinte, então ela decidira tratar os sintomas em vez da causa e torcer para que a fase passasse.

Depois que ela e Rebecca pararam de se encontrar, Mance mamava com mais frequência. Lizzie tinha a impressão de que ele havia percebido a vergonha dela, e, agora que não havia ninguém por perto para deixá-la constrangida, ele também havia relaxado.

Haviam se passado três semanas desde a briga nos degraus da portaria de Rebecca, e elas não se falavam desde então. Lizzie passara os primeiros dias furiosa com Rebecca por esta tê-la abandonado no Gate e os seguintes sentindo-se ridícula por ter se iludido ao ponto de achar que aconteceria alguma coisa entre elas.

Era óbvio que os dois rápidos amassos haviam ocorrido apenas por causa do álcool. Rebecca praticamente admitira isso quando contara a Lizzie seus problemas com o marido.

Lizzie estava aliviada por não estar se consumindo por causa de Rebecca, por não pensar nela o tempo inteiro como fizera naquelas poucas e breves semanas. Às vezes, puramente como exercício, tentava evocar o grau de interesse em Rebecca que experimentara no começo, mas, quando pensava nela, já não sentia seu coração palpitar.

Mas Lizzie tinha saudades do sarcasmo e da inteligência de Rebecca. Nenhuma das mães domésticas em Underhill zombava de seus bebês como Rebecca. Ela gostaria que as duas pudessem voltar a ser amigas, mas estava claro que não era o que Rebecca desejava, e Lizzie não tinha como forçá-la.

No que dizia respeito aos Gostosos, sempre que Lizzie se lembrava daquela noite terrível, sentia vergonha do ménage vulgar. Como tivera a coragem de ir até a casa deles, um casal que poderia encontrar qualquer dia desses em quaisquer dos parquinhos, com os filhos? Até então, Lizzie não cruzara com eles na rua, mas havia uma razão: o apartamento deles ficava na Sexta Avenida com a rua Oito, e agora ela evitava South Slope. As pessoas não deviam cagar onde comiam. Fora provavelmente por essa razão que ela e Rebecca haviam sido as únicas a responder ao anúncio.

Como suspeitara, Jay não fazia ideia do que havia acontecido. Lizzie chegou em casa antes dele, colocou Mona em um táxi e teve tempo de tomar uma chuveirada antes que ele voltasse do show do amigo. Lizzie sentiu-se culpada por cerca de um dia, antes de se dar conta de que ele não tinha meios de descobrir e que era uma bobagem sentir-se mal.

Naquelas últimas semanas, Jay estava mais distraído que nunca. Havia um novo *talk-show* noturno estreando no canal Comedy Central e sendo gravado em Nova York, com um jovem comediante parecido com Jon Stewart como apresentador. Seu nome era David Keller, e ele estava procurando uma banda para o programa. Aparentemente havia visto algumas apresentações do One Thin Dime e estava interessado. Naquela noite, Jay iria fazer um show em L.A. e David Keller e um grupo de pessoas da emissora iriam assistir. Lizzie estava esperançosa, pois, se Jay conseguisse o emprego, teria de parar de viajar, mas eles já haviam errado o alvo antes, e ela sabia moderar o entusiasmo.

Lizzie comprou a pomada para o mamilo, em seguida, virou à esquerda na Union em direção à Sétima. Virou à direita na Sétima e viu um grande grupo de pessoas diante da Cooperativa. Devia haver cerca de cinquenta, das quais dois terços eram negros; eles seguravam cartazes indignados e formavam uma fileira que se estendia até o final do quarteirão. Enquanto permaneciam ali, alguns dos clientes da Cooperativa atravessavam a barreira e entravam, ao passo que outros paravam, observavam e se afastavam. Uma branca corpulenta de meia-idade, com uma sacola da rádio WNYC, observava-os, o rosto cético.

– O que está acontecendo? – perguntou Lizzie.

– Eles estão fazendo um boicote – disse a mulher. – Por causa da filtragem racial. – Então ela reparou em Mance e exibiu um ar constrangido.

– O que você está querendo dizer com filtragem racial?

– Eles estão dizendo que as revistas aleatórias das bolsas não são aleatórias.

Lizzie perguntou-se como Mance iria se sentir se algum dia alguém lhe revistasse a bolsa apenas por ser negro. Agora que um negro tinha uma chance de se tornar presidente, ela pensava um bocado sobre o que Mance seria quando crescesse. Gostaria que ele chegasse tão alto quanto Barack Obama, mas sabia que, não importava qual fosse sua posição na vida, em algum momento ele seria vítima de racismo e mal-entendidos. Nada nos Estados Unidos mudava rápido.

Talvez a Cooperativa fosse de fato racista e aqueles manifestantes tivessem uma boa causa. Eles pareciam gente comum, não pessoas superpolitizadas, apenas zangadas. Lizzie começou a passar diante deles, rumando para o sul, quando avistou a mãe de Jay, Mona, no meio do grupo. Embora houvesse corrido tudo bem na noite do *swing*, Lizzie não voltara a convidá-la para cuidar de Mance.

Lizzie parou o carrinho e a cumprimentou.

– Eu não sabia de nada disso – disse ela. – O que está acontecendo?

– Ah, é terrível – declarou Mona. – Eu não cheguei a te contar, mas eles me revistaram sem permissão. – Mona contou-lhe o que havia acontecido e como aderira à Força-Tarefa das Questões das Minorias, que havia organizado o protesto.

Lizzie ficou horrorizada que eles a houvessem tratado tão mal.

– Por que você não me contou?

– Eu ainda estava em choque. Contei a Jean. Estou surpresa de que ele não tenha comentado. – Mona abaixou-se para olhar para Mance, afagando-lhe carinhosamente a cabeça e murmurando alguma coisa em francês que Lizzie não conseguiu entender, apesar de todo o francês que havia aprendido no colégio e dos três cursos que fizera em Hampshire. Aquele era outro motivo pelo qual Lizzie nunca se sentia à vontade perto de Mona; ela e Jay estavam sempre falando em francês um com o outro.

– Onde está o chapéu dele? – perguntou Mona.

– O quê?

– O chapéu que eu comprei para ele. O sol está muito forte. Por que ele não está usando o chapéu?

Enquanto decidia o que responder, Lizzie viu movimento mais adiante na rua, perto da President. Policiais, uma dezena deles, com equipamento para reprimir tumultos e as viseiras dos capacetes abaixadas sobre o rosto. Deslocavam-se com rapidez e determinação, fazendo com que Lizzie recordasse os nazistas.

– O que está acontecendo? – ela perguntou a Mona. Mona virou-se para ver.

Depois disso, tudo se passou tão rápido que Lizzie não teve tempo de registrar o que estava acontecendo. Em poucos segundos, os policiais haviam cercado o grupo e formado um grande semicírculo, mantendo-se de pé ombro a ombro. Estavam algemando todo mundo. Alguém gritou:

– Não houve ordem para dispersar!

Os circunstantes gritavam protestos enquanto os policiais prendiam todos em uma fila. Um transeunte avistou os policiais e atravessou direto a Sétima Avenida para ficar longe de problemas.

Um policial baixo, com aparência de italiano e sobrancelhas escuras, fez Lizzie girar, afastando-a do carrinho, e a revistou. Ela não podia acreditar naquilo – as mãos dele percorrendo-lhe o corpo, apalpando-a, seios, entrepernas, coxas.

– Você não está entendendo – disse ela. – Eu só estava passando pela rua. – Ela apontou para uma mãe branca empurrando seu bebê branco, mas o policial não prestou atenção.

– Ela não faz parte disso – disse Mona.

– Você pode dizer isso ao juiz – respondeu ele, e, em seguida, algemou Lizzie com algemas plásticas pontiagudas, que machucavam. Outro policial algemou Mona, que gritou:

– Você está me machucando!

– Seja gentil com ela! – gritou Lizzie.

Lizzie sempre pensara, pelos episódios de Law & Order, que as pessoas eram informadas de seus direitos quando presas, mas o policial não disse uma palavra. As algemas de plástico eram apertadas, e ela não gostou de ficar de costas para Mance.

– Você não está estendendo! – gritou. – Eu nem sou sócia da Cooperativa. Sou cliente do FreshDirect. – Ela se ajoelhou ao lado do carrinho. – Eu não posso deixar o meu bebê!

– Alguém aqui pode ficar com ele? – perguntou o policial, como se reparasse em Mance pela primeira vez.

Lizzie tentou explicar mais uma vez que não, mas o rosto dele era frio e implacável. Aquilo para ele era apenas trabalho. Lizzie começou a chorar, certa de que levariam Mance para algum lugar horrível, como o Serviço de Proteção à Criança. Lera a respeito de uma dinamarquesa que deixara o carrinho na rua enquanto jantava na St. Marks Place e então haviam lhe tirado o bebê.

– O que eu faço? – Lizzie perguntou a Mona.

– Ligue para alguém! – gritou Mona enquanto outro policial a conduzia para a van da polícia.

Lizzie examinou os rostos na multidão. Sempre que passava pela Sétima Avenida, encontrava alguém conhecido, outra mãe, algum amigo de Hampshire ou um vizinho de Prospect Heights que era sócio da Cooperativa, mas, naquele dia, não reconheceu ninguém.

– Eu posso ficar com ele – disse a mulher da WNYC. Lizzie pensou no quanto a achara presunçosa quando ela mencionara a "filtragem racial". Lizzie não gostara da mulher, mas ela tinha um ar confiável, e seu rosto parecia mais gentil agora do que antes. Pertencia à velha escola de Park Slope e talvez tivesse até mesmo filhos crescidos. E alguém que apoiava uma rádio pública não podia ser de todo ruim.

– Eu tenho uma amiga – disse Lizzie. – Mora a poucos quarteirões daqui. Ela pode ficar com ele. Fique ligando até conseguir falar com ela. – E

Lizzie recitou o número que sabia de cor desde o dia em que Rebecca o havia dado pela primeira vez.

O policial permanecia a seu lado, contrariado, como se tudo aquilo fosse um inconveniente, como se Lizzie não tivesse o direito de conseguir alguém que cuidasse do filho mesmo naquele momento, em que ele a estava prendendo. Lizzie repetiu o número três vezes para ter certeza de que a mulher havia entendido corretamente, em seguida, se curvou e sussurrou para Mance:

– A mamãe vai te ver logo, logo – embora não soubesse ao certo se era verdade.

O policial puxou Lizzie, guiando-a para o interior da van. A mulher branca conduziu Mance para longe de suas vistas.

VIRANDO O JOGO

— Então eles a prenderam sem motivo? — perguntou Theo. — Acho difícil de acreditar. — Eram quase sete da noite, embora o céu ainda estivesse claro, e ele e Rebecca estavam nos balanços do Lincoln-Berkeley, empurrando Abbie e Mance.

Depois que a mulher na Cooperativa ligou, por volta das quatro e meia, Rebecca saiu correndo da rua Três, para onde havia levado Abbie. Sua primeira grande decisão foi o que fazer com o carrinho de Mance. Embora não houvesse sido uma escolha monumental, Rebecca orgulhou-se enormemente de sua habilidade. Pendurou-o em um gancho dentro da Cooperativa, então carregou Mance enquanto empurrava Abbie, com a outra mão, até o apartamento. Alimentou a ambos com sobras de pizza (ela não fazia ideia da última vez que ele havia comido) e os deixou brincar no apartamento refrigerado por algum tempo antes de colocar Mance no canguru e sair com os dois para o Lincoln-Berkeley.

Por volta das seis, Lizzie havia telefonado do 78º distrito policial para saber de Mance. Parecera assustada, mas sobretudo preocupada com o filho. Rebecca disse que ele estava ótimo e prometeu colocar as duas crianças para dormir no berço de Abbie naquela noite se Lizzie não saísse a tempo. Rebecca ofereceu-se para enviar até lá um advogado — uma amiga da Barnard —, mas Lizzie informou que um dos manifestantes já havia entrado em contato com Sarah Kunstler.

— Estou tão feliz que ele esteja com você — disse Lizzie. — Estou feliz que a mulher tenha conseguido entrar em contato com você.

— Ah, por favor — disse Rebecca. — Tenho certeza de que você faria o mesmo por mim.

— Acho que sim. Mas, ainda assim, significa muito.

Mais tarde, Jay havia telefonado. Estava em Los Angeles e tentaria pegar o voo noturno. Disse que iria para lá direto do aeroporto.

Às seis e meia, quando saltou do trem, Theo telefonou para dizer que queria se encontrar com Rebecca no parquinho. Ele raramente chegava em casa antes de oito e meia, mas fingira estar doente para passar algum tempo ao ar livre com Abbie antes de escurecer.

Nas últimas semanas, desde a noite no terraço com Stuart, Theo vinha sendo extraordinariamente carinhoso com Rebecca. Mas ela ficara tão distraída por causa do romance que agira friamente.

Quando Theo chegou ao parquinho, ficou surpreso ao encontrar Rebecca empurrando não uma, mas duas crianças nos balanços. Ela havia explicado várias vezes a sequência dos acontecimentos segundo o que lhe contara a mulher na Cooperativa, mas ele continuava a não entender o quanto aquilo devia ter sido pavoroso para Lizzie.

— Era um protesto racial, não era? — perguntou ele.

— E daí?

Theo inclinou o queixo significativamente na direção de Mance.

— Então Lizzie *estava participando* disso.

— Não, não estava! Ela não é nem sócia da Cooperativa. Estava passando pela rua e foi cumprimentar a sogra. Eles a prenderam. Isso é tudo culpa de Bloomberg. Desde a Convenção Nacional Republicana, a polícia está fora de controle. Eles nunca teriam prendido Lizzie se o filho dela fosse branco.

— Você não acha que isso é um tanto paranoico? Nós temos um cara negro concorrendo para presidente.

— E daí? Isso não quer dizer que não exista mais discriminação. — Ele podia ser muito idiota. Rebecca sabia que ele era a favor de Obama; eles haviam conversado sobre isso, mas, às vezes, tinha a impressão de que ele dizia coisas para incomodá-la, para testar os vestígios do politicamente correto que lhe restaram da Barnard.

Theo estava fazendo a brincadeira do assovio com Abbie, na qual fingia olhar para longe por um segundo, assoviava inocentemente, e então a assustava, produzindo ruídos de monstro. Rebecca odiava a brincadeira, sentia-se incomodada com o investimento maníaco dele na alegria de Abbie, mas Abbie já estava gritando:

— De novo!

— Você devia tentar isso com ela — disse ele. — Ela adora.

— Ah, nós temos as nossas próprias brincadeiras.

— Mesmo? Quais?

Rebecca não tinha nenhuma brincadeira com Abbie. Não gostava de falar com vozes engraçadas, fazer caretas nem brincar de Dedo Mindinho, mas não queria parecer uma mãe ruim.

— São brincadeiras secretas. Certo, Ab? Nós não temos brincadeiras secretas? — Abbie concordou com um movimento de cabeça. Theo voltou aos assovios e Abbie bateu palmas de alegria.

Quando estavam os três, Rebecca via-o fazer aquelas brincadeiras bobas com Abbie e perguntava-se por que ele não conseguia relaxar. Empurrá-la no balanço enquanto conversava com Rebecca. Ou empurrá-la por trás, pelo amor de Deus.

Mas, naquela noite, aquilo não a incomodou, pois tinha Mance a quem dar atenção. Sentia-se orgulhosa por ter conseguido cuidar tão bem de dois bebês de uma só vez. Aquela era uma crise mais fácil do que a que vinha revolvendo na mente nos últimos dois dias.

Rebecca empurrou Mance para o alto e então, sentindo-se particularmente cheia de energia, correu por baixo do balanço para o outro lado. Mance uivou de alegria.

— De novo? — perguntou ela e repetiu a manobra mais algumas vezes. Theo observava-a com curiosidade, pouco habituado a vê-la tão expansiva. — Quer ir mais alto? — ela arrulhou para Mance. Falar com crianças no balanço era como conversar sobre sexo. — Mais? — perguntou. — Você quer *mais*? Quer ir *bem alto* agora? — Rebecca imaginou como seria brincar assim com uma criança sua. Se houvesse duas, então cada um ficaria com uma.

De repente, sentiu falta de Stuart, do interesse dele em tudo que lhe escapava da boca, do jeito como inclinava a sobrancelha ante suas frases engenhosas ou prestava atenção a seu rosto enquanto ela falava, mesmo que aquilo fosse apenas um truque que ele aprendera na escola de arte dramática para as ocasiões em que um parceiro de cena apresentava um longo monólogo. Rebecca sentia falta de ser desejada.

Se tivesse um bebê, talvez fosse desejada novamente.

Os bebês eram egoístas, precisavam ser para desenvolver-se, mas ela nunca tivera a oportunidade de saborear as necessidades de Abbie porque Theo sempre reagia às necessidades da filha antes que Rebecca tivesse chance de fazê-lo. Ele havia tirado duas semanas de licença paternidade quando Abbie nasceu, mas Rebecca tivera a sensação de que haviam sido dois meses. Theo corria para Abbie ao mais leve queixume, tirava-a do berço quando ela acordava e trocava-a quando chorava devido às fraldas sujas de cocô antes que Rebecca, dolorida da incisão da cesariana, conseguisse até mesmo ficar de pé.

Rebecca não previra que podia haver tal coisa como ajuda em excesso. Mas, sentindo-se um fracasso por não ter conseguido expulsar Abbie no parto, desejava outras maneiras de provar a si mesma que era capaz de ser mãe.

Quando o cordão umbilical de Abbie caiu, Rebecca decidiu dar-lhe o primeiro banho de banheira. Preparou a esponja de bebê, o suporte da banheira e uma das seis toalhas amarelas de patinho que eles haviam ganho de presente. Justo quando começou a lhe dar banho, com Theo olhando por cima de seu ombro, recebeu uma ligação da *Allure*, perguntando se ela poderia entrevistar Jessica Simpson em Los Angeles dali a dois dias, pois o outro escritor havia roído a corda. Rebecca saiu do quarto e teve uma longa conversa com o assistente editorial sobre planos de voo e, quando largou o telefone, Theo estava sentado no sofá, com Abbie aninhada na toalha de patinho. Ele privara Rebecca de um momento importante, mesmo que, como argumentou mais tarde, aquilo precisasse ser feito. Rebecca se sentiu roubada e percebeu que o roubo havia começado no dia em que Abbie nasceu.

Antes do início do trabalho de parto de Rebecca, em todos aqueles meses de visitas à parteira do St. Lukes, ela pensou que fosse a paciente, mas, assim que eles chegaram ao hospital, ficou claro que o bebê também era paciente. Bem diante dos olhos de Rebecca, a lealdade de todo mundo mudou. Ela permaneceu em trabalho de parto durante horas dentro de uma banheira quente e na cadeira de balanço, e, a cada dez minutos, ao que parecia, a parteira colocava um Doppler sobre seu corpo para verificar o bebê. Rebecca disse a si mesma que as coisas iriam melhorar, que a dor excruciante resultaria em um parto natural, mas, depois de duas horas infrutíferas fazendo força, a parteira franziu o cenho e anunciou:

— Nós precisamos te aplicar Pitocin. As contrações estão enfraquecendo.

Enfraquecendo. Rebecca já começava a sentir-se um fracasso. Ela podia tornar as contrações mais fortes? Podia descansar? Eles não podiam lhe aplicar injeções de vitamina, como em um romance de Jacqueline Susann, ou esteroides, como os atletas tomavam? Não haveria um jeito de virar o jogo?

No trabalho de parto e no parto em si, depois que eles injetaram o Pitocin intravenoso, a parteira verificou o monitor cardíaco fetal e Rebecca viu o olhar de preocupação em seu rosto, entendeu. A sobrevivência do bebê tinha prioridade sobre a da mãe. Que era como tinha de ser, claro, e como havia sido desde o começo dos tempos. O parto era o início de um longo e brutal processo de aprendizado de que ela já não era a pessoa mais importante do mundo.

Mas, se Rebecca fora capaz de perdoar a parteira por sua mudança de lealdade, era incapaz de perdoar Theo. Sim, ele a havia massageado solicitamente durante as trinta horas de trabalho de parto. Levara o iPod, embora ela houvesse gritado com ele para que o desligasse. Dera-lhe água e lascas de gelo e dissera-lhe que tudo acabaria bem. E, quando o médico de plantão entrou e sugeriu a cesariana, Theo ficou cara a cara com o médico e ameaçou:

— Se acontecer alguma coisa com ela, eu vou te matar.

Mas, depois que o bebê saiu, que ela ouviu um choro e alguém colocou Abbie diante de seu rosto – Rebecca não pôde abraçá-la porque seus braços estavam imobilizados –, Theo anunciou que iria com o bebê. Queria se certificar de que ela não seria trocada. De repente, Rebecca ficou completamente só.

O médico suturou-a, depois ela permaneceu deitada em uma cama em recuperação, com botas enormes nas pernas para evitar coágulos, enquanto uma enfermeira antilhana hostil mantinha-se a seu lado, observando um monitor. Rebecca ficou ali por três horas, separada de seu bebê recém-nascido, separada do marido, que estava com medo demais de abandonar a filha para ir ver Rebecca. A lealdade dele havia mudado, juntamente com a da parteira. Agora a filha era o mais importante.

Ela ficou esperando por Theo, mas sua primeira visita foi a da parteira, que, por fim, a escoltou até a maternidade, para onde Theo levou o bebê em um carrinho a fim de conhecer a mãe.

Rebecca queria uma segunda chance, dessa vez com uma criança que não fosse a corda de um cabo de guerra. Se desse um jeito de criar a nova criança com Theo, como filho dele – possibilidade que apresentava vários desafios logísticos –, então teria sua segunda chance. Sempre saberia que o bebê era seu, não dele. Theo nunca poderia tirá-lo e não tentaria. Possuía a filha. Já que não conseguia mudar o jogador, talvez ela pudesse acrescentar mais um e, ao fazer isso, virar o jogo.

Mas, se ia convencer Theo de que ele era o pai, eles precisavam fazer uma coisa que se revelara impossível nos últimos dezessete meses. E precisavam fazer logo. Ela era louca até mesmo por pensar no que estava pensando, mas tinha de tentar.

– Nós devíamos levar esses dois para casa – Rebecca disse a Theo, dando-lhe um tapinha nas costas. Até mesmo aquele pequeno gesto de afeto parecia falso. Ela esperava que ele se virasse para ela com desconfiança, mas ele estava concentrado em Abbie, que apontava para um tênis em uma árvore.

Rebecca tirou Mance do balanço e o colocou no canguru. Ele era mais leve que Abbie e fácil de carregar. Os dois caminharam lado a lado, com Mance virando o rosto para olhar a amiga.

PALAZZO CHUPI

Embora os tabloides fossem noticiar mais tarde que fora Julian Schnabel quem mencionara a Melora o condomínio em Palazzo Chupi, na verdade, havia sido Liv Tyler. Liv e Melora haviam tido a conversa em um churrasco de arrecadação de fundos em prol de Obama, que David e Cassie haviam organizado em seu jardim. Todos que Melora conhecia na indústria estavam levantando fundos para Obama. Ela recebia pelo menos alguns convites por semana e, por mais que quisesse que o cara ganhasse, a Obamamania estava se tornando irritante.

Liv e Melora estavam estendidas em *chaises-longues*, bebericando vinho branco e conversando a respeito de educação de crianças, e, por fim, a conversa passou a tratar de imóveis, com Liv queixando-se de não ser nada divertido levar Milo ao parquinho da rua Bleecker, pois os grupos de excursão do *Sex and the City* sempre apareciam depois de comprar bolinhos no Magnolia.

– O pessoal das excursões tem medo de pombos – disse Liv, descontente. – O West Village era tão familiar, mas virou uma armadilha para turistas. E, agora que Milo e eu não precisamos de tanto espaço, estou pensando em me mudar para o Meatpacking District.

Havia rumores de que a separação de Liv e Royston conduzira Steven Tyler à reabilitação, mas Melora achou inconveniente perguntar.

– O Meatpacking? – perguntou Melora. – É pior ainda. Com todo aquele pessoal que vive pegando a ponte e o túnel para ir às boates?

– Eu não estou falando da Catorze Oeste – disse Liv. – Estou pensando em alguma coisa um pouco ao sul, como a Onze Oeste. Ontem fui ver um condomínio no Palazzo Chupi.

– O que é isso?

– Você não sabe? – perguntou Liv, inclinando-se e pousando a taça de vinho sobre uma mesa de jardim. – Fica no prédio de Julian Schnabel, em cima do apartamento deles. O lugar inteiro parece Veneza. Com muitas varandas com vista para o rio. E é vermelho vivo. Richard Gere comprou um apartamento no outono passado e está querendo repassar. Fui dar uma olhada, apesar de estar fora do meu alcance.

Melora achou aquilo difícil de acreditar, calculava que a Givenchy estivesse pagando milhões a Liv para ser o rosto de sua campanha publicitária.

– Quanto estão pedindo?

– Catorze. Vocês estão pensando em se mudar? Pensei que adorassem o Brooklyn.

– Não tenho mais tanta certeza. Quer dizer, o Stu adora, mas acho o bairro realmente claustrofóbico. E a gente leva uma eternidade para chegar à cidade. Quero morar em algum lugar que pareça uma comunidade, mas que me deixe com Manhattan ao alcance dos dedos.

– Você devia dar uma olhada. Varandas de terracota, uma piscina incrível no subsolo... compartilhada, mas mesmo assim. Portas-janelas por todo lado, uma colunata no lado norte. E vista para o rio Hudson.

– Quantos quartos?

– Quatro. E quatro banheiros. Mas, depois da mansão, talvez seja pequeno demais para vocês. É só um andar.

Melora tentou imaginar o apartamento. Gostava da ideia de ter vista para o rio. Era a única coisa que a deixava com saudades da época em que morara em Los Angeles. Morar perto da água tornava o cérebro mais claro. Era um antidepressivo natural. Depois da mudança para o Brooklyn, ela, Stuart e Orion haviam feito alguns passeios de um dia ao Fairway em Red Hook, mas ver a Estátua da Liberdade de um supermercado não era a mesma coisa do que morar no Hudson.

O custo era alto, e ela não tinha certeza de que seu gestor de negócios iria aprovar, especialmente em um mercado imobiliário fraco. Apesar de todas as aclamações da crítica, a maior parte dos lucros de *Poses* viera dos

DVDs, e esses direitos eram menores que os de cinema. E os filmes independentes e a peça de Neil LaBute a haviam forçado a entrar em suas reservas. Stuart teria de contribuir com pelo menos um milhão de adiantamento, o que não havia feito na mansão, e ela precisaria vender a casa em Silver Lake. Isso mais o dinheiro da mansão, que ela esperava que fossem pelo menos seis milhões, tornaria a compra viável por pouco.

Orion teria de sair da Berkeley Carroll, mas ele era um menino adaptável. Ela poderia colocá-lo na Little Red ou na City & Country.

Mas temia que Stuart fosse resistir. Ele ainda era muito fiel ao bairro, mesmo depois de tudo por que Melora passara na Cooperativa. Nas poucas vezes em que eles haviam conversado sobre seu "mau pedaço em julho", que era como eles sempre se referiam ao assunto, Stuart havia dito que o que aconteceu fora causado pelo estado interno dela. O Brooklyn representava para ele coisas que não representava para ela: estabilidade, domesticidade e normalidade.

Para ela, aquele lugar fora sempre estranho. Melora gostava da ideia de voltar para o West Village, criar Orion perto da rua Charles, onde ela havia crescido, mesmo que tudo estivesse diferente, mesmo que os pequenos comércios e mercearias houvessem desaparecido.

Mas havia outra razão para que Melora estivesse ansiosa para sair do Brooklyn, e era uma mulher de 1,64m com um filho de quatro anos. Melora pensara em ligar para a polícia com uma denúncia anônima, para dizer que sabia quem estava com a carteira roubada. Mas Karen estava de posse daquele maldito gravador. Tinha provas.

Karen já a convocara para outro encontro, dessa vez no al di là, e, embora Melora houvesse protelado até segunda à noite, ficara apavorada. Precisava recuperar a carteira e o gravador. Por isso se oferecera para escrever a carta de recomendação, na qual mentira descaradamente, descrevendo a víbora gorda como "moralmente excelente" e "um trunfo para qualquer condomínio". Melora tinha a impressão de que, quando Karen confiasse nela, conseguiria convencê-la a lhe entregar os objetos, mas isso ainda não havia ocorrido. Era uma situação muito desagradável: para que Karen confiasse nela, precisava continuar lhe dedicando algum tempo. Graças a Deus, ela logo partiria para Sófia.

Melora disse a Liv que precisava dar um telefonema e disparou para um canto do jardim. Ligou para Michael Levine. Quando o dr. Levine voltou de Bershires, Melora marcou uma consulta de duas horas com ele e explicou que, se ele quisesse continuar a ser seu psiquiatra, teria de estar disponível quando necessário. Anunciou que lhe pagaria 1.500 dólares por cada ligação e que seu objetivo não era abusar do privilégio, mas simplesmente saber que ele estaria acessível. Sujeito a tal acordo, ele manteria seu telefone ligado o tempo todo, e, se este tocasse durante uma de suas sessões, ele teria de pedir licença para atender, encerrando a sessão, caso necessário.

Na primeira vez em que ela lhe fez a proposta, ele pareceu ofendido com a ideia e disse que precisava pensar no assunto. Mas havia telefonado para Melora poucos dias depois para dizer que aceitaria por dois mil. Explicou que era a única maneira de justificar o tempo longe dos outros pacientes. O fato de um budista tentar barganhar com ela a deixou chocada, mas ele era um budista do Upper East Side no final das contas.

Michael levou poucos minutos para retornar a ligação.

— Melora — disse ele. Aquela era a primeira vez que ela usava a linha de emergência e percebeu que ele estava nervoso.

— Estou pensando em sair do Brooklyn — disse ela.

— Não estou entendendo. Você está querendo dizer que vai deixar Stu?

— Ouvi falar de um condomínio no oeste do West Village, e vou tentar dar uma olhada nele antes de ir para a Bulgária. O que você acha?

Ele permaneceu em silêncio.

— Sei que você já não é feliz no Brooklyn há algum tempo.

— Acho que essa pode ser a chave para eu me sentir melhor, Michael. Eu iria me afastar dessas pessoas, do bairro opressivo, da Cooperativa e... dela. — Michael dissera-lhe que devia entregar Karen porque extorsão era um crime federal, mas Melora ficava nervosa demais por causa do gravador. — Não suporto mais isso aqui. Preciso me mandar. Acho que o Brooklyn tem sido a causa de todos os meus problemas.

— Lugares não causam problemas.

— É claro que causam! Eu estava bem no SoHo, quer dizer, relativamente bem. Está tudo correndo tão bem para mim agora. Eu só acho que um novo começo seria bom para mim. — Sua voz estava aumentando de volume, e ela viu Liv olhá-la de relance com ar inquisitivo no outro lado do jardim. —

De qualquer maneira, acho que vou dar uma olhada. Talvez seja a solução para eu voltar a ser quem era antes. Alguém que não tem medo. Acho que preciso de uma mudança de espaço.

– Parece que você está pensando sobre isso com muita clareza.

– Estou – disse ela. – Obrigada, Michael. – Ela desligou. Talvez o telefonema não houvesse valido dois mil dólares, mas lhe permitira ter certeza de que daria uma olhada no apartamento antes de partir para a Bulgária.

Melora balbuciou as palavras "Palazzo Chupi" enquanto voltava para perto de Liv Tyler. Até mesmo o nome parecia extravagante e resplandecente. Como era a expressão: "imóveis têm a ver com destino"? Como alguém poderia viver em um lugar chamado Palazzo Chuppi e não estar destinado a coisas lindas?

DETENÇÃO

Lizzie foi conduzida ao 78º distrito em uma van com uma dezena de outros manifestantes. Começara a considerar-se uma manifestante, ainda que não fosse o caso, por estar tão ressentida por ter sido presa sem motivo. A van não possuía assentos e eles estavam todos no chão. Lizzie estava sentada ao lado de Mona.

– Nós não estávamos bloqueando a entrada – Mona continuava a repetir, chorando.

Lizzie sempre mantivera a sogra a distância, mas sentiu pena dela por ter de suportar uma situação daquelas na idade em que estava. Não sabia o que era pior: o fato de os policiais terem sido rudes com uma mulher de sessenta anos ou terem separado uma mãe de seu filho.

Quando chegaram à delegacia, Lizzie teve vontade de correr para casa. Estava a poucos quarteirões de seu apartamento, mas, mesmo assim, não podia ir embora. Na delegacia, todos foram revistados e receberam um comprovante em troca de seus pertences, tiveram suas digitais colhidas e foram fotografados. Então, foram separados por sexo e colocados em celas.

A cela das mulheres tinha cerca de 2,5m por 2,5m, uma gaiola que parecia ter saído da série de tevê *Barney Miller*. Havia um banco. As mulheres sentaram-se, tristonhas, as mais velhas no banco, Lizzie e algumas das mais novas no chão.

– Eles estão todos juntos nisso – disse uma jovem negra, com dreads curtos. – Bloomberg, a Cooperativa, os policiais.

Lizzie gostaria que Mona não precisasse passar por aquilo, gostaria de poder enfrentar aquilo por ambas. Arrependia-se de não a ter deixado ficar com Mance depois daquela noite.

Se estivesse passando o dia com Mance, talvez Mona não estivesse participando da manifestação para começo de conversa. Mance não pertencia apenas a Lizzie, embora ela o houvesse gerado. Pertencia também ao pai e à avó. Mona não se parecia com Lizzie, porém Mance possuía seu sangue tanto quanto Barack Obama possuía o sangue de sua avó branca. Não haveria mal algum em permitir que Mona ficasse com ele uma ou duas noites por semana. Então Lizzie poderia finalmente sair sozinha, beber vinho em um bar, ver seus amigos de Hampshire, até mesmo ir à academia.

– Eu não tive intenção de ser tão mandona naquela noite em que você foi tomar conta de Mance – disse Lizzie. – Só queria ter certeza de que você sabia o que fazer. – Mona fez que sim com a cabeça, distraída demais para querer ter aquela conversa naquele momento, em uma cela de prisão.

Um policial hispânico gentil, de pele clara, disse a Lizzie que ela poderia usar o telefone público. Lizzie levou Mona consigo.

Depois de ligar para Rebecca, ela tentou falar com Jay. Ele não atendeu ao telefone até a terceira tentativa. Quando ela lhe contou que estava presa, ele ficou em silêncio, e, quando disse que Mona estava junto, ele não acreditou, então Lizzie precisou colocá-la na linha. Mona começou a chorar novamente enquanto conversava com ele em francês.

De volta ao telefone, Lizzie explicou a Jay que Mance estava com sua amiga Rebecca e deu-lhe o número do celular de Rebecca.

– Como isso aconteceu? – perguntou ele.

– Não foi culpa minha. Aconteceu muito rápido e... eu nem estava no grupo. Não houve nenhuma ordem para dispersar.

– Isso é Nova York – disse ele. – Você devia saber.

– Eu só parei porque vi Mona.

– Se eu soubesse que ela estava fazendo isso, iria dizer para ela não fazer.

– Vai ficar tudo bem – disse Lizzie. – Eu estou cuidando dela. E Mance está bem. Mesmo. Ele está em boas mãos. A que horas é o teu show?

Depois de terem passado outra hora na cela, o policial gentil levou pizza. Às nove da noite, elas foram transportadas, algemadas, para o Registro Central do Brooklyn na Schermerhorn.

O RCB fazia o 78º distrito parecer um palácio. A cela feminina tinha sanduíche de geleia e pasta de amendoim espalhado pelo chão e fedia a urina. Uma placa dizia NÃO ESPERE SER LIBERADO ANTES DO AMANHECER. Foi quando Lizzie soube que ia passar a noite ali. Uma prostituta viciada em crack dormia sobre um travesseiro de sanduíches. Uma garota negra, de dezesseis anos no máximo, estava em um telefone público, tendo uma sonora discussão sobre o fato de não estar sequer dirigindo o carro.

Lizzie ajudou Mona a acomodar-se sobre um colchonete, então, se deitou embaixo de um banco e pediu a Deus que Mance nunca tivesse de ver um lugar assim. Ela estava com sede, mas não havia água. As mulheres se agachavam em cima da privada a noite inteira. Ela tentou dormir e, enquanto virava para um lado e para o outro com as costas doloridas, ocorreu-lhe que aquela era a primeira noite que passava longe de Mance desde que ele nascera.

Annika estava dormindo na casa de sua amiga Eva até conseguir emprego com uma nova família. Eva, uma babá sueca que conhecera através da máfia sueca, trabalhava para uma família em Williamsburg proprietária de um bar e possuía seu próprio apartamento de dois quartos no último andar da casa. Eva estava passando o mês de agosto na Europa com eles e havia dito a Annika que podia ficar em seu apartamento até que ela voltasse.

Desde que fora demitida por Melora, Annika não vinha dormindo bem. Jamais deveria ter permitido que aquela idiota da Karen entrasse na casa. Tinha tido um mau pressentimento a respeito dela, mas o ignorara. Sabia que Karen havia roubado alguma coisa do quarto de Melora e que por isso Melora a demitira. Dinheiro, provavelmente. Ficou evidente pelo olhar no rosto de Karen quando Annika a encontrou no alto da escada. Mas ela nunca teria imaginado que Melora repararia em dinheiro faltando. Melora estava sempre desorientada, por causa do Valium ou o que quer que fossem aqueles comprimidos. Não conseguia ficar de olho em nada. Annika não entendia como alguém podia tomar aqueles comprimidos. Na Suécia, esperava-se que as pessoas lidassem com seus problemas sem drogas. Annika não entendia por que os americanos, que supostamente eram autossuficientes, tinham tantas muletas. Parecia que, quanto mais rica a pessoa, mais fraca se tornava.

Annika estava só. Sentia falta de Martin. Embora viesse se consumindo havia meses, ainda não reunira coragem de entrar em contato com ele. Parecia errado. Sua mulher estava esperando um bebê, e ela não devia se meter com um homem cuja mulher estava grávida.

Mas, naquela noite, temia não dormir. Queria conversar com ele. Preocupava-a o fato de não conseguir arranjar outro emprego de babá, ainda que Stuart houvesse telefonado para lhe dizer que redigiria todas as cartas de referência que ela quisesse.

Annika bebeu um pouco da vodca que encontrou na geladeira de Eva. Ligou para o celular de Martin. Ouviu um som alto quando ele atendeu e soube que ele estava... na boate dominicana em Washington Heights para onde a levara certa vez. A princípio sua voz soou distante, mas então ela disse que queria beijá-lo e, antes que percebesse, ele anunciou que iria se encontrar com ela.

Ela sentia falta do corpo dele sobre o seu, sentia falta de seu enorme pau negro. Sempre que eles faziam amor, Annika tinha a sensação de estar em um filme pornô, de tanto que Martin distinguia-se dos Svens chatos que costumava namorar em Täby.

Enquanto aguardava a chegada de Martin, Annika colocou Vipe Out para tocar. Adorava rock independente, mas, quando morava na mansão, só podia ouvir música com fones de ouvido, pois Melora era muito sensível aos ruídos. Havia coisas boas no fato de estar desempregada. Talvez conseguisse emprego como personal trainer em uma academia de ginástica. Era muito difícil ser babá, embora o quarto e as refeições fossem um benefício incrível.

Annika aumentou o volume da música e fez um pouco de aquecimento, perguntando-se quanto tempo Martin levaria para chegar até lá. Washington Hights ficava distante, e ele pegaria o trem, pois não tinha dinheiro para táxis. Ela tomou uma chuveirada e vestiu jeans escuro apertado e camiseta branca. Annika possuía seios pequenos e corpo de um menino de 12 anos, mas Martin não parecia se importar.

Gostava de transar com ela por trás. Quando ela lhe contara que sexo anal era a última palavra na Suécia, ele ficara completamente excitado. As garotas não queriam perder a virgindade, por isso praticavam sexo anal antes do vaginal. Ele comentara que a Suécia parecia ser um país fabricado para ele.

Quando Martin chegou, ela sentiu cheiro de álcool em seu hálito. Johnnie Walker Black Label era sua bebida preferida. Ele parecia melhor do que Annika lembrava; era baixo, media apenas 1,57m, mas musculoso. Annika adorava vê-lo lutar. Martin era forte e ágil, e, no ringue, seu rosto ficava completamente diferente: duro e rígido.

Ela percorreu os braços dele com as mãos.
— Senti saudades — disse.

Ele abriu um sorriso e perguntou se havia alguma coisa para beber. Annika ofereceu-lhe um pouco de vodca. Serviu a dele pura, a sua com gelo, e eles beberam juntos, sentados no sofá. Conversaram um pouco a respeito da academia e dos clientes dele, e ela disse que estava praticando com um novo treinador na Kingsway. Contou o que havia acontecido com Melora e ele disse que sentia muito, que ela arranjaria outro emprego. O relacionamento dos dois nunca tivera a ver com conversas. Às vezes, era bom ter uma barreira linguística.

Ele abriu seu sorriso branco reluzente, envolveu-a com o braço, então a virou de bruços no sofá e montou por cima dela. Annika pediu-lhe que entrasse dentro dela. Antes da separação, eles às vezes mantinham relações normais, e era o que ela desejava naquele momento, mas imaginou que ele sentiria muita culpa em relação à mulher para fazer aquilo daquela forma.

Eles iam chegar lá de novo. Estava na hora.

Depois, os dois ficaram assistindo à tevê e pediram comida mexicana. Era tão bom não conversar, ficar com alguém daquele jeito fácil. Quando se despediu dele, Annika soube que eles estavam juntos novamente e ficou feliz.

LISÍSTRATA

Com Mance dormindo profundamente no berço de Abbie e Abbie ao lado de Theo na cama de casal, Rebecca entrou no banheiro para tomar uma chuveirada. Perdeu alguns minutos com a lâmina de barbear e deu-se um banho de prostituta. Mas não queria perder muito tempo no banheiro, ou Theo iria desconfiar de alguma coisa e ficar constrangido.

Rebecca se enxugou com a toalha, foi para o quarto e vestiu blusa branca transparente com decote em V e uma calcinha cinza e branca de seda de duzentos dólares que havia comprado havia anos na La Petite Coquette. Desejava parecer acessível, mas não muito acessível, e Theo sempre gostara de calcinhas *boyshorts*, altas, que cobriam tudo e o lembravam dos antigos catálogos da Sears.

Ela se deitou na cama ao lado dele e pegou o livro a respeito de cuidados com pais idosos que estava lendo como pesquisa para um artigo da *Elle* sobre a geração sanduíche. As palavras flutuavam a sua frente. Theo estava digitando em seu computador, usando óculos de leitura. Com seus óculos Buddy Holly, ele ficava tão bonito... Se não houvesse ficado tão zangada com ele no último ano e meio, Rebecca se consideraria uma mulher de sorte por ser casada com um cara tão atraente.

Ela colocou a mão sobre a barriga por baixo das cobertas. Já estava começando a crescer, o bebê marcando presença cedo, como se desejasse assegurar a própria sobrevivência. Rebecca logo estaria mostrando a gravidez. Já havia escutado isso: como as mulheres mostravam a gravidez mais cedo no segundo bebê porque seus músculos estavam distendidos do primeiro. Não tinha muito tempo para fazer aquilo. Calculava que a concepção ocorrera havia três semanas e um dia. Já era ambicioso achar que conseguiria empurrar o bebê para ele. Se esperasse mais, seria muito tarde; ela logo pareceria estar de muito tempo, e ele descobriria. Teria de resolver o que dizer ao médico.

Rebecca virou-se para observar Abbie dormindo. Ela era linda, com as mãozinhas dobradas sob o queixo, o queixo inclinado para o alto como se estivesse rezando. As crianças pareciam tão vulneráveis quando dormiam, ao passo que os adultos ficavam feios e desgrenhados.

— Ela não é incrível? — perguntou Theo, acariciando a cabeça de Abbie.

— Não consigo acreditar que ela vá fazer dois logo, logo. Nossa filha vai fazer dois anos!

— Eu queria que ela ficasse assim para sempre — disse ele. — Qualquer dia, ela vai sentir vergonha de ser vista comigo.

— Nós vamos ficar loucos se pensarmos nisso agora. — Rebecca aninhou-se a Abbie, nariz contra nariz.

— Você realizou um ótimo trabalho quando fez nossa filha — disse Theo.

— Você ajudou.

— É, mas ela se formou dentro de você. E você fez tudo certo.

Ele raramente era tão afetuoso com ela. Estava agindo assim porque a vira olhar para Abbie com amor.

Rebecca tentou lembrar a última vez que havia sido carinhosa com o marido. Sempre achava que isso ocorrera poucos meses depois do nascimento de Abbie, antes de ele começar a rejeitá-la. Mas recordava-se do ciúme e da raiva que sentira depois que ele deu em Abbie seu primeiro banho, e o bebê não podia ter mais de uma semana e meia na ocasião. Talvez Rebecca houvesse se tornado cruel antes que ele houvesse parado de tocá-la, cruel por saber que estava sendo substituída. Era muito difícil voltar à época anterior àquele padrão de comportamento.

Rebecca entendeu o que vinha fazendo de errado esse tempo todo: vinha tentando passar pela porta da frente, quando o que ele desejava era que ela o abordasse pelas laterais. Ele precisava ser abordado pela porta que indicava Pai, pois a que indicava Marido estava trancada.

– Ah, meu Deus – disse ela. – Eu era tão neurótica quando estava grávida. Não tomava Tylenol, não comia sushi... Qual era a história do queijo? Se comesse queijo cremoso, você podia pegar Lisístrata?

– Listeriose – disse ele, rindo, embora ela soubesse que era listeriose e houvesse dito "Lisístrata" para lhe roubar uma risada.

– Me desculpe por vir sendo um megera – disse ela. – Às vezes me sinto tão devastada por tomar conta dela que descarrego em você. Você trabalha tanto... Sinto muito por ficar zangada quando você não quer sair comigo à noite.

O rosto dele suavizou.

– Eu adoro sair à noite com você, mas às vezes fico cansado. Não quero que sair à noite se transforme em outra obrigação, sabe? Às vezes parece mais fácil...

– ... Ficar aqui.

Abbie se agitou no sono, e Theo acariciou-lhe o rosto, acalmando-a. Ele sempre sabia aquietá-la. Rebecca não. Ela aproximou-se lentamente da filha e pôs a mão em seu corpo, por cima do braço de Theo, tentando fazer com que aquilo parecesse mais um tapinha de vá dormir do que um convite. Ele entrelaçou o braço no dela. Ela deslocou-se para cima na cama, de forma que o braço dele encostasse em seu traseiro.

– Eu gosto disso – disse ele, passando a mão pela calcinha macia. Se aquilo funcionasse, ela teria de escrever uma carta ao proprietário da butique, como um infocomercial: "Meu marido não tinha relações comigo há dezessete meses, mas depois que vesti sua calcinha *boyshorts*..."

– Encontrei no fundo da gaveta – disse ela. – É o que acontece quando você não consegue um minuto para dar uma limpa nas roupas.

Eles haviam começado a fazer amor na noite em que ela havia ido à Southpaw e Abbie os interrompera. Ele a quisera então. Mas fora somente por ter sentido o interesse de Stuart? Fora por desconfiar que ela poderia se afastar? Os homens eram mais intuitivos do que as mulheres acreditavam. Agora que não havia Stuart, ele se interessaria? *Ah, meu Deus. Ah, meu Deus. Por favor, por favor, por favor, faça isso dar certo.*

Ela fechou os olhos e ele afastou a mão de seu traseiro. Ela ouviu um alvoroço, um deslocamento. Ele estava se virando de costas, indo dormir.

Rebecca massageou-lhe o ombro.

— Isso é bom — disse ele. Ele estava vestindo camiseta branca, e ela tentou alcançar-lhe a carne pelo decote. Era difícil obter um bom ângulo com Abbie entre os dois, então ela passou por cima da filha, girou sobre o estômago e montou em suas costas.

— O que eu fiz para merecer isso? — perguntou ele.

Rebecca colocou toda a sua energia na massagem — como se sua vida dependesse daquilo, o que era o caso — e conseguiu demonstrar um grau de atenção que ele sempre se queixava de ela nunca ter. Theo estava gemendo de prazer, mas foi só depois de estar fazendo aquilo por uns bons quinze minutos que ela se permitiu deitar sobre ele e roçar os seios em suas costas. Ele girou e olhou para ela, colocou as mãos nos ombros dela. Estava duro, mas apenas a meia-bomba.

Merda, merda, merda. Ele sabia que havia alguma coisa errada. Ela teria de falar francamente com ele. Se não conseguisse explicar por que estava interessada, ele não confiaria no interesse dela. Em muitos sentidos, o relacionamento dos dois desde o nascimento de Abbie se invertera; ele desejava que ela o tocasse mais, ao passo que ela desejava que ele transasse com ela. Nunca ocorrera a Rebecca que talvez houvesse uma linha direta entre tocá-lo e dormir com ele. Ficara tão irritada por ele ter evitado o sexo que nunca se sentia amorosa o bastante para tocá-lo com carinho.

— Abbie precisa de um irmão — disse ela, e beijou-o.

O corpo dele se enrijeceu, mas ela suspeitava de que, por baixo daquilo, havia excitação. Ela estava sentada em cima dele, ainda de calcinha; Theo vestia cuecas *boxer-brief* da Calvin Klein.

— Acho que eu nunca vou conseguir amar alguém tanto quanto amo Abbie — disse ele.

— Todo mundo pensa isso do primeiro filho.

— Mas eu estou falando sério.

— Mesmo que esteja — disse ela —, você não quer que ela tenha alguém que esteja sempre presente depois que nós nos formos?

Ele pareceu desconfiado de sua mudança de opinião; no passado, quando haviam discutido o assunto, ela havia feito comentários sombrios sobre as pessoas precisarem ter relações para fazer um bebê, ou havia dito que mal dava conta de um.

— Pensei que você só quisesse um — disse ele.

— Ela precisa de companhia para brincar. – *Por favor, por favor, por favor, ame sua filha tanto quanto acho que você ama.* – E, quando nós estivermos velhos, não quero que ela fique sozinha. Não é justo com ela.

— Dois filhos são mais difíceis que um. E Abbie é tão incrível. E se o segundo for um terror? Um menino?

— Ele vai ter Abbie para colocá-lo na linha. – Seu coração estava batendo tão forte que Rebecca temia que Theo ouvisse e descobrisse, percebesse que as apostas eram altas. – Você não consegue imaginar o quanto ela vai ser protetora? Ela adora as bonecas dela.

— Uma boneca não é um bebê – disse ele, rindo.

Theo amava Abbie demais para criar espaço para outro filho. Aquilo não daria certo. Ela precisaria interromper a gravidez ou terminar o casamento.

— Eu sei, mas você devia ver sua filha no parquinho. Ela é tão carinhosa com os bebês mais novos... – Rebecca estava movendo os quadris de encontro aos dele. – Gosta de empurrar as crianças no balanço. E, quando vê um bebê, gosta fazer carinho na cabeça dele. É fofo. Você não quer que ela tenha companhia?

Ela inclinou-se para beijá-lo novamente. Com outro homem, aquele tipo de conversa seria um corta-tesão; com Theo, era um afrodisíaco. Nele, a linha entre pênis e coração era direta, mas ela se sentira muito desprezada para enxergar.

— Eu te amo – disse ela. – Te amo por ser bom pai. Por se importar tanto com Abbie e cuidar tão bem de nós. – Ela baixou as cuecas dele e chupou-o por alguns minutos. Palavras eram uma coisa, mas um pouco de reforço não fazia mal a ninguém. E então ela estava tirando a calcinha de que ele gostava e subindo em cima dele, com Abbie beatificamente alheia. Rebecca rezou para que ela não abrisse os olhos e os interrompesse novamente. Se fosse um pouco mais previdente, teria dado a Abbie um pouco de Benadryl. Ela percebeu com horror que Mance, no quarto de Abbie, poderia acordar a qualquer momento. Com duas crianças, as chances de alguém estragar as coisas dobravam.

Mas o quarto de Abbie estava silencioso. Theo virou Rebecca com um movimento brusco e agarrou-a em estilo papai e mamãe. Ela murmurou em seu ouvido:

– Eu te amo. – Ele sempre gostava quando ela dizia isso durante o sexo. E Rebecca de fato o amava – por não saber o que ela havia feito, por querer dar-lhe um bebê, por ter coragem bastante para fazer amor com ela depois de todo aquele tempo.

E, embora tenha demorado mais do que ela lembrava antes que tudo saísse dos trilhos, pouco depois (vinte minutos? Vinte e cinco?), ele estremeceu e desabou sobre ela com um grunhido alto.

– Deixei um monte deles aí dentro – disse ele.

– Eu sei que deixou – sussurrou ela. Ele estava pensando em sua contagem de esperma. Pensando na bela rajada que liberara.

Ele saiu de cima dela, e eles permaneceram ali, deitados de costas e ofegantes.

– No que você está pensando? – perguntou ele, segurando-lhe o pulso.

– Na noite em que Abbie nasceu.

– Que parte?

– Você não foi me ver. Eu fiquei lá muito tempo, e estava tão frio, e você não foi dizer um "oi" nem ver como eu estava.

– Eles não deixaram – explicou Theo.

– O que você está dizendo? Pensei que você tivesse ficado com ela para ter certeza de que ela não fosse trocada.

– Eu fiquei por um tempo, mas então pedi para ver você e disseram que lá você não podia receber visitas. Era o regulamento do hospital. Eu te contei isso.

– Não, não contou. – Teria ele contado e ela optara por esquecer? Ele não a havia abandonado. Permanecera lá o tempo inteiro, mas havia aquelas novas regras, e ela mesma não tinha conhecimento de todas.

Rebecca virou as pernas para a parede por sobre a cabeceira da cama, como havia feito quando eles estavam tentando fazer Abbie. Enquanto permanecia ali deitada, de pernas cruzadas sobre a barriga, por um segundo quase se sentiu engravidar. ✍

TOLERÂNCIA

– Você é uma rainha de gelo, Rosie – Viggo estava dizendo a Melora, interpretando seu personagem. Eles estavam em produção havia um mês, mas Adam deixara para a última semana a cena em que Rex, personagem de Viggo, abandonava Rosie após vinte anos de casamento.

Melora e Viggo estavam sob os holofotes em um cenário à prova de som nos arredores de Sófia. Ela estava usando um vestido leve de verão com um elaborado espartilho por baixo, esfregando a bancada da cozinha enquanto ele lhe dizia que estava partindo. Aquela era a sexta tomada, e Melora queria que desse certo. Depois das cinco primeiras, Adam a instruíra, e todas as vezes ela achara que havia se saído bem, mas quando ele gritava "Corta", franzia a testa, lambia os beiços e entrava no *set*.

Melora deveria esfregar a torneira cromada enquanto Viggo terminava o casamento, e Adam queria lágrimas. Ela fora capaz de chorar, mas, depois da última tomada, Adam havia dito que a cena ficara muito expressiva, com muita cara de novela, e que desejava alguma coisa mais íntima. Era nisso que ela estava se concentrando agora: em ser intimista. O que quer que isso significasse.

– É por causa de Annie? – ela perguntou a Viggo, referindo-se à secretária dele.

Viggo embrenhou-se em uma longa fala, negando que estivesse tendo um caso. Era nesse instante em que Melora deveria começar a chorar. Ela fez alguns exercícios de memória sensorial a respeito de uma briga séria que tivera com Fisher Stevens no Odeon certa vez. Tentou lembrar o cheiro do restaurante, na esperança de que isso despertasse alguma emoção, mas o cheiro lhe escapava e, embora as lágrimas fluíssem, ela sabia que Adam diria que o desempenho fora excessivo.

— Corta — disse Adam, retirando os fones de ouvido. Ela ergueu os olhos. Viggo suspirou e saiu do *set* para acender um cigarro.

Adam colocou o braço em torno de Melora e conduziu-a para o calor ofuscante lá fora.

— Foi o negócio de enxugar as lágrimas? — perguntou ela, desesperada. — Porque eu não preciso fazer isso.

— Não foi o negócio de enxugar as lágrimas. Mantenha isso.

Ele conduziu-a para fora do prédio rumo a um beco, enquanto o segundo assistente de direção, Kelly, um gay que lembrava o comediante Carrot Top, murmurava alguma coisa em seu fone de ouvido. Kelly parecia frustrado. Melora não sabia por que se importava com a frustração da porra do segundo AD, mas se importava. Ela estava atrasando todo mundo. Detestava se sentir assim. Desde os dez anos de idade, havia construído sua autoestima por ser boa em captar instruções, por trabalhar bem e rápido.

Queria que Adam lhe fornecesse uma linha de interpretação para poder acertar. Havia apenas mais oito dias de filmagem e, tirando aquela, as cenas eram todas fáceis: pequenos acréscimos para cenas já filmadas e alguns *closes* que faltavam do clube campestre.

Ele a conduziu para a lateral dos cenários, onde ambos se sentaram em um peitoril sob o sol escaldante. Adam olhou para ela.

— Você está lembrada do Sant Ambroeus? — perguntou.

— Estou. — Melora não gostou que ele trouxesse à baila a reunião. Não gostava de pensar naquela época, parecia distante da pessoa em que havia se tornado.

— É quem eu quero que você seja aqui. Aquela mulher. Nessa tomada, vi o que estava faltando. Você precisa ser a pessoa de status mais elevado na cena, apesar das lágrimas. Você está parecendo a vítima. Não suporto isso. É Hollywood demais. Sei que o que estou te pedindo para fazer é difícil. Patty Clarkson fez uma cena igual a essa em *The Undescended*, quando recebe a ligação da casa de repouso informando que a mãe dela está morta. As tuas lágrimas deviam ser lágrimas de libertação. Ele está te abandonando, mas finalmente está te dando a chance de construir uma vida para você mesma, longe dele. Quero te ver sentindo duas coisas: percebendo que pode ser livre, ao mesmo tempo que sente a dor por ele estar te rejeitando primeiro. Isso faz sentido?

— Mais ou menos. — Os diretores eram impossíveis... Quanto mais Nova York, mais difíceis de decifrar. O lado positivo de se trabalhar com um gênio como Adam Epstein era que ele carregava a pessoa nos ombros até o Oscar. A desvantagem era que obrigá-lo a ser coerente era como arrancar dentes.

— Eu não te escalei por ser alta, Melora — disse ele. — Eu te escalei por causa da tua força. Você pensa que é fraca, mas é mais forte que qualquer um nesse *set*. Você era quando criança e continua a ser. Você é a garota que eu vi em *Jeannie Doesn't Live Here Anymore*. Preciso ver essa garota na tela. Eu não queria dizer isso mais cedo nas filmagens porque achei que ia te deixar muito nervosa, sabe, te trazer má sorte e te fazer estragar totalmente o resto do filme. — Aquilo era reconfortante. — Mas nós precisamos dessa cena. Você tem de se fortalecer. Quero que você seja tão forte quanto foi comigo naquele dia no Sant Ambroeus.

Que jeito de pressionar uma garota... Ela teria preferido que ele a deixasse pensar que a havia escolhido por ser alta.

Se ao menos houvesse levado um instrutor de atuação... Depois que Adam a escalara, Melora havia telefonado para Harold Guskin para tentar levá-lo com ela para Sófia, mas ele passaria seis meses em Dublin, ajudando Rachel McAdams com o novo Sam Mendes.

Melora avistou Viggo mais adiante, fumando e conversando com Kelly, o segundo AD. Podia sentir a impaciência de seu coadjuvante. Melora odiava ser a Atriz Difícil no *set*; não estava acostumada a isso. Queria acertar. Precisava acertar. Aquela era a cena mais importante, o momento do Oscar, e, se não conseguisse fazê-la, arrasaria o filme.

Até aquele momento, tudo estava se encaixando perfeitamente: Stuart e Orion estavam com ela no hotel, e Orion estava se saindo bem na escola internacional; eles haviam levado a nova babá, Suzette, que era maravilhosa com Orion; e, duas semanas antes, Richard Gere havia aceitado sua oferta de 12 milhões no Palazzo Chupi. Agora tudo que precisavam fazer era vender a mansão. Stuart disse que preferia continuar no Brooklyn, mas, se ela realmente desejava morar em Manhattan, ele iria entender. Havia adorado o apartamento no Palazzo Chupi, dizendo que uma vista do rio era exatamente do que precisava a fim de escrever bem e, quando ela lhe perguntou se contribuiria com dinheiro na compra, ele concordou em dar 1 milhão, desde que seu nome aparecesse na escritura. Agora tudo que precisavam fazer era vender a mansão.

Embora Kate Hudson houvesse dado uma entrevista à *People* na qual chamara Melora de "doida varrida", não havia prestado queixa por tentativa de agressão, o que acabou sendo bom, pois Melora assinara o contrato para o papel de Lucy em *Atlantic Yards* e não queria que nada o prejudicasse.

Adam havia adorado o roteiro de Stuart (que Stuart reescrevera em uma semana enlouquecedora na Biblioteca Pública do Brooklyn), assinara como coprodutor executivo e integrara Scott Rudin ao projeto. Eles haviam contratado Kal Penn, dos filmes *Harold & Kumar*, para o papel de terrorista funcionário da loja de *muffins* e, como resultado, Stuart conseguira outros 5 milhões de financiamento de um guzerate da indústria tecnológica. O início da produção estava agendado para março.

Dois mil e nove seria um ótimo ano. Ela podia sentir. *Yellow Rosie* iria lhe render o terceiro Oscar e, se isso não ocorresse, *Atlantic Yards* certamente o faria. Depois da conquista do Oscar, ela atuaria mais alguns anos em longas-metragens de alto nível, depois encontraria alguma comédia sombria para um canal de tevê a cabo, talvez para o Showtime ou o AMC. Se Glenn, Julianna e Kyra faziam isso, por que não ela? Poderia insistir na produção, que, em todo caso, era onde estava o dinheiro de verdade, e talvez propor uma linha de roupas e outro perfume. Mas, para que tudo isso acontecesse, precisava acertar a cena de Rosie.

— Você está entendendo o que eu estou dizendo? – perguntou Adam, tomando-lhe as mãos e encarando-a tão de perto que quase parecia prestes a beijá-la. – Porque você precisa me dizer caso não esteja.

— Estou entendendo perfeitamente – disse ela. – Força. Você me daria uns minutos no meu *trailer*?

— Nós já estamos para lá de atrasados – disse ele.

— Dez minutos. Prometo. Só me dê dez minutos. – Ele assentiu com um movimento de cabeça.

Melora desceu a rua correndo, passou por Viggo e Kelly e entrou em seu *trailer*.

O dr. Levine levou quase cinco minutos para retornar a chamada. Ela estava furiosa.

— Por que você demorou tanto? — perguntou.

— Alec Baldwin — disse ele. Baldwin saíra do consultório de Levine certa vez quando Melora estava esperando, e ela e Levine tiveram uma longa conversa sobre o que aquele encontro provocara nela. Levine não acreditava muito em preservar a privacidade de seus pacientes; era uma coisa meio budista, segundo a qual também eles deviam fazer parte da grande comunidade.

— Ah, Michael — disse ela ao telefone. — Não está dando certo! — Ela desatou a chorar, contando-lhe o quanto Adam estava sendo obscuro. — Acho que ele vai me demitir.

— Bem, isso não vai acontecer.

— Como você sabe?

— Eu simplesmente sei. — Por vezes, ele era presunçoso, parecia mais um vidente que um psiquiatra. Se aqueles telefonemas não começassem a surtir efeito, Melora teria de contratar um *life coach*. Eles custavam a mesma quantia e não falavam como biscoitos da sorte.

— Não tenho certeza disso, Michael! Esse é um momento importante do filme, e ele está parecendo realmente preocupado por eu não estar conseguindo. Acho que ele vai me demitir e contratar Kate Hudson. Ou Maggie Gyllenhaal. Acho que não vou conseguir fazer a cena. Acho que não vou conseguir dar a ele o que ele quer. Não sou boa o bastante.

O dr. Levine ficou em silêncio por longo tempo, então declarou:

— Você consegue tolerar a frustração.

— O quê?

Mais uma vez, ele parecia inescrutável como mestre Yoda.

— Você consegue tolerar a frustração.

— Não estou entendendo.

— Está sim.

Levine era pior que Adam Epstein. Os dois podiam fundar um clube de judeus inescrutáveis.

— Sinto muito, Michael, eu simplesmente não estou entendendo.

— A frustração não vai te engolir. Não é maior que você. Está tudo bem se você ficar frustrada.

— Eu sei que está tudo bem. Eu *estou* frustrada! O que eu não sei é como representar a cena!

— Se você conseguir tolerar a frustração, vai conseguir fazer a cena. — O cara podia escrever para Kevin Costner. — Pense um pouco sobre isso.

Houve uma batida na porta.

— Só um minuto!

Melora desligou e se sentou na beirada da cama. Olhou para a parede, para as fotografias em preto e branco emolduradas que Stuart havia batido de Orion na praça Slaveykov, e tentou decifrar as palavras de Levine.

Tolerar. Ela se lembrou de uma piada de Jerry Seinfeld a respeito de pessoas com intolerância à lactose: "Eu simplesmente não tolero isso." O que significava tolerar alguma coisa? Não era o mesmo que colocá-la em um pedestal nem superá-la. Tolerar alguma coisa significava aceitar a situação, enfrentá-la. O que Levine estava tentando lhe dizer era que nada com que ela tivesse que lidar era maior que ela: a cena difícil, a incapacidade de Adam de comunicar-se com clareza, o desafio de representar.

Frustração. Melora havia dito a Michael que temia falhar, e, em vez de dizer que ela podia tolerar o medo ou o estresse, ele havia dito frustração, o que parecia colocar a culpa em Adam e não nela. Levine estava certo. Era frustrante Adam não conseguir articular o que desejava, não estar satisfeito com o que ela havia feito e continuar obrigando-a a fazer mais tomadas. Fora ainda mais frustrante ele ter tido uma conversa particular com ela na frente de todo mundo e o fato de Viggo a estar culpando pelo longo dia; era frustrante ainda o fato de estar faminta, de não poder fazer uma pausa para almoçar até que alguém lhe desse permissão.

Melora Leigh não estava frustrando Adam Epstein; Adam Epstein a estava frustrando. Na próxima tomada, ela pensaria em Adam e em sua total incapacidade de se comunicar.

Você consegue tolerar a frustração. Melora saiu do *trailer* e enfrentou o sol de verão. Viggo ergueu os olhos.

— Está tudo bem?

Você consegue tolerar a frustração. Ela assentiu com um movimento de cabeça. Ele havia ficado metido depois de *O Senhor dos Anéis*, e aquela história de homem renascentista, com sua editora, sua carreira de pintor e sua poesia, a exasperava. Era irritante. Por que ele não podia se satisfazer com a atuação? Havia ficado com a parte mais fácil no filme, pois seu personagem era um realce para o dela. Mas estava tudo bem. Ela não precisava adorá-lo. Precisava apenas fazer a cena com ele. *Você consegue tolerar a frustração.* Ela conseguia pensar em muitos outros atores com quem teria preferido contracenar como seu marido namorador, mas Viggo daria para o gasto. Era bom o bastante.

No cenário à prova de som, Adam conversava imperativamente com Scott Rudin, que parecia ter acabado de chegar; Melora não havia reparado nele mais cedo naquele dia. Scott cumprimentou-a com um beijo em ambas as faces, mas seus olhos mostravam preocupação. Ela percebeu que eles tinham conversado a seu respeito. Era um horror que, de todos aqueles dias, Rudin estivesse no *set*!

Ela se controlou, ouvindo a voz do dr. Levine mentalmente. *Você consegue tolerar a frustração.*

– Como você está? – Sua voz soou afetuosa, mas arrogante.

– Estou pronta – disse ela.

A maquiadora entrou para enxugar o suor na testa de Melora. Depois da sétima tomada, não haveria a oitava.

PROSTAGLANDINAS

– Vocês querem fazer alguma pergunta? – Theo dirigiu-se ao casal enquanto Rebecca se questionava quando a reunião iria terminar. Estavam na última semana de setembro. A reunião do comitê acontecia na sala de estar de Theo e Rebecca, e Karen e Matty haviam acabado de dizer a todos o quanto estavam entusiasmados para levar o lixo para fora duas vezes por mês como parte das obrigações dos condôminos. Era a entrevista ridícula habitual, na qual o casal se vestia com elegância e tentava parecer agradável e o comitê fazia perguntas difíceis, como: "Vocês querem nos fazer alguma pergunta?"

O secretário, Peter Boland, um sujeito baixo, pai de duas crianças, que projetava abaixadores de língua, tomou notas para a ata. O tesoureiro, Chris James, do Apartamento Quatro, pegou outro biscoito graham de chocolate da tigela que Rebecca havia colocado sobre a mesinha de centro. Chris não estava muito interessado no futuro do condomínio, pois já estava em fase de contrato em seu apartamento – havia conseguido 725 mil de um casal jovem com um fundo consignado – e ele, Jason e Fred estavam de mudança para Kensington. Tina e Steve, que tinham autorização para comparecer à reunião, segundo as regras da casa, sorriam ansiosos e, de tempos em tempos, olhavam para o rosto dos outros membros do comitê para ver como estavam aceitando Karen e Matty.

Rebecca não gostava de Karen mais do que gostara no dia em que ela tocara seu interfone, havia alguma coisa controladora e estranha na mulher. Mas estava cansada demais para criar problemas.

Ultimamente andava cansada demais para se estressar com o que quer que fosse, especialmente uma reunião do comitê do condomínio. Entre a exaustão e o enjoo matinal, que não dera sinais de diminuir nas últimas sete semanas, estava tendo problemas para cuidar de Abbie, mesmo com a ajuda de Sonam, e todas as noites se sentia como se houvesse sido atropelada por um caminhão.

Theo ficou surpreso por Rebecca ter engravidado tão rápido, mas também contente por ter sido fácil. Na semana anterior, Theo acompanhara Rebecca a sua primeira consulta com a nova obstetra, uma francesa do Soho, e ela vira o coração do bebê no ultrassom. Fora uma sensação terrível a de mentir ali e perceber que aquela coisa crescendo dentro dela era real, enquanto Theo a acariciava de forma protetora.

Quando a médica perguntou a data de sua última menstruação, ela estava preparada e a alterou um pouco, dizendo "24 de julho" com a mesma expressão séria que exibia ao entrar nas lojas de conveniência para comprar bebida alcoólica quando adolescente. Preocupava-a o fato de que mais tarde, quando o bebê estivesse maior, as medições não estivessem de acordo com a data, mas imaginava que um bebê grande geraria menos alarme que um pequeno. E provavelmente havia um quadro de avisos em algum lugar para mulheres que haviam feito a mesma coisa, com conselhos que Rebecca poderia aproveitar.

Theo havia ficado tão entusiasmado quando Rebecca lhe contou que estava grávida, que sugeriu que contassem à mãe e ao padrasto dele, mas aquilo a deixou muito perturbada. Ela disse que queria esperar os três primeiros meses passarem.

– Só não quero que eles se emocionem caso, você sabe, se alguma coisa...

– É tão lindo te ver entusiasmada com esse bebê – ele havia dito. E então acrescentou que talvez eles devessem ter três.

– Não estou conseguindo pensar em nenhuma pergunta – disse Matty na reunião. Ele perguntou a Karen: – Você tem alguma pergunta? – E abraçou-a com ar protetor.

– Não, acho que estou satisfeita. – Então ela deu uma risadinha e declarou: – Li num livro sobre imóveis que, quando o comitê indaga se você tem alguma pergunta, você deve dizer que não. – Ela riu de novo. Seu marido pareceu nervoso.

— Então acho que é isso aí – disse Theo. – Nós conversamos a respeito da autogestão e da rotatividade das tarefas. Não sei se vocês tiveram oportunidade de dar uma olhada nas atas, mas acabamos de reformar a fachada e as finanças do prédio estão realmente bem. Com certeza, estão melhores que as do Lehman. – O mercado de ações andara uma loucura recentemente, com Lehman declarando falência e o governo salvando o AIG. Duas semanas antes, o mercado caíra quase oitocentos pontos em um dia, depois que a Câmara rejeitara o projeto de resgate. Theo tentara explicar a situação a Rebecca, mas ela ainda não a entendia completamente. Ela assistia ao *Rachel Maddow Show* todas as noites em meio ao atordoamento da náusea e da exaustão.

— Ah, eu tenho mais uma coisa – anunciou Peter Boland. Boland possuía barba em estilo Abe Lincoln, que se tornava cada vez mais difundida entre os pais de Park Slope. – Estou vendo que uma das cartas de referência de vocês é de Melora Leigh. Como vocês conhecem Melora?

A boca de Rebecca ficou seca. Quando recebera a carta de referência no pacote de solicitação, também ela se perguntara como Melora Leigh viera a fazer amizade com uma simplória acima do peso. Detestava a ideia de que alguém próximo a Stuart estivesse prestes a se mudar para o apartamento abaixo do seu. Chegara mesmo a ter uma visão angustiante de Melora dizendo a Karen que sabia tudo a respeito do romance de Stuart.

Rebecca pensava em Stuart o tempo inteiro e em como ele dissera na biblioteca que talvez estivesse em posição diferente algum dia. Talvez ele houvesse fechado negócio com seu filme e não necessitasse mais de Melora. Ele telefonaria para Rebecca, e ela poderia deixar Theo e ficar para sempre com ele, Abbie e o novo bebê.

Uma vez seu telefone tocara tarde da noite, e ela correra para a sala para atender, mas havia sido engano, uma mulher com sotaque espanhol perguntando por Luís. Rebecca desligara, arrasada.

No último mês e meio, ela nutrira esperanças de esbarrar em Stuart no bairro. Mas as venezianas da mansão estavam fechadas e as janelas, cobertas de poeira, e não parecia haver ninguém por lá. O jardim da frente, com seus lírios, continuava bem conservado, mas isso nada queria dizer; eles contratavam gente para esses serviços. Rebecca chegara até mesmo a digitar o nome dele no IMDb e descobrira que ele fora escalado para um filme de

Christopher Nolan, mas tudo que havia escrito no cronograma das filmagens era "pré-produção".

Ela tampouco via Orion ou Melora, ou mesmo a babá. Talvez Melora e Stuart houvessem se separado. Ela perguntou a si mesma se a tal Karen saberia o que havia acontecido.

– Nós nos conhecemos no parquinho – respondeu Karen. – Nossos filhos são amigos.

Rebecca não acreditou naquilo, mas nada disse.

– Como ela é? – perguntou Peter.

– Ah, ela é o mais normal possível. Exatamente como você e eu.

– Eu adorei Melora como Princesa Xaviera – disse Peter.

– Não vou me esquecer de dizer a ela – assegurou Karen.

Todos se apertaram as mãos e fizeram brincadeiras educadas e desajeitadas. Rebecca conduziu o casal até a porta. Matty estava fazendo uma brincadeira com Theo em alto e bom som, e Rebecca viu-se ao lado de Karen. Karen baixou a voz e disse:

– Eu não queria perguntar na frente de todo mundo, mas você está esperando?

Como ela poderia saber? Era estranho. Rebecca mal aparentava estar grávida e estava usando uma blusa tão larga que nenhuma pessoa normal conseguiria perceber. Que espécie de bicho raro faria tal pergunta a uma estranha? E se estivesse errada?

– Hmm, eu estou realmente no começo – disse Rebecca. – Então...

– Eu achei que sim – disse Karen.

– Como você...

– Sou boa nessas coisas. Parabéns. Darby adora bebês. É ótimo que vá haver tantos pequenininhos no prédio. Sua filha já está na creche?

– Ah, está. Na Beansprouts.

– Ah, ouvi coisas maravilhosas a respeito dela.

Depois que Karen e Matty saíram, Tina e Steve Savant se recostaram no sofá e sorriram com ar ansioso. O pobre casal já tivera um negócio desfeito em junho; era óbvio que não desejavam que aquilo voltasse a acontecer, não naquele momento, em que a onda de euforia imobiliária havia começado oficialmente a rebentar. Eles provavelmente estavam extasiados por terem tido o bom-senso de anunciar no verão e não no outono, depois que os mercados haviam despencado.

— Então, o que todo mundo achou? — perguntou Theo.

— Eu não gosto dela — disse Rebecca. — Quer dizer, sei que nós não devíamos dizer isso, mas... — Ela contou a história de como Karen havia aparecido antes do *open house*, tentando dar uma olhada em seu apartamento. — Não tenho certeza de que uma pessoa tão insistente seja uma boa combinação para o prédio. — Tina Savant fuzilou-a com o olhar.

Theo pousou a mão sobre o joelho de Rebecca e declarou:

— Ela é agressiva. E daí? Eles estão pagando 759 mil. Vocês têm ideia do que isso faz pelo valor dos imóveis do prédio?

Chris anunciou que, por ele, estava tudo bem, e Peter declarou que tivera todas as suas perguntas respondidas. Rebecca não se importava que a mulher se mudasse para lá. Nunca falaria com ela de qualquer forma. Tinha coisas mais importantes com que se preocupar do que quem aprovar em uma reunião do comitê do condomínio.

— Então são todos a favor? — perguntou Theo. Houve um coro de votos favoráveis. Tina parecia prestes a explodir de alegria.

Depois que todos saíram, Rebecca recolheu a tigela de biscoitos e os jogou no lixo. Tudo de que costumava gostar, como doces, agora a deixava enjoada. No final de agosto, ela e Theo haviam ido a Greenport para passar uma semana, e ela se sentira infeliz, nauseada o tempo inteiro. Passara o tempo todo deitada na praia da baía na frente do chalé, incapaz de ler nem se concentrar.

Quando terminou de lavar a louça, ela pensou em trabalhar em um artigo a respeito de sexo no ambiente de trabalho para a *Mademoiselle*, mas, quando ligou o computador, sentiu-se cansada demais para escrever. Teria de pedir a seu editor uma prorrogação e estava nervosa, temendo que ele hesitasse em contratá-la novamente, por considerá-la uma escritora difícil. Embora ainda fosse cedo demais para saber, Rebecca receava uma recessão e que a indústria da mídia, já fraca, sofresse prejuízos. Se isso ocorresse, ela precisaria manter bons relacionamentos.

Tudo naquela gravidez estava difícil, e ela temia que aquilo significasse que teria um filho difícil. Não era tarde demais para mudar de ideia, o que apenas implicaria mais mentiras, e Rebecca já estava bastante ansiosa com a maior de todas.

No quarto, ela despiu-se e entrou debaixo das cobertas. Dormia nua a maior parte do tempo agora e ela e Theo não estavam brigando. Theo chegou poucos minutos mais tarde, depois de assistir a um jogo de beisebol na tevê.

– Vou ficar acordado e trabalhar um pouco – disse ele –, mas queria dizer boa-noite primeiro. – Ele se enfiou na cama e aconchegou-se contra ela. – Nós estamos nos preparando para um projeto e estou realmente animado.

– O que é?

– Um condomínio no prédio de Julien Schnabel. Os proprietários querem que projetemos uma academia de ginástica de frente para o Hudson.

– Espero que vocês consigam – disse Rebecca, com ar distraído. Ele estava trabalhando até tarde o tempo todo, e ela temia que, quando o bebê chegasse, ele não estivesse tão disponível para ajudá-la quanto com Abbie. Na época, admitira sua licença-paternidade como ponto pacífico, chegara mesmo a ressentir-se, mas não conseguia imaginar o fato de não contar com sua ajuda na segunda vez.

– Eu te amo tanto – disse ele, beijando-a no pescoço. – Eu estava olhando para você na reunião e pensando no quanto você é linda.

Era isso o que ela desejara dele por tanto tempo, esse grau de adoração. E, ainda assim, ele só estava sentindo aquilo por ela estar grávida. Era tudo uma grande mentira. Rebecca queria que ele a desejasse do jeito que Stuart havia feito.

Se ao menos esbarrasse em Stuart na vizinhança! Ele olharia para a barriga dela, veria o pequeno inchaço, perceberia que ela havia conservado o bebê e iria querer ficar com ela. Ele não amava Melora. Estava apenas usando-a por seus contatos; ele havia praticamente admitido isso naquele dia na biblioteca. Uma parte dele desejara aquele filho, por isso ele havia sido tão indiferente à camisinha naquela vez no apartamento dela. Um homem que não queria absolutamente nenhum vínculo não teria sido *blasé* no que se referia a controle de natalidade, teria?

E, mesmo que ele fosse ficar com Melora, talvez Rebecca pudesse conversar com ele, contar-lhe sobre o bebê. Talvez ele conseguisse de alguma forma participar da vida do bebê e eles encontrassem um jeito de ser amigos.

Theo estava duro, pressionando o corpo contra o seu. Ela se fez de idiota, produziu sons exagerados de exaustão. Por que o sexo não havia tornado as coisas melhores entre eles? Antes, quando não estavam transando, ela estava convencida de que o sexo resolveria todos os problemas dos dois. Ela deixaria de se ressentir e ele não mais a veria como estranha. Mas, agora que estavam tendo relações, a situação era tensa.

Ela não conseguia parar de se preocupar com a gravidez e o nascimento, temendo ter feito a escolha errada ao conservar a criança. Uma noite, revirando-se na cama incapaz de dormir, tivera o breve pensamento de que o bebê talvez fosse ruivo, antes de lembrar que cabelos ruivos eram um traço recessivo e ambos os pais precisavam possuir o gene para que aquilo ocorresse.

— Acho que você devia optar pelo parto normal — disse Theo em seu ouvido. — Sei que você consegue. Você é tão forte... E passou por tanta coisa antes. Não quero que você faça outra cesariana.

— Nós temos tempo para decidir isso. — Ela não se permitiu pensar sobre o nascimento. Mesmo depois de ter visto os batimentos cardíacos no consultório da médica, a coisa toda ainda lhe parecia surreal.

Ele estava tentando entrar dentro dela.

— Pensei que você tivesse dito que tinha de trabalhar — disse ela.

— Isso pode esperar um pouco.

— Eu estou com tanto sono...

— Tudo bem. Você pode fingir que está dormindo.

Onde aquele homem completamente seguro estivera todos aqueles meses, um homem cujo desejo era tão forte, que ele não se importava que ela não estivesse a fim? Quem era aquela nova pessoa em sua cama? Talvez ele também houvesse tido um caso, e estivesse expansivo por ter tido alguma coisa por fora e houvesse parado de se ressentir com ela.

— Eu não sei se... — Mas a mão dele já estava lá embaixo, guiando-o para dentro. Theo estava excitado por causa da gravidez. Ele era o Brad Pitt dos pais de Park Slope.

— Você sabe do que eu mais gosto nisso tudo? — perguntou ele em seu ouvido. — Nós não precisamos usar proteção.

— Mas está tão no começo — disse ela, apelando para a preocupação dele com o bebê, se não por ela. — Nós podemos machucar a criança.

— Ah, sem essa — disse ele. — Isso nunca te preocupou com Abbie. Todas aquelas prostaglandinas vão fazer bem para o bebê. — Ele a virou de bruços e ela girou o rosto para o lado para poder respirar.

A PONTE DA RUA UNION

Karen e Matty estavam voltando a pé para casa pela Prospect Park West quando Matty recebeu a chamada de Steve Savant. Karen percebeu que as notícias eram boas pela forma como Matty balançou a cabeça com entusiasmo e disse:

– Obrigado.

Depois que ele lhe contou, ela pôs-se a saltar, empolgada, e eles se abraçaram por um longo tempo. Iriam ter o segundo filho. Ela sabia. Desde a maldita briga diante da tela do computador, ele não dissera uma palavra a respeito de querer apenas um filho, e eles haviam transado duas vezes sem proteção em seu período fértil. Não houve fecundação, mas ela estava esperançosa; em todo caso, não conseguiria relaxar completamente até que eles estivessem acomodados na rua Carroll.

Karen achou perfeito eles terem recebido a notícia da aprovação do comitê na Prospect Park West, a Costa Dourada. Tinha tanta certeza de que a tal Rebecca iria votar contra ela, apesar da carta de referência de Melora, que não se permitira nutrir muitas esperanças.

Quando falou com Matty pela primeira vez a respeito da carta, ele declarou que não acreditava que Melora fosse amiga dela, mas Karen contou-lhe que Melora havia ido ao parquinho algumas vezes e que elas acabaram conversando. Matty achou que a carta era um exagero e que podia até mesmo sair pela culatra, mas Karen o convenceu de que, em reuniões de comitês de condomínio, não havia aquela história de exagero.

As mulheres haviam se encontrado mais duas vezes, no Little D e no al di là, antes de Melora partir para a Bulgária, e Karen estava ansiosa para que a amizade se desenvolvesse ainda mais assim que ela voltasse. Melora pagou a conta nas duas vezes e parecia não ter problemas com isso, mas tinha propensão a falar pouco. As coisas iriam melhorar assim que se tornassem vizinhas de verdade. Elas dariam uma passada na casa uma da outra e, no inverno, preparariam juntas os biscoitos de Natal, e, quem sabe, uma noite Melora a convidasse para uma festa com o fantástico pessoal de Hollywood.

De volta ao apartamento, Matty e Karen contaram à mãe dela, Eileen, que ficara cuidando de Darby, que eles haviam sido aprovados. Ela abraçou a ambos. Karen não havia dito a Eileen que achava que o apartamento a ajudaria a engravidar, porque sabia que a mãe acharia aquilo ridículo, mas Karen já podia se imaginar telefonando para dar a boa notícia. Então haveria fotos de Darby e de seu irmão na porta da geladeira, bem ao lado das de Patrick, Logan e Kieran. Talvez Karen tivesse até mesmo um terceiro.

– Karen foi ótima – disse Matty. – Eu estava nervoso, mas ela ficou bem à vontade.

– Eu sabia que vocês iam conseguir – disse Eileen. – Eu disse a vocês para não se preocuparem. Quem não ia querer vender o apartamento para uma família tão perfeita? – Karen não achava nenhuma família de três perfeita, mas eles logo deixariam de ser uma família de três.

Depois que o táxi de Eileen chegou, Karen tomou uma chuveirada. Quando entrou no quarto, encontrou Matty sentado na cama, trabalhando em seu computador – ele agora trabalhava com frequência na cama, e não na sala, como que para assegurá-la de sua retidão.

Tudo se encaixara por causa da carta de Melora. Quantos casais comuns chegavam equipados com uma carta de referência pessoal de uma atriz vencedora do Oscar? Melora era uma amiga agora.

Karen vestiu-se ao lado da cama.

– Aonde você vai? – perguntou Matty.

– Preciso comprar leite no Union Market – respondeu ela. – Eu volto logo.

– Tome cuidado – disse ele. – Está tarde.

Ela foi até a gaveta de sua escrivaninha e pegou o gravador digital. A carteira continuava na *bowling bag*, onde a carregava todos os dias, tocando-a quando pegava o protetor labial ou o protetor solar de Darby.

Na rua, Karen andou em direção a um ponto de táxi na Sétima Avenida.

– Até a ponte da rua Union – pediu ao motorista. – E vai ser uma viagem de ida e volta.

A ponte estava deserta, mas estranhamente bonita. Karen saltou do táxi e aproximou-se da grade com vista para o canal Gowanus. O cavalinho de pau de alguma criança balançava sobre uma casa flutuante. Karen perguntou a si mesma quem o teria deixado ali.

Ela abriu a bolsa e atirou o gravador digital no canal. Em seguida, pegou a carteira de Neal Harris, removeu os trezentos dólares em dinheiro e o cartão de metrô (que só expiraria dali a seis meses), meteu-os no bolso e lançou a carteira o mais longe possível. Ela não fez o menor ruído ao cair.

O BALANÇO

Era um animado domingo de setembro no parquinho da rua Três, e o lugar estava repleto de pais de plantão que seguiam distraidamente os filhos enquanto liam o jornal de domingo. Lizzie havia feito uma longa caminhada com Mance para dar um tempo do Underhill, que ultimamente vinha parecendo claustrofóbico e monótono.

Ela, Jay e Mance haviam passado o dia relaxando no apartamento, depois foram ao mercado das pulgas do Brooklyn para passear e voltaram a pé pela avenida Vanderbilt. Após a prisão, Jay ficara furioso com ela, mas sua raiva logo se transformou em indignação quando concluiu que aquilo não teria ocorrido com Lizzie se Mance não fosse negro. Jay havia dito que provavelmente havia sido bom que ela estivesse lá com Mona, pois, do contrário, não sabia como Mona teria enfrentado aquilo.

A apresentação de Jay em L.A. na noite da prisão havia corrido bem, e a banda fizera um teste para *The David Keller Show*, tendo retornado três vezes e por fim sido contratada como banda da casa. Ele ganharia duzentos mil por ano para trabalhar vinte horas por semana e faria parte do plano de saúde da Federação Americana de Artistas de Rádio e Televisão, já que se tratava de um show de TV, o que significava que Lizzie e Mance também estariam segurados. Jay ficava mais em casa à noite e, quando saía para as apresentações de amigos, por vezes levava Lizzie. Eles chamavam uma babá e saíam depois para beber ou antes para jantar.

Lizzie não podia acreditar que a vida deles estivesse mudando tão rápido. Ela não precisaria voltar a trabalhar de imediato, a não ser que quisesse, e ultimamente vinha pensando em abrir um brechó na avenida Vanderbilt, embora soubesse que aquilo representaria muito trabalho e dinheiro.

Desde a noite da prisão, Mona ficava com Mance toda quarta-feira, das dez às cinco, e parecia adorar, mostrando-se exuberante quando o levava de volta ao final do dia, cheia de histórias sobre os amigos que ele havia feito. Ainda que não fossem íntimas, Lizzie e Mona haviam chegado a uma trégua funcional. Lizzie tinha a folga de que precisava e que lhe permitia sentir falta de Mance, e Mona conseguira um tempo com o neto pelo qual, Lizzie deu-se conta, vinha ansiando desde que Mance nasceu.

Lizzie estava pensando em contratar uma babá um dia por semana quando as apresentações de Jay começassem, além da ajuda que Mona estava dando. Era a coisa mais estranha; ela não havia sido presa de propósito, claro, mas, desde a prisão, tudo havia melhorado. Jay estava finalmente lhe dando o que precisava sem que ela houvesse dito nada.

Lizzie ergueu Mance do carrinho e o carregou até um balanço que mais parecia um balde. Ele ficou animado e alegre, sorrindo para Lizzie enquanto ela o empurrava. Mance havia se tornado muito mais expressivo desde o verão. Possuía uma dezena de palavras, todas monossilábicas, mas Lizzie ainda se emocionava quando ele apontava para o céu e dizia *"Avião!"*

Ela havia acabado de passar por baixo do balanço e estava voltando para o outro lado para empurrá-lo, quando viu Rebecca e o marido caminhando em direção ao parquinho. Theo empurrava Abbie no Maclaren – Lizzie percebeu que ela estava mais alta –, e Rebecca segurava o braço de Theo.

Lizzie não falava com Rebecca desde a manhã em que havia saído da cadeia e telefonado para agradecer. (Jay pegara Mance e fora se encontrar com Lizzie e Mona no tribunal pela manhã, depois que todos os manifestantes haviam sido liberados).

Rebecca soara tão generosa e meiga por ter recebido Mance, que Lizzie achou que elas fariam planos novamente.

Mas, quando telefonava, Lizzie sempre caía na caixa postal. E não tinha o número de casa de Rebecca, elas não haviam trocado seus números de casa. Mas estava tudo bem. Não valia a pena correr atrás de alguém que não queria nada com ela – nem homem, nem mulher, nem amante ou amiga. Lizzie passara muito tempo perdida, e Rebecca fora apenas a pior parte disso. Agora tinha mais clareza, ou estava ao menos mais calma a respeito da própria vida e queria que aquele sentimento durasse. Esperava que sim. Esperava que Jay não perdesse o trabalho com David Keller no último minuto, mas Lizzie tinha a impressão de que, mesmo que isso ocorresse, eles ficariam bem.

Theo era mais bonito do que Lizzie o imaginara, um dos poucos pais bem-aparentados por perto, com cabelos lisos e compleição magra. Rebecca parecia elegante nos jeans escuros justos e túnica branca em estilo indiano.

Lizzie não tinha certeza de que Rebecca a houvesse visto, mas então eles entraram na área dos balanços e Rebecca colocou Abbie no balanço ao lado de Mance. Rebecca reconheceu Mance antes de Lizzie – ah, a responsabilidade pública de se ter um bebê negro em uma vizinhança branca! – e então se virou para Lizzie e beijou-a em ambas as faces, uma afetação à qual nunca recorrera.

– Como vai você? – perguntou e sacudiu o balanço para chamar a atenção de Abbie. – Veja, Abbie, é Mance!

– Como vão vocês? – perguntou Lizzie.

– Nós estamos ótimos – respondeu Rebecca. – Essa é Lizzie – disse a Theo.

Theo estendeu o braço e apertou a mão de Lizzie.

– Theo – disse ele. – Fico feliz que eles tenham retirado as acusações.

– Ah, meu Deus, eu também – disse Lizzie. – As pessoas estão me dizendo para processar a polícia, mas não quero enfrentar tudo isso. Não sei o que teria feito se eles tivessem levado Mance para algum distrito policial ou coisa pior. Muito obrigado por ficar com ele.

– Não se preocupe com isso – disse Theo. – Ele é um bebê fácil. E dorme bem. Você tem muita sorte.

Theo estava empurrando o balanço de Abbie. Rebecca sorriu e acenou para Mance enquanto Theo fazia uma espécie de brincadeira de assoviar com a filha.

Uma mulher baixinha entrou na área dos balanços com uma criança mais velha e colocou-a no outro balanço ao lado de Mance. Lizzie percebeu que o menino estava usando joelheiras e perguntou-se se seria retardado ou um perigo para si mesmo. Mas o rosto do garoto parecia normal, e ele era comunicativo, ainda que parecesse ter ultrapassado a idade para os balanços em forma de balde. A mulher ficou olhando para Rebecca e Theo, por fim acenou freneticamente e disse:

— Eu achei que fossem vocês! Como vão?

— Muito bem — disse Theo. — Parabéns pela compra.

— Ah, nós estamos tão entusiasmados. Mal podemos esperar.

A mulher conversou um pouco mais com Theo e Rebecca sobre datas de fechamento e depósitos para entrar no apartamento novo, então declarou:

— Eu estava dizendo a Rebecca que Darby vai ficar muito feliz por ter um bebê no prédio.

Theo virou-se para Rebecca, franziu a testa e perguntou:

— Você contou a ela? Nós não contamos nem para os meus pais.

— Ela percebeu — disse Rebecca, corando e olhando de relance para Lizzie. Lizzie não entendeu a respeito do que eles estavam falando, então Rebecca anunciou: — Eu estou esperando. Para abril.

Rebecca disse aquilo como se alguém houvesse morrido. Então pareceu se dar conta do tom sério que usara, abriu um sorriso falso e passou o braço ao redor da cintura de Theo.

— Me desculpem — disse a gorda. — Eu não pretendia soltar isso assim. Eu sou uma idiota.

Lizzie olhou de relance para a barriga de Rebecca e viu uma ligeira saliência. Era evidente que ela estava grávida; estava usando roupas largas.

Lizzie sentiu repulsa pela notícia. Tudo nela estava errado. Se o bebê fosse filho do ator, então ou Theo não sabia, ou sabia e havia concordado em criá-lo como se fosse seu, o que dava nojo. Ou talvez Theo fosse o pai e ele e Rebecca houvessem resolvido as coisas exatamente no momento em que ela havia começado com o ator. Era possível que nem mesmo Rebecca soubesse de quem era. Lizzie não conseguia imaginar-se carregando um bebê sem saber de quem era. Qualquer enredo relacionado àquela gravidez deixava Lizzie constrangida. Ela sabia mais do que desejava saber.

— Parabéns — disse Lizzie. — Isso é maravilhoso. Fico muito feliz por ambos. — Ela disse "ambos" deliberadamente, porque era formal e porque queria que Rebecca soubesse que havia seguido em frente. Theo beijou Rebecca no rosto e então lhe deu tapinhas na barriga com ar possessivo.

A outra mãe voltou a empurrar o filho, e Theo, Lizzie e Rebecca conversaram um pouco sobre assuntos gerais. Rebecca parecia nervosa, como se

Lizzie fosse se abrir e contar a Theo sobre Stuart Ashby. Será que ela realmente achava que Lizzie se importava tanto assim com o romance estúpido dela, se importava a ponto de revelar ao marido dela? Era tão egocêntrico uma pessoa pensar que o mundo revelaria seus segredos... Rebecca se considerava o centro do universo. Era por isso que nunca faria verdadeiros amigos. Pessoas que só pensavam em si mesmas não conseguiam fazer amigos.

Abbie começou a criar confusão e Theo retirou-a do balanço:

– Você quer correr um pouco? – perguntou.

Rebecca virou-se para Lizzie e disse:

– Foi muito bom te encontrar. – O que evidentemente não podia estar mais longe da verdade, e seguiu Theo enquanto este levava Abbie para a ponte oscilante.

– Eu sou Karen, por falar nisso – disse a mulher baixa.

– Lizzie.

Karen estava olhando para Mance e balançando a cabeça.

– Que menino lindo – disse. Lizzie estava acostumada com aqueles elogios por parte de pais brancos e aprendera a decodificá-los fazia tempo. Eles estavam comentando o fato de Mance ser multirracial, mas, sem saber como fazê-lo, diziam que ele era lindo. – Como ele se chama?

– Mance.

– Mance – repetiu Karen, empalidecendo. – Que nome interessante. De onde saiu?

– Ele foi batizado em homenagem a um músico de blues – disse Lizzie. – Mance Lipscomb. É uma abreviação de "emancipação".

Karen assumiu uma expressão tensa, como se houvesse detestado o nome ou tido um namorado chamado Mance que lhe partira o coração. Era a reação mais estranha que Lizzie já vira.

– Lindo nome.

– Qual o nome do seu filho? – perguntou Lizzie.

– Darby. – Lizzie odiou, era um daqueles nomes em que a criança nunca conseguiria se converter. – De onde você conhece Rebecca? – perguntou Karen.

– Na verdade, nós nos conhecemos bem aqui, na rua Três. Nossos filhos brincam juntos, ainda que nessa idade seja basicamente brincar um ao lado do outro.

– Espere até eles ficarem mais velhos. É muito bom quando eles fazem amigos de verdade e você pode finalmente ter uma trégua.

Karen não parecia o tipo de mulher que ansiasse por uma trégua do filho, mas Lizzie concordou com um movimento de cabeça e declarou:

– Eu sei. Tem um monte de coisas que eu estou aguardando ansiosa. Como me livrar do carrinho. Mal posso esperar que ele cresça o bastante para irmos os dois andando até os lugares.

– Você vai sentir saudade de tudo isso – disse Karen. – Das fraldas, de acordar no meio da noite, de amamentar. Passa muito rápido. Ainda não consigo acreditar que Darby já esteja no pré-K. Ele é aluno da Garfield. Você mora por aqui?

– Não muito longe. Em Prospect Heights. E você?

– Bem, nós vamos fechar negócio daqui a duas semanas, mas por enquanto moramos perto da rua Nove.

– Vocês vão ao Harmony? Eu adoro aquele parquinho. Levei Mance um bocado até lá nesse verão. Nós entramos pelos campos de beisebol para ver as crianças brincando.

– Você leu sobre o estupro? – perguntou Karen.

– Já faz algum tempo. – Lizzie ficou gelada.

– Sabe, eles pegaram o sujeito – disse Karen.

Embora houvesse se convencido de que o homem em sua rua não era o mesmo, Lizzie sentiu-se aliviada ao ouvir aquilo.

– Verdade?

– Saiu no *Brooklyn Paper*. Foi um antilhano. Era procurado por três outros estupros.

– E eles têm certeza de que foi o mesmo sujeito?

– Ele confessou. Com certeza, foi o mesmo sujeito. – Elas empurraram os meninos em silêncio durante algum tempo, então Karen perguntou: – O que você faz? Ou...

– Na verdade, estou em casa com ele agora. – Lizzie tentara diferentes maneiras de responder àquela pergunta e decidira-se por "estou em casa com ele agora", por preferir a forma adverbial "estou em casa" à forma nominal "sou uma mãe doméstica", e o "agora", por indicar que não seria para sempre.

— Eu também — disse Karen. — Nós pensamos em uma babá, mas não fazia sentido. Eu era assistente social, e, fora os impostos, eu ganharia cerca de cinco mil dólares.

— Eu sei o que você está querendo dizer! — exclamou Lizzie. — Eu trabalhava em uma editora. E gostava do meu trabalho, mas não o suficiente para querer contratar alguém para cuidar dele o dia inteiro.

— Sabe, qualquer que seja a sua escolha, você devia tentar ficar feliz com ela. Aqui no bairro, muitas mulheres vão tentar te denegrir por ter optado por não trabalhar, e acho que isso não é justo. As mulheres deviam fazer o que é certo para elas. E os outros deviam deixá-la em paz. Estou lendo um livro maravilhoso agora, *Maternal Desire*, de Daphne DeMarneffe, e ela basicamente diz que:

a) as mulheres têm um desejo inato de ser mães e

b) não há nada de errado com isso.

— Eu estou completamente de acordo — disse Lizzie. Lizzie concluiu que Karen era mais inteligente do que acreditara. Tudo bem, ela havia dado ao filho o nome Darby, que era pior até do que Jackson, mas Lizzie gostou dela. Embora não se visse saindo com ela, ficou feliz por conhecer alguém que poderia encontrar caso fosse novamente ao parquinho da rua Três. Era muito chato não ter ninguém com quem conversar, muito demorado.

Karen ajudou Darby a sair do balanço e ele se afastou correndo. Ela abriu um amplo e generoso sorriso e estendeu a mão, que era pequena, mas firme quando Lizzie a apertou.

— Foi ótimo te conhecer. Cuide bem desse bebê lindo.

— Vou cuidar — respondeu Lizzie com um sorriso. Karen correu atrás de Darby. Lizzie queria continuar conversando com ela, pois Karen a ouvia e Lizzie tinha a sensação de que podia ser ela mesma perto dela. Com Rebecca, sempre sentira que precisava ser mais importante ou mais corajosa, mas com Karen sentia-se adequada. Karen parecia mais velha e não se preocupava muito com a aparência, mas Lizzie não tinha certeza de que isso fosse tão importante. A maternidade não era um desfile de moda. Você só precisava de amigas com quem pudesse contar.

Ainda assim, Lizzie decidiu não os acompanhar, pois não queria parecer demasiadamente ansiosa. Em vez disso, empurrou Mance com mais energia e viu Karen puxar Darby para longe de um pneu pesado e desgovernado que fazia as vezes de balanço.

ALGUMA OUTRA COISA

          Quando gozou, Melora plantou as mãos na parede acolchoada atrás da cabeceira da cama do hotel em Sófia, como se aquilo a fortalecesse. Seu orgasmo foi tão intenso e maravilhoso que teve medo de que Stuart descobrisse que vinha fingindo nos últimos dois anos. Como ele podia pensar que as brandas erupções de cinco segundos haviam sido reais, comparadas àquela pequena morte arrebatadora e desenfreada, aparentemente infinita?

Stuart estava olhando para ela com um apreço tão deslumbrado que ela esperava que ele a acusasse de simulação. Mas ele disse apenas:

– Você é uma tigresa! – e, depois de alguns minutos acariciando-a com o nariz, por fim a tirou de cima de si.

Ultimamente ela andava apaixonada por Stuart. Sentia-se exultante como uma colegial quando voltava ao hotel e o encontrava dando duro em *Atlantic Yards*. Sentia vergonha por ter sido tão fria, mordaz e inflexível. Tinha sorte de tê-lo como marido, de possuir aquela deliciosa combinação de inteligência, força e humor, tão difícil de encontrar nos homens de Hollywood.

– Você foi incrível – disse ela.

Melora vinha sentindo tudo com mais intensidade – os odores, os toques. Ele parecia maior dentro dela. Ela nunca teria dito isso, pois estaria insinuando que ele era pequeno antes, mas sentia. O antidepressivo a tornara insensível não apenas ao próprio prazer, mas ao prazer de ter o marido dentro dela. Chegara mesmo a mencionar o fato ao dr. Levine em um de seus telefonemas e ele havia dito que muitas coisas mudavam quando as pessoas largavam os antidepressivos.

— Meu Deus, eu queria um cigarro — disse Melora, desabando sobre os travesseiros ao lado de Stuart. Ela estava tentando parar e havia parado de comprar, embora houvesse filado alguns de Viggo no *set*.

Stuart estava abrindo uma cerveja e entregou-a a ela. Estava boa, mas não era um cigarro. Ele a envolveu com o braço e bebeu com ar contemplativo.

— Você anda incrível ultimamente — disse.

— Eu estou sentindo — disse ela. — Eu simplesmente me sinto tão... ligada nisso.

— E não estava ligada antes?

— É claro que sim, mas não desse jeito. Eu sinto uma urgência, como se eu precisasse ter você. Sabe, eu sinto tua falta quando estou no *set*. Penso em você o tempo inteiro. — Naquela manhã, ela havia levado uma das camisas dele para o *trailer* para cheirá-la entre as tomadas.

— Eu também sinto tua falta, querida — disse ele, mas ela percebeu que ele estava pensando no que faria a seguir. Ele era tão ativo o tempo inteiro... Quanto mais se ocupava, menos disponível ficava.

— Vamos pedir serviço de quarto — disse ela. Eles haviam comido no restaurante fazia apenas uma hora, mas Melora estava faminta. Estendeu a mão para o cardápio ao lado da cama. — Eu quero frango frito. Você acha que eles têm frango frito?

— O que está acontecendo com você... Está grávida?

— Nem brinque. Você quer alguma coisa?

— Eu não estou com fome, querida. Mas peça o que quiser.

— Eu quero comer com você — disse ela.

— Eu fico te olhando — disse ele.

Enquanto Melora estava ao telefone fazendo o pedido, o celular dele tocou. Ela o ouviu dizer coisas como "capital de conclusão", e então ele se pôs a andar de um lado para outro e falar tão alto que ela teve dificuldade para pedir uma garrafa de prosecco e um frango assado.

— Espere um segundo, Adam. — Ele apertou a tecla *mute* em seu telefone e virou-se na direção dela: — Nós acabamos de conseguir mais dez milhões de um barão do petróleo em Dubai. Não dá para acreditar numa porra dessa! – Então ele tornou a apertar a tecla e, antes que ela percebesse, ele estava novamente sentado diante de sua escrivaninha na frente do laptop, tomando notas para o roteiro.

O ciúme cresceu no peito de Melora. Ele agora possuía uma relação mais próxima com seu diretor do que ela. Por vezes, à noite, Stuart ia até a casa alugada de Adam para trabalhar com ele na reescrita. Stuart fizera até mesmo com que Adam ingressasse na Aiurveda quando descobriu que Adam era vegetariano, e, no *set*, com a equipe de apoio, Adam agora só falava sobre seus *doshas*.

Melora sentiu todos os velhos medos: que Stuart fosse largá-la, deixá-la para trás, mesmo que ambos ganhassem o Oscar... Precisava extirpar aqueles pensamentos antes que a dominassem. *Você consegue tolerar a frustração.*

O telefone de Melora tocou. Stuart ergueu a cabeça irritado com o ruído, como se estivesse tudo bem que ele atendesse uma ligação, mas não ela.

Era Karen. A pedra no seu sapato. Melora já havia conjurado imagens apavorantes de encontros com ela no parquinho da rua Bleecker para que seus filhos brincassem, onde Liv e as outras mães famosas poderiam vê-la. Todas iriam querer saber o que ela estava fazendo com uma gorda daquelas, e Melora não sabia o que iria dizer. Atendeu, olhando nervosamente de relance para Stuart.

– Eu tenho boas notícias – disse Karen.

– O que foi? – perguntou Melora, desinteressada. Mais cedo ou mais tarde teria de contar a ela que iria se mudar, mas estava nervosa.

– Ontem nós nos reunimos com o comitê. Eles nos aprovaram.

– Isso é maravilhoso.

– Eu te peguei no meio de alguma coisa?

– Na verdade, não. – Melora sempre estava no meio de alguma coisa, mas isso nunca impedia Karen de querer conversar por meia hora.

– Bem, eu só queria te contar – disse Karen. – Nós vamos ser vizinhas! E tudo por sua causa.

– O que você está querendo dizer?

– A carta. – Melora já havia se esquecido dela. – O morador do Apartamento Um pareceu realmente impressionado por eu te conhecer. Disse que adorou você como Princesa Xaviera.

— Todos os homens adoram. É o sutiã pontudo.

— Mesmo assim, eu acho que a carta ajudou. Por isso estou ligando para agradecer.

— Disponha.

— E eu também queria te contar uma coisa.

— O quê? — Karen ia dizer que havia decidido decorar a sala de estar exatamente como a de Melora ou que desejava sua ajuda para colocar Darby na Berkeley Carroll.

— Eu queria que você soubesse que a carteira não está mais comigo. Está no canal Gowanus. Assim como o gravador.

Melora sentiu sua garganta se abrir e expandir. Era o que acontecia quando as pessoas aprendiam a tolerar a frustração. Todo o resto se encaixava. Era como bater palmas quando se acreditava em fadas: as pessoas podiam fazer as coisas acontecerem se as desejassem ardentemente.

— Obrigada — disse Melora. — Obrigada por fazer isso.

— Eu me dei conta de que não precisava mais deles. Porque... nós somos amigas agora.

— Somos.

— Então, quando você volta? Nós precisamos de um jantar especial de boas-vindas!

— Na verdade, eu queria te contar uma coisa. Stuart e eu vamos nos mudar para Manhattan.

— O quê? — Karen pareceu tomar aquilo como uma afronta pessoal. — Do que você está falando? Para onde você vai?

— Para o centro da cidade.

— Onde?

Melora não respondeu. Já não precisava contar mais nada a Karen. Não precisava ser gentil.

— Vocês já venderam a mansão?

— Ainda não.

— Quanto vocês estão pedindo?

— Como?

— Esqueça. Eu vou pesquisar. Eu já não faço mais muita pesquisa sobre você no Google agora que... te conheço.

Havia outra ligação entrando. Melora olhou de relance para o visor do celular. Era Carol Gornick. A corretora da Sotheby Homes. Melora disse a Karen que precisava desligar, e Karen despediu-se com voz enlouquecida. Melora trocaria o número de seu celular assim que tivesse uma chance.

– Me desculpe por te importunar tão tarde – disse Carol.
– O que é?
– Você recebeu uma oferta substancial pela mansão.
– Quanto?
– Seis milhões e duzentos. E, aparentemente, você conhece os compradores.
– Conheço?
– Maggie Gyllenhaal e Peter Sarsgaard.
– Ah, meu Deus – disse Melora. A oferta mais alta que eles haviam conseguido até então fora de 5,2 milhões de um figurão francês da mídia. Mas aquela era uma oferta de verdade, e Melora sabia que eles seriam loucos de esperar por coisa melhor, especialmente com o mercado imobiliário afundando.

Com os 6,2 milhões, os 2 milhões que havia conseguido pela casa em Silver Lake, mais a contribuição de Stuart de 1 milhão, eles teriam de financiar apenas 3 milhões pelo Palazzo Chupi. Seria um sufoco, mas Soften, o perfume, estava gerando um bom dinheiro, e as vendas do DVD de *Usurpia* eram escandalosas. Se a situação ficasse apertada, ela faria um filme de ação ordinário ou pediria aos publicitários da agência para procurar algum contrato de propaganda, como o lance de Gwyneth com a Tod.

Era difícil imaginar Gyllenhaal naquela casa linda, dormindo na suíte máster, Ramona no quarto de Orion. Sempre que Melora passasse por lá, iria... Mas o que estava pensando? Ela nunca passaria por lá. Nunca mais voltaria ao Brooklyn, nem que John Turturro a convidasse para ser conselheira da Academia de Música do Brooklyn. Quem se importava com quem morava na mansão? Se Maggie e Peter queriam aguentar mais alguns anos antes de chegar à mesma conclusão que Melora, de que o Brooklyn não era lugar para os famosos, o problema era deles.

– Eles adoram a casa – continuou Carol. – Ela disse que fica admirando de longe. Eles acham que poderiam realmente construir uma família ali.

– Isso é maravilhoso. Mas preciso conversar com Stuart.
– Claro, claro.

Stuart não estava sequer dando umas espiadas para saber sobre o que tratava a conversa dela. Estava dizendo a Adam:

– Mas a sensação que eu tenho é de que ela não mereceu realmente.

Melora desligou, olhando significativamente para Stuart. Queria que ele saísse da porra do telefone para poder lhe contar sobre a oferta. Aquilo era importante. Tinha a ver com eles. Mas ele estava agindo de maneira tão arrogante que quase a fazia lembrar-se de si mesma.

Melora expeliu o ar pela boca. *Você consegue tolerar a frustração*. Ela lhe contaria no devido tempo. Ele terminaria em alguns minutos e, mesmo que isso não ocorresse, logo seu serviço de quarto chegaria, ela beberia o prosecco, comeria seu frango assado e talvez concluísse *Comer, rezar, amar*. Com todas aquelas coisas nas quais se concentrar, mesmo que Stuart continuasse no telefone por mais uma hora, na realidade não teria muita importância.

Nua, ela saiu da cama, foi até ele e esfregou-lhe os ombros. Ele afastou a mão dela, empenhado na conversa. *Você consegue tolerar a frustração*. Ela decidiu tomar uma ducha enquanto esperava pelo serviço de quarto. Havia sempre alguma outra coisa a fazer.

O que Lee Nielsen mais gostava de fazer nas noites de outono era varrer as folhas de seu jardim em Ithaca. Marcello ficava brincando ao seu redor enquanto ele as recolhia em grandes sacos exclusivos para isso, fornecidos pelo departamento de saneamento. Por vezes, seu vizinho, um escritor do Daily News chamado Hank, que viera de Cobble Hill, acenava de sua varanda no outro lado da rua.

 Lee nunca havia imaginado que ele e Kath sairiam da cidade tão rápido, mas, depois do assalto, tudo havia acontecido à velocidade da luz. Kath ficou arrasada quando ele lhe contou e, quando a polícia chegou para colher informações, ela continuava aos prantos. Pouco depois disso, ela começou a ter problemas para dormir e ficou tão ruim que precisou pedir remédios ao médico da família. Lee odiava que ela os estivesse tomando, preocupando-se com os efeitos colaterais a longo prazo, mas ela disse que precisava deles todas as noites.

 No verão, eles foram visitar amigos em Ithaca e, em um impulso, acabaram no escritório de um corretor de imóveis, tendo visitado a casa e feito uma oferta no mesmo dia. A oferta deles, 599 mil, provavelmente era mais do que teriam pago se houvessem comprado a casa dois meses mais tarde, depois da loucura no mercado de ações, quando os preços dos imóveis começaram a despencar, mas eles tinham muito mais espaço em troca do dinheiro do que jamais teriam no Brooklyn dos prédios de arenito. Agora Marcello estava se desenvolvendo na creche local, que custava apenas nove mil por ano, e Kath estava fazendo vários novos amigos. Ela não tomava mais remédios para dormir.

 Ithaca revelou-se uma comunidade que Lee já não pensava que existisse, com gente legal, inteligente e talentosa, que não tinha absolutamente nada de maçante nem suburbana. E ele nunca havia imaginado sentir tanto orgulho por possuir uma casa. Podia ficar em seu próprio jardim e saber que, atrás dele, havia uma casa de dois andares. Havia crescido no Upper West Side em um prédio com porteiro, então o conceito de escadas lhe era estranho.

À noite, em Ithaca, era possível ouvir os grilos. O que mais gostava de fazer nas últimas semanas, pois já estava começando a esfriar, era se sentar na varanda da frente depois do jantar, bebendo uma cerveja e olhando para o céu. Marcello talvez tivesse uma vida menos empolgante que a de Lee, que crescera em Manhattan, mas frequentaria uma ótima escola pública e se sairia bem nela, e Kath achava isso mais importante.

No verão seguinte, eles entrariam de sócios para a piscina do Cass Park. Com todo o dinheiro que economizavam por não morar em Slope, estavam planejando passar duas semanas em uma casa alugada em Chatham, em Cape Cod. Outra família de Ithaca havia recomendado Chatham, e Marcello estava eufórico para passar algum tempo com seu amigo.

— Olha, papai! — ele estava gritando, lançando um punhado de folhas para o alto. — Está chovendo! — Lee baixou o ancinho, pegou o filho no colo e o atirou sobre o monte de folhas enquanto o menino gritava de alegria.

MUITO MELHOR ULTIMAMENTE

Felizmente os manifestantes não estavam mais diante das portas da Cooperativa quando Karen chegou para fazer compras em uma fria segunda-feira de setembro, poucos dias depois de eles terem sido aprovados pelo comitê. Em agosto, depois que um grupo de manifestantes fora preso por bloquear o acesso à Cooperativa, foram suspensas as revistas aleatórias às bolsas. Agora não havia mais manifestações, mas os negros da Cooperativa olhavam para os brancos com hostilidade. Se Karen pagasse as mercadorias com uma funcionária negra, a mulher seria rude e hostil, como se Karen tivesse alguma coisa a ver com o furto das carteiras ou a revista às bolsas.

Quando Karen terminou suas compras, entrou na fila da caixa com Darby. A Cooperativa estava tão lotada naquela manhã em particular que a fila serpenteava até a seção dos pães, estendendo-se por três corredores. Eles avançavam devagar, Darby estava em seu segundo pacote de salgadinho de queijo Pirate's Booty quando Karen viu Arielle Harris se aproximar com seu bebê em um carrinho de compras. Percebendo que havia oferecido uma quantia mais alta que os Harrises na rua Carroll e que nunca tivera a chance de tripudiar, Karen tocou o ombro de Arielle.

– Oi, Karen – disse Arielle. – Como vai?

– Ultimamente tem sido uma loucura – disse Karen. – Você sabia que nós conseguimos o apartamento na rua Carroll?

– Não, não sabia.

– Vamos fechar negócio no dia 15 de outubro.

O rosto de Arielle exibiu tédio, e Karen estava convencida de que aquilo era inveja, mas, em vez de parabenizar Karen, Arielle declarou:

– Ah, pobrezinha.

Karen teve uma sensação terrível, fria e estranha, como se Arielle fosse uma médica prestes a lhe dizer que ela possuía uma doença terminal.

– O que você está querendo dizer com "pobrezinha"?

– Você não leu a seção da Cidade hoje?

– Não. – Karen vinha tentando ler o jornal havia quatro anos, mas Darby exigia tanto dela durante as manhãs, e isso não diminuíra nem um pouco com o passar dos anos, que havia desistido. Agora eles nem mesmo faziam assinatura.

– Saiu um artigo enorme sobre a redistribuição dos distritos. Acontece que tudo a leste da Oitava Avenida e ao norte da rua Um pertence ao Distrito Treze agora, e não ao Quinze.

– Eu não estou entendendo.

– A P.S. 282 é a escola da sua zona agora. Não a 321.

Karen arfou. A P.S. 282 era ainda pior que a P.S. 107. Era composta de dois terços de negros e um terço de hispânicos, Karen descobrira por intermédio de uma mãe da rua Três, que havia lhe contado a lengalenga toda depois de investigá-la para a própria filha. E não era considerada fraca, portanto era quase impossível obter um redirecionamento. Aquela era a pior espécie de escola que havia: ruim demais para ser boa, mas boa demais para ser ruim.

– Aparentemente isso aconteceu por causa da lotação na 321 – disse Arielle. – O conselho de educação comunitário forçou a mudança. Vocês já fizeram o depósito pelo apartamento?

– Já – respondeu Karen, a garganta seca.

– Será que vocês não conseguem a devolução do dinheiro?

– Eu... eu não sei.

– Quando li o artigo, fiquei tão aliviada por não termos conseguido o apartamento... Quer dizer, se tivéssemos feito uma oferta maior, nós estaríamos na sua situação. E com a instabilidade dos mercados de ações ultimamente, na verdade, estou feliz por estarmos pagando aluguel. Neal acha que vai haver uma enorme queda no mercado imobiliário em Nova York... Pior ainda que a do fim dos anos 80. Ele diz que, em alguns meses, nós vamos ver os preços caírem em até cinquenta por cento, por isso não vamos procurar novamente até lá.

"Mas você não devia ficar muito preocupada com a escola", prosseguiu ela, dando tapinha no braço de Karen e dizendo as palavras mais nefastas que uma mãe poderia dizer sobre a escola de outra mãe:

– Eu soube que ela está muito melhor ultimamente.

Depois que Arielle se afastou, Karen não soube o que fazer. Podia anular o contrato se houvesse um motivo, mas não havia motivo. Não houvera alegações falsas, o apartamento pertencia ao Distrito Quinze quando eles foram vê-lo.

Ela olhou para Darby, comendo inocentemente seu Pirate's Booty, e sentiu vontade de chorar. Ele se tornaria membro de uma gangue na quarta série, faria amigos como o Esfregão. Acabaria indo para a Queens College ou para a BMCC, a faculdade comunitária em Manhattan. Nunca aprenderia a pronúncia correta da palavra "problema". Ela devia ter ficado onde estava e tê-lo mandado para a P.S. 107. Comparada com a 282, a 107 era Saint Ann's.

Não era justo. As coisas não deveriam acontecer assim para pessoas como Karen. Ela era uma Boa Pessoa. Criava bem o filho. Com o dinheiro que iriam gastar com a hipoteca, eles não tinham como bancar uma escola particular, pelo menos não por enquanto.

De repente, ela odiou o bairro. Não sabia o que estava fazendo ali, com pessoas tão desagradáveis e egoístas. O estado lamentável do Departamento de Educação por si só era o suficiente para fazer com que qualquer bom pai saísse da cidade. Karen tirou Darby do carrinho, espalhando os salgadinhos pelo chão, e saiu correndo com ele para fora, em direção ao dia.

Naquela noite, à mesa do jantar – comida chinesa, já que ela havia deixado o carrinho de compras no corredor de comida congelada –, Karen deu a notícia a Matty. Ele parou, o garfo ainda no ar, e esfregou a ruga entre as sobrancelhas.

— Não existem outras escolas no Distrito Treze?

— Claro, mas ninguém garante que vamos conseguir entrar em nenhuma delas: a 282 agora é a escola da nossa zona. E nós não vamos conseguir tirar Darby de lá. A P.S. 8, no Heights, pertence ao Treze, mas ficou com um F na classificação de Joel Klein. Eu acho que nós devíamos tentar pular fora desse apartamento. Não podemos ligar para um advogado e descobrir nossas opções? Diga a ele que nós compramos em cima de um pressuposto e esse pressuposto mudou. Tenho certeza de que Steve e Tina conseguem encontrar outras pessoas. Sei que outras pessoas deram lances. E, mesmo que os Harrises não queiram, provavelmente existem outras pessoas que...

— Para com isso – disse ele. Matty engoliu seu pedaço de frango com castanha, então disse: – Nós não vamos dar para trás.

— Mas eu não posso mandar Darby para aquela escola!

— Você queria se mudar. É isso que nós vamos fazer. Se rompermos o contrato, na melhor das hipóteses, eles ficam com 75 mil do nosso dinheiro e, na pior, nos processam. É isso que você quer? Era você que estava tão entusiasmada com isso. E agora nós temos de lidar com a situação e com tudo que está acontecendo na economia. Eu só queria que você tivesse me ouvido e ficado onde nós estávamos.

— Você também queria se mudar.

— Eu estava pensando duas vezes nisso desde a última primavera quando os mercados começaram a cair. Não sei se vou ter emprego daqui a um ano se as coisas continuarem do jeito que estão.

— Mas você está prestes a se tornar sócio.

— Ninguém está seguro. *Ninguém está seguro.* E você acha que nós devíamos simplesmente jogar fora o nosso depósito?

— Não.

Ela tentou visualizar o apartamento. Parecera tão espaçoso quando o haviam visto, mas agora o imaginava menor. Não conseguia lembrar o desenho do piso e teve a repentina suspeita de que o assoalho da sala de estar possuía um padrão em zigue-zague. Como conseguiria viver com um piso em zigue-zague?

— Olha – disse Matty –, se Obama for eleito, muita coisa pode mudar. Talvez a gente consiga mais dinheiro para a educação na cidade, e todo esse projeto seja reconsiderado. E, mesmo que isso não aconteça, nós podemos procurar escolas particulares para o ensino médio. Em sete anos, tudo isso será repensado.

— *Sete anos?!* — gritou Karen. Parecia uma pena de prisão.

Karen foi ao banheiro e ligou para Melora, mas o número havia sido desligado. E agora a carteira e o gravador estavam no canal Gowanus, onde não tinham absolutamente nenhuma utilidade para ela.

Precisava conversar com alguém a respeito de tudo aquilo, alguém com quem pudesse descarregar, mesmo que não houvesse nada a fazer. Ela só não queria se sentir sozinha.

Karen pegou o catálogo telefônico local da prateleira embaixo de sua mesinha de cabeceira. Lá estava, listado sob o sobrenome dele em Park Place, exatamente como ele havia dito.

Pensou por um segundo no que diria para explicar como havia conseguido o número. Então se deu conta de que não tinha nada com que se preocupar. Podia dizer que Rebecca lhe fornecera o número, já que as duas eram amigas.

— Lizzie? — perguntou. — É Karen Shapiro. Nós nos conhecemos no parquinho no outro dia. Como vai?

LINDAS SANGUESSUGAS

Estava um pouco frio para uma caminhada no parque, mas Rebecca estava desesperada para sair do apartamento. Assim que Abbie acordou de sua soneca, Rebecca a agasalhou com uma jaqueta jeans e levou-a para fora no Maclaren. Tentava fazer o circuito do parque todos os dias para manter o peso sob controle e também melhorar o humor. Andara emocionalmente confusa e descobriu que ficar perto das árvores a animava.

Rebecca entrou na Garfield Place, passou pelos campos de beisebol, o rinque de patinação, a Sociedade Audubon e o zoológico, e, embora tenha levado uma hora e meia, gostou. Gostava do ar fresco e do cenário da troca das folhas, descobrindo que a natureza era o único antídoto para seu humor melancólico.

Embora não se sentisse ótima, Rebecca estava com ótima aparência – todos diziam – e havia ganho apenas quatro quilos em 12 semanas. Estava fazendo ioga pré-natal algumas vezes por semana e estava satisfeita de ver que sua bunda não estava maior que antes. Seu obstetra, o dr. Maucotel, dizia que comer com cautela era uma das melhores maneiras de assegurar que o bebê fosse pequeno e, assim, elevar suas chances de parto normal.

Ela abotoou o casaco e apertou o cinto ao redor da cintura. Seu aniversário era no outono – faria trinta e seis anos em poucas semanas – e seu aniversário de casamento também era no outono. Aquela era a única época do ano em que Rebecca não se importava de morar em Park Slope. Fazia com que sentisse que tudo que suportava valia a pena, pois havia belas folhas nas árvores e era possível sentir o cheiro das lareiras quando se saía à rua.

Enquanto ia rumo à entrada do parque, ela viu uma figura masculina correndo a seu lado. Havia alguma coisa familiar em seu trote, e ela percebeu que era David. Quando eles namoravam, David detestava exercício – fumava cigarros Drum e comia comida congelada –, mas agora estava correndo no parque. Era o que acontecia quando a pessoa ficava rica e famosa: tratava o corpo como um templo.

Rebecca pensou no fato de David conhecer Stuart e perguntou a si mesma se David saberia por onde Stuart andava.

– David! – gritou.

– Rebecca! Como vai você? – Ele se aproximou e pôs-se a correr sem sair do lugar, o que Rebecca achou incrivelmente irritante. Ela continuou a caminhar, com David trotando a seu lado.

– Vou bem – disse ela. – O que você anda fazendo ultimamente?

– Cassie e eu acabamos de ficar noivos. – Então era verdade. Não era um romance passageiro de tabloides. Eles iriam se casar.

– Ah, meu Deus, parabéns.

– Obrigado. Nós ainda não marcamos a data. Mas estamos pensando no próximo outono e na Sociedade por uma Cultura Ética do Brooklyn. Cassie adora casamentos no outono. Ela está linda – disse ele, indicando Abbie. – O cabelo dela está tão comprido! Que idade ela tem agora?

– Quase dois.

– Já está terrível?

– Não é tão ruim – disse ela. – Na verdade, vamos ter outro na primavera. – Ela não sabia ao certo porque lhe contara... Provavelmente por ele haver dito que estava noivo e ela ter sentido a necessidade de superá-lo.

– Ah, meu Deus, *mazel*! Então, qual vai ser a diferença de idade dos dois?

– Dois anos e meio.

– É uma distância perfeita. Perto o bastante para que eles sejam amigos, mas não tão perto a ponto de ser incontrolável.

Ele parecia uma mãe de Park Slope, obcecado pela reprodução e a distância entre as crianças.

– E vocês? – perguntou ela. – Vocês vão se casar porque você e Cassie estão pensando em ter um?

— Meu Deus, não. Nós temos muita coisa acontecendo. — Ele acenou com a mão. — Ela vai começar a gravar um álbum em breve, e a Comedy Central acabou de me pedir um *talk show*. Vou chamar de Dick Cavett recebe Jon Stewart.

David tinha um sucesso após o outro. Era assim que funcionava para os homens solteiros. Eles conseguiam a namorada certa, e isso os fazia progredir na carreira. E o fato de terem um filho não mudava nada, pois eles eram homens e não precisavam cuidar da criança. Mesmo que David e Cassie tivessem um filho algum dia, seria fácil, pois eles eram ricos. O bebê não prejudicaria a carreira dele e certamente não implicaria menos sexo porque ele era narcisista demais para submeter suas necessidades às do bebê.

Rebecca lembrou-se de ter lido um livro para um de seus artigos que dizia que o poder aquisitivo das mulheres diminuía depois que se tornavam mães, ao passo que o dos homens aumentava. O ônus da mamãe, era como o livro referia-se ao fato. Ela desejava culpar Abbie por suas dificuldades, mas tivera Abbie em parte por já estar em dificuldade.

Rebecca perguntou a si mesma se invejava David por ser homem e porque nunca estaria preso a uma criança, ou por ele ser tão bem-sucedido e ela não. Desde a gravidez, havia desistido da ideia de reenviar seu romance. Estava cansada demais para trabalhar e mal conseguia cumprir os prazos de seus artigos pagos. Quando o bebê chegasse, seria impossível.

— Filhos são muito exigentes — prosseguiu David. — Eles são ótimos, mas... são sanguessugas. — Ele acariciou a cabeça de Abbie. — São sanguessugas lindas e maravilhosas.

Rebecca pensou no bebê em sua barriga e teve certeza de que David sabia onde andava Stuart. A mansão ficava vazia o tempo todo. Talvez David lhe dissesse que Stuart e Melora não estavam mais juntos.

— Nunca tive oportunidade de agradecer pelo ingresso para a apresentação de Cassie — disse Rebecca. — Eu gostei muito. Foi muito gentil da sua parte me convidar.

— É claro, claro, sem problema.

— Fiquei tão empolgada por conhecer Melora Leigh. E o marido dela. Estrelas de cinema!

— Eles são uns amores. Os dois. São autênticos, sabe?

— Eu não vejo mais os dois pelo bairro. E via sempre.

— Eles estão na Bulgária. Melora está gravando o novo filme de Adam Epstein, e Stuart e Orion foram com ela.

Rebecca engoliu em seco, tentando manter a compostura. Stuart havia viajado para o outro lado do mundo para ficar com a mulher. Juntara-se a ela nas filmagens. Como Rebecca pudera ser estúpida a ponto de achar que ele iria abandonar Melora? Como pudera ser estúpida a ponto de achar que o romance — se é que duas vezes constituíam um romance — significara alguma coisa para ele? Ele sequer tentara entrar em contato com Rebecca para saber o que ela havia decidido. Ela estava morta para ele, e o bebê também.

E a fala a respeito de "quando eu estiver em posição diferente" fora uma mentira. Stuart sabia que nunca abandonaria Melora e havia iludido Rebecca de propósito, para não parecer tão babaca.

— Ah — disse ela. — Quando eles voltam?

— Eles não vão voltar — disse David. — Vão se mudar para Manhattan.

Então ela nunca mais o veria. Havia coisas boas e ruins naquilo. Não precisaria se preocupar em esconder dele a gravidez, e nunca esbarraria nele por acaso, grávida de seis meses e resplandecente, vendo-se forçada a explicar que havia decidido ter o bebê no final das contas.

Mas nunca mais o veria, nem mesmo de longe, para saber se ele parecia feliz com a mulher. O bebê nunca o conheceria. Ele nunca faria parte da vida do filho. Stuart se mandara, e Rebecca fora abandonada com sua decisão imensamente estúpida. Aquele era um dos muitos pontos negativos de se envolver com celebridades: no final, todas melhoravam seus padrões.

— Acho que vou por esse lado — disse Rebecca, indicando o caminho de pedestres ao lado da East Drive. — Passando pelos campos.

— Me prometa que vai mandar fotos do bebê — disse David.

— Tenho certeza de que te vejo antes disso — disse Rebecca.

— Você está radiante. Parabéns mais uma vez. — Ele a beijou no rosto e correu em direção ao arco memorial. Ela o observou... um homem solteiro com um *training* elegante, correndo para manter a forma para uma linda noiva milionária quinze anos mais nova.

Rebecca desviou da East Drive e pisou no gramado em direção ao caminho de pedestres. Encontrou um banco e sentou-se, virando o carrinho para fora, a fim de que Abbie visse os jogadores de futebol antilhanos em Long Meadow.

Ela colocou as mãos na barriga e pensou a respeito do que David havia dito: que os bebês eram lindas sanguessugas. Por que, ah, por que ela optara por trazer outra sanguessuga ao mundo?

As circunstâncias do nascimento do bebê seriam complicadas, e ela teria de mentir para sempre; não apenas para Theo, o que já era bastante terrível, mas para o bebê, que algum dia seria uma criança. Mesmo que quisesse esquecer Stuart, fazer o possível para fingir que não o havia conhecido, o que seria difícil, já que ele era famoso, o bebê sempre estaria lá para lembrá-la. Grudado nela. Uma sanguessuga. Uma sanguessuga que talvez viesse a se parecer com o pai.

E se ela passasse pela gravidez, mentindo para o médico e para Theo, e o bebê saísse parecido com Stuart? Nos ultrassons, o bebê ficava escondido, um mistério em preto e branco, como uma silhueta recortada. Mas, quando o bebê chegasse, seu rosto contaria a história de sua concepção.

E se, por um estranho golpe do destino genético, o bebê, no final das contas, *de fato* nascesse com cabelo ruivo? O cabelo ruivo era a denúncia da infidelidade. E se o bebê se revelasse um menino claro, ruivo e, assim que Theo o visse, ficasse sabendo?

Ele iria abandoná-la. É claro que iria. Ela fora longe demais com seu empresário em St. Louis. Não deveria ter engravidado do filho bastardo do empresário. Se ela houvesse sido mais esperta ao escolher um amante... Uma coisa era fazer sexo sem proteção, outra era fazer sexo sem proteção com um ruivo. Ela estaria melhor tendo dormido com Rakhman, o operário da fachada.

Um dos jogadores de futebol marcou um gol, e seus companheiros de equipe comemoraram e lhe deram tapinhas nas costas. Abbie assustou-se com a comemoração.

Era ridículo se preocupar com a cor do cabelo do bebê, uma vez que isso provavelmente não seria um problema. Recessivo queria dizer que o bebê precisaria carregar aquela característica pelos dois lados, e não havia possibilidade de que isso ocorresse pelo lado de Rebecca. Ela era judia, de descendência russa morena. Rebecca descendia de gerações e gerações de gente morena.

Mas e se houvesse algum gene ruivo oculto em sua família, do qual ela não tivesse conhecimento; alguma tataravó com sangue cossaco? Ela teria de rezar para encontrar um ruivo pelo lado de Theo também.

E se não conseguisse?

E se ela tivesse um triunfante parto vaginal, então o médico entregasse a Theo o filho e ele visse o brilhante cabelo ruivo de Stuart Ashby? Ele sairia direto do hospital. E lhe tiraria Abbie. Ela sabia que faria isso.

Rebecca vasculhou seu cérebro, tentando lembrar a definição exata de "traço recessivo". Ele poderia saltar duas gerações? Três? Havia aprendido tudo isso em suas aulas de biologia do nono ano, mas não recordava os detalhes. Algum cientista o havia descoberto em fins do século XIX. Mendel. Ele havia estudado as ervilhas. Ela se lembrava de Mendel e das ervilhas e de nada mais.

Pegou seu celular e digitou "cabelos ruivos recessivos", mas a página não carregou. Era impossível conseguir sinal no parque.

Este livro foi composto em tipologia Berkeley,
utilizando papel off-set 75g/m²
e impresso nas oficinas da gráfica Markgraph
para a Editora Rocco.